ACQUESON

Pour la Fr[illegible] le volume — Pour l'Étranger : 2 fr. 50 c.

BIBLIOTHÈQUE DES MEILLEURS ROMANS ÉTRANGERS

LA QUARTERONNE

PAR

LE CAPITAINE MAYNE-REID

ROMAN ANGLAIS

TRADUIT AVEC L'AUTORISATION DE L'AUTEUR

PAR LOUIS STENIO

PUBLICATION DE CH. LAHURE ET Cie

Imprimeurs à Paris

PARIS

LIBRAIRIE DE L. HACHETTE ET Cie

RUE PIERRE-SARRAZIN, N° 14

LA

QUARTERONNE

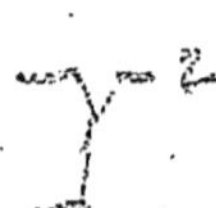

TYPOGRAPHIE DE CH. LAHURE ET Cie
Imprimeurs du Sénat et de la Cour de Cassation
rue de Vaugirard, 9

LA QUARTERONNE

PAR

LE CAPITAINE MAYNE-REID

ROMAN ANGLAIS

TRADUIT AVEC L'AUTORISATION DE L'AUTEUR

PAR LOUIS STENIO

PUBLICATION DE CH. LAHURE ET Cie
Imprimeurs à Paris

PARIS
LIBRAIRIE DE L. HACHETTE ET Cie
RUE PIERRE-SARRAZIN, N° 14

1858

PRÉFACE.

Lecteur! Un mot avant de commencer.
Ce livre est un roman, rien de plus.
L'auteur n'en est pas le héros.

LA

QUARTERONNE.

CHAPITRE PREMIER.

Le Père des eaux.

Père des eaux! j'adore ton cours puissant! Comme l'Hindou sur les bords de sa rivière sacrée, je m'agenouille sur tes rives, et mon âme s'abandonne à une adoration sans bornes!

Les sources de notre dévotion sont bien différentes. Pour lui, les eaux jaunes du Gange sont les symboles d'une crainte mystérieuse, mêlée aux sombres terreurs d'un avenir mystique; pour moi, tes flots dorés sont des souvenirs de joie qui rattachent le présent à un passé heureux et connu de moi. Oui, puissante rivière! je t'adore dans le passé. Mon cœur se remplit de joie au seul bruit de ton nom!

Père des eaux! je te connais bien. Dans le pays des mille lacs, sur le sommet de la *Hauteur de terre*, j'ai franchi ton lit resserré; j'ai lancé mon canot de bouleau sur la surface du petit lac bleu où tu puises l'existence; et, me laissant aller à ton courant, j'ai flotté doucement vers le Sud.

J'ai traversé les prairies où le riz sauvage mûrit sur

tes bords, où le bouleau blanc mire son tronc argenté dans tes ondes, et où s'élancent à ta surface les pyramides des hauts conifères. J'ai vu le rouge Chippewa fendre les flots de cristal dans son canot d'écorce; le daim géant se baigner dans ton onde fraîche; et le majestueux wapiti bondir gracieusement le long de tes rives. J'ai écouté la musique qui anime tes bords, l'appel du cacawee, le rire de l'oie wa-wa, et le cri du grand cygne du Nord, semblable au son de la trompette. Oui, puissante rivière! je t'ai adorée jusque dans ce pays reculé du septentrion, ta patrie déserte.

En avant! et franchissons plus d'un parallèle de latitude, plus d'un degré de la zone torride!

Je m'arrête sur tes bords à l'endroit où tu bondis par-dessus les rochers de Saint-Antoine, et où tu diriges vers le Sud ton cours écumeux. Je remarque déjà un changement dans l'aspect de tes rives. Les conifères ont disparu, et tu es couvert de feuilles mortes d'une couleur plus vive. Les chênes, les ormes et les érables confondent leur feuillage, et étendent au-dessus de toi leurs bras vigoureux. Quoique mon regard s'arrête sur des bois qui paraissent sans limites, je sens que le désert est passé. Mes yeux sont réjouis par les signes de la civilisation; ses bruits frappent mon oreille; une cabane de bois, pittoresque dans sa simplicité, s'élève au milieu des troncs abattus; et l'on entend retentir au loin, dans les profondeurs de la forêt, la hache du défricheur. Les feuilles soyeuses du maïs s'agitent triomphalement au-dessus des arbres abattus, et ses épis dorés promettent une riche récolte. La flèche de l'église domine le feuillage vert des bois; la prière du chrétien monte au ciel, et se confond sublime avec le murmure de tes eaux!

Je lance de nouveau mon canot sur ton onde légère, et d'un cœur aussi léger je glisse en avant vers le Sud. Je passe entre les hauts mamelons qui bordent tes flots grossis, et je contemple, agréablement surpris, leur contour original et varié; ici ils s'élancent brusquement vers le ciel, là ils abaissent vers l'horizon leurs ondulations à peine sensibles. J'aperçois les formes élevées de ce célèbre point de repère, *la Montagne qui trempe à l'eau*, et le cône au sommet duquel le soldat voyageur a planté sa tente. Je glisse sur le lac Pépin, dont la surface est unie comme un miroir, et je contemple avec admiration ses rives couvertes de tourelles. Je considère avec un intérêt plus profond cet escarpement rapide, le *saut de l'Amant;* l'écho de ses rocs a souvent répété les modulations joyeuses du voyageur au cœur léger; il a redit autrefois un chant plus triste, la chanson de mort de Wanona, la belle Wanona, qui sacrifia sa vie à son amour!

Je glisse en avant, là où les immenses prairies de l'Ouest sont baignées par tes eaux; et mes yeux errent avec délices sur leur verdure toujours nouvelle.

Je m'arrête un instant pour regarder le guerrier peint, qui éperonne son coursier sauvage le long de tes bords, pour voir les filles Dacotah baigner leurs membres souples dans tes flots de cristal; puis je repars et je franchis les rochers de la Corniche, les rives métallifères de Galena et de Duduque, la tombe aérienne du mineur aventureux.

J'arrive à la pointe où le Missouri aux eaux troubles précipite sur toi ses ondes impétueuses, comme s'il voulait te forcer à changer ta course. Balancé dans mon canot léger, je contemple la lutte de vos flots. Elle est terrible mais courte, car tu triomphes, et ton rival vaincu est obligé de payer son tribut doré à tes ondes, qui s'écoulent majestueusement dans la même direction.

Je suis porté encore plus au Sud sur tes flots vainqueurs. J'aperçois de larges mamelons verts, seuls monuments d'un peuple ancien, qui foulait autrefois tes rivages. Je vois, près de là, les demeures d'une race bien différente. J'aperçois des flèches élevées qui s'élancent vers le ciel, des dômes, des coupoles qui brillent au soleil; des palais construits sur tes bords, et des palais qui flottent sur tes eaux. J'aperçois une grande cité, une métropole!

Je ne m'y arrête pas. J'ai hâte d'arriver dans ces contrées du Sud, toutes baignées de soleil; et, me confiant de nouveau à ton courant, je poursuis ma route.

Je dépasse l'Ohio aussi large qu'un bras de mer, ainsi que l'embouchure d'un autre de tes grands tributaires, la fameuse rivière des Plaines. Que l'aspect de tes rives est changé! Je n'aperçois plus ni hardis monticules, ni massifs rochers. Tu as échappé aux collines qui t'enchaînaient, et maintenant tu roules large et libre, tu te frayes un vaste lit à travers tes propres alluvions. Tes rives elles-mêmes, filles de ton caprice, ont été formées de la vase que tu rejetais pendant tes ébats folâtres, et tu ne peux plus franchir à ton gré cette barrière. Tu es de nouveau bordé de forêts gigantesques; le vaste platane, le grand tulipier, et le cotonnier au feuillage jaune et vert, sont plantés en bosquets le long de tes bords. Sur tes rives s'élèvent des forêts dont les débris sont emportés dans ton cours bouillonnant!

Je laisse derrière moi le dernier de tes grands affluents, dont les flots teignent tes eaux d'une nuance pourprée. Je glisse jusqu'à la base de ton delta, jusqu'à ces régions que les souffrances de de Soto, l'audace aventureuse d'Iberville et de La Salle ont rendues classiques.

Là, mon âme est ravie d'admiration. Qui peut te voir ainsi dans ton domaine du Sud, sans frémir d'une émotion sublime, est insensible à toute beauté.

J'y découvre de charmants paysages, toujours changeants comme des décors féeriques ou comme les tableaux d'un panorama. Ce sont les plus beaux de la terre: où peut-on trouver des vues semblables à celles que tu nous offres? Ce n'est pas sur le Rhin aux rochers couronnés de châteaux, ni sur les rives de l'antique Méditerranée, ni parmi les archipels de l'Inde. Non. Aucune partie du monde n'offre aux regards de pareils tableaux; nulle part la beauté délicate ne se mêle si harmonieusement au pittoresque sauvage.

Et cependant l'œil ne découvre pas une montagne, pas même une colline; mais les noires cyprières, drapées dans la *tillandsia* argentée, donnent au fond de la perspective toute la grandeur des masses granitiques!

Là, tu n'es plus environné de forêts. Elles sont tombées depuis longtemps sous la hache du planteur; la canne à sucre dorée, le riz argenté, et la plante cotonnière aussi blanche que la neige, fleurissent à leur place. On a laissé assez de bois pour orner la perspective. J'aperçois des végétaux au large et brillant feuillage, originaires des tropiques; le palmier *sabal*, le catalpa aux grandes fleurs en forme de trompette, l'arbre aux larmes ambrées, le mangolia aux feuilles de cire. Des centaines de plantes exotiques mêlent leur feuillage à celui de ces belles plantes indigènes; ce sont les orangers, les citronniers, les figuiers; le lilas indien et le tamarin, les oliviers, les myrtes et les bromelias, tandis que le saule de Babylone contraste, par son feuillage incliné, avec les pousses verticales du roseau géant, ou avec les feuilles lancéolées de la *yucca gloriosa*.

J'aperçois, au milieu de cette riche végétation, des villas de formes grandioses et variées comme les races d'hommes qui habitent sous leurs toits. Toutes les nations du monde vivent côte à côte sur tes bords; chacune a apporté son tribut pour t'orner des emblèmes d'une civilisation universelle et glorieuse. Père des eaux, adieu!

Quoique je ne sois pas né sur cette belle terre méridionale, je m'y suis bien longtemps arrêté, et je l'aime *plus encore que le pays de ma naissance*. J'y ai passé les heures de la brillante jeunesse, de la maturité aventureuse, et le souvenir de ces temps est mêlé de mille souvenirs romanesques qui ne s'effaceront jamais. C'est là que mon jeune cœur a cédé à l'influence de l'amour, mon premier et virginal amour. Il n'est pas étonnant que ce lieu soit pour moi l'endroit le plus vénéré de la terre.

Lecteur! écoute l'histoire de cet amour!

CHAPITRE II.

Six mois à *Crescent-City*[1].

Comme tant d'autres jeunes échappés de collége, je ne fus pas longtemps heureux au logis. Le désir des voyages s'était emparé de moi, et j'avais hâte de faire connaissance avec ce monde qui ne m'avait encore été révélé que par les livres.

Mon souhait devait être bientôt exaucé, et je vis sans soupirer les collines de ma terre natale disparaître derrière les vagues sombres : à peine me demandai-je si je les reverrais jamais.

Quoique je sortisse des murs d'un collége, j'étais loin d'avoir des sympathies classiques. Dix années passées à pâlir sur les hyperboles d'Homère, sur les vers mécaniques de Virgile, et sur les sèches et rudes poésies d'Horace, n'avaient pas pu me donner cette perception de la beauté classique qu'éprouve, ou que prétend éprouver, le savant à besicles. Mon esprit n'était pas fait pour vivre d'idéal, ni pour rêver au passé. Le réel, le positif, le présent, me plaisaient davantage. Don Quichotte peut faire le troubadour parmi des châteaux en ruine, et les jeunes

1. Cité du Croissant. Nom donné assez fréquemment par les Américains à la Nouvelle-Orléans. (*Note du traducteur.*)

miss précieuses peuvent courir les pays tant prônés par les guides. Quant à moi, je ne croyais pas au romantique de la vie du vieux monde. Le moderne Tell me paraissait un mercenaire, prêt à louer ses membres robustes à un tyran quelconque, et le lazzarone pittoresque descendait à mes yeux aux proportions d'un voleur de poulailler. Au milieu des murs effondrés d'Athènes et des ruines romaines, j'avais trouvé la faim, et pas d'hospitalité. Je ne crois pas au pittoresque de la nature. Je n'ai aucun goût pour les haillons romantiques.

Et cependant c'était une ardeur romantique qui me faisait abandonner mon foyer. Je soupirais après le poétique et le pittoresque, car j'étais à l'âge où l'esprit a le plus de foi en leur réalité. Ah! le mien n'est pas encore désabusé de cette croyance. Je suis plus vieux maintenant; mais l'heure du désenchantement n'est pas encore venue pour moi, elle ne viendra jamais. Il y a dans la vie quelque chose de romanesque qui n'est pas une illusion. Ce quelque chose ne se trouve pas dans les formes efféminées ni dans les cérémonies enfantines des salons fashionables; il n'est pas mis en relief par le clinquant ni par les brillantes puérilités des cours. Les étoiles, les jarretières et les titres sont ses antidotes; sa pourpre et sa peluche sont pour lui comme des arbres aux rameaux mortels [1].

Sa patrie est ailleurs, au milieu des grandes et sublimes scènes de la nature, qui cependant ne lui sont pas indispensables. On ne le trouve pas plus dans les champs ou dans les forêts, sur les rochers, sur les rivières ou sur les montagnes, que dans les rues populeuses d'une cité commerçante. Sa patrie, c'est le cœur de l'homme, le cœur qui palpite d'aspirations élevées, le cœur qui brûle de ces deux nobles passions, la liberté et l'amour!

Ma course ne se dirigeait pas alors vers les rivages

1. L'*upas*, dont l'ombrage donne la mort. (*Note du traducteur.*)

classiques, mais vers une terre où la vie était jeune et vigoureuse. J'allais dans l'Ouest, à la recherche du romanesque. Je le trouvai, dans sa forme la plus attrayante, sous le ciel brillant de la Louisiane.

Dans le cours du mois de janvier 18..., je mis le pied sur le nouveau monde, sur un sol abreuvé de sang anglais. Le capitaine qui m'avait fait traverser l'Atlantique, homme d'une rare politique, me débarqua dans sa guigue. J'étais curieux de voir le théâtre de cette action décisive; car à cette époque de ma vie je me sentais entraîné vers les choses martiales. Mais un sentiment plus fort qu'une simple curiosité me poussait à visiter le champ de bataille de la Nouvelle-Orléans. J'avais alors une opinion considérée comme hétérodoxe, à savoir, que le soldat *improvisé* est dans de certaines circonstances l'égal du mercenaire de profession, et qu'un long apprentissage militaire n'est pas essentiel pour vaincre. L'histoire de la guerre, étudiée superficiellement, semble repousser cette théorie, que contredisent également les témoignages de tous les militaires. Mais en pareille matière, le témoignage de ces derniers est sans valeur. Qui a jamais entendu un militaire ne pas soutenir que son art est le plus impénétrable de tous? En outre, les maîtres du monde n'ont épargné aucune peine pour répandre chez leurs peuples de fausses idées à ce sujet. Il est nécessaire d'avoir une excuse à ce terrible fardeau des nations : l'armée permanente.

Mon désir de voir le champ de bataille des bords du Mississipi avait surtout rapport à cette question. Cette action avait été l'un de mes plus solides arguments en faveur de mon opinion; car dans cet endroit, environ six mille hommes qui n'avaient jamais entendu l'absurde commandement de : « Tête à droite ! » avaient su, par l'habileté de leurs manœuvres, battre et presque détruire une armée à peu près double de vétérans bien équipés.

Depuis que je me suis arrêté sur ce champ de bataille, j'ai porté l'épée dans plus d'une affaire. Ce que j'affirmais alors théoriquement m'a été prouvé depuis par l'expérience. L'apprentissage du métier des armes est une erreur, l'armée permanente une tromperie.

Quelques heures après, j'errais dans les rues de Cressent-City, ne pensant plus aux questions militaires. Mes réflexions avaient pris une autre direction. La vie sociale du Nouveau-Monde, avec toute sa nouveauté et toute sa vigueur, se déroulait à mes yeux comme un panorama, et, malgré ma prétention au *nihil admirari*, je ne pouvais contenir l'étonnement que j'éprouvais à chaque pas.

Une de mes premières surprises, celle qui me frappa au début même de mon existence transatlantique, fut la découverte de ma propre inutilité. Je pouvais dire, en montrant mon bureau : « Là sont les preuves de mon érudition, les récompenses les plus flatteuses de mes études; mais à quoi me servent-elles? Les théories sans valeur que l'on m'a enseignées n'ont pas d'application dans la vie réelle; ma logique n'est que le babil d'un perroquet! » Mon bagage classique pesait sur mon esprit comme un meuble inutile, et j'étais à peu près aussi bien préparé à soutenir les luttes de la vie, à me rendre utile à moi-même ou à mes semblables, que si j'avais pris mes grades dans la mnémonique chinoise.

Et vous! pâles professeurs qui m'avez appris la syntaxe et m'avez montré à scander les vers, vous me trouveriez vraiment bien ingrat, si je donnais cours au mépris et à l'indignation dont je fus animé envers vous, lorsque, regardant en arrière, et me souvenant des dix années gaspillées sous votre tutelle, l'illusion qui m'avait fait croire que j'étais un homme instruit se dissipa, et que je me réveillai sachant que je ne *savais rien!*

Ayant quelque argent dans la poche, et fort peu de connaissances dans la tête, j'errais dans les rues de la Nouvelle-Orléans, m'étonnant de tout ce que je voyais.

Six mois plus tard, je traversais les mêmes rues avec une bourse fort légère, mais mes connaissances s'étaient considérablement accrues. J'avais acquis pendant ces six mois, j'avais fait dans la science du monde plus de progrès que pendant six années de ma vie antérieure. J'avais payé un peu cher cette expérience. Mes ressources de voyage s'étaient fondues dans le creuset des mascarades et des bals de quarteronnes.

J'en avais déposé une partie à cette banque du faro qui ne paye jamais ni capital ni intérêts.

J'étais presque effrayé d'avoir à régler mes comptes. A la fin je m'y décidai, et je trouvai, après avoir payé mon hôtel, une balance de trente-cinq dollars en ma faveur! trente-cinq dollars pour vivre jusqu'à ce que je pusse écrire à mes parents et recevoir d'eux une réponse, c'est-à-dire pendant trois mois au moins, car je parle d'une époque antérieure à l'établissement des paquebots de l'Atlantique.

Pendant six mois je m'étais livré sans réflexion à tous les plaisirs. Maintenant je le regrettais et je désirais vivement réparer mes torts. J'aurais voulu même trouver une occupation; mais mes études classiques, qui ne m'avaient pas appris à modérer mes dépenses, ne pouvaient pas davantage m'aider à gagner quelque argent; et dans cette cité industrieuse je ne voyais pas un seul emploi que je fusse capable de remplir.

Sans amis, découragé, anxieux du lendemain, je parcourais les rues. Mes amis devenaient de jour en jour moins nombreux. Je ne les voyais plus là où j'avais l'habitude de les rencontrer, c'est-à-dire dans les lieux de plaisir. Où étaient-ils? Leur disparition n'était pas un mystère. On se trouvait au milieu de juin. L'été s'était annoncé très-chaud, et chaque jour le mercure s'élevait plus haut sur l'échelle thermométrique. Il était alors presque au 100° du thermomètre Fahrenheit; on pouvait donc compter dans une semaine ou deux sur la visite annuelle et toujours mal venue de la maladie connue sous le nom de fièvre jaune, dont la présence est mortelle aussi bien pour la jeunesse que pour l'âge mûr; la terreur qu'inspire cette maladie avait chassé de la Nouvelle-Orléans le monde fashionable ; les oiseaux s'étaient envolés à la recherche d'un climat moins brûlant.

Je ne suis pas plus courageux que le reste du genre humain, et je n'avais pas le désir de faire connaissance avec ce fléau des pays marécageux; il me sembla donc que moi aussi je ferais bien de fuir son influence. Pour cela il suffisait de mettre le pied sur un bateau à vapeur et me faire transporter dans l'une des villes du haut de la rivière ; là je serais à l'abri de cette fièvre des tropiques, où le *vomito* habite de préférence.

Saint-Louis était à cette époque la ville dont le nom était le plus attrayant ; et je résolus de m'y rendre, quoiqu'il me fût impossible de prévoir comment j'y vivrais, puisque mes fonds devaient à peine suffire à m'y transporter.

Réflexion faite, ce que j'allais faire se bornait à peu près à sortir « de la poêle à frire pour tomber dans le feu ; » ma résolution de me rendre à Saint-Louis devint inébranlable. De sorte que, faisant un paquet de mes *impedimenta*, je m'embarquai sur le bateau à vapeur *la Belle de l'Ouest*, en partance pour la *City of the Mounds*.

CHAPITRE III.

La Belle de l'Ouest.

J'arrivai à bord à l'heure dite; mais on ne doit pas compter sur l'exactitude d'un bateau à vapeur du Mississipi, et j'étais au moins de deux heures en avance.

Ce temps ne fut pas perdu. Je le mis à profit en examinant le navire particulier sur lequel j'étais embarqué. Je dis, *particulier;* car les steamers dont on se sert sur le Mississipi et sur ses affluents diffèrent de ceux des autres pays et même de ceux qui sont en usage dans les États de l'Est et du littoral de l'Atlantique. Ce sont de vrais bateaux de rivière qui ne pourraient pas tenir la mer, quoique les propriétaires imprudents de quelques-uns d'entre eux les aient quelquefois aventurés le long de la côte du Texas, de Mobile à Galveston!

La coque est construite comme celle d'un bateau marin, mais elle en diffère matériellement par la profondeur de la cale. Elle est si plate qu'elle laisse peu de place à l'arrimage, et que le plancher du pont s'élève seulement de quelques pouces au-dessus de la ligne de flottaison; aussi, quand le bateau est pesamment chargé, les vagues baignent le plat-bord. La machine est placée sur le pont, où sont installées aussi les grandes chaudières de fer, et les grilles ou fourneaux qui sont nécessairement de grande dimension, parce qu'on chauffe la machine avec du bois. C'est également sur le pont que l'on arrime la plus grande partie du fret, à cause du peu de capacité de la cale; et, dans tous les endroits qui ne sont pas occupés par la machine et les chaudières, on peut voir entassés à plusieurs pieds de hauteur des balles de coton, des caisses de tabac ou des sacs de grains. Tel est le fret d'un bateau qui descend la rivière.

Il est évident qu'au retour, les marchandises sont de nature toute différente : ce sont alors des produits yankees, des instruments d'agriculture, et diverses denrées importées de Boston par eau, des sacs de café des Indes occidentales, du riz, du sucre, des oranges et autres produits des tropiques.

Sur l'arrière de ce pont est un espace réservé à la classe la plus humble des passagers, connue sous le nom de *passagers du pont.* Il n'est jamais occupé par des Américains. Quelques-uns sont des ouvriers irlandais, d'autres de pauvres émigrants allemands qui se dirigent vers le nord-ouest ; le reste est composé de nègres libres, et plus généralement de nègres esclaves. Je termine cette dissertation sur la coque du navire en faisant remarquer que ce n'est pas sans raison qu'on lui donne si peu de profondeur. Les bateaux ont à franchir des passes où les eaux sont basses, surtout pendant la chaleur ; la navigation y est d'autant plus facile que le tirant d'eau est moins considérable ; et un capitaine du Mississipi, vantant la valeur de son bâtiment sous ce rapport, déclarait *qu'une rosée abondante sur le gazon lui suffirait pour traverser les prairies.*

S'il est vrai qu'une très-petite partie d'un steamer du Mississipi plonge dans l'eau, le contraire n'est pas moins vrai pour la portion qui s'élève au-dessus de la surface. Imaginez-vous une maison à deux étages, de deux cents pieds de longueur à peu près, bâtie en planches et peinte en blanc ; l'étage supérieur est garni de persiennes vertes, ou plutôt de portes très-rapprochées les unes des autres, et ouvrant sur un balcon étroit ; le toit est plat ou légèrement arrondi et couvert d'une toile goudronnée ; au milieu on a disposé une rangée de claires-voies semblables à des œils-de-bœuf ; imaginez-vous, au-dessus du tout, deux énormes cylindres en tôle, ayant chacun dix pieds de diamètre et une centaine de pieds de hauteur. Ce sont les tuyaux de la cheminée ; un plus petit cylindre placé de côté sert au dégagement de la vapeur ; un long bâton élevé à l'extrémité de l'avant supporte la bannière étoilée qui flotte à son sommet. Imaginez-vous toutes ces choses, et vous aurez quelque idée des traits caractéristiques d'un steamer du Mississipi.

Entrez dans la cabine : des objets tout nouveaux s'offriront à vos yeux. Vous y verrez un superbe salon ayant à peu près cent pieds de long et richement décoré. Vous remarquerez l'élégance du mobilier ; tout y est de grand prix, les chaises, les tables, les sofas, les divans, les dorures et les gravures qui ornent les murailles, les lustres de cristal suspendus au plafond ; de nombreuses portes communiquant avec les chambres de première classe de chaque côté, et une immense porte de verre dépoli ou de glace, qui ferme l'enceinte impénétrable du salon des dames. En un mot, vous verrez autour de vous un luxe auquel, en votre qualité d'Européen, vous n'êtes pas accoutumé, et dont tout au plus vous avez lu la description dans les *Lettres* de lady Montague ou dans les *Mille et une Nuits*.

Et cependant toute cette magnificence forme un triste contraste avec les habitudes de ceux qui en jouissent, car ce salon si splendide est aussi bien la propriété de l'homme grossier que du gentilhomme le plus raffiné. Vous êtes quelquefois frappé de l'apparition d'une botte de peau de cheval sur le brillant acajou, et de la présence d'une tache de jus de tabac sur les dessins du tapis ! Mais tout cela est assez rare, et plus encore maintenant qu'à l'époque dont je parle.

Après m'être rassasié de la visite intérieure de *la Belle de l'Ouest*, je me rendis sur l'avant de la cabine. Là un espace ouvert, généralement désigné sous le nom de « la tente, » offre aux voyageurs un excellent lieu de repos. C'est tout simplement la prolongation du pont de la cabine qui se continue vers l'avant, et qui est supporté par des piliers appuyés sur le pont principal. Le toit, ou *hurricane deck*, prolongé d'une longueur égale, et soutenu par de légers pilastres en bois, sert d'abri contre la pluie ou le soleil ; une balustrade basse entoure cet espace, et garantit de tout danger. Comme cet espace est ouvert sur l'avant et sur les côtés, la vue y est libre, et une brise fraîche, produite par la marche du bateau, en fait un endroit très-recherché. Un certain nombre de chaises est mis à la disposition des voyageurs, qui ont la liberté d'y fumer.

Il faut être indifférent aux actes de la vie humaine, pour ne pas savoir passer une heure sans ennui en observant les mouvements si variés sur la levée de la Nouvelle-Orléans ; je m'assis donc après avoir allumé un cigare, et je me décidai à consacrer une heure à cette intéressante occupation.

CHAPITRE IV.

Les bateaux rivaux.

La partie de la levée que j'avais sous les yeux est celle que l'on désigne sous le nom de *Débarcadère des bateaux à vapeur*. Vingt ou trente bateaux étaient amarrés le long de quais en bois qui formaient une légère saillie sur la rivière. Quelques-uns venaient d'arriver des villes du haut du fleuve, et étaient en train de décharger leur fret et de débarquer leurs passagers, assez peu nombreux dans cette saison. D'autres chauffaient, entourés d'une foule bruyante ; pendant que d'autres encore semblaient abandonnés par leurs officiers et leur équipage qui, sans doute, se livraient au plaisir dans les cafés et les restaurants somptueux. On apercevait de temps en temps un commis élégamment vêtu d'un pantalon d'étoffe de coton bleu, d'une veste de toile blanche, d'un riche chapeau de Panama et d'une chemise à jabot de batiste et à boutons de diamant. Ce brillant personnage apparaissait, pendant quelques instants, sur l'un des bateaux désertés, peut-être pour expédier une affaire sans importance, puis retournait en toute hâte à la ville, afin d'y reprendre des occupations plus agréables.

L'attention était appelée principalement sur deux points de la levée occupés par deux vastes bateaux, sur l'un desquels je m'étais embarqué. L'autre, comme je pus le voir sur son tambour, était *le Magnolia;* il allait aussi se mettre en route, à en juger par l'agitation de ses passagers, par les lueurs rouges qui s'échappaient de ses fourneaux, par le sifflement de vapeur qui, de temps à autre, se faisait entendre du côté des chaudières.

Juste en face, sur la levée, des charrettes déposaient leur dernier chargement; les passagers, craignant d'être en retard, arrivaient leur boîte à chapeau à la main; les malles, les caisses et les barils étaient poussés ou roulés sur la planche d'embarquement; les commis aux costumes élégants, armés d'un registre et d'un crayon, se heurtaient mutuellement : tout annonçait un départ prochain. Une scène exactement semblable avait lieu sur *la Belle de l'Ouest.* Je n'eus pas besoin d'observer longtemps cette agitation pour me convaincre qu'il allait se passer quelque chose d'inaccoutumé; les bateaux étaient amarrés à une petite distance l'un de l'autre, et leurs équipages pouvaient converser, en élevant la voix. C'est ce qu'ils faisaient librement; et quelques expressions prononcées d'un air de défi vinrent frapper mon oreille; je m'aperçus que *le Magnolia* et *la Belle de l'Ouest* étaient des bateaux rivaux. Après plus amples informations, je sus qu'ils devaient partir en même temps et qu'une lutte de vitesse allait avoir lieu!

Je savais aussi que ce n'était pas une chose extraordinaire pour ces bateaux en réputation, et *la Belle* ainsi que son rival appartenait à cette catégorie. L'un et l'autre étaient au premier rang par l'étendue et la magnificence de leur construction; ils suivaient tous deux la même direction, de la Nouvelle-Orléans à Saint-Louis; et tous deux étaient commandés par des capitaines très-connus et très-populaires. Ils devaient être nécessairement en rivalité; et ce sentiment était partagé par l'équipage de chacun d'eux, depuis le capitaine jusqu'au dernier domestique.

Pour les propriétaires et les officiers, il y a une question d'argent au fond de cette rivalité. Le bateau qui a le dessus dans une de ces courses acquiert par cela même la faveur du public. Il devient le steamer à la mode; il est sûr d'avoir toujours une grande quantité de passagers et à des prix plus élevés, car c'est un fait à constater chez les Américains : la plupart d'entre eux donneraient leur dernier dollar afin de pouvoir dire qu'ils ont fait le voyage sur le bateau à la mode, de même qu'en Angleterre vous trouvez des gens toujours désireux de faire savoir qu'ils vont en première classe. L'ostentation ridicule n'appartient à aucun pays en particulier, elle est universelle.

Quant à la joute de vitesse qui devait s'engager entre *la Belle de l'Ouest* et *le Magnolia*, le sentiment de la rivalité n'animait pas seulement les deux équipages : je m'aperçus bientôt qu'il avait pénétré jusque dans l'esprit des passagers. La plupart d'entre eux semblaient aussi ardents pour cette course qu'un Anglais peut l'être pour le Derby. Quelques-uns sans doute ne cherchaient là que l'entraînement d'un plaisir; mais je m'aperçus bientôt que de tous côtés s'engageaient des paris sur le résultat.

« *La Belle* doit nécessairement l'emporter! s'écria par

dessus mon épaule un individu couvert de bijoux et d'apparence vulgaire; je tiens vingt dollars pour *la Belle* ! Voulez-vous parier, étranger?

— Non, répliquai-je, quelque peu mécontent de ce que mon compagnon avait pris la liberté de poser sa main sur mon épaule.

— Bien, reprit-il, comme vous voudrez; » puis s'adressant à une autre personne, il continua : « Vingt dollars que *la Belle* sera victorieuse! Vingt dollars pour *la Belle* ! »

J'avoue que mes réflexions n'étaient pas très-riantes en ce moment. C'était ma première excursion sur un paquebot américain, et j'avais la mémoire pleine d'histoires de chaudières éclatées, de bateaux coulés ou brûlés.

Ces luttes, d'après ce que j'avais entendu dire, finissaient souvent par une catastrophe, et j'avais toute raison de croire que mes renseignements étaient exacts.

Plusieurs passagers, les plus tranquilles et les plus respectables, partageaient mes craintes; et quelques-uns parlaient d'en appeler au capitaine, afin qu'il refusât d'engager cette lutte. Mais s'apercevant qu'ils étaient en minorité, ils restèrent tranquillement à leur place.

Je finis par me décider à demander au capitaine quelles étaient ses intentions; j'y fus porté plutôt par curiosité que par un autre motif. C'est pourquoi je quittai mon siége et, après avoir traversé la planche, je me dirigeai vers l'extrémité du quai où il se trouvait.

CHAPITRE V.

Une passagère désirable.

Avant d'avoir entamé la conversation avec le capitaine, j'aperçus du côté opposé une voiture qui venait probablement du quartier français. C'était un bel équipage conduit par un nègre bien vêtu et bien nourri, et, quand il fut plus près, je pus voir qu'il était occupé par une femme jeune et élégante.

Je ne puis dire pourquoi, mais j'eus le pressentiment, accompagné peut-être d'un désir secret, que l'habitante de la voiture devait être une compagne de voyage. Je ne fus pas longtemps sans apprendre que mon idée était fondée.

L'équipage s'arrêta au haut de la levée, et je vis la dame demander des renseignements à un curieux qui désigna immédiatement notre capitaine. Celui-ci, s'apercevant qu'il était l'objet de l'attention, se dirigea du côté de la voiture et salua la jeune dame. J'étais très-près, et j'entendis la conversation suivante :

« Monsieur, êtes-vous le capitaine de *la Belle de l'Ouest?* »

La dame parlait français, et le capitaine en avait appris quelques mots dans ses relations avec les créoles.

« Oui, madame, répondit-il.

— Je désire prendre passage sur votre bateau.

— Je serai très-heureux de vous être agréable, madame. Monsieur Shirley, il y a encore, je crois, une chambre de libre ? »

Ici le capitaine appela un commis afin de vérifier ce qu'il avançait.

« Peu importe! reprit la dame en l'interrompant ; c'est là une question sans importance! Vous arriverez à ma plantation avant minuit; par conséquent je ne passerai pas la nuit à bord. »

Le mot « ma plantation » fit un certain effet sur le capitaine : car, bien qu'il ne fût pas naturellement brusque, il devint encore plus poli et plus attentif. Le propriétaire d'une plantation, à la Louisiane, est une personne que l'on traite toujours avec considération ; et quand ce propriétaire est une jeune et charmante lady, qui pourrait ne pas être aimable ? Ce n'était pas certainement le capitaine B..., commandant de *la Belle de l'Ouest ;* le nom même de son bateau doit éloigner une pareille supposition !

Avec un sourire gracieux, il s'informa de la destination de la belle voyageuse.

« Bringiers, répondit-elle. Mon habitation est un plus loin, mais notre débarcadère n'est pas commode ; d'ailleurs j'ai là des marchandises qu'il vaut mieux déposer à Bringiers. »

Et la jeune dame montra du doigt une suite de haquets chargés de barils et de boîtes qui venaient d'arriver, et qui étaient arrêtés derrière la voiture.

Cette vue produisit aussi un très-bon effet sur le capitaine, qui était en partie propriétaire du bateau. Il multiplia ses offres de service, et exprima son intention de satisfaire en tout point sa nouvelle passagère.

« Monsieur le capitaine, continua cette jolie personne en restant encore dans sa voiture et parlant d'un air sérieux mais plein de bonté, il faut que je vous fasse une condition.

— Veuillez la dire, madame.

— Eh bien! on prétend que probablement votre bateau va lutter avec un autre. S'il en est ainsi, je ne puis être votre passagère. »

Le capitaine parut quelque peu déconcerté.

« Le fait est, continua-t-elle, que j'ai déjà couru un grand danger, et que je suis déterminée à ne plus m'y exposer à l'avenir.

— Madame, balbutia le capitaine en hésitant....

— Oh! interrompit la jeune dame, si vous ne pouvez pas m'assurer que vous n'engagerez pas une lutte de vitesse, je suis décidée à attendre un autre bateau. »

Le capitaine hocha la tête pendant quelques secondes. Il réfléchissait évidemment avant de répondre. Être ainsi privé de l'excitation prévue et du plaisir de la course, de la victoire sur laquelle il comptait avec confiance, et des conséquences importantes qu'elle devait avoir; paraître, pour ainsi dire, craindre d'essayer la marche de son navire et de le voir battre; ce serait donner à son rival une grande facilité de se vanter à l'avenir, et se placer sous un mauvais jour aux yeux de son équipage et de ses passagers, qui étaient déjà tous disposés à la lutte. D'un autre côté, repousser la demande de cette dame, demande qui n'était pas déraisonnable, si on y réfléchissait bien, et qui paraissait encore plus raisonnable quand on considérait que cette dame était la propriétaire d'un fret amené par plusieurs charrettes; que c'était une riche *planteuse* de la côte française, qu'elle pourrait juger convenable d'envoyer à l'automne prochain, par son bateau (à lui, capitaine), plusieurs centaines de boucaux de sucre, et autant de caisses de tabac. Quand dis-je, on pesait toutes ces considérations, la demande paraissait tout à fait raisonnable. Et nous supposons que cela dut paraître ainsi au capitaine B... : car, après un peu d'hésitation, il acquiesça à la requête. Ce ne fut pas cependant avec la meilleure grâce possible. Il eut besoin évidemment de faire un effort; mais l'intérêt l'emporta, et il consentit.

« J'accepte votre condition, madame. Le bateau ne luttera pas, je vous en donne ma parole.

— Cela suffit! merci, monsieur le capitaine, je vous

suis bien obligée. Seriez-vous assez bon pour faire embarquer mon fret? la voiture vient avec moi, ce monsieur est mon intendant. Venez, Antoine!... Il surveillera. Et maintenant, capitaine, veuillez me dire quand vous comptez partir.

— Dans un quart d'heure, madame, au plus tard.

— En êtes-vous bien sûr, capitaine? demanda-t-elle, avec un sourire significatif qui prouvait qu'elle n'avait pas d'illusion sur l'exactitude des bateaux.

— Tout à fait sûr, madame, répondit le capitaine; vous pouvez y compter.

— Ah! alors, je vais tout de suite à bord! »

Et, en disant cela, elle descendit légèrement de sa voiture, donna son bras au capitaine, qui s'était galamment avancé, se rendit à la cabine des dames, et se déroba ainsi pour le moment aux regards admirateurs, non-seulement de moi, mais de beaucoup d'autres qui s'étaient déjà approchés pour contempler cette belle apparition.

CHAPITRE VI.

Antoine l'intendant.

J'avais été très-frappé de l'aspect de cette dame, non pas tant à cause de sa beauté, qui était cependant remarquable, que de l'expression caractéristique de sa physionomie. Il me serait difficile de donner une idée exacte de cette expression, qui consistait en une certaine *braverie*, indice de courage et d'empire sur soi-même. On ne poupouvait remarquer en elle aucune vulgarité de manières, rien que la vivacité d'un cœur gai comme l'été, léger comme le duvet d'une plante, mais capable, à l'occasion, de déployer une intrépidité et une vigueur surprenantes. C'était une femme qu'on aurait jugée belle dans tous les pays; mais sa beauté était combinée avec une élégance de costume et de manières qui annonçait, dès l'abord, une personne accoutumée au monde. Et tout cela, malgré sa jeunesse, car elle n'avait certainement pas beaucoup plus de vingt ans. Mais le climat de la Louisiane est précoce, et une créole de vingt ans a l'air d'une Anglaise de trente.

Était-elle mariée? Je ne pouvais me résoudre à le croire; car les expressions « ma plantation, mon intendant, » auraient à peine été convenables dans la bouche d'une femme ayant *quelqu'un* chez elle, à moins que ce *quelqu'un* ne fût traité avec peu de considération, en un mot, comme s'il n'existait pas. Ce pouvait être une veuve, une très-jeune veuve, mais cela même ne me semblait pas probable. A mes yeux, elle n'avait rien d'une veuve, ni dans les manières, ni dans le costume. Le capitaine l'avait appelée *Madame*, mais il était certain qu'il ne la connaissait pas et qu'il ne connaissait pas le français. Dans le doute, il eût mieux valu l'appeler Mademoiselle.

Inexpérimenté comme je l'étais alors, *vert*, comme disent les Américains, je n'étais pas sans curiosité pour ce qui regardait les femmes, surtout quand par hasard elles étaient jolies. Dans le cas dont il s'agit, ma curiosité avait été éveillée par plusieurs circonstances : d'abord, par l'amabilité séduisante de la personne elle-même; puis par le tour de sa conversation, par les détails auxquels je me trouvais initié; enfin, par la qualité de créole que je lui avais attribuée dans mon imagination.

J'avais eu très-peu de rapports avec les gens de cette race, que je désirais mieux connaître. Je les avais trouvés peu disposés à ouvrir leurs portes à l'étranger saxon, surtout la vieille noblesse créole, qui, même aujourd'hui, regarde ses concitoyens anglo-américains comme des ennemis et des usurpateurs. Cette idée a été autrefois profondément enracinée; mais elle s'affaiblit avec le temps.

Le quatrième aiguillon qui piquait ma curiosité, c'était que la jeune dame m'avait jeté, en passant, un coup d'œil plus investigateur qu'un regard ordinaire. Et ne vous pressez pas de me blâmer pour ce que je viens de dire; écoutez-moi d'abord : je ne m'imaginai pas un instant que ce regard fût celui de l'admiration. Loin de moi de pareilles pensées. J'étais trop jeune alors pour me laisser aller à des suppositions si flatteuses. D'ailleurs, à cette époque particulière, j'étais loin de mon zénith. N'ayant guère plus de cinq dollars en poche, je me trouvais un peu abattu : comment aurais-je pu imaginer qu'une beauté aussi brillante, une étoile de première grandeur, une riche propriétaire, la maîtresse d'une plantation, d'un intendant et d'une armée d'esclaves, daignerait admirer un misérable sans amis?

Véritablement, je ne me flattais pas de pareilles pensées; je supposai que c'était de sa part simple curiosité, et rien de plus. Elle avait vu que je n'étais pas de sa race. Mon teint, la couleur de mes yeux, la coupe de mes habits, quelque chose de gauche, peut-être, dans ma tournure, lui avaient appris que j'étais étranger, et cela avait excité un instant son intérêt. C'était une observation ethnologique, et rien de plus.

Le fait cependant avait suffi pour piquer ma curiosité, et je désirais savoir au moins le nom de cette femme à l'air si distingué. « L'intendant, pensai-je, pourrait peut-être favoriser mon désir, » et je tournai autour de cet individu. C'était un vieux Français, grand, sec, aux cheveux gris; son apparence respectable pouvait le faire prendre pour le père de sa maîtresse.

Il avait un air tout à fait vénérable qui annonçait de longs services et une très-ancienne famille. Je vis, en m'approchant de lui, que j'avais peu de chances de succès, car il était muet comme un poisson. Notre conversation fut brève et ses réponses très-laconiques.

« Monsieur, puis-je vous demander qui est votre maîtresse?

— Une dame.

— C'est vrai ; tous ceux qui ont le plaisir de la voir le savent bien. C'est son nom que je demande.

— Vous n'avez pas besoin de le savoir.

— Non, s'il est d'une grande importance de le tenir secret!

— Sacr-r-ré! »

Cette exclamation, murmurée plutôt que prononcée, mit fin à la conversation; et le vieux serviteur tourna le dos d'une manière expressive, en me maudissant certainement dans son cœur comme un Yankee indiscret.

Je m'adressai au noir Jéhu de la voiture, mais sans plus de succès. Il conduisait ses chevaux à bord, et, ne voulant pas répondre directement à mes questions, il tournait autour d'elles, en tournant en même temps autour de ses chevaux, et paraissait toujours avoir à faire du côté opposé à celui où j'étais. Je ne pus même pas tirer de lui le nom de sa maîtresse, et je l'abandonnai aussi en désespoir de cause.

Ce nom me fut cependant révélé un instant après d'une manière inattendue. J'étais retourné à bord, et je m'étais assis de nouveau sous la tente, regardant les bateliers qui embarquaient le chargement, avec les manches de leurs chemises rouges retroussées jusqu'au-dessus du coude. Je vis qu'on embarquait les objets qui venaient d'être amenés par les haquets, et qui appartenaient à la jeune dame. C'étaient principalement des barils de porc et de farine, une certaine quantité de jambons secs, et quelques sacs de café.

« Ce sont des provisions pour son vaste établissement, » me dis-je à moi-même.

En ce moment quelques caisses d'un autre genre étaient poussées sur la planche. C'étaient des malles en cuir, des sacs de voyage, des coffres en bois de rose, des cartons à chapeau, etc.

« Ah ! son bagage personnel, » me dis-je encore tout en continuant à fumer mon cigare. Pendant que je regardais porter ces caisses, mes yeux furent tout à coup attirés par quelques lettres sur le couvercle d'un des colis, un portemanteau de cuir. Je sautai de mon siége, et, comme on montait le portemanteau par l'échelle des paravents, je le rencontrai à moitié chemin. Je jetai un regard et je lus :

Mademoiselle Eugénie Besançon.

CHAPITRE VII.

Le départ.

Le dernier coup de cloche tinte, les gens qui ne veulent pas partir sautent à terre, la planche est retirée, ce qui oblige quelque individu distrait à faire un saut, la sonnette de la machine retentit, les grandes roues tournent et font écumer l'eau, la vapeur siffle et mugit en s'échappant des chaudières, et sort du tuyau de dégagement en faisant entendre régulièrement un bruit sourd. Les bateaux voisins sont dérangés de leur position, leurs planches cèdent et craquent, les défenses et les légères charpentes des tambours sont brisées : il en résulte un feu croisé de malédictions qui s'échangent entre les équipages. Après quelques minutes de cette confusion diabolique, la grande masse se fait jour, et s'avance sur la vaste surface du fleuve.

Elle remonte le courant, qu'elle dompte en quelques tours de roue; le noble navire cède au puissant propulseur et fend le chemin liquide, marchant sur l'eau comme un être doué de vie.

Parfois le départ est annoncé par un coup de canon, parfois il est animé par l'éclat harmonieux d'instruments de cuivre, ou mieux encore, les voix rudes mais non désagréables de l'équipage font entendre quelque vieux chant de batelier au gai refrain.

Lafayette et Carolton sont bientôt dépassées; les toits modestes des magasins et des habitations s'abaissent et disparaissent peu à peu; le noble dôme de Saint-Charles, les flèches des églises, et les tours de la grande cathédrale, sont tout ce qui reste de Crescent-City au-dessus de l'horizon. Enfin, ces derniers points eux-mêmes ne s'aperçoivent plus, et le palais flottant s'avance majestueusement entre les rives pittoresques du Mississipi.

J'ai dit pittoresques. Ce mot ne me satisfait pas, mais je ne puis en trouver un qui rende mon idée. Il faut que j'aie recours à une circonlocution, et que je dise « pittoresquement belles, » pour exprimer l'admiration dont je fus pénétré à la vue de ces rives. Je n'hésite pas à proclamer que c'est ce qu'il y a de plus beau au monde.

Je ne regarde pas les bords du Mississipi en y jetant seulement un froid coup d'œil. Je ne peux pas séparer un paysage des faits qui s'y rattachent, non pas les faits passés, mais les faits actuels. Je regarde les châteaux en ruine des bords du Rhin, et leur histoire me fait éprouver un sentiment de dégoût pour ce qui a été. Je regarde les maisons modernes et les habitants de ce pays; je suis également rempli de dégoût pour ce qui est. Dans la baie de Naples je cède à un sentiment semblable, et, si j'erre autour des parcs seigneuriaux d'Angleterre, je les vois à travers un entourage de misère et de haillons, au point que leur beauté me semble une illusion!

Mais ici, sur les bords de cette rivière majestueuse,

j'aperçois des richesses largement réparties, l'intelligence très-répandue, et du bien-être pour tous. Ici, dans presque toutes les maisons, je trouve les goûts raffinés d'une civilisation avancée, l'hospitalité de cœurs généreux, qui ont les moyens de suivre leurs penchants. Ici je puis converser avec des milliers d'hommes, dont l'âme est libre, pas seulement en politique, mais libre des erreurs vulgaires et de la superstition fanatique; ici enfin j'ai vu, non pas la perfection, car elle appartient à une époque bien éloignée de l'avenir, mais le degré de civilisation le plus élevé que l'on ait atteint jusqu'à présent sur le globe.

Une ombre obscure a frappé mon regard, et mon cœur a été soudainement affligé. C'est l'ombre d'un être humain à peau noire. *Il est esclave!*

Pendant une minute ou deux le *paysage* me paraît noir! Qu'y a-t-il d'admirable dans ces champs de cannes à sucre dorées, de maïs agité par la brise, de coton blanc comme la neige? Qu'y a-t-il d'admirable dans ces grandes maisons, avec leurs orangeries, leurs jardins remplis de fleurs, leurs arbres ombreux, et leurs charmants berceaux? Tout cela n'est que la sueur de l'esclave!

Pendant un instant je regarde sans admirer. Le tableau a perdu sa *couleur de rose*, je n'ai devant moi qu'un triste désert! Je réfléchis. Le nuage se dissipe lentement et graduellement, sa splendeur reparaît. Je réfléchis et je compare.

C'est vrai, l'homme noir est esclave; mais ce n'est pas un esclave *volontaire*. C'est une différence, en sa faveur du moins.

Dans les autres pays, dans le mien, par exemple, je vois autour de moi des esclaves aussi, et en bien plus grand nombre. Ce ne sont pas les esclaves d'une personne, mais ceux d'une association de personnes, d'une classe, d'une oligarchie. Ce ne sont pas les esclaves de la *corvée*, les serfs féodaux, mais les victimes de son représentant moderne, la *taxe*, qui n'en est qu'une simple commutation, et dont les effets sont aussi pernicieux.

Sur mon âme, je trouve que l'esclavage du noir de la Louisiane est moins dégradant que celui de la plèbe blanche d'Angleterre. Le pauvre ilote à tête laineuse est une victime de la conquête, et peut demander à être rangé dans la catégorie honorable des prisonniers de guerre. Il n'a pas voulu sa servitude, tandis que vous, mon épicier, mon boucher, mon boulanger, oui, et vous aussi, mon bon beau marchand de la Cité, qui vous flattez d'être un homme libre, votre servitude est volontaire; vous êtes fidèle à une fourberie politique qui vous enlève annuellement la moitié de votre travail; qui oblige chaque année cent mille personnes de votre espèce à partir pour l'exil, dans la crainte que toute la nation ne meure infectée de la gangrène. Et tout cela ne soulève même pas une protestation! Il y a pis encore : vous êtes toujours prêts à dire, *Crucifiez-le!* de celui qui cherchera à changer cette condition, toujours prêts à glorifier l'homme qui proposera de river encore plus solidement vos fers.

A l'heure même où j'écris, l'homme qui vous aime le moins, celui qui pendant quarante ans, pendant toute sa vie, pour mieux dire, a été votre ennemi systématique, est le plus populaire de vos gouvernants! A l'heure même où j'écris, la roue romaine tourne sous vos yeux, les fusées et les pétards éclatent à vos oreilles enchantées, et vous poussez des cris de joie à propos des articles d'une convention dont le seul but est de renforcer vos chaînes! Il y a à peine un an, vous montriez exactement le même enthousiasme pour une guerre également opposée à vos intérêts, également hostile à la liberté de vos semblables! Misérable aveuglement!

Je répète ce que j'ai dit avec solennité. Sur mon âme, je trouve que l'esclavage du noir de la Louisiane est moins dégradant que celui de la plèbe blanche d'Angleterre.

C'est vrai, cet homme noir est un esclave, et il y a trois

millions d'hommes de sa race dans la même position que lui. Idée pénible! Mais moins pénible lorsqu'elle est accompagnée de cette réflexion, que cette vaste étendue de terre est foulée par *vingt millions d'hommes libres et souverains.* Trois millions d'esclaves et vingt millions de maîtres! Dans mon pays la proportion est exactement en sens contraire! La vérité peut être obscure. Néanmoins, j'ose dire qu'il y a des gens qui la comprennent.

Ah! qu'il est agréable de passer de ces réflexions émouvantes, mais pénibles, à la contemplation plus calme des thèmes fournis par la science et par la nature! Qu'il me parut doux d'étudier les objets si nombreux et si nouveaux qui se présentaient à mes yeux sur les rives de ce magnifique cours d'eau! Ce souvenir même est agréable, et maintenant que j'y rêve de loin, quoique peut-être mon destin soit de ne plus voir ces beautés, je suis consolé par ma mémoire fidèle, dont la puissance magique me permet de les faire revivre aux yeux de l'esprit, avec toutes leurs teintes brillantes de vert et d'or.

CHAPITRE VIII.

Les côtes du Mississipi.

Dès que nous fûmes tout à fait en marche, je montai sur le pont le plus élevé, afin de mieux voir le paysage que nous traversions. Je m'y trouvai seul : car le pilote silencieux, enfermé dans sa petite cage de verre, ne pouvait guère être compté pour un compagnon.

Voici les observations que je fis :

La largeur du Mississipi a été très-exagérée. Dans l'endroit où je suis, elle est environ d'un demi-mille, quelquefois plus, quelquefois moins. (La rivière a cette largeur moyenne à plus de mille milles de son embouchure.) Les eaux coulent avec une vitesse de trois ou quatre milles par heure; elles sont jaunâtres, légèrement teintes de rouge. La couleur jaune est celle du Missouri, et la teinte plus foncée vient des eaux de la rivière Rouge.

Des débris de bois épais flottent à sa surface; dans un endroit ce sont des morceaux isolés; dans un autre, ils sont rassemblés de manière à former une espèce de radeau. Il serait dangereux pour un bateau de les heurter : aussi le pilote les évite. Quelquefois celui-ci n'aperçoit pas un de ces débris qui flotte entre deux eaux; alors un choc violent frappe l'avant du navire qui en est ébranlé, et les passagers les moins expérimentés tressaillent. Le *snag* est ce qu'il y a de plus à craindre. C'est un arbre mort auquel adhèrent encore de vigoureuses racines que leur poids entraîne au fond, où les débris qui se réunissent autour d'elles les enterrent solidement. Le sommet plus léger, dépouillé de ses branches, remonte à la surface; mais la pression du courant l'empêche de garder une position verticale, et il est maintenu dans une position oblique. Quand l'extrémité dépasse l'eau, le danger est insignifiant, excepté pendant les nuits très-sombres. C'est quand elle est cachée à un ou deux pieds sous l'eau, que le snag est redoutable. Alors le bateau qui court dessus en remontant le courant est certainement perdu. Les racines solidement fixées dans un fond de vase empêchent l'ensemble de céder, et le bout, qui est ordinairement pointu, pénètre dans l'avant du bateau qui coule presque instantanément. Un bateau qui frappe en plein contre le snag disparaît en quelques minutes.

Le *sawyer* (scieur) est un tronc fixé dans l'eau comme le snag, mais que le courant abaisse et relève successivement, par un mouvement semblable à celui d'un scieur occupé à son travail (c'est là l'origine du nom). Un bateau qui s'échoue sur un tronc coulé en travers est quelquefois frappé par les branches comme par le snag, et quelquefois brisé en deux sous l'effort de son propre poids.

Parmi les objets qui dérivent, je remarque des matériaux bizarres qui m'intéressent. Des tiges de cannes à sucre qui ont été écrasées par le pressoir (cent milles plus haut je n'en rencontrerai plus), des feuilles et des tiges de maïs, des épis de blé, des morceaux de calebasse, des touffes de coton brut, des palissades brisées, de temps en temps la carcasse d'un animal, sur laquelle est perché le busard ou vautour noir (*cathartes aura* et *atratus*).

Je suis dans la région géographique de l'alligator, mais dans ces parages on aperçoit rarement le grand saurien. Il préfère les eaux plus paresseuses, ou les rivières dont les bords sont encore sauvages. Le voyageur le rencontre rarement sur le cours rapide du Mississipi et sur ses rives bien cultivées.

Le bateau s'approche alternativement des deux bords de la rivière (on les appelle des *côtes*). C'est un terrain d'alluvion d'une formation qui n'est pas très-ancienne. Il n'y a qu'une simple bande de terre ferme, dont la largeur varie d'une centaine de yards [1] à plusieurs milles, et s'abaisse graduellement à partir du bord, de manière que la rivière court maintenant sur le sommet d'une chaîne de hauteurs. Au delà de cette bande commence le *marais* : c'est un espace qui subit tous les ans une inondation, et qui est formé par une série de lagunes et de marécages couverts de roseaux et d'herbes sans valeur. Cette zone a dans quelques endroits une vingtaine de milles d'étendue, et même plus : c'est tout à fait une solitude marécageuse. Quelques parties de ce territoire, qui ne sont pas constamment inondées, sont couvertes de forêts sombres et presque impénétrables. Entre la bande cultivée située immédiatement sur le bord de la rivière et le *marais*, s'étend une ceinture de forêts qui forme en quelque sorte

1. Le yard vaut un mètre.

le fond du tableau, et qui remplace les chaînes de montagnes des autres pays. C'est une forêt haute et sombre, composée principalement de cyprès (*cupressus disticha*); mais on y trouve d'autres espèces particulières à ce sol, telles que l'arbre à gomme douce (*liquidambar styraciflua*), le chêne vert (*quercus virens*), le tupelo (*nyssa aquatica*), le locuste d'eau (*gleditschia aquatica*), le cotonnier (*populus angulata*), ainsi que le *carya*, le *celtis*, différentes variétés d'*acer*, de *cornus*, de *juglans*, de *magnolia*, enfin des chênes. Dans quelques endroits un taillis de petits palmiers (*palmiers sabal*), de *smilax*, de *lianes* et de diverses espèces de *vitis*; dans d'autres des roseaux (*arundo gigantea*) croissant parmi les arbres, dont les branches supportent les longs festons de ce parasite singulier, la mousse espagnole (*tillandsia usneöides*), qui couvre la forêt d'une teinte sombre.

Des champs cultivés s'étendent entre ces bois marécageux et les bords du fleuve. Le cours de la rivière est quelquefois à plusieurs pieds au-dessus de ces champs ; mais ceux-ci sont protégés par la levée, embanquement artificiel qui a été construit sur les deux rives et qui se prolonge à plusieurs centaines de milles depuis l'embouchure.

Je remarque que l'on cultive dans les champs la canne à sucre, le riz, le coton, le tabac, l'indigo et le maïs. Je vois des troupes d'esclaves noirs au travail : leurs vêtements sont rayés de couleurs brillantes où domine le bleu de ciel. Je vois de larges wagons traînés par des mules ou par des bœufs, revenant des champs de canne, ou travaillant nonchalamment le long des deux rives. Je vois le créole aux membres gracieux et légers, en veste de cotonnade et en pantalon bleu clair, monté sur son petit cheval espagnol, qui galope sur le chemin de la levée. Je vois la grande habitation du planteur entourée de jardins et de berceaux d'orangers, avec des jalousies vertes, ses fraîches vérandas et ses jolies palissades. Je vois la grande maison à sucre, ou le hangar à tabac, ou bien celui où l'on épluche le coton ; ainsi que les cabines proprettes, réunies ou alignées, comme les loges de baigneurs des eaux fashionables.

Nous passons maintenant près d'une plantation où l'on célèbre une fête champêtre. Plusieurs chevaux tout sellés piaffent à l'ombre des arbres ; la plupart ont des selles de femme. Dans la véranda, sur le gazon, sous les bosquets d'orangers, on peut voir des dames et des messieurs richement vêtus. La musique se fait entendre, et l'on danse en plein air. Comment s'empêcher d'envier ces heureux créoles qui jouissent d'une existence vraiment arcadienne ?

Des scènes variées et agréables se déroulent à mes yeux comme un panorama. Absorbé par mon admiration, j'avais oublié un moment Eugénie Besançon.

CHAPITRE IX.

Eugénie Besançon.

Non ! Eugénie Besançon n'était pas oubliée. De temps en temps ses formes de sylphide flottaient dans mon imagination, et je ne pouvais m'empêcher de les associer au paysage que nous traversions : c'était là sans doute qu'elle était née, là qu'elle avait été élevée ; sans doute elle était une belle *indigène* de ces contrées. Le coup d'œil de la fête champêtre, où l'on remarquait plusieurs jeunes filles créoles, la ramenait avec plus de force à ma pensée, et je descendis du pont supérieur, pour entrer avec curiosité dans la chambre commune, et voir encore cette intéressante jeune femme.

Je craignis un moment d'être désappointé. La grande

porte de glace, à deux battants, du salon des dames était fermée; et, quoiqu'il y eût plusieurs dames dans le salon principal, la créole ne s'y trouvait pas. La chambre des dames, qui occupe l'arrière du bateau, est une enceinte sacrée dans laquelle les jeunes gens ne sont admis que lorsqu'ils ont le privilége d'avoir une amie à l'intérieur, et encore n'est-ce qu'à certaines heures.

Je n'étais pas un de ces privilégiés. Je ne connaissais personne, ni homme ni femme, parmi les cent et quelques passagers du bord; et j'avais le bonheur ou le malheur d'être également inconnu de tous. Dans ces conditions, mon entrée dans la chambre des dames aurait été considérée comme une indiscrétion; je m'assis dans le salon principal, et je me mis à étudier la physionomie et à suivre les mouvements de mes compagnons de passage.

C'était une foule bigarrée, dans laquelle on distinguait de riches négociants, des banquiers, des courtiers ou des commissionnaires de la Nouvelle-Orléans, qui entreprenaient avec leurs femmes et avec leurs filles leur émigration annuelle vers le Nord, afin d'échapper à la fièvre jaune et de se livrer à l'épidémie plus agréable de la vie fashionable des eaux. Il y avait des cultivateurs et des planteurs de coton du haut pays, qui retournaient chez eux, et des boutiquiers des villes du haut de la rivière; des bateliers qui, en pantalons de toile et en chemises de flanelle rouge, avaient conduit une *plate*, en descendant la rivière pendant deux mille milles, et qui revenaient vêtus de drap fin et de linge blanc comme la neige. Comme ils allaient faire les lions quand ils seraient de retour chez eux, près des sources de la rivière salée, dans le Cumberland, le Licking, ou le Miami! Il y avait des créoles, et aussi des négociants en vieux vins du quartier français, accompagnés de leurs familles; les hommes se distinguaient par leurs jabots extravagants, par leurs pantalons à plis, leurs bijoux brillants, et leurs chaussures en étoffe de couleur claire.

Il y avait quelques commis élégamment vêtus, qui jouissaient du privilége de quitter la Nouvelle-Orléans dans la saison *ennuyeuse*, et quelques gentlemen encore plus richement mis, dont les habits étaient du drap le plus fin, le linge et les manchettes de la plus parfaite blancheur : ils portaient comme boutons de chemise les diamants les plus brillants, et avaient aux doigts les bagues les plus massives. Ces derniers étaient des joueurs. Ils étaient déjà réunis autour d'une table, dans le salon des fumeurs, et battaient un jeu de cartes tout neuf, instrument de leur industrie particulière.

Je remarquai parmi ceux-ci l'homme qui m'avait si hautement défié de parier avec lui sur le résultat de la lutte des bateaux. Il avait passé près de moi à diverses reprises, en me jetant un regard qui n'était rien moins qu'amical.

Notre discret ami l'intendant était assis dans le salon. Il ne faut pas supposer que sa position d'intendant ou de commandeur pût l'empêcher de jouir des priviléges d'une cabine de première classe. Il n'y a pas de second salon à bord d'un steamer américain. De pareilles distinctions ne s'étendent pas dans l'Ouest jusqu'au Mississipi.

Les commandeurs des plantations sont habituellement des hommes d'un caractère grossier et brutal. La nature même de leurs fonctions leur communique ces dispositions. Cependant, ce Français semblait faire exception. Il avait tout l'air d'un vieux et respectable gentleman. J'aimais assez son regard, et je commençais à éprouver un véritable intérêt pour lui, quoiqu'il ne parût pas du tout disposé à une bienveillance réciproque.

Quelques personnes se plaignirent des moustiques et proposèrent d'ouvrir les portes du salon des dames. Cette proposition fut appuyée par plusieurs dames et plusieurs messieurs. Le commis du bord est le seul homme qui puisse se charger d'une pareille responsabilité. On s'adressa enfin à lui. La demande était raisonnable, elle fut accordée; et les grandes portes du paradis du bateau à vapeur furent ouvertes. Il en résulta un courant d'air qui passa dans le salon de l'avant à l'arrière; et en moins de cinq minutes il ne restait pas un moustique à bord, excepté ceux qui avaient cherché un abri dans les cabines particulières. Ce fut un soulagement bien sensible, en vérité.

Les portes du salon des dames restèrent ouvertes, arrangement agréable à tout le monde, mais particulièrement à quelques-uns des jeunes et élégants commis, qui purent alors jouir de la vue complète de l'intérieur du *harem*. On put voir plusieurs d'entre eux profiter du nouvel arrangement, non pas en regardant fixement et en face, cela aurait été jugé grossier et les aurait fait mal noter : ils lançaient seulement vers le sanctuaire des coups d'œil de côté, ou bien ils regardaient par-dessus des livres qu'ils faisaient semblant de lire, ou bien encore ils se promenaient d'un bout à l'autre du salon, et, quand ils approchaient de la limite enviée, ils jetaient à l'intérieur un regard distrait en apparence. Quelques-uns d'entre eux paraissaient avoir là des connaissances, mais ne pas être avec elles sur un pied de familiarité assez grande pour leur permettre d'entrer. D'autres espéraient faire connaissance, si l'occasion se présentait. Je pus saisir des regards expressifs, et parfois un sourire qui semblait indiquer une intelligence mutuelle. Bien des pensées agréables se communiquent sans qu'un seul mot soit prononcé. La langue est quelquefois une triste désenchanteresse; je lui ai vu gâter plus d'un joli petit complot d'amour conçu en silence, et presque mûr pour l'exécution.

Je m'amusai de cette muette pantomime, et je restai quelques minutes à l'observer. Mes yeux se portaient par moments vers l'intérieur du salon des dames, guidés en partie par une curiosité vague. J'ai l'habitude de l'observation. Toute chose nouvelle m'intéresse; cette vie de la cabine d'un bateau à vapeur américain était entièrement nouvelle pour moi, et elle n'était pas médiocrement piquante. J'avais le désir de l'étudier. Peut-être étais-je quelque peu intéressé d'une autre manière, et désirais-je voir encore une fois la jeune créole.

Mon désir fut exaucé. J'aperçus enfin Eugénie Besançon. Elle venait de sortir de sa chambre, et se promenait autour du salon, gracieuse et gaie ; elle avait retiré son chapeau, et ses beaux cheveux dorés étaient retroussés *à la chinoise*, mode adoptée par beaucoup de créoles. Les masses épaisses qui formaient derrière sa tête une énorme couronne indiquaient une chevelure uxuriante, et sa coiffure, qui laissait voir son noble front et son cou délicat, lui allait à ravir. Des cheveux et le teint d'une blonde sont rares parmi les créoles, mais cela se voit quelquefois ; généralement elles ont les cheveux noirs et la peau un peu brune; Eugénie Besançon était une exception remarquable.

Ses traits exprimaient la gaieté, presque la légèreté; cependant on ne pouvait s'empêcher de croire qu'il y avait au fond de la fermeté dans son caractère. Sa tournure défiait la critique, et, si son visage n'était pas d'une beauté éclatante, il était cependant tel qu'on ne pouvait le regarder sans plaisir.

Elle paraissait connaître quelques-unes de ses compagnes de passage, au moins elle causait avec elles avec beaucoup d'aisance. Du reste, les femmes sont rarement embarrassées entre elles; les Françaises ne le sont jamais.

Je remarquai que ses compagnes semblaient la regarder avec déférence. Sans doute elles avaient déjà appris que le joli équipage lui appartenait.

Je continuai à contempler cette intéressante personne; je ne pouvais l'appeler une demoiselle, car, quoique assez jeune, elle avair l'air d'une femme, d'une femme expérimentée; elle paraissait tout à fait à son aise, et semblait maîtresse non-seulement d'elle-même, mais, à vrai dire, de toutes choses.

« Quel air d'insouciance! pensai-je. Cette femme n'est pas amoureuse! »

Je ne peux pas dire pourquoi je fis ces réflexions, ou pourquoi cette pensée me plut, mais il est sûr qu'il en fut ainsi. Pourquoi? Elle ne m'était rien, elle était de beaucoup au-dessus de moi. J'osais à peine lever les yeux sur elle; je la regardais comme un être supérieur, en lui jetant de timides coups d'œil, comme j'aurais regardé une belle personne dans une église. Elle n'était rien pour moi. Dans une heure il allait faire nuit, et elle devait débarquer pendant la nuit; je ne la reverrais plus! Je penserais à elle une heure ou deux, un jour peut-être, d'autant plus que j'étais assez fou pour rester assis à la regarder! « Je tisse un filet pour moi-même, me disais-je; je me prépare une petite agonie qui pourra durer quelque temps après son départ. »

J'avais résolu d'échapper à l'influence fascinatrice, et d'aller reprendre ma méditation sur le pont supérieur. Un dernier regard à la belle créole, et j'allais partir.

En ce moment même elle se laissa tomber sur une de ces chaises connues sous le nom de *rocking-chairs*, dont les mouvements faisaient valoir les belles proportions et les contours de sa personne. Dans la position qu'elle avait prise, elle faisait face à la porte, et son œil s'arrêta pour la première fois sur moi. Par le ciel! elle me regarde tout à fait comme elle m'avait déjà regardé. Que signifie ce coup d'œil étrange? ces yeux brûlants, immobiles et fixes, ils restent attachés sur les miens, et les miens tremblent de leur répondre.

Ses yeux s'arrêtèrent ainsi sur moi pendant quelques instants, sans changer de direction. J'étais trop jeune alors pour comprendre l'expression dont ils étaient animés. Je pus l'interpréter plus tard, mais pas alors.

Enfin elle se leva de son siége d'un air troublé; comme si elle eût été mécontente d'elle-même ou de moi, puis elle tourna la tête, ouvrit la porte à jalousie et rentra dans sa cabine.

Avais-je fait quelque chose qui pût l'offenser? Non, je n'avais pu la blesser ni par mes paroles, ni par mes regards, ni par mes gestes. Je n'avais pas parlé, pas bougé, et mon regard timide n'avait certes rien d'outrageant.

J'étais un peu abasourdi par la conduite de Mlle Besançon; bien convaincu que jamais je ne la reverrais, je sortis à la hâte du salon, et je grimpai de nouveau sur le pont supérieur.

CHAPITRE X.

Une nouvelle manière d'augmenter la pression.

L'heure du coucher du soleil approchait; le disque enflammé s'abaissait derrière la ligne sombre de la forêt de cyprès qui à l'ouest formait une ceinture à l'horizon, et une lueur jaune tombait sur la rivière. Je me promenais de l'avant à l'arrière sous la tente; je regardais le paysage, absorbé dans l'admiration de son éclatante beauté.

Ma rêverie fut interrompue. En regardant le cours de la rivière au-dessous de nous, j'aperçus dans notre sillage un grand bateau qui nous suivait de près. Le volume de fumée qui sortait de ses hautes cheminées et la lueur rouge de ses fourneaux faisaient voir qu'il avançait à toute vapeur. Ses dimensions et le bruit violent de son tuyau de dégagement annonçaient un bateau de première grandeur : c'était *le Magnolia*. Il marchait avec une grande vitesse, et je ne le regardai pas longtemps avant de m'apercevoir qu'il nous gagnait rapidement.

En ce moment mes oreilles furent frappées d'une variété de sons qui partaient d'en bas : des voix hautes, dont le ton avait quelque chose de sérieux, un bruit de pas qui indiquait que des hommes parcouraient à la hâte les ponts et les galeries. Des voix de femmes se mêlaient aussi à ce tumulte.

Je me doutai de ce que cela signifiait. L'approche du bateau rival était la cause de tout ce mouvement.

Jusqu'alors la joute des bateaux avait été à peu près oubliée. Le bruit s'était répandu dans l'équipage et parmi les passagers que le capitaine n'avait pas l'intention de lutter; et, quoique cette détermination eût été d'abord vivement censurée, le désappointement s'était à peu près évanoui. L'équipage avait été occupé de l'arrimage, les chauffeurs avaient songé à leurs énormes billes de bois, les joueurs à leurs cartes, et les passagers en général à leurs portemanteaux ou au journal du jour. L'autre bateau, ne partant pas en même temps, était resté hors de vue jusqu'au moment actuel, et l'esprit de rivalité était presque sorti de toutes les têtes.

L'apparition du bateau rival produisit un changement subit : les joueurs jetèrent les cartes à moitié distribuées, dans l'espoir d'avoir un sujet de paris plus intéressant; les lecteurs avaient fermé leurs livres à la hâte et mis de côté les journaux; ceux qui fouillaient dans leurs malles avaient précipitamment laissé retomber les couvercles; les belles occupantes des rocking-chairs s'étaient dressées debout tout à coup, et tout le monde avait quitté les cabines pour se précipiter sur l'arrière du bateau.

Ma position sur le pont supérieur était aussi bonne que possible pour bien voir le bateau rival, et je fus bientôt rejoint par une partie de mes compagnons de passage.

Cependant je désirais voir ce qui se passait dans la salle commune, et je descendis.

Quand j'arrivai dans le salon principal, je le trouvai tout à fait désert; les passagers mâles et femelles étaient tous sortis sur la galerie et s'appuyaient contre la rampe, d'où ils surveillaient avec anxiété *le Magnolia*.

Je trouvai le capitaine sous la tente, à l'avant du salon. Il était entouré par une foule de gentlemen qui paraissaient tous très-animés. Ils lui parlaient l'un après l'autre. Ils le pressaient d'augmenter sa pression.

Le capitaine, qui désirait évidemment échapper à ces importunités, allait d'un endroit à un autre. Vains efforts! Partout il était abordé ou suivi par un certain nombre d'individus qui avaient tous la même prière sur les lèvres. Quelques-uns demandaient même « pour l'amour de Dieu! » qu'on ne laissât pas *le Magnolia* passer devant *la Belle de l'Ouest!*

« Bien, capitaine! disait l'un; si *la Belle* ne court pas, je pense qu'on n'en entendra plus parler sur ces eaux; c'est fini.

— Vous avez raison! ajoutait un autre.

— Quant à moi, au prochain voyage que je ferai, j'essayerai *le Magnolia*.

— C'est un bateau qui marche vite, *le Magnolia!* faisait remarquer un troisième.

— Ce n'est pas autre chose, reprenait le premier interlocuteur. Je le crois bien; je m'imagine qu'il va à toute vapeur! »

Je me dirigeai par la galerie extérieure vers le salon des dames. Toutes en étaient sorties et se trouvaient réunies le long du parapet; elles paraissaient aussi intéressées que les hommes à la joute des deux bateaux. Je pus entendre plusieurs d'entre elles exprimer à haute voix leur désir de voir la lutte s'engager. Toute appréhension de danger, toute crainte des conséquences de la joute avaient disparu, et je crois que, si l'assemblée avait eu à voter en ce moment, on n'aurait pas trouvé trois voix qui se fussent prononcées contre la lutte. J'avoue que j'aurais moi-même voté pour la course; j'avais été saisi par la maladie, et je ne pensais plus depuis longtemps aux snags, aux sawyers, ni aux chaudières qui éclatent.

A mesure que *le Magnolia* approchait, l'animation augmentait. Évidemment il allait être près de nous dans quelques minutes, puis il nous dépasserait. Cette idée était insupportable à quelques-uns des passagers, et l'on pouvait entendre de violentes paroles, entremêlées de temps en temps d'un juron de colère. Le pauvre capitaine avait tout à supporter, car on savait que le reste des officiers était bien disposé pour un essai de vitesse. Le capitaine seul *montrait la plume blanche.*

Le Magnolia était près de nous, dans notre sillage, le cap un peu incliné sur un des côtés. Il se préparait évidemment à nous dépasser!

Ses officiers et son équipage étaient tous en mouvement; les deux pilotes étaient en évidence sur la cabine de la roue, les chauffeurs étaient tous occupés sur le pont, les portes des fourneaux étaient chauffées au rouge; et la lueur brillante s'élevait à plusieurs pieds au-dessus des hautes cheminées! On aurait pu croire que le feu était à bord!

« Ils brûlent des jambons! s'écria une voix.

— Ils n'en brûlent pas! s'écria un autre passager.

— Voyez, il y en a une pile devant les fourneaux. »

Je tournai les yeux dans cette direction. C'était vrai. Une espèce de pyramide d'objets d'un vrai sombre s'élevait sur le pont en face des foyers. La dimension de ces objets, leur forme et leur couleur, montraient ce que c'était : des jambons de porc séchés. On voyait les chauffeurs prendre au tas, et en jeter l'un après l'autre sur les voûtes rougies des cendriers.

Le Magnolia nous gagnait toujours. Son avant était déjà

à la hauteur des tambours de *la Belle*. Sur ce dernier bateau, l'animation et le bruit allaient croissant. De temps en temps une raillerie d'un des passagers de notre rival jetait de l'huile sur le feu, et l'on suppliait de nouveau le capitaine de courir. Les hommes le menaçaient presque avec violence.

Le Magnolia continuait à avancer : il était maintenant sur la même ligne que nous. Une autre minute se passa, minute de profond silence. Les équipages et les passagers des deux bateaux suivaient leur marche avec des cœurs trop pleins pour pouvoir prononcer un seul mot. Une autre minute et *le Magnolia* prit l'avance ! Une exclamation de triomphe retentit de toutes parts sur ses ponts, accompagnée de cris railleurs et d'expressions insultantes.

« Jetez-nous une corde, nous vous remorquerons ! disait l'un.

— Où est votre vieille arche maintenant ? criait un autre.

— Hourra pour *le Magnolia !* Trois grognements pour *la Belle de l'Ouest !* Trois grognements pour le vieux déterré ! » vociférait un troisième, au milieu des railleries et des éclats de rire.

Je peux à peine donner une idée de la mortification que l'on éprouvait à bord de *la Belle*. Et ce n'était pas seulement parmi les officiers et l'équipage : ce sentiment semblait partagé par chacun des passagers. Je le partageais moi-même, bien plus vivement que je ne l'aurais cru possible.

On n'aime pas à être au nombre des vaincus, dans quelque lutte que ce soit. En outre, on cède involontairement à l'impulsion du moment. Le sentiment qui domine autour de nous, par l'effet d'une loi physique irrésistible, devient pour un moment peut-être notre sentiment personnel, et, même lorsque nous savons que le motif de l'exaltation commune est insignifiant ou absurde, un courant électrique nous entraîne dans le même enthousiasme.

L'équipage et les passagers semblèrent penser que la prudence de notre capitaine était une lâcheté, et une clameur générale, mêlée aux cris de : *Honte!* retentit dans tout le navire.

Pauvre capitaine! j'avais les yeux fixés sur lui pendant tout ce temps-là, et il me faisait vraiment pitié. J'étais peut-être le seul passager du bord, outre la blonde créole, qui connût son secret; et je ne pouvais m'empêcher d'admirer le courage chevaleresque qui le lui faisait garder. Je voyais ses joues rougir et ses yeux briller de dépit, et je sentais bien que si, dans ce moment, il eût dû renouveler sa promesse, il ne l'eût pas faite, même pour s'assurer tout le fret qui se transporte sur le fleuve.

En ce moment, comme s'il eût voulu se dérober aux importunités qui l'assiégeaient, je le vis reculer vers l'arrière et passer par le salon des dames. Il y fut aussitôt reconnu, et les belles passagères lui livrèrent un assaut général, presque aussi bruyant que celui des hommes. Plusieurs d'entre elles le menaçaient, en riant, de ne plus jamais voyager sur son bateau, tandis que d'autres l'accusaient de manquer de galanterie. Il était certainement impossible de résister à de pareilles railleries, et je suivais attentivement le capitaine, m'attendant à un dénoûment quelconque; le dénoûment approchait.

Il s'avança au milieu d'un groupe de ces belles importunes, et leur parla ainsi :

« Mesdames, rien ne me serait plus agréable que de vous satisfaire; mais, avant de quitter la Nouvelle-Orléans, j'ai promis, par le fait, j'ai donné à une dame ma parole d'honneur. »

Ici, ce discours galant fut interrompu par une jeune dame qui s'écria en s'élançant d'une autre partie du bateau :

« Oh capitaine! cher capitaine! ne laissez pas ce misérable bateau passer devant nous! Employez plus de vapeur et dépassez-le. Allons, cher capitaine!

— Comment, mademoiselle! répondit le capitaine étonné; c'est à vous que j'ai promis de ne pas courir, c'est....

— Pardieu, s'écria Mlle Besançon, car c'était elle, je le sais. Je l'avais tout à fait oublié. Oh, cher capitaine, je vous rends votre parole. Hélas! j'espère qu'il n'est pas trop tard. Pour l'amour du ciel, essayez de le dépasser! *Écoutez! les polissons!* comme ils se moquent de nous! »

La figure du capitaine se ranima un moment, mais elle reprit soudain son expression de découragement. Il répliqua :

« Mademoiselle, quoique je vous sois bien reconnaissant, j'ai le regret de dire que, dans les circonstances actuelles, je ne peux pas espérer de lutter avec succès contre *le Magnolia*. Nous ne sommes pas dans des conditions semblables. *Il brûle des jambons*, et il en a une bonne provision. Je m'en serais procuré aussi; mais, après vous avoir promis de ne pas lutter, je n'en ai naturellement pas embarqué. Il serait inutile de tenter la lutte, n'ayant que du bois ordinaire, à moins que la marche de *la Belle* ne soit réellement bien supérieure, ce que nous ignorons encore, car nous n'avons jamais essayé sa vitesse. »

Cet argument semblait être sans réplique, aussi plusieurs dames regardèrent-elles Mlle Besançon avec mécontentement.

« Des jambons! s'écria celle-ci; des jambons! dites-vous, cher capitaine? Combien en faut-il? y en aura-t-il assez de deux cents?

— Oh! il n'en faut pas tant que cela, répondit le capitaine.

— Antoine! Antoine! venez ici! continua la jeune

fille, appelant le vieil intendant. Combien avez-vous de jambons à bord?

— Il y en a dix barils, mademoiselle, répondit l'intendant qui s'inclina avec respect.

— Dix barils! cela suffira, je pense. Cher capitaine, ils sont à votre service!

— Mademoiselle, je vous les payerai, dit le capitaine, qui s'anima et partagea l'enthousiasme général.

— Non, non, non! J'en fais la dépense, puisque c'est moi qui vous ai empêché d'en prendre à bord. C'était pour les gens de ma plantation, mais ils ne sont pas nécessaires. Nous enverrons en chercher d'autres. Allez, Antoine! allez vers les chauffeurs. Défoncez les barils! servez-vous en comme vous l'entendrez; mais ne vous laissez pas battre par ce mauvais *Magnolia!* Écoute! comme ils crient! Ah! nous les passerons encore! »

Tout en parlant ainsi, la fière créole s'élança vers le parapet, suivie d'une troupe d'admirateurs.

La détermination du capitaine fut bientôt prise, et l'histoire des jambons, qui se répandit immédiatement, augmenta encore l'enthousiasme des passagers et de l'équipage. La jeune dame fut saluée de trois acclamations qui semblèrent une mystification à l'adresse des gens du *Magnolia*. Ceux-ci jouissaient depuis quelque temps de leur triomphe; ils étaient devant nous à une distance considérable.

Tout le monde se mit à l'œuvre avec ardeur: les barils furent roulés et défoncés devant les chaudières, une partie de leur contenu disparut dans la fournaise ardente. Les murs de fer devinrent bientôt rouges, la pression augmenta, le bateau trembla sous l'action plus violente de la machine, les sonnettes des mécaniciens tintèrent leurs signaux, les roues tournèrent avec plus de rapidité, et une augmentation de vitesse devint sensible.

L'espérance étouffa les cris, et une sorte de silence se

rétablit. On n'entendit plus que de rares paroles, des jugements exprimés par l'un ou l'autre des passagers sur la marche des bateaux rivaux, des conditions de pari qui se débattaient, et de temps en temps quelques allusions à l'histoire des jambons.

Par moments, tous les yeux étaient fixés sur la rivière, regardant avec avidité l'espace qui séparait les steamers rivaux.

CHAPITRE XI.

Une course de bateaux sur le Mississipi.

Il faisait alors presque nuit. Il n'y avait pas de lune, pas l'ombre d'une étoile. Dans la partie inférieure du Mississipi, une nuit claire est assez rare. Les vapeurs des marais obscurcissent trop souvent le ciel.

Il faisait cependant assez clair pour la course. L'eau jaune était très-visible. On la distinguait facilement de la terre. Le chemin était large, et les pilotes des deux bateaux, de vieux compères, connaissaient tous les bancs de sable du fleuve.

Les steamers étaient bien visibles l'un pour l'autre. Il était inutile d'avoir des fanaux à l'extérieur, et cependant le mât de pavillon placé en avant de chacun d'eux portait ses signaux de couleur. Les fenêtres des cabines étaient toutes éclairées, et l'éclat des feux de jambon lançait au loin sur le fleuve une lueur de vermillon.

A bord de chacun des navires on pouvait voir les spectateurs de l'autre bateau à la fenêtre de leurs cabines, ou penchés sur les parapets, dans des attitudes qui dénotaient l'intérêt.

Au moment où *la Belle* obtenait toute la pression, *le Magnolia* était à un bon demi-mille en avant. Cette distance, insignifiante quand il y a une grande différence de vitesse, ne se regagne pas facilement quand la marche de deux bateaux est à peu près égale. Il s'écoula donc assez de temps avant qu'on pût être sûr, à bord de *la Belle*, que l'on rattrapait le bateau rival; ce qui est assez difficile à juger quand deux bateaux sont dans le sillage l'un de l'autre. Les passagers adressaient des questions aux officiers, ou s'interrogeaient l'un l'autre, et cette importante affaire était l'objet de conjectures continuelles.

Enfin on reçut du capitaine l'assurance que l'on avait déjà gagné environ cent yards. La joie fut alors générale, mais pas *universelle*, car il y avait à bord de *la Belle* quelques individus peu patriotiques qui avaient risqué leurs dollars pour *le Magnolia*.

Cependant, une heure après, tout le monde s'aperçut clairement que notre bateau gagnait rapidement *le Magnolia*, car nous étions alors à moins d'un quart de mille de lui. Un quart de mille sur une eau tranquille semble n'être qu'une courte distance, et les gens des deux bateaux pouvaient causer comme ils l'entendaient. Ceux de *la Belle* ne perdirent pas cette occasion de renvoyer à ceux du *Magnolia* leurs vanteries. Des cris de sarcasme arrivèrent aux oreilles de ces derniers, et leurs railleries furent payées avec usure.

« Avez-vous quelque message pour Saint-Louis? Nous y allons, et nous serons heureux de le porter pour vous, s'écriait quelqu'un de *la Belle*.

— Hourra pour le brave bateau *la Belle!* vociférait un autre.

— Où en êtes-vous de vos jambons? demandait un troisième. Nous pourrons vous en prêter, si vous n'en avez plus.

— Où dirons-nous que nous vous avons laissés? s'informait un quatrième. A Shirt-Tail-Bend? »

Et de bruyants éclats de rire succédaient à cette plaisante allusion à un des points de la rivière, bien connu des bateliers.

Minuit approchait, et pas une âme, à bord de l'un ou de l'autre des bateaux, ne songeait à aller se reposer. L'intérêt de la course empêchait de penser au sommeil; hommes et femmes étaient hors des cabines, ou sortaient et rentraient par moments pour mieux juger des progrès accomplis. L'animation avait porté à boire, et je remarquai que plusieurs passagers étaient déjà à moitié ivres. Les officiers aussi, entraînés, s'en donnaient trop librement, et à certains symptômes on pouvait reconnaître que le capitaine lui-même était à peu près dans un état semblable. Personne ne pensait à l'en blâmer; la prudence avait fui du bateau.

Il est près de minuit, les deux bateaux continuent leur course. On entend le craquement et le grincement de leur machine! Une obscurité profonde règne sur le fleuve, mais ce n'est pas un obstacle. Les feux rouges brillent; la lueur s'élève bien au-dessus des hautes cheminées; la vapeur jaillit des tuyaux d'échappement, les larges pales font écumer l'eau, la membrure craque et tremble sous un effort violent, et les bateaux s'avancent!

Il est près de minuit; les steamers ne sont plus qu'à une distance de deux cents yards. *La Belle* bondit dans les eaux du *Magnolia*. En moins de dix minutes, son avant dépassera l'arrière de son rival! En moins de vingt, un cri de victoire parti de ses ponts, ira retentir sur les deux rives!

J'étais près du capitaine de notre bateau, et je ne le regardais pas sans éprouver quelque sollicitude. Je regrettais de le voir aller si souvent au buffet. Il buvait copieusement.

Il venait de reprendre sa place sur les tambours, et regardait à l'avant. Quelques lumières errantes brillaient sur la rive droite du fleuve, à un mille de nous.

La vue de ces lumières le fit tressaillir; il poussa une exclamation précipitée.

« Par le ciel! c'est *Bringiers!*

— Oui, dit le pilote d'un ton traînard. Nous y sommes arrivés vite, j'espère.

— Grand Dieu! je serai donc vaincu à la course!

— Comment cela? dit l'autre qui ne comprenait pas; qu'est-ce que cela y fait?

— Je dois accoster là. Je dois.... je dois.... la dame qui nous a donné les jambons.... je dois la débarquer!

— Oh! cette..., répliqua le flegmatique pilote; c'est diablement dommage, ajouta-t-il; mais s'il le faut, il le faut. Diable de chance! Nous les aurions battus dans un quart d'heure d'ici, je crois. Diable de chance!

— Il n'y faut plus penser, dit le capitaine. Gouvernez en dedans. » Il se précipita ensuite en bas; et, comme j'avais remarqué son ton animé, je le suivis.

Un groupe de dames se tenait sur la galerie où le capitaine descendit en quittant le tambour : la créole faisait partie de ce groupe.

« Mademoiselle, dit le capitaine, s'adressant à elle, il faut malgré tout que nous perdions.

— Pourquoi? demanda-t-elle avec surprise; est-ce qu'il n'y en a pas assez? Antoine, les avez-vous tous donnés?

— Non, mademoiselle, répondit le capitaine, ce n'est pas cela, je vous remercie de votre générosité. Vous voyez ces lumières?

— Oui..., eh bien?

— C'est Bringiers.

— Oh! c'est Bringiers, bien sûr?

— Oui; et c'est bien là que vous débarquez?

— Et c'est là ce qui vous ferait perdre la course?

— Certainement.

— Alors il est évident que je ne débarquerai pas là. Qu'est-ce que cela fait, un jour? Je ne suis pas assez vieille pour ne pas pouvoir perdre un jour. Ha! ha! ha! vous ne perdrez pas la course, ni la réputation de votre excellent bateau, à cause de moi. Ne vous occupez pas de mon débarquement, cher capitaine! conduisez-moi à Bâton-Rouge. Je veux revenir dans la matinée. »

L'auditoire poussa un cri de joie, et le capitaine retourna précipitamment vers le pilote, pour contre-mander son dernier ordre.

La Belle entre de nouveau dans les eaux du *Magnolia*; une distance de deux cents yards à peine les sépare. Le mouvement de la machine, le bruit de la vapeur, le clapotement des pales, le craquement des bordages, les cris de ceux qui sont à bord, forment un concert grossier.

La Belle s'élance en avant, en avant, en avant, gagnant de l'espace malgré les efforts de son antagoniste. En avant! elle se rapproche encore, puis encore, juqu'à ce que son avant dépasse l'arrière, puis les tambours, puis l'avant du *Magnolia*. Bientôt les fanaux des deux navires se croisent, ils se réfléchissent ensemble sur l'eau; les deux bateaux sont sur la même ligne!

On gagne encore un pied.... Le capitaine agite son chapeau.... Et le cri de triomphe retentit!

Ce hourra triomphant devait rester inachevé. Les premiers sons avaient à peine ébranlé l'air de la nuit qu'ils furent interrompus par une explosion semblable à celle d'une poudrière, un explosion qui fit trembler l'air, la terre et l'eau! La charpente craqua et sauta en l'air; des hommes poussèrent des cris au moment où ils se sentirent projetés vers le ciel, la fumée et la vapeur couvrirent les airs.... Un cri désespéré d'agonie retentit dans la nuit!

CHAPITRE XII.

La ceinture de sauvetage.

La secousse, qui ne ressemblait à rien de ce que j'avais jamais éprouvé, indiquait cependant la nature de la catastrophe. J'eus la conviction instantanée que les chaudières avaient éclaté, et c'était bien ce qui avait eu lieu.

Je me trouvais alors, par hasard, sur le bastingage en arrière de ma cabine. Je me tenais à la balustrade, sans quoi le choc et l'élan subit du bateau m'auraient lancé en dehors la tête la première.

Sachant à peine ce que je faisais, je regagnai en chancelant ma cabine, et, franchissant l'autre porte, j'entrai dans le salon principal.

Je m'y arrêtai et je regardai autour de moi. Toute la partie avant du bateau était enveloppée de fumée, et déjà la vapeur brûlante envahissait l'appartement.

Je me précipitai sur l'arrière pour éviter le contact de la vapeur ; mais, par un hasard heureux, l'embardée du bateau avait présenté l'arrière au vent et la brise repoussait le dangereux élément.

La machine était devenue silencieuse, les roues avaient cessé de tourner, le tuyau d'échappement ne faisait plus entendre ses notes assourdissantes ; mais, au lieu de ces bruits, d'autres plus terribles frappaient mes oreilles. Les cris des hommes mêlés à des imprécations insensées, terrifiantes, les cris plus aigus des femmes, les gémissements des blessés, les soupirs d'agonie de ceux qui avaient été jetés à l'eau et qui se noyaient, retentissaient avec une énergie terrible !

Que ces sons différaient de ceux qui tout à l'heure encore s'échappaient des mêmes bouches !

La fumée et la vapeur furent bientôt dissipées en partie, et je pus apercevoir l'avant du bateau. Un chaos général s'offrit à mes regards. Le salon des fumeurs, le buffet et tout ce qu'il contenait, la tente de l'avant et presque tout le tambour de tribord, avaient été complétement emportés, comme si une mine eût éclaté sous cette partie du navire. Les énormes tuyaux de fer des cheminées étaient tombés sur l'avant du pont ! Un coup d'œil suffit pour me convaincre que le capitaine, les pilotes et tous ceux qui se trouvaient de ce côté du bateau, devaient avoir péri !

Ces réflexions me traversèrent l'esprit avec la rapidité de l'éclair, et ne m'occupèrent naturellement qu'un instant. Je sentais que j'étais encore intact, et ma première pensée fut pour ma propre sûreté. J'avais assez de présence d'esprit pour savoir qu'il n'y avait pas à craindre une seconde explosion ; mais je m'aperçus que le navire avait éprouvé de sérieuses avaries, et qu'il inclinait déjà d'un côté. Combien de temps allait-il flotter ?

Je m'étais à peine adressé cette question, qu'une voix y répondit par des accents terrifiés : « Grand Dieu ! il coule ! il coule ! » Presque au même instant retentit le cri : « Au feu ! » Les flammes éclatèrent et s'élevèrent jusqu'à la hauteur du pont supérieur ! Qu'il fût détruit par le feu ou par l'eau, il était évident que le navire ne nous offrirait pas longtemps un refuge assuré.

La pensée des survivants se dirigea alors vers *le Magnolia*. Je regardai dans la direction de ce bateau. Je m'aperçus qu'il faisait de son mieux pour revenir en arrière, et qu'il se retournait vers nous ; mais il était encore éloigné de plusieurs centaines de yards ! *La Belle* ayant gouverné un instant vers le débarcadère de Bringiers, les navires avaient cessé de courir dans les mêmes eaux, et, quoiqu'ils fussent sur la même ligne au moment de l'explosion, ils étaient séparés l'un de l'autre par toute la largeur du fleuve. *Le Magnolia* semblait être à un bon quart de mille, et il était évident qu'il lui faudrait un temps considérable avant de pouvoir accoster notre bord. Les débris de *la Belle* flotteraient-ils tout ce temps-là?

Je me convainquis d'un coup d'œil que cela n'était pas possible. Je sentais le bateau s'enfoncer pouce à pouce sous mes pieds; l'incendie menaçait déjà l'arrière, il se communiquait à la boiserie légère du brillant salon, comme à des étoupes! Il n'y avait pas un moment à perdre; il fallait se jeter volontairement à l'eau, couler avec le bateau ou être dévoré par le feu. Une de ces trois alternatives était inévitable!

Vous vous imaginez peut-être que j'étais alors en proie à une terreur extrême. Ce ne serait cependant pas exact. Je n'avais pas la moindre crainte pour ma sûreté; non pas que je me misse au-dessus des idées ordinaires par un courage supérieur, mais tout simplement parce que j'avais confiance *dans mes ressources*. Quoique je sois assez insouciant, je n'ai jamais été fataliste. J'ai sauvé mes jours plus d'une fois par des actes de volonté, par de la présence d'esprit et de l'adresse. Aussi me suis-je affranchi des superstitions de la prédestination et du fatalisme; et par conséquent, quand je ne suis pas trop indolent, je me précautionne contre le danger.

C'est ce que j'avais fait dans les circonstances que je raconte. J'avais dans mon portemanteau, et c'est une habitude que j'ai conservée, un système très-simple, une ceinture de sauvetage. Je m'arrange pour l'avoir toujours sous la main. Il suffit d'un moment pour se l'ajuster, et, une fois que je l'ai autour du corps, je me jetterais sans crainte dans le fleuve le plus large, ou même dans un bras de mer. C'était cette assurance qui me soutenait, et non pas un courage supérieur.

Je courus à ma cabine ; mon portemanteau était ouvert ; un moment après, j'avais dans les mains le petit matelas de liége. En quelques secondes je passai les bretelles par-dessus ma tête, et j'attachai les liens autour de ma taille.

Ainsi accoutré, je restai dans ma cabine avec l'intention de m'y tenir jusqu'à ce que le bateau fût descendu presque au niveau de l'eau. Comme il enfonçait rapidement, j'étais convaincu que je n'attendrais pas longtemps.

Je fermai la porte intérieure de ma chambre et je poussai le verrou. Je tins celle de l'extérieur légèrement entr'ouverte et j'en saisis la poignée avec force.

J'avais un but en m'enfermant ainsi. Je voulais être moins influencé par la vue des malheureux frappés de terreur qui couraient de tous côtés comme des spectres : car la seule peur que j'avais alors venait *d'eux*, et pas de l'eau. Je savais que, si l'on découvrait la ceinture de sauvetage, je serais entouré en un instant, et que je ne pourrais plus espérer de me sauver par ce moyen. Je serais suivi dans l'eau par tout le monde ; on s'attacherait à moi, et on m'entraînerait au fond !

Je savais tout cela ; et je saisis la porte à jalousie avec plus de force, regardant par les ouvertures, et observant un silence profond.

CHAPITRE XIII.

Blessé.

J'étais dans cette position depuis quelques minutes à peine, lorsque quelques personnes parurent devant ma porte, et j'entendis des voix que je crus reconnaître. Un nouveau coup d'œil me montra quels étaient les interlocuteurs. C'étaient la jeune créole et son intendant.

La conversation qu'ils tenaient n'était pas un dialogue; c'était une suite d'exclamations, langage entrecoupé de la terreur. Le vieillard avait rassemblé quelques chaises prises dans les cabines; et, d'une main tremblante, il essayait de les attacher ensemble, avec l'intention de faire un radeau. Il n'avait pas d'autre corde qu'un mouchoir, et quelques lambeaux de soie, que sa jeune maîtresse arrachait de ses vêtements. Ce n'aurait jamais été qu'un faible radeau, s'il eût été achevé, et il n'aurait même pas supporté le poids d'un chat. Ce n'était que l'effort d'un homme qui se noie et qui se raccroche à une paille. Je vis d'un coup d'œil que ce radeau ne leur procurerait pas un répit d'une minute. Les chaises étaient en bois de rose pesant; et peut-être auraient-elles coulé d'elles-mêmes!

Cette scène fit sur moi une impression étrange, impossible à décrire. Je me sentis dans un moment de crise. Il fallait choisir entre moi et le sacrifice de moi-même. Si le choix ne m'avait laissé aucune chance de me sauver, je crains de reconnaître que j'aurais obéi à la première loi de la nature; mais, comme je l'ai déjà fait voir, je me sentais rassuré pour mon existence : la question était de savoir, s'il me serait également possible de sauver la jeune dame.

Je fis à la hâte le raisonnement suivant : « La ceinture de sauvetage, qui est très-petite, ne nous soutiendra pas tous deux. Qu'arrivera-t-il si je l'attache autour d'elle, et que je nage à côté ? Un peu d'aide de temps en temps suffira pour me maintenir à flot. Je nage bien. A quelle distance sommes-nous de terre ? »

Je regardai dans cette direction. La lueur de l'incendie éclairait une vaste circonférence sur le fleuve. Je pouvais voir très-distinctement la terre brune du rivage. Il était à un grand quart de mille; un courant rapide le séparait des débris de notre bateau.

« Certainement je peux nager jusque-là, pensai-je; mais, que je coule ou que je nage, j'essayerai de la sauver! »

Je ne nierai pas que mon esprit ne fût traversé par d'autres réflexions quand je pris cette résolution. Je ne nierai pas qu'il n'y eût un peu de galanterie *française* mêlée à des mobiles plus nobles. Si Mlle Besançon eût été vieille et laide au lieu d'être jeune et jolie, je pense, c'est-à-dire je.... je crains qu'elle n'eût été abandonnée à Antoine avec son radeau de chaises! Quoi qu'il en soit, ma détermination était prise, et je n'avais pas le temps d'en sonder les motifs.

« Mlle Besançon! appelai-je à travers la porte.

— Ho! Quelqu'un m'appelle, dit-elle en se détournant tout à coup : mon Dieu, qui est là?

— Quelqu'un, mademoiselle.

— Peste! murmura le vieil intendant d'un ton de colère, quand ses yeux tombèrent sur moi, car il croyait que je désirais partager son radeau. Peste! répéta-t-il; cela ne peut pas en porter deux, monsieur.

— Pas même un, répliquai-je. Mademoiselle, dis-je en continuant et en m'adressant à la jeune fille, ces chaises ne serviront à rien, si ce n'est à vous noyer. Tenez... prenez ceci! Ceci vous sauvera la vie! »

Tout en parlant j'avais retiré la ceinture, et je la lui tendais.

« Qu'est-ce que c'est que cela? » demanda-t-elle à la hâte; puis, comme elle comprenait, elle ajouta : « Non.... non.... non, monsieur! Pour vous.... pour vous!

— Je crois que je peux nager jusqu'à terre sans cela. Prenez, mademoiselle! vite! vite! Il n'y a pas de temps à perdre. Dans trois minutes le bateau coulera. *Le Magnolia* n'est pas encore près de nous, et peut-être craindra-t-il le feu! Regardez les flammes! Elles viennent par ici! Vite! permettez-moi de l'attacher!

— Mon Dieu! mon Dieu! généreux étranger!

— Ne parlez pas; là, là, c'est fait! A l'eau, maintenant! Lancez-vous, et éloignez-vous du bateau! N'ayez pas peur! je vous suivrai et je vous guiderai! Allons! »

La jeune fille, cédant en partie à la terreur, et en partie à mes exhortations, sauta à l'eau; le moment d'après je la vis flotter: on la distinguait facilement à cause de la draperie blanche de sa robe, qui était encore à la surface.

Dans ce moment je sentis quelqu'un qui me saisissait par la main. Je me détournai. C'était Antoine.

« Pardonnez-moi, noble jeune homme! pardonnez-moi! » s'écria-t-il, pendant que des pleurs coulaient sur son visage.

J'allais répondre quand j'aperçus un homme qui se précipitait vers la balustrade que la jeune fille venait de franchir. Je pus voir qu'il tenait son regard fixé sur elle, et qu'il avait remarqué la ceinture de sauvetage! Son intention était évidente.

Il avait monté sur le parapet, et allait s'élancer quand j'arrivai près de lui. Je le saisis au collet, et le tirai en arrière. Dans ce moment sa figure fut éclairée par l'incendie, et je reconnus mon parieur vantard.

« Pas si vite, monsieur! » dis-je en le tenant toujours.

Il ne répondit qu'un mot: ce fut une imprécation terrible; mais je vis en même temps qu'il avait à la main, la lame éclatante d'un *bowie-knife*[1]!

Cette arme apparut d'une manière si inattendue, que je n'eus pas le bonheur d'éviter le coup; l'instant d'après je sentis le froid de l'acier qui me traversait le bras. Cependant la blessure n'avait rien de grave, et, avant que la brute eût le temps de me frapper une seconde fois, je lui *plantai* sur le menton, comme disent les boxeurs, un coup qui l'envoya rouler sur les chaises, et, au même in-

1. Sorte de couteau à large lame. (*Note du traducteur.*)

stant, le couteau lui échappa des mains. Je m'en emparai, et j'hésitai un instant à en faire usage contre ce coquin; mais un sentiment meilleur domina ma colère, et je lançai le couteau dans la rivière.

Je plongeai presque au même instant; je n'avais pas le temps de m'attarder : l'incendie s'avançait rapidement vers le tambour près duquel nous étions, et la chaleur devenait insupportable. Mon dernier coup d'œil me fit voir Antoine et mon antagoniste, qui se débattaient parmi les chaises.

La draperie blanche me servit de guide, et je me dirigeai de son côté. Le courant l'avait déjà entraînée loin du bateau, et elle descendait le fleuve.

Je m'étais débarrassé à la hâte de mon habit et de mes bottes; mes autres vêtements étaient d'étoffe légère et ne me gênaient pas. Après quelques brasses, je nageais tout à fait librement, et je continuai à descendre le fleuve, les yeux toujours fixés sur la robe blanche.

De temps en temps, je relevais la tête au-dessus de l'eau et je regardais en arrière; je craignais encore que le drôle ne nous suivît, et je m'étais disposé à soutenir une lutte dans l'eau!

Au bout de quelques minutes j'étais à côté de ma *protégée*, et, après quelques paroles d'encouragement, je la saisis d'une main, en essayant de l'autre de nous diriger vers la rive.

De cette manière, le courant nous entraînait diagonalement; mais nous descendions encore rapidement. Cette natation me parut longue et fatigante; si elle avait duré longtemps, je ne serais jamais arrivé au bout.

Enfin, il me sembla que nous étions près du bord; mais, à mesure que nous approchions, mes efforts faiblissaient, et ma main gauche s'attachait à ma compagne d'une manière convulsive.

Cependant je me souviens de mon arrivée à terre; je me souviens de m'être traîné sur le bord du fleuve, avec beaucoup de difficulté, malgré l'assistance de la jeune fille; je me souviens d'avoir vu une grande maison, juste en face de l'endroit où nous avions touché la terre; je me souviens d'avoir entendu ces mots :

« C'est drôle! c'est ma maison.... ma maison véritable. »

Je me souviens que, conduit par une main douce, je traversai une route en chancelant, je passai une porte qui donnait accès dans un jardin où il y avait des bancs, des statues, des fleurs au doux parfum; je me souviens d'avoir vu des domestiques qui venaient de la maison avec des lumières; je me rappelle mes bras rouges, mes manches teintes de sang; je me souviens qu'une voix de femme s'écria : *Blessé!* poussa un cri de désespoir, et je ne me souviens plus d'autre chose!

CHAPITRE XIV.

Où suis-je?

Quand je me réveillai, après avoir repris connaissance, il faisait jour. Un soleil éclatant dardait sa lumière jaune sur le plancher de ma chambre, et, d'après l'obliquité de ses rayons, je jugeai que la matinée ne faisait que commencer, ou que le coucher du soleil approchait.

Mais, au dehors, les oiseaux chantaient. « Ce doit être le matin, » me dit le raisonnement.

Je m'aperçus que j'étais sur un lit bas, de forme élégante, sans rideaux; mais, au lieu de rideaux, il y avait une moustiquaire, dont la gaze s'étendait au-dessus et autour de moi. La blancheur de neige et la finesse du linge, le brillant soyeux de la courte-pointe et le moelleux du matelas, me prouvaient que j'étais sur un excellent lit. Sans son extrême élégance et sans la finesse du linge, j'aurais pu ne pas le remarquer; car je venais de m'éveiller sous l'impression d'une violente douleur physique.

Les événements de la nuit précédente me revinrent bientôt en mémoire, et passèrent rapidement un à un dans mon esprit. Jusqu'au moment où nous avions atteint le bord du fleuve, et où j'avais grimpé hors de l'eau, mes souvenirs étaient tous bien distincts. A partir de ce moment-là, je ne me rappelais plus rien avec précision. Une maison, une grande allée, un jardin, des arbres, des fleurs, des statues, des lumières, des domestiques noirs, se confondaient dans ma mémoire.

J'avais le sentiment d'avoir vu, au milieu de cette confusion, une figure d'une beauté extraordinaire : c'était une charmante jeune fille. Cette figure avait quelque chose d'angélique; mais je n'aurais pu dire si je l'avais vue réellement ou si c'était une apparition de mes rêves. Cependant j'avais encore ses traits devant les yeux; je les voyais si distinctement dans mon esprit, que, si j'avais été artiste, j'aurais pu les reproduire! Je ne pouvais me rappeler que la figure, et rien de plus. Je me la rappelais comme le mangeur d'opium se rappelle son rêve, ou comme on se souvient d'une belle figure que l'on a vue pendant un moment d'ivresse, lorsque tout le reste est oublié! Chose étrange, cette figure ne se rapportait pas à ma compagne de voyage, et mon souvenir ne me montrait pas du tout semblable à Eugénie Besançon!

Y avait-il à bord quelque autre personne qui ressemblât à mon rêve? Non! je ne pouvais l'imaginer. A part la créole, je ne m'étais intéressé à aucune femme, même pendant un instant; mais les traits que mon imagination ou ma mémoire faisait revivre en ce moment étaient tout à fait différents des siens, et même d'un caractère tout opposé!

J'avais devant les yeux une profusion de cheveux noirs

et brillants, ondulés sur le front, et tombant sur les épaules en boucles épaisses. Les traits qu'entourait ce cadre d'ébène auraient défié le ciseau du sculpteur. La bouche, qui dessinait une ellipse rosée et délicate ; le nez droit et la petite narine légèrement gonflée ; les sourcils arqués, noirs comme le jais; les longues franges des paupières, tout cela était devant moi, et rien de tout cela ne ressemblait à Eugénie Besançon. La couleur de la peau était différente aussi. Ce n'était pas cette blancheur de Circassienne qui caractérisait le teint de la créole, mais une couleur également claire, quoique mêlée d'une teinte de brun et d'olive, qui donnait à la joue une nuance cramoisie. Je m'imaginais ou je me rappelais ses yeux, mieux que tout le reste. Ils étaient grands, arrondis et d'un brun foncé; mais ce qu'ils avaient de particulier, c'était une certaine expression étrange et aimable tout à la fois. Ils brillaient d'une manière extraordinaire, sans avoir rien d'éclatant ni d'étincelant. Ils pouvaient se comparer à un magnifique diamant, que l'on regarde pendant qu'il est immobile. Leur lumière ne jetait pas de flammes; elle semblait plutôt brûler intérieurement.

Malgré la douleur que j'éprouvais, je passai quelques minutes à réfléchir sur ce charmant portrait, et à me demander si c'était un souvenir ou un rêve. Une réflexion bizarre me traversa l'esprit. Je ne pouvais m'empêcher de penser que, si une pareille figure existait, j'oublierais Mlle Besançon, malgré l'incident romanesque qui avait accompagné notre première entrevue !

La douleur que mon bras me causait dissipa enfin la belle vision, et me rappela à ma situation présente. En rejetant la courte-pointe, je remarquai avec surprise que la blessure avait été pansée, et qu'elle l'avait été évidemment par un chirurgien ! Rassuré à ce sujet, je commençai à passer en revue mon logis.

La chambre que j'occupais était petite; mais, malgré les barreaux de la moustiquaire, je pus voir qu'elle était meublée avec goût et élégance. Les meubles étaient légers, la plupart en rotin; le plancher était couvert d'une natte de diverses couleurs et d'un tissu assez fin. Les croisées étaient garnies de rideaux de damas de soie et de rideaux de mousseline, de la même couleur que le bois des meubles. Au centre de la pièce se trouvait une table richement incrustée; une autre couverte d'un portefeuille, de plumes, d'un encrier sculpté, était appuyée contre la muraille, et au-dessus de cette dernière il y avait une collection de livres rangés sur des tablettes de cèdre rouge. Une jolie pendule ornait la cheminée; dans le foyer ouvert on voyait une paire de petits chenêts à tête d'argent, de forme bizarre, et sculptés avec soin. Naturellement, il n'y avait pas de feu dans cette saison. La chaleur causée par la moustiquaire eût été elle-même désagréable, si la grande porte qui était d'un côté, et la fenêtre de l'autre, n'avaient pas été ouvertes toutes deux et n'avaient pas établi un courant d'air qui pénétrait à travers le tissu dont mon lit était entouré.

Cette brise était chargée des plus délicieux parfums, de l'essence des fleurs. Je pouvais voir par la porte et par la fenêtre leurs mille corolles, roses, rouges et blanches, les rares camélias, les azalées, les jasmins, les orangers au doux parfum; et un peu plus loin je distinguais les feuilles de cire, et les grandes fleurs semblables à des lis, du grand laurier américain, le *magnolia grandiflora*. J'entendais le chant de plusieurs oiseaux, et un bourdonnement bas et monotone que je supposai produit par une cascade. C'étaient les seuls bruits qui arrivaient à mes oreilles.

Étais-je seul? Je regardai tout autour de la chambre. Je n'aperçus aucun être vivant.

Je fus frappé d'une particularité de la pièce que j'occupais. Elle semblait être isolée, et ne communiquer avec aucune autre! La seule porte que je pouvais voir s'ouvrait directement en plein air. Il en était de même de la croisée, qui arrivait comme une porte jusqu'au plancher. Toutes deux paraissaient conduire à un jardin rempli d'arbustes et de fleurs. Je ne pouvais apercevoir aucune autre issue, excepté la cheminée!

Je trouvai d'abord cette disposition singulière, mais un moment de réflexion me l'expliqua. Il n'est pas rare d'avoir dans les plantations américaines une espèce de bureau ou de maison d'été, séparé de la maison principale et meublé souvent d'une manière élégante et confortable. A l'occasion, c'est une chambre qu'on offre à un étranger. J'étais peut-être dans un appartement de ce genre.

Après tout, j'étais évidemment sous un toit hospitalier, et en bonnes mains. La manière dont j'étais couché, jointe à l'aspect de la table, où certains préparatifs annonçaient un déjeuner projeté, me l'attestait assez. Mais qui était mon hôte? Était-ce une hôtesse? Était-ce Eugénie Besançon? N'avait-elle pas dit quelque chose comme « ma maison? » ou l'avais-je seulement rêvé?

J'étais plongé dans mes conjectures, et je réfléchissais à une quantité de souvenirs confus, mais qui ne pouvaient me conduire à savoir de qui j'étais l'hôte. Cependant, j'avais une espèce de certitude que j'étais dans la maison de campagne de la nuit précédente.

Je devins inquiet, et je me sentis peut-être piqué qu'on m'eût laissé seul pendant ma faiblesse. J'aurais bien sonné, mais je n'avais pas de sonnette à ma portée. En ce moment cependant j'entendis des pas qui se rapprochaient.

Jeune fille romantique! vous vous imaginez que ces pas étaient légers, que ce bruit était produit par une petite pantoufle de satin, qui dérangeait à peine le sable léger, qu'ils s'approchaient furtivement, dans la crainte de réveiller l'invalide endormi; puis, au milieu du chant des oiseaux, du murmure des eaux et du doux parfum des fleurs, vous croyez qu'une forme gracieuse apparut sur la porte, et que je vis une figure douce, aux yeux aimables et langoureux, qui me regardait timidement. Sans doute, vous vous imaginez tout cela ; mais votre imagination est complétement en défaut ; il n'y avait rien de pareil dans la réalité.

Les pas que j'avais entendus provenaient d'une paire d'épais brayans[1] en cuir d'alligator, de treize pouces de longueur, qui parurent aussitôt sur le seuil de la porte placée juste en face de moi.

En regardant un peu plus haut, j'aperçus une paire de jambes recouvertes de larges pantalons de toile, d'une couleur cuivrée, et, en élevant toujours mes regards, je rencontrai une poitrine large et robuste, couverte d'une chemise de coton rayé, une paire de bras musculeux, et de larges épaules, surmontées de la figure brillante et de la tête laineuse d'un nègre noir comme du jais !

La figure et la tête se montraient en dernier lieu, mais mes yeux s'y arrêtèrent longtemps ; je les examinai jusqu'à ce qu'enfin, malgré la douleur que je ressentais, je partis d'un bruyant éclat de rire ! J'aurais été mourant, que je n'aurais pas pu me retenir ; j'avais devant moi une physionomie trop comique, trop irrésistiblement burlesque.

C'était un nègre parfaitement développé et assez grand, aussi noir que le charbon, avec deux rangs de dents splendides, blanches comme l'ivoire, et dont les yeux étaient aussi blancs que les dents, les prunelles et les pupilles exceptées. Mais ce n'était pas là ce qui avait excité mon hilarité : c'était la forme particulière de sa tête, ainsi que la dimension et la position de ses oreilles. La tête avait la rotondité d'une sphère, et était abondamment couverte d'une laine noire, courte et frisée, si épaisse qu'elle paraissait enracinée des deux bouts et qu'elle avait l'air d'une boule de drap ! Une paire d'oreilles

1. Sorte de chaussure. (*Note du traducteur.*)

énormes s'élevait de chaque côté; celles-ci ressemblaient à des ailes et donnaient à cette tête une apparence singulièrement grotesque.

C'était cette particularité qui m'avait fait pouffer de rire; et, quelque inconvenance qu'il y eût, je n'aurais pas pu m'en empêcher, quand il se fût agi de ma vie.

Cependant mon visiteur ne parut pas prendre mon hilarité en mauvaise part. Au contraire, il ouvrit ses lèvres épaisses, montra la splendide armature de sa bouche, et, faisant une grimace large et de bonne humeur, il se mit à rire aussi fort que moi!

Il avait un bon caractère; ses oreilles de chauve-souris ne lui avaient donné aucune des dispositions d'un vampire. Non : la figure large et mince de Scipion Besançon, car tel était le nom de mon visiteur, était le type parfait de la gaieté et de la plaisanterie.

CHAPITRE XV.

Le vieux Scip.

Scipion entama le dialogue.

« G'and[1] Dieu! jeune môsieu, vieux Scip content de voi' vous en bonne santé, bien sû'.

— Vous vous appelez Scipion?

— Oui môsieu, çà même, vieux nèg'e. Docteu' dit de soigner blanc môsieu. Jeune miss contente aussi! blancs, noi's, tous contents. Ouf! »

L'exclamation finale était un de ces effets de gosier, par-

1. Les nègres des colonies françaises ne prononcent pas l'r. On a essayé de substituer leur patois à celui des Américains. (*Note du traducteur.*)

ticuliers au nègre américain, et tout à fait semblables au reniflement de l'hippopotame. Elle signifiait que le camarade avait fini sa phrase, et qu'il attendait la mienne.

« Et qui est jeune miss? demandai-je.

— Dieu puissant, môsieu pas connaît'e? Comment, jeune dame, vous ti'é du bateau, quand tout sauté en feu, seigneu'! Comme vous avoi' nagé moitié de la 'ivière! Ouf!

— Et, je suis chez elle?

— Bien sû', massa, dans maison d'été, g'ande maison de l'aut' côté du ja'din, tout de même, massa.

— Et comment suis-je venu ici?

— Dieu! massa pas savoi' comment? Vieux Scip' po'ter vous dans ses b'as même. Massa et jeune miss veni' à te'e à la levée. Missa c'ier, noi's veni deho's et t'ouver eux, môsieu blanc tout saignant, lui t'ouver mal, et miss fait po'té lui ici.

— Et après?

— Scip, monter cheval plus vif, le vieux 'ena blanc[1], et galopé chez docteu', galopé comme un diable, aussi. Tout de suite docteu' veni et pansé b'as à môsieu. Mais, continua Scipion, en jetant sur moi un regard interrogateur, comment jeune môsieu avoi' cette large et vilaine blessu'e? Docteu' voulait savoi', et justement môsieu pas pa'ler du tout là-dessus. »

J'avais mes raisons pour ne pas répondre à mon infirmier noir, et je réfléchis pendant un instant. Il est vrai que la jeune dame ne savait rien de ma rencontre avec mon fanfaron. Mais Antoine, car, j'y songeai tout à coup, n'était-il pas parvenu à gagner la terre? Était-il...? Scipion prévint la question que j'allais faire. Sa figure s'attrista quand il reprit la parole.

« Ah! jeune môsieu, mamzelle Génie bien chag'ine

1. Le vieux renard blanc. (*Note du traducteur.*)

ce matin ; tout le monde avoi' grand chag'in. Massa Antoine! Pauv' massa Antoine!

— L'intendant, Antoine? Qu'est-ce qui lui est arrivé? Dites-moi, n'est-il pas revenu à la maison?

— Non môsieu; moi, peu' lui jamais 'eveni', jamais; tout le monde avoi' peu' lui noyé. Allé au village en haut et en bas de la levée, pa'tout. Pas Antoine. Capitaine du bateau sauté en l'ai', cinquante passage's noyés. Aut'e bateau sauvé quéques-uns; aut'es, comme jeune môsieu, nagé à te'e : mais pas Antoine, pas môsieu Antoine!

— Savait-il nager? demandai-je.

— Non, môsieu, pas une b'asse; moi savoi' pa'ce que lui tombé dans l'étang, et vieux Scip ti'é lui deho's. Non! lui jamais nagé, jamais!

— Alors je crains qu'il ne soit vraiment perdu. »

Je me rappelai que, en portant mes regards autour de moi, j'avais vu le bateau couler avant l'arrivée du *Magnolia*. Ceux qui ne savaient pas nager devaient donc avoir péri.

« Pauv' Pie', aussi. Nous avoi' pe'du Pie'.

— Pierre, qui était-ce?

— Le coché, môsieu.

— Oh! je me le rappelle. Vous croyez qu'il s'est noyé aussi?

— Moi peu', môsieu. Vieux Scip fâché, aussi pou' Pie'. Un bon nèg'e, Pie'. Mais massa Antoine, mais massa Antoine, tout le monde fâché pou' massa Antoine.

— Il était aimé parmi vous?

— Tout le monde aimé lui... noi's, blancs, tous l'aimé. Missa Génie l'aimé, lui viv'e avec vieux maît'e Sançon toute sa vie. Je c'ois lui un des tuteu's de mamzelle Génie, moi pas savoi' comment vous appelé. Dieu tout-puissant! que va deveni' mamzelle maintenant? Elle plus teni' aut'e z'amis; et ce vieux 'ena'd de Gaya'e, lui pas bon. »

Ici l'orateur s'interrompit de lui-même, comme s'il eût craint de parler trop librement.

Le nom qu'il venait de prononcer, et l'épithète dont il

l'avait accompagné, mais surtout le nom lui-même éveillèrent, tout à coup ma curiosité. « Si c'est le même, pensai-je, Scipion ne l'a pas mal caractérisé. Mais est-ce bien lui? Vous voulez parler de M. Dominique Gayarre, l'avocat? » demandai-je, au bout d'un instant.

Les prunelles de Scipion étaient agitées par la surprise et l'appréhension, et il répondit avec quelque hésitation :

« Ça nom du gentleman. Jeune môsieu connaît lui?

— Très-peu, » répondis-je.

Cette réponse sembla tranquilliser de nouveau mon interlocuteur.

La vérité est que je ne connaissais pas personnellement l'individu qui venait d'être nommé; mais, pendant mon séjour à la Nouvelle-Orléans, le hasard m'avait fait entendre plusieurs fois son nom.

Il m'était arrivé une aventure insignifiante, dans laquelle ce personnage ne figurait pas avantageusement. J'avais au contraire conçu un violent dégoût pour cet homme, qui était, comme je l'ai déjà dit, un homme de loi, ou un avocat du barreau de la Nouvelle-Orléans. Celui dont parlait Scipion était évidemment le même. Le nom était trop rare pour être porté par deux individus; et en outre, j'avais entendu dire que celui que je connaissais possédait une plantation quelque part sur le bord du fleuve; je me souvins que c'était à Bringiers. Il était probable que c'était lui. Si c'était vrai, et que Mlle Besançon n'eût pas d'autres amis, Scipion avait dit juste en disant : « Elle plus teni aut'e z'amis. »

Les observations de Scipion n'avaient pas seulement excité ma curiosité, elles m'avaient en outre causé un vague sentiment de malaise. Il est inutile de dire que je m'intéressais alors vivement à cette jeune créole. Un homme qui a sauvé la vie d'une jolie femme, et dans des circonstances semblables, ne peut guère rester indifférent à son avenir.

Était-ce l'intérêt d'un amant que je ressentais? Mon

cœur répondait : « Non! » A bord du bateau, je m'étais imaginé que j'étais à moitié amoureux de cette jeune femme; et maintenant, après une aventure romanesque, une aventure qui paraissait devoir provoquer cette passion sublime, j'étais sur mon lit rêvant à ces circonstances tragiques avec un sang-froid dont j'étais surpris moi-même. Je sentais que j'avais perdu beaucoup de sang : mon amour naissant s'était-il écoulé avec lui?

Je cherchais à m'expliquer ce fait physiologique; mais j'étais alors novice dans ces recherches de l'esprit. L'amour était pour moi une *terre inconnue*.

Il y avait quelque chose qui me semblait assez bizarre. Chaque fois que j'essayais de me rappeler les traits de la créole, la figure que j'avais rêvée se représentait à mes yeux avec plus de netteté que jamais!

« C'est étrange! pensais-je; cette vision charmante, ce rêve de mon cerveau malade, que ne donnerais-je pas pour qu'elle m'apparaisse en réalité? »

Mes doutes ne furent pas longs. Je m'assurai que je n'aimais pas Mlle Besançon, et cependant elle était loin de m'être indifférente. Ce que j'éprouvais alors pour elle était de l'amitié; mais ce sentiment était assez fort pour me rendre inquiet sur son compte, pour me faire désirer d'en savoir davantage à propos d'elle et de ce qui la concernait.

Scipion ne brillait pas par la discrétion; et en moins d'une demi-heure j'étais instruit de tout ce qu'il savait lui-même.

Eugénie Besançon était la fille unique d'un planteur créole, mort depuis deux ans à peu près; les uns le croyaient riche, d'autres supposaient que ses affaires étaient embarrassées. M. Dominique Gayarre avait été nommé pour administrer la propriété de concert avec Antoine l'intendant; ils étaient tous deux les tuteurs de la jeune fille. Tel était le motif de la confiance que celle-ci accordait au vieil intendant : car, dans les dernières années, Antoine avait été l'ami et le compagnon de Besançon lui-même plus que son serviteur.

Dans quelques mois, Mlle Besançon devait être majeure; mais Scipion ne pouvait pas dire si son héritage serait considérable. Il savait seulement que, depuis la mort de son père, M. Dominique, le principal exécuteur testamentaire, lui avait fourni d'assez fortes sommes d'argent, toutes les fois qu'elle en demandait; que jamais on ne lui avait rien refusé; qu'elle était généreuse, prodigue même, ou, comme disait Scipion, « elle semer dolla's b'illants comme poussiè'e! »

Le noir me donna quelques détails fastueux sur plus d'un grand bal et sur les fêtes champêtres qui avaient eu lieu dans la plantation, et me fit entendre que sa jeune maîtresse menait une existence très-dispendieuse pendant son séjour à la ville, où elle passait ordinairement une grande partie de l'hiver. En me rappelant ce qui s'était passé sur le bateau à vapeur, et plusieurs autres circonstances, je demeurai persuadé qu'Eugénie Besançon avait été bien dépeinte par Scipion : d'un esprit enthousiaste, ardent dans ses impulsions, généreuse jusqu'à l'excès, insouciante de son argent, vivant tout à fait dans le présent, et ne s'occupant guère de calculer pour l'avenir. Une telle héritière devait servir les vues d'un tuteur sans principes.

Je pus voir que le pauvre Scipion avait un profond respect pour sa jeune maîtresse, mais que, malgré son ignorance, il soupçonnait que toutes ses prodigalités ne présageaient rien de bon. Il branlait la tête lorsqu'il ajouta :

« Moi bien peu', môsieu, ça pas pouvoi' du'er, pas pouvoi'. Banque des planteu's sauté aussi, si dépensé tant d'a'gent. »

Quand Scipion parlait de Gayarre, il hochait la tête d'une façon encore plus significative. Évidemment il avait d'étranges soupçons sur cet individu ; mais en ce moment il ne voulait pas me les communiquer.

J'en appris assez pour identifier M. Dominique Gayarre avec mon avocat de la Nouvelle-Orléans, et je ne doutai plus que ce ne fût le même homme. A la ville, légiste de profesion, mais surtout spéculateur, prêteur d'argent, en d'autres termes, usurier; à la campagne c'était un planteur, dont la propriété touchait à celle de Mlle Besançon, le maître de plus de cent esclaves, qu'il traitait avec une sévérité excessive. Tout cela s'accordait à merveille avec la profession et le caractère de M. Dominique. C'est le même homme.

Scipion me donna sur lui quelques détails de plus. Il était le conseil de M. Besançon. « T'op souvent pou' bien à vieux maît'e, » disait Scipion qui croyait que celui-ci avait eu beaucoup à souffrir d'avoir fait sa connaissance, ou comme il le disait, « Massa Gaya'e t'ompé vieux maît'e, souvent souvent, moi bien sû'. »

J'appris, en outre, que M. Gayarre résidait sur sa plantation pendant l'été; qu'il venait chaque jour à la grande maison, résidence de Mlle Besançon, où il agissait tout à fait comme chez lui; faisant, disait Scipion, « comme si place appa'teni' à lui, et lui maît'e de la plantation. »

Je m'imaginai que Scipion savait quelque chose de plus sur cet homme, et qu'il était au courant de quelque histoire dont il ne lui convenait pas de me parler. C'était assez naturel : notre connaissance était encore trop récente. Je voyais bien qu'il détestait Gayarre. Cette haine était-elle fondée sur quelque chose de particulier, ou était-elle le résultat de l'instinct qui est si développé chez ces pauvres esclaves, auxquels il n'est pas permis de raisonner ?

Cependant les détails qu'il me donnait étaient trop précis pour que cette aversion fût purement instinctive : ils indiquaient une connaissance positive de l'homme. Scipion devait tenir tous ces faits de quelqu'un. Mais qui cela pouvait-il être?

« Qui vous a dit tout cela, Scipion ?
— Au'o'e, môssieu.
— Aurore ! »

CHAPITRE XVI.

M. Dominique Gayarre.

J'éprouvai subitement un désir si violent qu'il ressemblait presque à une souffrance : c'était de savoir ce que c'était qu'Aurore. Pourquoi ? Était-ce la singularité et la beauté du nom ? car il était à la fois nouveau et agréable pour mes oreilles saxonnes. Non. Était-ce seulement l'euphonie du mot, ce qu'il pouvait avoir de symbolique, son application moins idéale aux heures rosées de l'Orient ou à la phosphorescence brillante du Nord ? Était-ce l'une quelconque de ces pensées qui éveillait en moi cet intérêt mystérieux au nom d'Aurore ?

Il ne me fut pas possible de réfléchir, ni de questionner plus longtemps Scipion. La porte fut à l'instant obscurcie par l'arrivée de deux hommes, qui entrèrent sans dire un mot.

« Docteu', mosieu', » chuchota Scipion, qui se recula pour laisser la place libre aux deux arrivants.

Il n'était pas difficile de deviner lequel des deux était le docteur. Il avait à ne pas s'y méprendre la physionomie professionnelle : je reconnus pour un disciple d'Esculape l'homme grand et pâle qui me regardait d'un œil interrogateur ; j'étais aussi sûr de ne pas me tromper que s'il eût porté son diplôme dans sa main et la plaque de sa porte dans l'autre.

C'était un homme de quarante ans, dont les traits n'avaient rien de désagréable, quoiqu'on ne pût pas dire que sa figure fût belle. Cependant elle était intéressante, tant à cause de la quiétude d'esprit qui la caractérisait, que de son expression de bonté. Deux ou trois générations plus haut, ce type avait été allemand; mais le climat américain en avait changé les lignes. Plus tard, quand je connus mieux les types américains, j'aurais pu dire que c'était une figure pensylvanienne, et je ne me serais pas trompé. J'avais sous les yeux un docteur d'une des grandes écoles médicales de Philadelphie, le docteur Édouard Reigart. Ce nom confirmait mes soupçons sur son origine germanique.

M. Reigart produisit sur moi, à première vue, une impression tout à fait agréable. Celle que j'éprouvai en jetant un regard sur celui qui l'accompagnait, fut toute différente. Ce fut de l'antagonisme, de la haine, du mépris, du dégoût!

C'était une figure que je ne peux pas mieux décrire qu'en disant que ses traits me rappelaient d'une manière frappante ceux du renard. Je ne plaisante pas : cette ressemblance, pour moi, était saisissante. Les yeux avaient la même obliquité, et cette vivacité perçante qui est une preuve de dissimulation profonde, d'égoïsme absolu, d'inhumanité cruelle.

Le compagnon du docteur était le type du renard à figure humaine; et tout ce qui distingue cet animal était chez lui très-développé.

Mes instincts étaient d'accord avec ceux de Scipion, car je n'eus pas le plus léger doute que ce ne fût M. Dominique Gayarre. C'était lui en effet.

C'était un homme chétif et de petite taille, mais il était évident qu'il était capable de souffrir beaucoup avant de mourir. Il avait toute la subtilité du regard métallique des carnivores, ainsi que leurs penchants. Les yeux, comme je l'ai déjà dit, obliquaient beaucoup vers la terre. Les prunelles n'étaient pas sphériques; elles avaient plutôt une forme conique dont la pupille était le sommet. La pupille et l'iris étaient noirs et brillants comme chez une belette. Ces yeux semblaient étinceler d'un sourire habituel, mais ce sourire était cynique et faux. Si quelqu'un se savait coupable d'une faiblesse ou d'un crime, il devait être sûr que Dominique Gayarre en était instruit, et que c'était de cela qu'il riait. Lorsqu'il arrivait véritablement qu'un malheur parvînt à sa connaissance, son sourire prenait une impression encore plus satirique, et ses petits yeux proéminents brillaient d'une satisfaction évidente. C'était un homme amoureux de lui-même et qui détestait ses semblables.

Quant au reste, il avait les cheveux noirs, maigres et plats, des sourcils touffus, plantés de travers, une figure sans barbe, d'une teinte cadavéreuse, et un nez en bec de perroquet à grandes dimensions. Son costume indiquait en quelque sorte sa profession : il était vêtu d'un habit de drap noir et d'un gilet de satin de même couleur; il portait autour du cou un ruban noir en guise de cravate, et paraissait âgé de cinquante ans.

Le docteur me tâta le pouls, me demanda comment j'avais dormi, regarda ma langue, me tâta le pouls une seconde fois, et m'ordonna ensuite avec douceur de rester aussi tranquille que je le pourrais. Pour m'y engager, il me dit que j'étais encore très-faible, mais qu'il espérait voir mes forces revenir au bout de peu de temps. Scipion fut chargé de mon régime; il reçut l'ordre de me préparer du thé, des rôties et du poulet pour mon déjeuner.

Le docteur ne s'informa pas de la manière dont j'avais été blessé. Cela me parut un peu extraordinaire, mais j'attribuais cette réserve au désir qu'il avait de me préserver de toute agitation. Il pensait sans doute qu'une allusion quelconque aux événements de la nuit précédente me causerait une excitation inutile. J'étais trop inquiet sur le compte d'Antoine pour rester silencieux; je demandai de ses nouvelles. On n'avait pas entendu parler de lui : il était certainement perdu.

Je racontai dans quelles circonstances je m'étais séparé de lui, et naturellement je dis quelques mots de ma rencontre avec le fanfaron, et de la manière dont j'avais été blessé. Je ne pus m'empêcher de trouver que la figure de Gayarre était animée d'une expression étrange pendant mon récit. Il était tout oreilles, et, quand je parlai du radeau de chaises, et que j'exprimai la conviction que ce radeau n'avait pu soutenir l'intendant un seul instant; je crus voir que les yeux noirs de l'avocat brillaient de plaisir. Ils avaient à coup sûr une expression mal déguisée de contentement, qui était hideuse à voir. Peut-être ne l'aurais-je pas remarquée, ou au moins ne l'aurais-je pas comprise, sans ce que Scipion m'avait appris. Mais, instruit comme je l'étais, je ne pouvais m'y méprendre, et nonobstant le : « Pauvre M. Antoine! » que cet hypocrite répéta à diverses reprises, je vis clairement qu'il était intérieurement enchanté de penser que le vieil intendant s'était noyé.

Quand j'eus achevé ma narration, Gayarre prit le docteur à l'écart, et ils causèrent ensemble à voix basse pendant quelque temps. Je pouvais entendre une partie de ce qu'ils disaient. Le docteur semblait s'inquiéter assez peu de savoir si je l'entendais, tandis que l'autre paraissait très-désireux de ne pas me laisser entendre la conversation. D'après les réponses du docteur, je conclus que le rusé légiste cherchait à me faire quitter mon logis actuel, et demandait que l'on me transportât dans l'hôtel du village. Il faisait valoir la position particulière où se trouverait la jeune dame (Mlle Besançon), seule dans sa maison avec un étranger, un jeune homme, etc.

Le docteur ne voyait pas la nécessité de me déplacer pour de pareils motifs. La jeune dame elle-même ne le désirait pas, et, à coup sûr, ne voudrait pas en entendre parler ; quant à ce que la position avait de délicat, il répondait : « Bah ! bah ! » Excellent docteur Reigart ! L'hôtel n'était pas des plus confortables ; en outre il était déjà encombré de malades ; ici la voix de l'orateur baissa, et je ne pus saisir que quelques mots détachés tels que : « Étranger..... ce n'est pas un Américain..... il a tout perdu..... loin de ses amis.... l'hôtel n'est pas fait pour un homme sans argent. » La réponse de Gayarre à cette dernière objection était qu'*il* se chargerait de tous les frais.

Ceci fut dit, avec intention, assez haut pour que je l'entendisse, et j'aurais été reconnaissant d'une offre de cette nature, si je n'avais pas soupçonné le motif de cette générosité du légiste. Cependant le docteur souleva de nouvelles objections.

« Impossible, dit-il, cela augmenterait la fièvre.... beaucoup de danger.... je n'en prendrai pas la responsabilité.... blessure grave.... grande perte de sang.... il doit rester, au moins pour le moment, où il se trouve.... il pourra être conduit à l'hôtel dans un jour ou deux, quand il sera plus fort. »

La promesse que je partirais dans un ou deux jours parut contenter Gayarre, ou plutôt il fut convaincu qu'il n'y avait pas autre chose à faire à mon égard, et la consultation en resta là.

Gayarre s'approcha ensuite de mon lit pour prendre congé de moi, et je remarquai l'expression ironique qui animait ses petits yeux pendant qu'il m'adressait quelques semblants de consolation. Il ne savait guère à qui il parlait. Si j'avais prononcé mon nom, le sang lui serait sans doute monté au visage, et il aurait fait une brusque sortie. La prudence me retint, et, quand le docteur me demanda à qui il avait l'honneur de donner ses soins, j'adoptai cette ruse pardonnable, employée par beaucoup de voyageurs de distinction, qui consiste à se donner un nom de voyage. Je pris le nom de famille de ma mère, Rutherford, Édouard Rutherford.

Le docteur me recommanda de rester tranquille, de ne pas essayer de sortir de mon lit, de prendre à de certaines heures certaines potions, etc., etc., puis il s'éloigna; Gayarre était sorti avant lui.

CHAPITRE XVII.

Aurore.

J'étais seul, car Scipion était allé à la cuisine pour y chercher le thé, les rôties et le poulet. Je réfléchis à l'entrevue qui venait d'avoir lieu, et surtout à la conversation du docteur et de Gayarre, dont plusieurs détails avaient éveillé en moi des idées singulières. La conduite du docteur était bien naturelle, elle indiquait même un véritable gentleman; mais l'autre avait, à n'en pas douter, une intention sinistre.

Pourquoi ce désir, cette anxiété même, de me faire transporter à l'hôtel? Il devait avoir évidemment un puissant motif, puisqu'il proposait de payer mes dépenses : car, d'après la connaissance imparfaite que j'avais de cet homme, je le savais bien éloigné de tout sentiment de générosité!

« Quel peut être le motif qui lui fait désirer mon départ? me demandais-je. Ah! j'y suis. Je me l'explique! Je vois clairement son but! Ce renard, cet avocat rusé, ce tuteur, est sans doute amoureux de sa pupille! Celle-ci est jeune, riche, aimable et belle; lui est vieux, laid, bas et méprisable; qu'importe? Il n'en croit rien; et elle.... Bah! il peut espérer tout de même : des espérances bien moins raisonnables ont été couronnées de succès. Il connaît le monde; c'est un légiste; il connaît au moins son monde à elle. Il a toutes ses affaires dans les mains; il est tuteur, exécuteur testamentaire, agent, tout enfin; il a la direction entière et complète de sa fortune. Avec de pareils avantages, il peut tout! tout ce qu'il peut désirer.... l'épouser, ou la ruiner! Pauvre femme! Je la plains! »

Cela peut paraître étrange; je n'avais que de la pitié. Ne pas éprouver d'autre sentiment me paraissait un mystère incompréhensible.

L'entrée de Scipion interrompit mes réflexions. Une jeune fille l'aidait à porter des assiettes et des plats. C'était sa fille Chloé, une enfant de treize ans, ou à peu près, mais qui n'était pas noire comme son père. C'était une petite brune qui avait d'assez jolis traits. Scipion m'expliqua cela. La mère de sa petite «Chlo',» comme il l'appelait, était une mulâtresse, et Chlo' ressemblait à la vieille femme. Ha! ha!

Le rire de Scipion montrait qu'il était plus que content, que par le fait il était fier d'être le père d'une créature dont la peau était aussi fine, et qui était aussi jolie que Chloé!

Chloé, comme toutes les personnes de son sexe, était pleine de curiosité, et, tout en roulant ses yeux pour jeter un coup d'œil sur l'étranger qui avait sauvé la vie à sa maîtresse, elle manqua de casser les soucoupes, les plats et les assiettes; étourderie qui, sans mon intercession, lui aurait fait tirer les oreilles par Scipion. Les expressions et les gestes bizarres, la conduite nouvelle pour moi du père et de la fille, les particularités de la vie des esclaves, m'intéressaient vivement.

Malgré ma faiblesse, j'avais un vigoureux appétit. Je n'avais rien mangé sur le bateau. Grâce à l'excitation produite par la joute, le souper avait été oublié par la plupart des passagers, et j'étais de ce nombre. Les préparatifs de Scipion avaient bien disposé mon estomac, et je rendis hautement justice au talent de la mère de Chloé, qui, ainsi que m'en informa Scipion, « était maît'esse à la cuisine. » Le thé me donna des forces, le poulet fricassé délicatement et accompagné de riz m'infusa un nouveau sang dans les veines. A l'exception de la légère douleur que m'occasionnait ma blessure, je me sentais déjà complétement remis.

Mes serviteurs enlevèrent le déjeuner, et un moment après Scipion put rester dans la chambre avec moi, comme il en avait reçu l'ordre.

« Et maintenant, Scipion, dis-je dès que nous fûmes seuls, parlez-moi d'Aurore.

— Au'o'e, môsieu!

— Oui! qu'est-ce qu'Aurore?

— Pauv'e esclave, môsieu; juste comme vieux Scip même. »

L'intérêt vague que j'avais commencé à ressentir pour Aurore, s'évanouit tout à coup.

« Une esclave! répétai-je involontairement d'un ton désappointé.

— Femme de chamb'e de missa Génie, continua Scipion; coiffé mamzelle, suiv' elle, s'asseoi' avec elle, li'e pou' elle, tout fai'e.

— Lire pour elle! comment! une esclave? »

Mon intérêt pour Aurore commençait à renaître.

« Oui, môsieu, Au'o'e fai'e cela. Mais moi expliqué vous. Vieux maît'e Sançon bien bon pou' gens de couleu', mont'er beaucoup li'e dans les liv'es. Au'o'e su'tout. Lui app'end'e Au'o'e li'e, éc'i'e, beaucoup, beaucoup de choses, et jeune maît'esse Génie mont'er elle musique. Au'o'e fille acccomplie, t'ès-accomplie. Savoi' beaucoup de choses; comme blancs même. Joue' du piano, joue' guita'e comme un ange, et vieux Scip joue' lui-même, v'ai. Ouf!

— Aurore est donc une pauvre esclave comme les autres, Scipion?

— Oh ! non môsieu; elle t'ès-diffé'ente du 'este. Elle pas viv'e comme aut'es nèg'es, elle pas t'availlé beaucoup, elle bien chè'e, elle valoi' deux mille dolla's!

— Elle vaut deux mille dollars!

— Oui, môsieu, autant que ça!

— Comment le savez-vous?

— Pa'ce que beaucoup de gens off'i'ça pou' elle. Môsieu Ma'ignye vouloi' acheté Au'o'e, et môsieu C'ozat, et colonel amé'icain de l'aut'e côté de la 'iviè'e, tous off'i' deux mille dolla's. Vieux maît'e 'i'e à eux tous, et dit lui pas vouloi' vend'e elle.

— C'était du temps de votre vieux maître?

— Oui, oui; mais un aut'e depuis, un capitaine de bateau di'e lui vouloi' Au'o'e pou' salon des dames. Lui pa'lé mal à elle. Mamzelle colè'e di lui pa'ti', et capitaine fâché comme les aut'es. Ma! ha! ha!

— Et pourquoi Aurore vaut-elle un pareil prix?

— Oh! elle bien jolie fille, bien jolie fille. Mais.... » Scipion hésita un instant. « Mais....

— Eh bien?

— Eh bien, môsieu, pou' di'e v'ai, moi c'oi'e mauvais homme tous qui vouloi' acheté elle. »

Je compris l'insinuation, malgré la délicatesse avec laquelle elle était faite.

« Oh! Aurore doit être très-belle alors, n'est-ce pas, l'ami Scipion?

— Môsieu, vieux nèg'e pas pouvoi' jugé ça; mais tout le monde di'e, les blancs et les noi's, qu'elle ét'e la plus jolie qua'te'onne de toute la Louisiane.

— Ah! c'est une quarteronne?

— Ça même, mosieu, ça même. Elle, fille de couleu', mais blanche comme mamzelle elle-même. Mamzelle di'e ça souvent, souvent. Malg'é tout, g'ande diffé'ence. Une dame 'iche, l'aut'e pauv'e esclave, comme vieux Scip, oui, juste comme vieux Scip. Vend' elle, acheté elle tout de même.

— Pouvez-vous me dépeindre Aurore, Scipion? »

Ce n'était pas une vaine curiosité qui me poussait à faire cette question ; j'obéissais à un motif plus puissant. La figure que j'avais rêvée me poursuivait toujours; ce type étrange, cette expression si belle, ni caucasienne, ni indienne, ni asiatique!... était-il possible..., probable ?...

« Pouvez-vous me la dépeindre, Scipion ? répétai-je.

— Peind' elle, môsieu ; c'est ça vous vouloi' di'e ? oui, oui. »

Je n'espérais pas un portrait bien net, mais peut-être quelques détails pourraient me permettre de rattacher ce portrait à ma vision. Celle-ci était toujours aussi présente à mon esprit que si j'avais eu une figure réelle devant les yeux. Je pourrais dire aisément si Aurore et la personne de mon rêve ne faisaient qu'une. Je commençais à croire que ce n'était pas un rêve, mais une réalité.

« Bien, môsieu, des gens disent elle fiè'e, pa'ce que nèg'es envieux d'elle.... c'est la vé'ité. Elle pas fiè'e pou' vieux Scip, mais bien sû'.... elle pa'lé moi, di'e beaucoup de choses moi.... elle mont'é li'e vieux Scip, et vieille Chlo', et petite Chlo' et elle....

— C'est la description de sa personne que je demande, Scipion.

— Oh! desc'iption de sa pe'sonne, oui, ça même, comment elle est ?

— C'est cela. Par exemple, de quelle couleur sont ses cheveux ?

— Noi', môsieu, noi' comme botte même.

— Et sont-ils lisses ?

— Non, môsieu.... bien sû' non.... Au'o'e qua'te'onne.

— Ils frisent ?

— Oui, pas comme ça même, dit Scipion en me montrant sa chevelure laineuse; mais, môsieu, malg'é tout, ça f'ise, gens di'e ondoyé.

— Je comprends; ils tombent sur ses épaules ?

— Ça même, môsieu, jusqu'à ceintu'e même.

— Luxuriants ?

— Moi pas connaît' ça, môsieu.

— Épais, touffus.

— G'and Dieu ! eux touffus comme queue à vieux raccoon [1].

— Maintenant les yeux ? »

La description des yeux faite par Scipion était passablement confuse. Il trouva pourtant un heureux exemple, qui me parut satisfaisant. : « Eux g'os et 'onds, b'illé comme z'yeux d'un daim. » Le nez l'embarrassait ; mais, après quelques questions, j'arrivai à comprendre qu'il était petit et droit. Les sourcils, les dents, le teint, furent tour à tour décrits fidèlement ; les joues par une comparaison : « Comme le 'ouge d'une pêche de Géo'gie. » Quelque comique que fût cette description, je n'étais pas disposé à en rire. Le résultat m'intéressait trop, et j'écoutais tous les détails avec une anxiété dont je ne pouvais me rendre compte.

Enfin le portrait fut terminé, et je restai convaincu que c'était celui de ma belle apparition. Quand Scipion cessa de parler, je brûlais sur ma couche du désir de voir cette belle, cette inestimable quarteronne.

En ce moment, une sonnette de la maison se fit entendre.

« Appelé Scipion, môsieu.... ça sonné lui.... lui 'evient dans une minute, môsieu. »

En disant ces mots, le nègre me quitta et courut vers la maison.

Je me pris à réfléchir sur la position singulière et quelque peu romanesque dans laquelle j'étais placé par les circonstances. La veille encore, la nuit précédente, j'étais voyageur, sans un dollar en poche, ne sachant pas quel toit m'abriterait. Aujourd'hui je me vois l'hôte

1. Espèce de rat. (*Note du traducteur.*)

d'une personne jeune, riche, qui n'est pas mariée, hôte blessé, condamné à garder le lit pour un temps indéterminé, bien soigné et bien servi.

Ces pensées firent bientôt place à d'autres. La figure de mon rêve les chassa de mon esprit, et je me mis à la comparer avec le portrait de la quarteronne fait par Scipion. Plus j'y pensais, plus j'étais frappé de nombreux points de ressemblance. Comment pouvais-je avoir rêvé quelque chose d'aussi réel ? ce n'était guère probable. Il fallait sûrement que je l'eusse vue. Pourquoi pas ? Il y avait plusieurs personnes autour de moi quand je m'étais évanoui et qu'on m'avait transporté dans la maison; pourquoi ne se serait-elle pas trouvée avec les autres ? C'était vraiment probable, et cela expliquait tout. Mais était-elle avec les autres ? Je résolus de le demander à Scipion à son retour.

La longue conversation que j'avais eue avec mon domestique m'avait fatigué, car j'étais faible et épuisé. Le soleil qui brillait dans ma chambre ne m'empêcha pas de me sentir gagner par le sommeil; quelques minutes après, je retombai sur mon oreiller et je m'endormis.

CHAPITRE XVIII.

La créole et la quarteronne.

Je dormis environ une heure d'un sommeil profond; puis quelque chose m'éveilla, et je restai pendant quelques instants à moitié sensible seulement aux impressions extérieures.

Ces impressions étaient agréables. De doux parfums se répandaient autour de moi, et je distinguais le frôlement doux et soyeux qui indique la présence d'une femme élégante.

« Il s'éveille, mademoiselle ! » chuchota une voix douce.

Mes yeux, qui s'ouvrirent alors, étaient dirigés vers la personne qui venait de parler. Je crus d'abord que ce n'était que la continuation de mon rêve. J'avais devant moi la figure de mon apparition ; cette abondante chevelure noire, ces yeux brillants, ces sourcils arqués, ces lèvres petites et frémissantes, cette joue d'un rose incarnat.... tout cela était sous mes yeux !

« Est-ce un rêve ? me disais-je. Non.... elle respire, elle remue, elle parle !

— Voyez, mademoiselle, il nous regarde ! il est éveillé, bien sûr !

— Ce n'est pas un rêve, ce n'est pas une vision ; c'est elle, c'est Aurore ! »

Jusqu'alors j'étais encore à moitié endormi. Cette pensée s'échappa de mes lèvres ; mais peut-être les dernières paroles seules avaient été dites assez haut pour qu'on les entendît. Un cri qui les suivit m'éveilla tout à fait, et je vis alors deux femmes près de mon lit. Elles se regardaient toutes deux avec surprise. L'une était Eugénie, et l'autre à n'en pas douter, l'autre était Aurore !

« Votre nom ! dit la maîtresse étonnée.

— Mon nom ! répéta l'esclave qui n'était pas moins surprise.

— Mais comment ! il sait votre nom ! comment cela se fait-il ?

— Je ne saurais le dire, mademoiselle.

— Êtes-vous déjà venue ici ?

— Non, pas jusqu'à présent.

— C'est bien singulier ! » dit la jeune dame en dirigeant vers moi un regard interrogateur.

J'étais alors éveillé, et en pleine possession de mes sens, assez pour m'apercevoir que j'avais parlé trop haut.

Il fallait expliquer comment j'avais appris le nom de la quarteronne, et je ne savais que dire. Communiquer à mes deux visiteuses les pensées qui venaient de traverser mon esprit, leur expliquer les paroles que je venais de prononcer, c'était me mettre dans une position bien ridicule ; et cependant mon silence pouvait laisser Mlle Besançon livrée à d'étranges suppositions. Il fallait dire quelque chose; un peu de ruse était absolument nécessaire.

Je restai quelques instants sans desserrer les lèvres, dans l'espoir que la jeune fille parlerait la première, et me mettrait peut-être ainsi sur la voie de ce que je devais dire. Je fis semblant de souffrir de ma blessure, et je me retournai sur mon lit, comme quelqu'un qui est mal à l'aise. Elle parut ne pas y prendre garde, et resta dans son attidude de surprise, en répétant simplement :

« Il est très-extrordinaire qu'il sache votre nom ! »

Mon imprudent discours avait fait sensation; je ne pouvais me taire plus longtemps, et, en me retournant de nouveau, j'eus l'air de m'apercevoir pour la première fois de la présence de Mlle Besançon ; je lui adressai mes compliments, et je lui exprimai en même temps le plaisir que j'avais à la voir.

Après une ou deux questions dictées par les inquiétudes que lui inspirait ma blessure, elle me demanda :

« Mais comment se fait-il que vous ayez nommé Aurore ?

— Aurore! répondis-je. Oh! vous trouvez extraordinaire que je sache son nom ? Grâce au portrait fidèle fait par Scipion, j'ai vu du premier coup d'œil que c'était Aurore. »

Je montrai la quarteronne, qui s'était éloignée d'un ou deux pas, et qui restait silencieuse et évidemment étonnée.

« Ah! Scipion a parlé d'elle ?

— Oui, mademoiselle; lui et moi nous avons eu une matinée très-occupée. J'ai largement profité de la connaissance que Scipion a des affaires de la plantation. Je connais déjà tante Chloé, la petite Chloé, et tous vos gens; ces choses m'intéressent, moi qui suis étranger à votre vie de la Louisiane.

— Monsieur, répondit la jeune dame, qui parut satisfaite de mon explication, je suis heureuse que vous soyez si bien portant. Le docteur m'a assuré que vous seriez bientôt rétabli. Noble étranger, j'ai appris comment vous avez été blessé; c'était pour moi, pour me défendre. Oh! comment m'acquitterai-je jamais? comment pourrai-je vous remercier?

— Les remercîments sont inutiles, mademoiselle. Je n'ai fait que remplir un devoir. Je ne courais pas beaucoup de risques en vous suivant.

— Au contraire, monsieur, n'affrontiez-vous pas un double danger? le couteau d'un assassin.... les eaux! Pas de risques! Mais, monsieur, je puis vous assurer que ma reconnaissance sera proportionnée à votre générosité courageuse. Mon cœur me le dit; hélas! pauvre cœur! il est rempli à la fois par la reconnaissance et par le chagrin.

— Oui, mademoiselle; je comprends que la perte d'un serviteur fidèle vous cause bien des regrets.

— Un serviteur fidèle, monsieur! dites plutôt un ami. Fidèle vraiment! Depuis la mort de mon pauvre père, il l'a remplacé près de moi; tous mes amis étaient les siens; toutes mes affaires étaient dans ses mains. Je ne connaissais pas l'inquiétude; mais maintenant, hélas! je ne sais pas ce qui m'attend. »

Tout à coup elle changea de ton, et me demanda avec empressement:

« La dernière fois que vous l'avez vu, monsieur, vous avez dit qu'il luttait contre le misérable qui vous a blessé?

— C'est vrai; ils luttaient ensemble au moment où je les ai aperçus pour la dernière fois.

— Il n'y a plus d'espoir, plus aucun. Le bateau a coulé

quelques instants après. Pauvre Antoine! Pauvre Antoine! »

Ses larmes coulèrent de nouveau, car elle avait évidemment pleuré déjà. Je ne pouvais lui offrir aucune consolation; je ne l'essayai même pas. Il valait mieux qu'elle pleurât. Les larmes seules pouvaient la soulager.

« Et le cocher, Pierre.... un des plus dévoués parmi mes serviteurs, a également péri. Je suis affligée aussi de sa perte; mais Antoine, l'ami de mon père.... le mien.... Oh! quelle perte! quelle perte! Plus d'amis; et cependant, peut-être aurai-je bientôt besoin d'amis. Pauvre Antoine! »

Elle pleurait en prononçant ces paroles. Aurore aussi versait des larmes. Je ne pus moi-même maîtriser mon émotion. Je retrouvai les pleurs de mon enfance : moi aussi je pleurai!

Cette scène solennelle fut enfin interrompue par Eugénie, qui parut tout à coup dominer son chagrin, et qui s'approcha de mon lit.

« Monsieur, dit-elle, je crains que vous ne me trouviez bien triste, pendant quelque temps encore. Je n'oublierai pas facilement mon ami, mais je sais que vous me pardonnerez de m'abandonner un moment à ma douleur. Maintenant, adieu! je reviendrai bientôt, et je veillerai à ce qu'on ait bien soin de vous. Je vous ai installé dans ce petit appartement, afin que vous soyez loin des bruits qui pourraient vous déranger. Je me reproche vraiment mon importunité actuelle. Le docteur a ordonné qu'on ne vous fît pas de visite; mais je.... je ne pouvais être tranquille avant d'avoir vu celui qui m'a sauvé la vie, et de lui avoir fait mes remercîments. Adieu! adieu! Viens, Aurore! »

Je restai seul, réfléchissant sur cette entrevue. Elle m'avait fait concevoir une amitié profonde pour Eugénie Besançon; plus que de l'amitié, de la sympathie; car je ne pouvais repousser la pensée que, d'une manière ou de l'autre, elle était en danger, que ce jeune cœur, dernièrement encore si léger et si gai, était envahi par la tristesse.

J'éprouvais pour elle de la commisération, de l'amitié, de la sympathie. Et pourquoi pas quelque chose de plus? Pourquoi ne l'aimais-je pas, elle, riche, jeune et belle? Pourquoi?

Parce que j'en aimais une autre.... J'aimais Aurore!

CHAPITRE XIX.

Un paysage de la Louisiane.

La vie dans une chambre de blessé.... qui est-ce qui aime à en écouter les détails? Ils ne peuvent intéresser personne; à peine si le blessé lui même s'y intéresse. Mon existence suivait une routine journalière et insignifiante, et mes réflexions étaient en rapport avec cette existence. Cette monotonie était cependant interrompue de temps à autre par la présence de celle que j'aimais. Je n'étais plus ennuyé alors; mon esprit échappait à sa lassitude mortelle, et dans ces moments la chambre du malade était pour lui un Élysée.

Mais, hélas! ces entrevues ne duraient jamais que quelques minutes, tandis que les intervalles qui les séparaient étaient des heures, de longues heures, si longues qu'elles me semblaient être des jours. Deux fois par jour je recevais la visite de ma belle hôtese et de sa compagne. Elles ne venaient jamais l'une sans l'autre!

J'étais alors dans un état de contrainte qui me causait une véritable angoisse. Je causais avec la créole, je pensais à la quarteronne. Je ne pouvais échanger avec celle-ci que des regards. Le sentiment des convenances enchaînait ma langue; mais toutes les convenances du monde n'auraient pas pu empêcher mes yeux de se servir de leur langage silencieux mais expressif.

Ce langage était lui-même contraint. Mes regards étaient furtifs. Ils étaient retenus par une double crainte. Je craignais, d'une part, que leur expression ne fût pas comprise par la quarteronne, et qu'elle n'y répondît pas. De l'autre, je craignais qu'elle ne fût que trop comprise par la créole, qui me regarderait alors avec dédain et mépris. Je ne pensais pas à la jalousie... je ne songeais à rien de semblable. Eugénie était triste, reconnaissante et amicale; mais, dans son attitude calme et dans le son de sa voix, rien n'indiquait l'amour. Le choc terrible que lui avaient causé de tragiques événements paraissait même avoir complétement modifié son caractère. Cette légèreté et cette souplesse d'esprit qui la caractérisaient autrefois, semblaient l'avoir abandonnée tout à fait. Après avoir été une jeune fille enjouée, elle était devenue tout d'un coup une femme sérieuse. Elle n'était pas moins belle, mais sa beauté ne me frappait que comme celle d'une statue; elle ne pénétrait pas jusqu'à mon cœur, qui était déjà occupé d'une beauté plus rare et plus brillante encore. La créole ne m'aimait pas; et, bien que cela puisse paraître étrange, cette réflexion, loin de piquer ma vanité, m'était agréable!

Que mes pensées étaient différentes quand elles se reportaient sur la quarteronne! M'aimait-elle? Telle était la question qui faisait battre mon cœur d'anxiété. Elle accompagnait Mlle Besançon pendant ses visites; mais je n'osais pas échanger un mot avec elle. Quoique mon cœur brûlât du désir de divulguer son secret, je craignais même d'être trahi par mes regards. Oh! si Mlle Besançon se doutait de mon amour, quel ne serait pas son mépris! Quoi! amoureux d'une esclave! de son esclave à elle!

Je me rendais bien compte de ce sentiment, je comprenais qu'on fît à Aurore un crime de la couleur de sa race. Mais que m'importait? Pourquoi me préoccuper de coutumes et de conventions que je méprisais au fond du cœur, en dehors même de l'influence de l'amour qui nivelle tous les rangs? Mais sous cette influence, je m'en souciais encore moins. Aux yeux de l'amour, le rang perd son éclat factice, les titres ne sont plus que des trivialités. Pour moi la beauté est une couronne.

Par rapport à mes sentiments, je me serais soucié comme d'un brin de paille que le monde entier connût mon amour; son dédain m'inquiétait peu. Mais il y avait d'autres considérations, les égards qu'impose l'hospitalité, l'amitié; il y avait en outre des considérations d'une nature moins délicate, mais qui étaient plus graves encore, les conseils de la *prudence*. Je savais que j'étais dans une situation tout à fait particulière. Je savais que ma passion, alors même qu'elle serait payée de retour, devait être silencieuse et discrète. Parlez-moi de faire l'amour à une jeune miss, surveillée de près par une gouvernante ou par un tuteur, à une pupille de la chancellerie, à une héritière! Ce n'est qu'un jeu d'enfant de tromper l'entourage qui veille sur une personne de ce genre. Griffonner des sonnets, escalader des murs, n'est qu'une tâche facile, si on la compare à l'audacieuse effronterie qui défie les passions et les préjugés d'un peuple!

Ma cour promettait de n'être rien moins que facile; le sentier de mon amour devait être un chemin bien rude.

Malgré la monotonie de mon séjour dans une chambre, le temps de ma convalescence se passa d'une manière assez agréable. On me donnait tout ce qui pouvait contribuer à mon bien-être ou à ma guérison. On m'apportait continuellement des glaces, des boissons délicieuses, des fleurs, des fruits rares et coûteux. Quant aux mets qui m'étaient servis, je les devais à l'habileté de Chloé, la compagne de Scipion; elle me fit connaître les délicatesses créoles, le gumbo, le fishchowder[1], les grenouilles fricassées, les gaufres chaudes, les tomates farcies, et d'autres recherches de la cuisine de la Louisiane. Je ne refusais pas même des mains de Scipion une tranche de sarigue rôtie, et j'allai jusqu'à goûter une grillade de raccoon, mais une fois seulement, et je trouvai que c'était trop d'une fois. Cependant Scipion ne se faisait pas scrupule de manger de la chair de cet animal, assez semblable à celle du renard, et faisait presque disparaître un raccoon tout entier en une seule séance!

Je m'initiai graduellement aux habitudes de la vie dans une plantation de la Louisiane: le vieux Scip était mon instructeur, et continuait à être mon domestique fidèle. Quand son bavardage me fatiguait, j'avais recours aux livres : car mon appartement renfermait une petite bibliothèque assez nombreuse, composée en grande partie d'auteurs français. J'y trouvai presque tout ce qui a été écrit sur la Louisiane, preuve d'un jugement assez rare chez celui qui avait fait cette collection. Je lus entre autres le gracieux roman de Chateaubriand et l'histoire de du Prat. Je ne pus m'empêcher de trouver dans le premier l'absence de cette vraisemblance qui, suivant moi, est le plus grand charme d'une fiction, et qui doit toujours manquer quand un auteur cherche à peindre des scènes ou des costumes qu'il n'a pas observés lui-même.

Quant à l'historien, il s'abandonne souvent à ces exagérations puériles qui caractérisent les écrivains de son époque. Cette remarque peut s'appliquer, sans exception, à tous les anciens auteurs qui ont traité les sujets américains, qu'ils soient Anglais, Espagnols ou Français; les chroniqueurs des serpents à deux têtes, des crocodiles de vingt yards de long, et des boas assez gros pour avaler du même coup un cavalier et son cheval. Il est vraiment difficile de concevoir comment ces vieux auteurs ont pu faire accepter leurs histoires incohérentes; mais il faut se

1. Mets fait avec du poisson. (*Note du traducteur.*)

rappeler que la science n'était pas alors assez avancée pour critiquer leurs récits.

Ce qui m'intéressa le plus, ce furent les aventures et le sort funeste du brave chevalier de La Salle ; et je ne pus m'empêcher d'être étonné que les écrivains d'Amérique eussent si peu fait pour illustrer cette noble vie, qui est à coup sûr l'épisode le plus pittoresque de l'histoire primitive de leur pays, histoire et théâtre si engageants.

« Le théâtre ! Ah ! il est vraiment charmant ! » Ce fut de cette exclamation que je saluai pour la première fois le paysage de la Louisiane, quand je pus m'asseoir près de ma fenêtre et contempler les environs.

Les croisées, comme celles de toutes les maisons créoles, descendaient jusqu'au plancher ; assis sur une chaise longue, les deux châssis ouverts, les beaux rideaux de France écartés, j'avais une vue grandiose de tout le pays. C'était un tableau splendide, et dont le pinceau d'un peintre n'aurait guère pu exagérer les couleurs brillantes.

Ma fenêtre faisait face à l'ouest ; la grande rivière roulait sous mes yeux ses flots jaunis, dont les ondulations avaient un éclat doré. Sur la rive la plus éloignée, je pouvais voir des champs cultivés, où s'agitait la crête gracieuse des cannes à sucre, faciles à distinguer de la plante à tabac par leur couleur plus foncée. Sur le bord du fleuve, et presque en face de moi, s'élevait une noble demeure, dont le style se rapprochait assez de celui d'une villa italienne : elle avait des jalousies vertes et une vérandah ! Elle était entourée de berceaux d'orangers et de citronniers, dont le feuillage d'un vert jaunâtre resplendissait gaiement dans le lointain. La vue n'était pas bornée par des hauteurs, car la Louisiane est un pays tout de plaines ; mais la sombre barrière de cyprès qui s'élevait vers le ciel à l'occident, produisait, comme fond de tableau, un effet analogue à celui des montagnes.

Sur la rive la plus rapprochée de moi, le coup d'œil ressemblait davantage à celui qu'offre un jardin, car elle était formée en grande partie par les terrains d'agrément de la plantation Besançon. Je pouvais étudier les objets plus en détail, et j'étais à même de distinguer les espèces d'arbres qui composaient les bosquets. Je remarquai le magnolia aux larges fleurs blanches qui semblent faites de cire, et qui ont quelque chose de la *nympha* géante de Guinée. Quelques-unes de ces fleurs avaient disparu ; elles étaient remplacées par les graines coniques, rouges comme le corail, qui donnent à la plante un ornement presque aussi remarquable que les fleurs elles-mêmes. A côté de cette ruine des forêts occidentales, je voyais cette charmante plante exotique, presque sa rivale par la beauté et par le parfum, ainsi que par sa renommée ; elle est originaire des climats de l'Orient, quoiqu'elle soit naturalisée depuis longtemps dans la Louisiane. Ses larges feuilles doubles, d'un vert clair ou foncé, car les deux teintes se voient sur le même arbuste, ses fleurs couleur de lavande pendant en grappes à l'extrémité des bourgeons, ses fruits jaunes en forme de cerise, dont quelques-uns étaient déjà formés, tout indique son espèce. C'était une des méliacées, ou arbustes à miel, le silas indien, ou l'orgueil de la Chine (*Melia azedarach*). Les noms divers donnés à ce bel arbuste par les différentes nations montrent à quel point il est estimé. « Arbre de prééminence, » dit le Persan poétique, dont le pays est sa terre natale. « Arbre du paradis, » *arbor de paraiso*, répond l'Espagnol, chez qui il est exotique. Tels sont ses titres.

D'autres arbres encore, indigènes ou exotiques, s'offraient à mes regards. Les premiers étaient : le catalpa à l'écorce argentée, à la fleur en forme de trompette ; l'osage orange, dont le feuillage est sombre et brillant, et le mûrier rouge au feuillage épais et ombreux, aux fruits longs et cramoisis. Parmi les arbres exotiques, l'oranger, le citronnier, le goyavier des Indes occidentales (*psidium pyriferum*) ; le goyavier de la Floride, dont les feuilles ressemblent à des boîtes en bois; le tamarin aux feuilles larges et minces et aux fleurs rose pâle; la pomme grenade, symbole de la démocratie, reine qui porte la couronne sur son sein, et le figuier sans fleurs, l'arbre des légendes, qu'on ne dispose pas ici en espaliers, mais qui s'élève à une hauteur de trente pieds. C'est à peine si l'on peut appeler exotiques les yuccas à tête sphérique formée de laines aiguës qui divergent comme des rayons, et les cactus aux formes variées : car ces deux espèces sont des indigènes du sol, et on les trouve toutes deux dans la flore d'une région peu éloignée.

Le paysage que j'avais sous ma fenêtre ne manquait pas de vie. Par-dessus les bosquets, je voyais les portes blanches de l'allée qui conduisait à la maison, et à côté de laquelle courait le chemin de la levée. Quoique le feuillage masquât un peu la vue de ce chemin, je voyais par moments les passants qui le suivaient. Dans les vêtements des créoles, la couleur bleu de ciel domine; ils portent ordinairement des chapeaux de palmier, de jonc, ou le coûteux panama aux larges bords qui abritent du soleil. De temps en temps un nègre passe au galop, et coiffé d'un turban comme un musulman; car le Madras bigarré a beaucoup de ressemblance avec la coiffure turque, quoiqu'il soit plus léger et même plus pittoresque. Dans d'autres moments c'était une voiture ouverte que j'apercevais, et je pouvais jeter un coup d'œil sur les dames qui s'y trouvaient en belles toilettes d'été. J'entendais leurs frais éclats de rire, et je devinais qu'elles se rendaient à quelque réunion de plaisir. Les voyageurs sur la route, les travailleurs dans les champs de canne, chantant leurs chansons en chœur; de temps à autre un bateau qui passait rapidement sur le fleuve; plus souvent une plate qui descendait silencieusement, un radeau avec son équipage en chemises rouges, offraient successivement à mes yeux des emblèmes de la vie active.

Plus près encore, une population ailée vit et voltige autour de ma fenêtre. L'oiseau moqueur (*Turdus polyglotta*) siffle au sommet du plus grand magnolia; son cousin le rouge-gorge (*Turdus migratorius*), à moitié ivre du fruit de la *melia*, rivalise avec lui par son doux chant. L'oriole sautille dans les orangers, et le hardi cardinal rouge déploie ses ailes écarlates dans le feuillage moins élevé des arbustes. De temps en temps j'aperçois à la dérobée le gosier-rubis qui va et vient comme l'étincelle d'un diamant; sa retraite favorite est au milieu des fleurs rouges et sans parfum du buckeye, ou dans les grandes feuilles en forme de trompette du bignonia.

Telle était la vue que j'avais de la fenêtre de ma chambre. Je croyais n'avoir jamais contemplé une scène aussi belle. Mon regard était animé par l'amour, qui donnait peut-être à tout ce que je voyais une teinte *couleur de rose*. Je ne pouvais regarder ce paysage sans penser à la belle créature qui manquait seule pour rendre le tableau parfait.

CHAPITRE XX.

Mon journal.

Pour varier la monotonie de mon existence, je tenais un journal.

Naturellement, un journal de malade renfermé dans sa chambre est vide d'incidents. Le mien était plutôt celui de mes réflexions que celui des faits. Je vais en citer quelques passages, non pas à cause de l'intérêt qui s'y rattache, mais parce que ces passages ont été écrits au moment même, et qu'ils reproduiront plus fidèlement qu'un récit les impressions et les incidents qui marquèrent le reste de mon séjour à la plantation Besançon.

12 *juillet*. — Aujourd'hui je peux m'asseoir et écrire un peu. La température est extrêmement chaude; elle serait intolérable, sans la brise qui traverse mon appartement et qui est chargée du parfum délicieux des fleurs. Cette brise vient du golfe du Mexique, par les lacs Borgne, Pontchartrain et Maurepas. Je suis à plus de cent milles du golfe en suivant le cours de la rivière; mais ces grandes mers intérieures pénètrent profondément le delta du Mississipi, et c'est par elles que le flot s'approche à quelques milles de la Nouvelle-Orléans, et plus loin vers le nord. On peut arriver à la mer en traversant les marais à une petite distance en arrière de Bringiers.

Cette brise de mer est un grand bienfait pour les habitants de la Basse-Louisiane! La Nouvelle-Orléans serait presque inhabitable pendant l'été, si son influence rafraîchissante ne se faisait pas sentir.

Scipion m'apprend qu'un nouveau commandeur vient d'arriver à la plantation; il pense que le choix a été fait sous l'influence de Massa Dominique. Cet homme a apporté une lettre de l'avocat; par conséquent, le fait est probable.

Mon domestique ne paraît pas favorablement impressionné par le nouveau venu, qu'il représente comme un « pauv' homme blanc du No'd, un Yankee même. »

Je m'aperçois que les noirs ont de l'antipathie pour ceux qu'ils désignent sous le nom de « pauvres blancs. » Ce sont des individus qui n'ont pas d'esclaves ou de propriété territoriale. La phrase elle-même exprime cette antipathie; quand un nègre l'applique à un blanc, celui-ci la considère comme une grande insulte, et elle vaut ordinairement au noir imprudent une frottée de lanières de peau de vache, ou une légère décoction d'huile d'hickory[1].

Les esclaves trouvent généralement que les commandeurs les plus tyranniques viennent des États de la Nouvelle-Angleterre, habitée par ceux qu'on appelle dans le Sud des Yankees. Ce terme, que les étrangers appliquent avec mépris à tous les Américains, a un sens restreint aux États-Unis, et il n'est employé avec une nuance de reproche que lorsqu'on l'adresse aux natifs de la Nouvelle-Angleterre. Dans d'autres circonstances, on s'en sert comme d'un sobriquet patriotique plaisant, et alors tous les Américains se glorifient de s'appeler des Yankees. Parmi les noirs des États du Sud, *Yankee* est un terme de reproche, qui dans leur esprit implique l'absence de fortune, la bassesse d'esprit, les muscades en bois, les jambons de cyprès et autres railleries de même espèce. C'est triste et étrange à dire, ce mot est aussi associé au fouet, aux fers et aux lanières; c'est d'autant plus étrange que les hommes à qui on donne ce nom sont natifs d'un pays remarquable par son puritanisme, un pays où l'on *professe* la religion la plus pure et la morale la plus sévère :

Cela peut sembler une anomalie, et cependant ce n'est peut-être pas si étrange. Un habitant du Sud m'a expliqué ce fait de la manière suivante :

« Les pays où dominent les principes puritains sont ceux où le vice, et surtout le vice de petite espèce, est le plus fréquent. Les villages de la Nouvelle-Angleterre, foyer des *bluelaws* et du puritanisme, fournissent le plus grand nombre des *nymphes du pavé* de New-York, de Philadelphie, de Baltimore et de la Nouvelle-Orléans, et fournissent même à l'exportation dans la capitale catholique de Cuba ! Ce sol prolifique est aussi le point

1. Espèce de noisetier dont les branches sont souvent employées pour faire des cannes. (*Note du traducteur.*)

de départ des filous, des charlatans, des commerçants trompeurs qui déshonorent le nom américain. Ce n'est pas là une anomalie, ce n'est qu'un résultat inexorable produit par une religion menteuse. Les rites extérieurs, le culte, l'observation du jour du sabbat, et différentes affaires de forme, sont gravées dans les esprits ; et, en compliquant les véritables devoirs auxquels l'homme est assujetti envers son semblable, ils les obscurcissent ou prennent le pas sur eux. Ces derniers ne paraissent plus avoir qu'une importance secondaire, et sont conséquemment négligés. »

Cette explication est pour le moins ingénieuse.

14 *juillet.* — Aujourd'hui Mademoiselle m'a fait deux visites ; elle était, comme à l'ordinaire, accompagnée par Aurore.

Notre conversation n'est ni facile ni libre, et elle ne dure pas longtemps. Elle (Mademoiselle) est encore évidemment souffrante, et tout ce qu'elle dit est empreint de tristesse. J'attribuais d'abord cette tristesse à son chagrin de la perte d'Antoine, mais elle dure trop pour pouvoir s'expliquer de la sorte ; son esprit est en proie à un autre tourment. Je souffre de cette contrainte. La présence d'Aurore m'embarrasse, et je ne peux pas me livrer à mon aise aux lieux communs habituels de la conversation. Elle (Aurore) ne se mêle pas au dialogue, mais elle se tient près de la porte, ou reste derrière sa maîtresse, écoutant avec respect. Quand je la regarde fixement, ses paupières soyeuses s'abaissent et empêchent toute communication avec son âme. *Que ne puis-je me faire comprendre d'elle !*

15 *juillet.* — La répugnance de Scipion pour le nouveau commandeur ne fait que s'accroître. Les premières impressions étaient fondées. Deux ou trois petites affaires que l'on m'a citées à propos de ce monsieur

me prouvent que c'est un mauvais successeur du bon Antoine.

A propos du bon Antoine, on avait dit que son corps avait été entraîné par les eaux au milieu des débris du bâtiment naufragé un peu au-dessous de la plantation, mais ce rapport était inexact. On a trouvé un cadavre, mais ce n'était pas celui de l'intendant. C'était celui de quelque autre malheureux qui a subi le même sort. Je me demande si le coquin qui m'a blessé respire encore!

Il y a beaucoup de blessés à Bringiers. Quelques-uns sont morts des blessures qu'ils ont reçues à bord du bateau. C'est une mort terrible que celle qui est occasionnée par les brûlures de la vapeur. Des hommes qui se croyaient à peine atteints sont maintenant à l'agonie. Le docteur m'a donné quelques détails qui sont effrayants.

Un des hommes, un chauffeur, dont le nez est presque enlevé, et qui sait ne plus avoir que peu de temps à vivre, a demandé à se voir dans un miroir. On a satisfait son désir; aussitôt il s'est mis à rire d'un rire diabolique, et il s'est écrié à haute voix : « Quel diable d'affreux cadavre je vais faire! »

Cette insouciance de la vie est caractéristique chez ces hardis matelots. La race de Mike Fink n'est pas éteinte; beaucoup de vrais représentants de ce demi-sauvage naviguent encore sur les grands fleuves de l'Ouest.

20 *juillet*. — Aujourd'hui je suis beaucoup mieux. Le docteur m'annonce que je pourrai quitter ma chambre dans une semaine. C'est une nouvelle agréable; cependant une semaine semble longue à qui n'est pas habitué à vivre en cage. Grâce à la lecture, je parviens à tuer joliment le temps. Honneur à ceux qui font des livres!

21 *juillet*. — L'opinion que Scipion a du nouveau commandeur ne devient pas plus favorable. Celui-ci se

nomme Larkin. Scipion dit qu'il est connu dans le village sous le nom de « Bully Bill Larkin[1], » sobriquet qui peut servir à faire connaître son caractère. La plupart des noirs qui travaillent aux champs se plaignent de sa sévérité, qui, disent-ils, augmente chaque jour. Il est toujours armé d'une lanière de peau de vache, et il s'en est déjà servi deux ou trois fois d'une façon barbare.

C'est aujourd'hui dimanche, et je puis juger, par le brouhaha qui m'arrive du quartier des nègres, que c'est un jour de réjouissance. Je peux voir les nègres passer sur le chemin de la levée ; ils sont vêtus de leurs costumes les plus éclatants ; les hommes ont des chapeaux de castor, des habits bleus à queue de morue, et des chemises ornées d'énormes jabots ; les femmes portent des robes de coton de couleur voyante, et il n'en manque pas qui sont vêtues de soie comme pour un bal ! La plupart ont des ombrelles de soie, qui sont naturellement des plus vives couleurs. On serait tenté de croire que cette vie de l'esclave n'est pas très-pénible après tout ; mais la vue de la lanière de Larkin produit une impression bien différente.

24 *juillet.* — J'ai remarqué aujourd'hui plus que jamais la mélancolie qui paraît accabler l'esprit de Mademoiselle. Je suis convaincu maintenant que la mort d'Antoine n'en est pas la cause. C'est chagrin *présent* qui tourmente cette jeune fille. J'ai observé encore le regard singulier qu'elle a jeté sur moi une première fois ; mais ce regard était si rapide, que je n'ai pu discerner ce qu'il signifiait ; d'ailleurs, mon cœur et mes yeux cherchaient autre chose. Aurore me regarde avec moins de timidité ; il semble que ma conversation l'intéresse, bien que je ne m'adresse pas à elle. Je le désire ! Mon cœur, impatient du silence qui

1. *Bully*, batailleur, fanfaron. *Bill*, diminutif de Guillot. (*Note du traducteur.*)

m'est imposé, serait peut-être soulagé si je causais avec elle.

25 *juillet.* — Plusieurs des nègres qui travaillent dans les champs se sont un peu émancipés la nuit dernière. Ils avaient un permis pour la ville et sont rentrés tard. Bully Bill les a fouettés ce matin, assez fort pour leur mettre le dos en sang. C'est un peu rude pour un *nouveau* commandeur; mais Scipion dit que c'est un *ancien* sous ce rapport-là. A coup sûr, Mademoiselle n'est pas instruite de ces atrocités.

26 *juillet.* — Le docteur me promet de me laisser sortir dans trois jours. Je suis arrivé à estimer cet homme, surtout depuis que j'ai découvert qu'il n'est pas l'ami de Gayarre. Il n'est pas même son médecin. Il y a un autre *medico* dans le village; celui-ci soigne Dominique et ses noirs, ainsi que les esclaves de la plantation Besançon. Ce médecin était absent à mon arrivée. C'est pourquoi on a fait venir Reigart. Les égards dus à la profession d'une part, et mon désir de l'autre, ont empêché que cet arrangement ne fût modifié, et M. Reigart continue à me soigner. J'ai vu l'autre, car ils sont venus une fois ensemble; il me semble bien digne d'être l'ami de l'avocat.

Reigart est étranger à Bringiers; mais il paraît gagner promptement l'estime des planteurs du voisinage. Il est vrai que parmi eux les plus riches ont leur médecin, qu'ils payent même largement! Ce serait une mauvaise économie que de négliger la santé d'un esclave, et c'est ce qui fait qu'on soigne les noirs plus que bien des pauvres diables de blancs dans plus d'un pays d'Europe.

J'ai essayé d'apprendre par le docteur quelque chose des rapports qui existent entre Gayarre et la famille Besançon. Je ne pouvais faire que des allusions délicates à ce sujet. Je n'ai pas reçu de réponses très-satisfaisantes.

Le docteur est ce qu'on peut appeler un homme circonspect, et parler beaucoup serait très-mal vu chez quelqu'un de sa profession, surtout à la Louisiane. Il ne sait pas grand'chose, ou il affecte l'ignorance ; mais, d'après quelques paroles qu'il a laissées échapper, je crois plutôt que cette dernière hypothèse est la vraie.

« Pauvre jeune fille ! a-t-il dit, elle est tout à fait seule au monde. Je crois qu'elle a une tante, ou quelqu'un de ce genre, qui vit à la Nouvelle-Orléans ; mais elle n'a pas de parent mâle pour surveiller ses affaires. Gayarre paraît avoir tout entre les mains. »

Le docteur m'apprit que le père d'Eugénie avait eu pour un moment une fortune beaucoup plus considérable ; c'était un des plus riches planteurs de la côte, il tenait pour ainsi dire maison ouverte, et exerçait l'hospitalité d'une façon princière. Il avait donné des fêtes magnifiques, surtout dans les dernières années de sa vie. Une hospitalité prodigue avait même été excercée depuis sa mort, et Mademoiselle avait continué à recevoir comme son père. Elle avait un grand nombre de courtisans, mais le docteur n'avait pas entendu dire qu'elle eût un prétendu.

Gayarre avait été l'intime ami de Besançon. Personne ne pouvait dire à quel titre, car ils étaient aussi opposés l'un à l'autre que les deux pôles. On voyait que leur amitié avait quelque chose de celle qui lie ordinairement le débiteur à son créancier.

Ce que m'apprend le docteur confirme ce que Scipion m'a déjà dit. Cela confirme aussi mes soupçons par rapport à la jeune créole, à savoir qu'un nuage obscurcit son avenir, nuage plus sombre qu'aucun de ceux dont son passé est couvert, plus sombre même que celui que soulève le souvenir d'Antoine.

28 *juillet*. — Gayarre est venu aujourd'hui ici, je veux dire à la maison. Par le fait, il vient voir Mademoiselle à

peu près tous les jours, mais Scipion m'apprend quelque chose de nouveau et d'extraordinaire. Il paraît que quelques-uns des esclaves qui ont été fouettés se sont plaints du commandeur à leur jeune maîtresse, et qu'à son tour elle a parlé de cette affaire à Gayarre. Celui-ci a répondu que les coquins de noirs avaient mérité ce qui leur était arrivé, et pis encore; il a soutenu d'une manière assez grossière ce vaurien de Larkin, qui est sans aucun doute son protégé. La jeune fille n'a plus rien dit.

Scipion tient tout cela d'Aurore. Il y a là quelque chose de menaçant.

Le pauvre Scipion m'a fait part d'un autre chagrin qui lui est particulier. Il soupçonne le commandeur d'avoir un peu trop d'amitié pour sa petite Chloé. La brute! si c'est vrai! Mon sang bout à cette pensée. Oh! l'esclavage!

2 *août*. — J'entends encore parler de Gayarre. Il est venu à la maison, et il est resté plus longtemps que de coutume avec Mademoiselle. Que peut-il avoir à faire avec elle? Sa société lui serait-elle agréable? C'est certainement impossible! Et cependant ces visites fréquentes, ces conférences si prolongées! Si elle épouse un pareil homme je la plains, pauvre victime! Il doit avoir quelques droits pour se conduire ainsi. Il semble qu'il soit le maître de la plantation, dit Scipion, et il donne des ordres à tout le monde de l'air d'un propriétaire. Chacun le craint, lui et son conducteur de nègres, comme on appelle ce vaurien de Larkin. Celui-ci est de plus en plus redouté par Scipion, qui a remarqué de nouvelles grossièretés de la part du commandeur envers sa petite Chloé. Pauvre homme! il est bien accablé, et ce n'est pas étonnant, puisque la loi elle-même ne lui permet pas de protéger l'honneur de son propre enfant!

J'ai promis d'en parler à Mademoiselle, mais je crains,

d'après ce qui m'a été dit, qu'elle ne soit presque aussi impuissante que Scipion lui-même!

3 *août*. — Aujourd'hui, pour la première fois, je peux sortir de ma chambre. Je me suis promené sous les bosquets et dans le jardin. J'ai rencontré Aurore au milieu des orangers, elle cueillait les fruits dorés; mais elle était accompagnée de la petite Chloé qui tenait le panier. Que ne donnerais-je pas pour l'avoir trouvée seule! Je n'ai pu échanger qu'un ou deux mots avec elle, puis elle est partie.

Elle m'a exprimé le plaisir qu'elle avait de me voir en état de sortir. Elle *paraissait* contente; je me le suis imaginé. Je ne l'ai jamais trouvée aussi jolie. L'exercice qu'elle se donnait en secouant les oranges avait amené sur ses joues une riche teinte rose, et ses grands yeux bruns brillaient comme des saphirs. Sa respiration haletante faisait battre son sein, et le léger vêtement qu'elle portait me permettait de suivre les contours élégants de son corps.

J'ai été frappé de la grâce de sa démarche quand elle s'est éloignée. Cette démarche avait quelque chose d'onduleux, produit par une particularité de formes, un certain embonpoint caractéristique de sa race. Elle est grande et tout à fait femme; cependant ses proportions sont parfaites et son extérieur est délicat. Ses mains sont petites et un peu grêles; son pied mignon paraît à peine se poser sur les petits cailloux. Mes yeux l'ont suivie avec une admiration délirante; mon cœur brûlait d'une ardeur nouvelle, pendant que je retournais dans ma chambre solitaire.

CHAPITRE XXI.

Un changement de domicile.

Je rêvais à ma courte entrevue avec Aurore, et je me félicitais de quelques paroles qu'elle avait laissées échapper, heureux de prévoir que de telles rencontres arriveraient fréquemment, maintenant que je pouvais sortir, lorsque, au milieu de cette rêverie agréable, je vis s'obscurcir l'entrée de ma chambre. Je regardai, et j'aperçus l'odieuse figure de M. Dominique Gayarre.

C'était la première visite depuis le matin qui avait suivi mon arrivée à la plantation. Que pouvait-il me vouloir?

Je ne restai pas longtemps en suspens : car mon visiteur, avant même de s'être excusé, m'informa subitement du motif qui l'amenait.

« Monsieur, dit-il, j'ai pris les arrangements nécessaires pour votre installation à l'hôtel de Bringiers.

— Vraiment? répondis-je en l'interrompant d'un ton aussi brusque et un peu plus indigné que le sien. Puis-je savoir, monsieur, qui est-ce qui vous a chargé de prendre cette peine?

— Ah! oh! balbutia-t-il, quelque peu étourdi de ce rude accueil, je vous demande pardon, monsieur. Vous ne savez peut-être pas que je suis l'agent, l'ami, et de plus, le tuteur de Mlle Besançon, et.... et....

— Mlle Besançon désire-t-elle que je m'en aille à Bringiers?

— Mon Dieu!... il est vrai que.... ce n'est pas absolument son désir; mais vous comprendrez, mon cher monsieur, que la situation est délicate si vous restez ici, maintenant que vous êtes presque entièrement rétabli, ce dont je vous félicite.... et....

— Continuez, monsieur!

— Si votre séjour ici se prolongeait.... dans les circonstances actuelles.... ce serait.... vous pouvez en juger par vous-même, monsieur.... ce serait, par le fait, une chose dont on jaserait dans le voisinage.... et qui, par le fait, serait trouvée tout à fait inconvenante.

— Halte-là, monsieur Gayarre! Je suis d'âge à ne pas avoir besoin de vos leçons de convenance, monsieur.

— Pardonnez-moi, monsieur. Je n'ai pas l'intention de vous en donner, mais.... je.... vous remarquerez que, en ma qualité de tuteur légal de la jeune personne....

— Après, monsieur! Je vous comprends parfaitement. Il n'est pas dans vos intentions, *telles qu'elles soient*, que je reste plus longtemps à la plantation. Vous serez satisfait. Je quitterai cette maison, quoique ce ne soit certainement pas dans le but de vous être agréable. Je partirai ce soir même. »

Les paroles sur lesquelles j'avais appuyé firent tressaillir ce misérable comme un choc électrique. Je le vis pâlir pendant que je les prononçais, et les rides qui entouraient ses yeux se creusèrent. J'avais touché une corde qu'il croyait secrète, et qui vibrait désagréablement à ses oreilles. Cependant, il se contint en vrai légiste, et, sans relever mon insinuation, il me répondit avec une hypocrisie mielleuse :

« Mon cher monsieur, je regrette cette nécessité; mais il est de fait, vous le sentez.... que le monde.... le monde indiscret....

— Épargnez-moi vos homélies, monsieur! Votre tâche est terminée, j'imagine; dans tous les cas je ne vous retiens plus.

— Hum! murmura-t-il. Je regrette que vous le preniez ainsi.... Je suis fâché.... »

Puis il sortit en continuant une suite de phrases tout aussi incohérentes.

Je me dirigeai vers la porte pour voir la direction qu'il prenait. Il allait droit vers la maison ! Je le vis entrer !

J'avais été surpris de cette visite et du motif qui la dictait ; cependant je n'avais pas été sans prévoir un événement de ce genre. La conversation, que j'avais entendue, entre Gayarre et le docteur, rendait ce dénoûment probable ; mais je ne m'attendais pas à changer sitôt de domicile. Mon intention était de rester encore une ou deux semaines où j'étais. Une fois tout à fait rétabli, je serais allé à l'hôtel de mon propre mouvement.

Je me sentais vexé, pour plusieurs raisons. J'étais fâché de penser que ce drôle possédait une pareille influence, car je ne croyais pas devoir attribuer mon départ à Mlle Besançon. Au contraire, elle était venue me voir quelques heures auparavant, et il n'en avait pas été question. Peut-être avait-elle eu cette idée et n'avait-elle pas voulu m'en parler? Mais non, c'était impossible. Pendant notre entrevue, ses manières m'avaient paru toujours les mêmes. Elle m'avait témoigné jusqu'au dernier moment la même bonté, le même intérêt pour ma guérison. Elle ne songeait évidemment pas à un changement aussi subit que celui qui avait été proposé par Gayarre. Je me convainquis par la réflexion que celui-ci ne s'était pas entendu préalablement avec elle.

Quel devait être l'empire de cet homme, pour qu'il osât ainsi s'interposer entre cette jeune fille et ses habitudes d'hospitalité ? Il m'était pénible de penser qu'une aussi charmante créature était au pouvoir d'un pareil drôle.

Mais il y avait une pensée encore plus pénible pour moi : c'était de me séparer d'Aurore. Cependant je ne croyais pas m'éloigner d'elle pour toujours. Non ! si je l'avais cru, je n'aurais pas cédé si facilement. J'aurais forcé M. Dominique à m'expulser violemment. Je ne craignais pas, en allant au village, de ne plus pouvoir venir à la plantation aussi souvent que j'y serais disposé. Si je l'avais pensé, mes réflexions auraient été vraiment bien pénibles.

Après tout, ce changement était insignifiant. Je reviendrais comme visiteur, et en cette qualité je serais plus indépendant qu'un hôte, plus libre, peut-être, de me rapprocher de l'objet de mon amour! Je viendrais aussi souvent que cela me serait agréable. J'aurais encore les mêmes occasions de la voir. Je ne désirais qu'un moment, un moment où je serais seul avec Aurore, et alors mon espoir serait béni ou brisé!

Mais j'étais pour le moment inquiété par d'autres considérations. Comment allais-je vivre à l'hôtel? Le propriétaire croirait-il à mes promesses, et consentirait-il à attendre que les lettres que j'avais déjà envoyées obtinssent une réponse? J'avais déjà reçu des vêtements convenables, mais d'une manière mystérieuse. Je les avais aperçus un matin au pied de mon lit en me réveillant. Je n'avais pas cherché à savoir comment ils se trouvaient là.

Je comptais m'en occuper plus tard; mais de l'argent, de quelle manière pourrais-je en avoir? Deviendrais-je le débiteur de la jeune fille? ou devais-je contracter une obligation envers Gayarre? Dilemme cruel!

Dans mon embarras je pensai à Reigart. Sa figure calme et bonne se présenta à ma pensée. « Essayons! dis-je en moi-même; il m'aidera! »

Cette pensée parut l'avoir évoqué: car au moment même le bon docteur entra dans la chambre, et je le mis dans la confidence de ce que je désirais.

Je ne l'avais pas mal jugé. Il étala sa bourse sur la table, et je devins son débiteur pour la somme dont j'avais besoin.

« C'est très-bizarre, dit-il, que Gayarre veuille vous faire partir si vite. Il y a là-dessous autre chose que sa sollicitude pour la réputation de Mlle Eugénie. Mais qu'est-ce que cela peut être? »

Le docteur se disait cela en se parlant à lui-même, et comme s'il eût espéré trouver la réponse dans ses propres pensées.

« Je suis presque étranger à Mlle Besançon, continua-t-il; autrement, je croirais de mon devoir de chercher à en apprendre davantage. Mais M. Gayarre est son tuteur, et, s'il désire que vous partiez, il sera peut-être plus sage de le faire. *Elle n'est peut-être pas tout à fait maîtresse d'elle-même.* Pauvre enfant! Je crains qu'il n'y ait des dettes au fond de tout cela, et, s'il en est ainsi, elle est moins libre que ses esclaves. Pauvre jeune fille! »

Reigart avait raison. Je pouvais ajouter à ses embarras en restant plus longtemps. J'en étais convaincu.

« Je compte partir tout de suite, docteur.

— Ma barouche est à la porte. Je vous offre une place. Je puis vous conduire à l'hôtel.

— Merci, merci! C'est ce que j'allais vous demander. J'accepte. Je n'ai que peu de préparatifs à faire. Je suis à vous dans un instant.

— Irai-je jusqu'à la maison prévenir Mademoiselle de votre départ?

— Soyez assez bon pour cela. Je crois que Gayarre y est en ce moment.

— Non. Je l'ai rencontré à la porte de sa plantation. Il rentrait chez lui. Je crois qu'elle est seule. Je vais la voir et je reviendrai vous prendre. »

Le docteur me quitta et se rendit à l'habitation. Il ne fut absent que quelques minutes. Il revint me rendre compte de son entrevue, et semblait encore tout troublé de ce qu'il avait appris.

Mademoiselle avait su par Gayarre, il y avait une heure, que *j'avais exprimé l'intention* de m'en aller à l'hôtel. Elle en avait paru surprise, car je ne lui en avais rien dit lors de notre dernière conversation. Elle ne voulait pas d'abord en entendre parler; mais Gayarre avait employé des *arguments* pour la convaincre de la nécessité de la chose, et le docteur la lui avait fait comprendre de ma part. Elle avait enfin consenti, mais avec répugnance. Tel fut le rapport du docteur, qui m'apprit en outre qu'elle était prête à me recevoir.

Je me rendis au salon, guidé par Scipion. Je la trouvai assise; mais elle se leva à mon approche, et vint à moi en me tendant les deux mains. Je vis qu'elle pleurait!

« Est-il vrai que vous ayez l'intention de nous quitter, monsieur?

— Oui, mademoiselle; je suis tout à fait remis maintenant. Je suis venu pour vous remercier de votre bonne hospitalité, et pour vous dire adieu.

— Hospitalité! Ah! monsieur, vous avez raison de croire que ce n'est qu'une froide hospitalité, puisque je vous permets de nous quitter sitôt. J'aurais voulu vous voir prolonger votre séjour, mais.... » Ici elle parut embarrassée. « Mais vous ne devez pas nous rester étranger, quoique vous alliez à l'hôtel. Bringiers est près d'ici; promettez-moi de venir nous voir souvent, et même tous les jours. »

Il est inutile de dire que je le promis avec empressement et avec plaisir.

« Maintenant, dit-elle, puisque j'ai votre promesse, je puis vous dire adieu avec moins de regret. »

Elle me tendit sa main, que je pris dans la mienne, et que je baisai respectueusement. Je vis des larmes couler encore de ses yeux, au moment même où elle détournait la tête pour ne pas les laisser voir.

Je fus convaincu qu'elle subissait quelque contrainte, que son inclination était contrariée, et que sans cela elle ne m'aurait pas permis de partir. Elle n'avait pas un esprit à craindre les commérages ni le scandale. Quelque autre motif la forçait à agir ainsi.

Je venais de traverser le salon pour me retirer; mes yeux se portaient à la hâte dans toutes les directions. Où était-elle? Partirais-je sans lui dire même un mot d'adieu?

En ce moment, une porte de côté s'ouvrit doucement. Mon cœur battit avec violence pendant que cette porte tournait sur ses gonds. Aurore!

Je n'osais parler haut. J'aurais été entendu dans le salon. Un regard, un murmure, une douce pression de main, puis je m'éloignai à la hâte: mais cette pression me fut rendue, bien que légèrement et d'une manière à peine sensible; mes veines brûlèrent de plaisir, et je me dirigeai vers la porte, du pas altier d'un conquérant.

CHAPITRE XXII.

Aurore m'aime.

« Aurore m'aime! »

La pensée que j'exprime ainsi était d'une date plus récente que celle de mon départ pour Bringiers. Un mois s'était écoulé depuis lors.

Les détails de mon existence pendant ce mois vous offriraient peu d'intérêt, lecteur, quoiqu'elle fût à toute heure agitée par des craintes ou des espérances qui tiennent encore une large place dans ma mémoire. Quand le cœur déborde d'amour, la moindre chose qui se rapporte à cet amour acquiert une énorme importance. Je pourrais écrire un volume sur ce qui se passa dans ce mois. Chaque ligne serait pleine d'intérêt pour *moi*, mais pas pour *vous*. Par conséquent, je ne vous ferai même pas part du journal qui renferme l'histoire de ce mois.

Je continuais à vivre à l'hôtel de Bringiers. Je reprenais

rapidement mes forces. Je passais la plus grande partie de mon temps à errer dans les champs et le long de la levée, à me promener en bateau sur le fleuve et à pêcher dans les étangs, à chasser dans les roseaux ou dans les cyprès; et à l'occasion je tuais le temps en faisant une partie de billard, car on en trouve un dans tous les villages de la Louisiane.

Je jouissais de la société de Reigart, que j'appelais alors mon ami, quand ses occupations médicales le permettaient.

Ses livres étaient aussi mes amis, et j'y puisai les premières notions de botanique. J'étudiai la végétation des bois environnants, jusqu'au moment où je pus distinguer d'un coup d'œil l'espèce à laquelle chaque arbre appartenait : le cyprès géant, emblème du chagrin, dont le tronc élevé s'élance de sa base de forme pyramidale, et qui est couronné par un épais feuillage sombre, rendu plus sombre encore par la draperie de *tillandsia* dont il est recouvert; le tupelo (*nyssa aquatica*), cette nymphe amie des eaux, aux feuilles longues et délicates, au fruit semblable à l'olive; le *persimmon*, ou lotus américain (*diospyros Virginiana*), au magnifique feuillage vert et aux dattes rouges; le splendide magnolia grandiflora, et son congénère le grand tulipier (*liriodendron tulipifera*); le carougier d'eau (*gleditschia monosperma*); et, de la même famille encore, le carougier à miel à la triple épine (*triacanthos*), dont les feuilles sont d'un tissu si léger qu'elles interceptent à peine les rayons du soleil; le sycomore (*platanus*) au tronc lisse et aux larges branches d'une teinte argentée; le gommier doux (*liquidambar styraciflua*), d'où s'échappent des gouttes dorées; le sassafras aromatique et salubre (*laurus sassafras*); l'arbre à baie rouge (*laurus Caroliniensis*), dont l'arome ressemble à celui de la cannelle; les chênes d'espèces diverses, à la tête desquels se place ce majestueux arbre vert des forêts du Sud, le chêne vif (*quercus virens*); le frêne rouge d'où pendent des touffes de *samaræ*, l'alizier ombreux (*celtis crassifolia*), aux feuilles larges et entrelacées et aux noires drupes[1]; et enfin le cotonnier, ami des eaux, qui n'est pas le moins intéressant. Tels sont les arbres qui couvrent les terrains d'alluvion de la Louisiane.

Cette région est en dehors des limites de la patrie du vrai palmier; mais il y est représenté par le palmetto, le latanier des Français, le palmier *sabal* du botaniste, dont les espèces diverses forment en plusieurs endroits un taillis qui donne à la forêt un aspect tropical.

J'étudiai aussi les parasites, les lianes énormes, grosses comme des troncs d'arbres, noires et noueuses; les roseaux-vignes aux charmantes fleurs étoilées; les muscats, aux grappes d'un pourpre sombre; les bignonias, aux corolles en forme de trompette; les *smilacæ*, parmi lesquels on remarque le *smilax rotundifolia*, le bambou épineux, et la balsamique salsepareille.

Je ne m'intéressai pas moins aux plantes dont la culture est une source de richesse pour le pays : ce sont la canne à sucre, le riz, le maïs, le tabac, le coton et l'indigo. Tout cela était nouveau pour moi. L'étude de leur propagation et de leur culture fut pleine d'attrait pour mon esprit.

Je passai peut-être ainsi le mois le plus utilement employé de mon existence, quoique en apparence je fusse livré à l'oisiveté. Dans ce mois rapidement écoulé, j'acquis des connaissances plus réelles que je ne l'avais fait pendant la durée de mes études classiques.

Mais j'avais appris une chose que j'appréciais pardessus toutes les autres; et cette chose, c'est que *j'étais aimé d'Aurore!*

Je ne l'appris pas de sa bouche. Aucune parole ne m'en avait donné l'espérance, et cependant j'étais certain qu'il

1. *Drupes* est un terme employé en botanique pour désigner un fruit à noyau. (*Note du traducteur.*)

en était ainsi, aussi certain que de mon existence. Non, toute la science du monde n'aurait pas pu me donner le plaisir que je ressentais à cette seule pensée!

« Aurore m'aime! »

Telle fut mon exclamation, un matin où je sortais du village pour prendre la route qui conduisait à la plantation. J'avais fait ce voyage trois fois par semaine, et quelquefois plus souvent. J'avais quelquefois rencontré à la maison des étrangers, des amis de Mademoiselle. Quelquefois je l'avais trouvée seule ou en compagnie d'Aurore; mais jamais je n'avais pu voir Aurore en tête-à-tête. Oh! combien je désirais cette occasion!

Mes visites s'adressaient ostensiblement à Mademoiselle, cela va sans dire. Je n'osais pas rechercher une entrevue avec *l'esclave*.

Eugénie avait encore l'air mélancolique qui paraissait ne plus la quitter désormais. Quelquefois cela allait jusqu'à la tristesse; elle n'était jamais gaie. Comme elle ne m'avait pas confié la cause de son chagrin, j'en étais réduit aux conjectures. Je croyais, cela va sans dire, que Gayarre était le *malin esprit*.

Je savais peu de choses de lui. Il me fuyait sur la route comme dans les champs, et je n'entrais jamais sur son terrain. Je m'aperçus qu'il n'était guère respecté que par ceux qui adoraient ses richesses. Je ne savais pas s'il réussissait en faisant la cour à Eugénie. Le monde en parlait comme il parle des choses qu'il range dans les probabilités; cependant on trouvait là quelque chose d'assez bizarre. J'avais de la sympathie pour la jeune créole, mais j'en aurais senti une plus vive dans d'autres circonstances. Mon âme était alors tout entière sous l'influence d'une passion plus forte: mon amour pour Aurore.

« Oui, Aurore m'aime! » me répétai-je en sortant du village et en me trouvant en face du chemin de la levée.

J'étais à cheval ; car Reigart, dans sa généreuse hospitalité, avait été jusqu'à me donner un cheval, un bel animal qui s'enlevait légèrement sous mon poids, comme s'il eût été aussi animé de quelque noble passion.

Mon coursier bien dressé suivait la route sans avoir besoin d'être dirigé ; je laissai tomber la bride sur son cou, et le laissant aller à sa volonté, je poursuivis le cours de mes réflexions.

J'aimais cette jeune fille ; je l'aimais avec passion et avec dévouement. Elle m'aimait ; elle ne me l'avait pas déclaré par des paroles, mais ses regards me l'avaient appris, et de temps à autre un incident léger, un regard furtif, un geste, avaient affermi ma conviction.

L'amour m'apprenait son langage. Je n'avais pas besoin d'interprète ni de paroles pour savoir que j'étais aimé.

Ces réflexions étaient agréables, bien plus qu'agréables ; mais elles étaient suivies par d'autres d'une nature bien différente.

De qui étais-je amoureux ? d'une esclave ! une belle esclave à la vérité, mais enfin une esclave. Que le monde rirait ! que la Louisiane rirait et même me mépriserait et me persécuterait ! Rien que le projet d'en faire ma femme m'exposait à la dérision et aux injures. Quoi ! épouser une esclave ! mais c'est contraire aux lois du pays ! Oserais-je l'épouser, même si elle était libre ? elle, une *quarteronne !* Je serais chassé du territoire ou enfermé dans une prison.

Je savais tout cela, mais je ne m'en souciais guère. Je mettais le mépris du monde dans un plateau de la balance, mon amour dans l'autre, et le premier ne pesait pas plus qu'une plume.

Il est vrai que je regrettais beaucoup qu'Aurore fût esclave, mais ce n'était pas à cause de ces considérations. La raison de mon regret était tout autre. *Comment fe-*

rais-je pour obtenir sa liberté? C'était cette question qui me tourmentait.

Jusqu'alors cela m'avait semblé peu important. Avant de savoir si j'étais aimé, cela me paraissait une éventualité très-éloignée. Mais maintenant cette conséquence me touchait de plus près, et je concentrai toutes les facultés de mon esprit sur cette pensée : « Comment ferai-je pour obtenir sa liberté? » Si Aurore n'eût été qu'une esclave ordinaire, la réponse aurait été bien facile : car, quoique je ne fusse pas riche, ma fortune me permettait de payer *le prix d'une créature humaine.*

A mes yeux Aurore n'avait pas de prix. En était-il ainsi aux yeux de sa jeune maîtresse? Ma fiancée était-elle à vendre, à n'importe quelles conditions? Dans le cas même où l'argent pourrait être accepté comme un équivalent, Mademoiselle voudrait-elle me la vendre? C'était une proposition bizarre, que de lui offrir d'acheter *son* esclave pour en faire *ma* femme! Qu'en penserait Eugénie Besançon?

L'idée seule de cette proposition me terrifiait; mais le moment de la faire n'était pas encore arrivé.

Il fallait d'abord avoir une entrevue avec Aurore, lui demander l'aveu de son amour, et puis, si elle consentait à m'appartenir, à être *ma femme*, le reste pouvait s'arranger. Je ne voyais pas au juste comment, mais un amour comme le mien triompherait de tout. Ma passion me donnerait le pouvoir, le courage, l'énergie. Les obstacles devaient disparaître; les volontés opposées seraient déjouées ou terrassées; tout ce qui se trouve entre mon amour et moi doit céder. « Aurore! me voici! me voici! »

CHAPITRE XXIII.

Une surprise.

Mes réflexions furent interrompues par le hennissement de mon cheval. Je regardai devant moi pour savoir quelle en était la cause. J'étais en face de la plantation Besançon. Une voiture sortait en ce moment; elle prit la route de la levée, et les chevaux, lancés au trot, se perdirent bientôt dans le nuage de poussière soulevé par leurs sabots et par les roues.

Je reconnus la voiture. C'était la barouche de Mlle Besançon. Je ne pouvais dire qui s'y trouvait, mais le coup d'œil rapide que j'y avais jeté m'avait fait apercevoir que c'étaient des dames.

« C'est sans doute Mademoiselle, me dis-je, accompagnée par Aurore. »

Je pensai qu'elles ne m'avaient pas remarqué : car la clôture élevée me cachait tout entier, sauf la tête, et la voiture avait tourné brusquement en dépassant la porte.

Je me sentis désappointé. Ma course devenait inutile, et je pouvais retourner maintenant à Bringiers.

Je venais de tourner bride dans cette intention, lorsqu'il me vint à l'esprit que je pouvais rattraper la voiture et échanger quelques mots avec ceux qui s'y trouvaient; quand je ne ferais même qu'échanger un regard avec *elle*, cela valait bien un temps de galop.

J'enfonçai les éperons dans les flancs de mon cheval, que je lançai dans cette direction.

En arrivant en face de la maison, j'aperçus Scipion

près de la porte. Il la fermait, après le départ de la voiture.

« Oh! pensai-je, je ferai aussi bien de savoir sûrement après qui je galope. »

Cette idée me fit changer un peu la direction de mon cheval, et je me trouvai devant Scipion.

« G'and Dieu ! comme jeune môsieu' cou'i'! Lui cou'i' comme si fai'e ça toute la vie. Comme ça même, ouf ! »

Sans faire attention à ce discours flatteur, je m'informai à la hâte si Mademoiselle était chez elle.

« Non, môsieu', elle pa'ti' juste chez môsieu' Ma'igny.

— Toute seule ?

— Oui, môsieu'.

— Aurore est avec elle, n'est-ce pas ?

— Non, môsieu'; elle pa'tie toute seule. Au'o'e, 'esté à la maison. »

Si le nègre eût été observateur, il aurait pu remarquer l'effet que produisit sur moi cette nouvelle, car je suis sûr que cet effet fut très-apparent. Je le sentis aux battements soudains de mon cœur, et à la rougeur qui empourpra immédiatement mes joues.

Aurore à la maison et seule !

C'était la première fois, depuis que je l'aimais, qu'un tel hasard s'était offert, et je laissai presque éclater la joie que me causait cette surprise.

Heureusement je me contins, car le fidèle Scipion lui-même ne devait pas être dans la confidence de mon secret.

Je fis un effort pour me remettre, et j'apaisai mon cheval, qui était impatient de continuer son galop; pendant que je cherchais à le contenir, il avait la tête tournée du côté du village; Scipion crut que j'allais m'en retourner.

« Bien sû', môsieu', pas pa'ti' sans 'epose' un peu ? Mamzelle 'Génie pas à la maison, mais Au'o'e est là.

Au'o'e donne' à môsieu' un ve'e de cla'et, vieux Scip fai'e lui un sang'i. Bien, bien chaud aujou'd'hui, ouf!

— Vous avez ma foi raison, Scipion, répondis-je en ayant l'air de céder à la persuasion. Conduisez mon cheval à l'écurie. Je me reposerai un peu. »

Je mis pied à terre, puis je jetai la bride à Scipion, et je franchis la porte.

Cette porte était à une centaine de pas de la maison, en suivant l'allée qui aboutissait à l'entrée principale; mais il y avait deux autres sentiers qui serpentaient autour des bosquets, à travers des touffes de lauriers, de myrtes et d'orangers. Une personne qui s'approchait par un de ces sentiers ne pouvait être vue de l'habitation que quand elle était arrivée près des fenêtres. Ces deux chemins permettaient d'atteindre la vérandah sans passer devant la façade. Il y avait des degrés qui conduisaient à cette galerie, et de là dans l'intérieur : car le plancher des appartements était de niveau avec elle, et les fenêtres étaient, suivant la mode créole, des fenêtres-portes qui s'ouvraient jusqu'au sol.

Après avoir franchi la porte, je suivis un de ces sentiers (que je préférais pour certaines raisons), et je me dirigeai sans bruit vers l'habitation.

J'avais pris la route la plus longue, et j'avançais lentement, afin de me composer un maintien. J'entendais battre mon cœur, je sentais ses pulsations nerveuses, au moment où je touchais à cette entrevue si longtemps désirée. J'aurais été plus calme, je crois, en avançant devant la bouche du pistolet d'un adversaire.

L'attente prolongée d'une semblable occasion, la difficulté bien connue de la trouver, la prévision du plaisir le plus doux qu'on puisse avoir en ce monde (se trouver seul avec celle que l'on aime!), se mêlaient ensemble dans mes pensées. On ne s'étonnera pas d'apprendre qu'elles étaient alors confuses et quelque peu extravagantes.

J'allais me trouver seul avec Aurore, n'ayant que le dieu d'amour pour témoin. Je pourrais lui parler sans contrainte. J'entendrais sa voix, je recueillerais le doux vœu de son amour. Je la presserais dans mes bras.... sur mon sein ! Je boirais l'amour dans ses yeux humides, je le goûterais sur sa joue empourprée, sur ses lèvres de corail ! Oh ! j'allais parler d'amour et en entendre parler ! J'écouterais ses délicieuses extases !

Un ciel de félicité s'ouvrait devant moi. On ne sera pas surpris que mes pensées fussent extravagantes, que je m'efforçasse en vain de les calmer.

J'arrivai à l'habitation, je montai les deux ou trois marches qui conduisaient à la vérandah. Celle-ci était couverte d'une natte d'herbes marines, et ma chaussure était si légère, que mon pas était aussi peu sonore que celui d'une jeune fille. On l'aurait à peine entendu de la chambre devant laquelle je passais.

Je m'avançai vers le salon qui s'ouvrait sur la façade par deux des portes-fenêtres dont j'ai déjà parlé. Je tournai l'angle de la maison, et j'allais passer devant la première de ces fenêtres, lorsque le son d'une voix arrêta mes pas. Cette voix partait du salon dont les fenêtres étaient ouvertes. J'écoutai.... C'était la voix d'Aurore !

« Elle cause avec quelqu'un ! Avec qui ? Peut-être avec la petite Chloé ou avec la mère de Chloé ? Avec un des domestiques ? »

J'écoutai.

« Par le ciel, c'est la voix d'un homme ! Qui peut-il être ? Non ; Scipion ne peut encore avoir quitté l'écurie. Ce ne peut pas être lui. Quelque autre noir de la plantation ? Jules, le fendeur de bois ? Baptiste, celui qui fait les commissions ? Ah ! ce n'est pas la voix d'un nègre. Non, c'est celle d'un *blanc*. Le commandeur ! »

Au moment où cette idée me traversa l'esprit, une torture me saisit au cœur, non pas une torture de jalousie, mais quelque chose de semblable. J'étais plutôt furieux contre lui que jaloux d'elle. Pour le moment, je n'entendais rien qui pût me rendre jaloux. Sa présence près d'elle, sa conversation avec elle, n'étaient pas un motif suffisant.

« De sorte, mon fouetteur de nègres, pensai-je, que vous avez renoncé à votre prédilection pour la petite Chloé? Cela ne m'étonne pas! Qui est-ce qui perdrait son temps à contempler les étoiles, quand il y a au ciel une pareille lune? Quoique vous ne soyez qu'une brute, vous n'êtes pas aveugle. Je vois que vous guettez aussi les occasions, et que vous connaissez le bon moment pour entrer au salon.

« Silence! »

J'écoutai de nouveau. Quand je m'arrêtai d'abord, ce fut par délicatesse. Je ne voulais pas paraître trop brusquement devant sa fenêtre ouverte, qui m'aurait permis de voir tout l'intérieur de l'appartement. J'avais l'intention d'annoncer mon arrivée d'une manière quelconque, une toux simulée ou le bruit de mon pas sur le sol. Mes motifs venaient de changer. J'écoutai alors avec intention, et sans pouvoir m'en empêcher.

Aurore parlait.

J'appliquai mon oreille près de la croisée. La voix partait de trop loin, ou murmurait trop bas pour que je pusse entendre ce qu'on disait. Je pouvais saisir le son argentin, mais je ne pouvais pas distinguer ses paroles. « Elle doit être à l'autre bout de la chambre, pensai-je. *Peut-être sur le sofa!* » Cette conjecture me fut assez pénible pour que les battements de mon cœur étouffassent le murmure qui les causait.

Enfin Aurore cessa de parler. J'attendis la réponse. Peut-être saurais-je par là ce qu'elle avait dit. Le son d'une voix d'homme sera assez fort pour me permettre....

Silence! Écoutons!

J'écoutai.... Je saisis le son d'une voix, mais pas les paroles. Le son me suffit. Il me fit tressaillir comme si j'avais été piqué par une vipère. *C'était la voix de M. Dominique Gayarre!*

CHAPITRE XXIV.

Un rival.

Je ne saurais décrire l'effet que produisit sur moi cette découverte. Je demeurai comme frappé de paralysie. J'étais cloué à ma place, et pour un moment je me sentis aussi roide qu'une statue et presque aussi insensible. J'aurais à peine entendu les paroles de Gayarre, lors même qu'elles eussent été prononcées assez haut pour arriver jusqu'à moi : car la surprise me rendait sourd.

Le sentiment hostile que j'avais conçu contre celui qui parlait, tant que j'avais cru que c'était le brutal Larkin, était d'une nature douce en comparaison de ce qui m'agita en ce moment. Larkin pouvait être jeune et beau; d'après ce qu'avait dit Scipion, il n'avait certes pas ce dernier avantage; mais l'eût-il possédé, que je craignais peu sa rivalité.

J'avais la conviction que le cœur d'Aurore était à moi, et je savais que le commandeur n'avait aucun pouvoir sur sa personne. Il était le surveillant des noirs des champs et des autres esclaves de la plantation; il était leur maître, et pouvait les gourmander et les fouetter à son gré : mais avec tout cela je savais qu'il n'avait aucune autorité sur Aurore. Pour des raisons que je ne pouvais pénétrer, la quarteronne était et avait toujours été traitée autrement que les autres esclaves. Ce n'était ni la blancheur de sa peau, ni même sa beauté, qui lui avait valu cette distinction. Cette dernière considération modifie souvent, il est vrai, le sort cruel d'une esclave, en lui imposant quelquefois un destin plus rigoureux ; mais il y avait un autre motif à la bonté qu'on témoignait à Aurore, et ce motif, je ne pouvais pas même le soupçonner. Elle avait été élevée tendrement près de sa jeune maîtresse, elle avait reçu une éducation presque aussi bonne, et par le fait, on la traitait plutôt comme sa sœur que comme son esclave. Elle ne recevait d'ordres que de Mademoiselle. Le fouetteur de nègres n'avait rien à faire avec elle. Je ne craignais donc pas de sa part une influence illicite.

Mes soupçons furent bien différents quand j'eus reconnu la voix de Gayarre. Il avait de l'influence non-seulement sur l'esclave, mais encore sur la maîtresse. Bien qu'il aspirât, comme je le croyais encore, à la main de Mademoiselle, il pouvait ne pas fermer les yeux sur les charmes supérieurs d'Aurore. Quelque hideux coquin qu'il fût dans mon opinion, il pouvait cependant être sensible à l'amour. Les plus laids peuvent avoir une passion pour les plus belles. La bête aimait la belle.

En outre, l'heure qu'il avait choisie pour sa visite était faite pour inspirer des soupçons. Juste quand Mademoiselle venait de sortir ! Était-il venu avant son départ et avait-il été laissé par la jeune fille à l'habitation ? Ce n'était pas probable. Scipion ne savait pas qu'il était là ; autrement, il me l'aurait dit. Le noir connaissait mon antipathie pour Gayarre, et savait que je ne désirais pas me trouver avec lui. Il m'aurait certainement prévenu.

« Il n'y a pas de doute, pensai-je, c'est une visite furtive ; l'avocat est venu de sa plantation par les chemins de derrière, il a épié la sortie de la voiture, et il s'est glissé ensuite dans la maison, afin de trouver la quarteronne seule ! »

Tout cela me traversa l'esprit avec la rapidité de l'éclair et avec la force de la conviction ; je ne doutai pas plus longtemps que sa présence ne fût volontaire, et non accidentelle. Il recherchait Aurore. Mes pensées prirent cette direction désagréable.

Quand le premier saisissement de la surprise fut dissipé, mes sens se ranimèrent, je me sentis plus vigoureux que jamais. Mes nerfs semblaient fraîchement tendus, et mes oreilles me parurent renouvelées. Je les plaçai aussi près de la croisée ouverte que la prudence le permettait, et j'écoutai. J'avoue que cela n'était pas très-honorable; mais ayant affaire à un pareil coquin, je mettais de côté tout sentiment de délicatesse. Les circonstances particulières du moment me poussèrent à dévier du droit chemin; mais c'était l'espionnage d'un amant jaloux, et j'implore mon pardon pour cet acte.

Je fis un effort pour comprimer les pulsations fiévreuses de mon cœur, et j'écoutai.

J'entendis chacune des paroles qui furent prononcées à partir de ce moment. Les voix étaient devenues plus fortes, ou plutôt les interlocuteurs s'étaient rapprochés. Ils n'étaient qu'à quelques pieds de la fenêtre! Gayarre parlait.

« Est-ce que ce jeune homme ose faire la cour à votre maîtresse?

— Comment le saurais-je, monsieur Dominique? Je n'ai vraiment rien vu qui pût me le faire croire. Il est très-modeste, c'est aussi l'opinion de Mademoiselle. Je ne lui ai jamais entendu dire un mot d'amour, jamais. »

Je m'imaginai entendre un soupir.

« S'il l'osait, répondit Gayarre d'un ton de bravade, s'il osait parler de la sorte à Mademoiselle.... oui, ou même à vous, Aurore.... je rendrais la place trop chaude pour lui. Il ne viendra plus ici, cet aventurier! J'y suis décidé.

— Oh! monsieur Gayarre, je suis sûre que cela chagrinerait beaucoup Mademoiselle. Rappelez-vous qu'il lui a sauvé la vie. Elle lui a beaucoup de reconnaissance.

Elle parle continuellement de lui, et serait très-fâchée si M. Édouard ne revenait plus. Je suis sûre que cela lui ferait beaucoup de peine. »

Il y avait dans le ton de celle qui venait de parler quelque chose de chaleureux et de presque suppliant qui résonnait agréablement à mes oreilles. Cela me fit penser que elle aussi serait fâchée si M. Édouard ne venait plus.

Gayarre eut sans doute la même pensée, mais son impression fut toute différente. Il y avait de l'ironie dans la colère de sa réponse, qui était à moitié interrogatrice.

« Peut-être cela fâcherait-il une autre personne? Vous, peut-être? Ah! vraiment! Est-ce ainsi? Vous l'aimez? Sacr-r-r-r! »

La dernière parole fut prononcée d'un ton qui exprimait la colère et la douleur.... la douleur d'une jalousie amère.

« Oh! monsieur, répondit la quarteronne, comment pouvez-vous parler ainsi? J'aime! Moi.... une pauvre esclave! Hélas! hélas! »

Ni le ton ni la substance de ces paroles ne m'étaient agréables. Je conçus cependant l'espoir que ce n'était qu'un des petits stratagèmes de l'amour, une espèce de fraude que je pouvais bien pardonner. Gayarre parut satisfait, car sa voix changea tout à coup et prit un ton plus léger et plus gai:

« Vous esclave, belle Aurore! Non, à mes yeux vous êtes une reine. Aurore esclave! C'est votre faute si vous l'êtes. Vous savez qui a le pouvoir de vous rendre libre; oui, et la volonté aussi, la volonté, Aurore!

— Ne parlez pas ainsi, je vous prie, monsieur Dominique! Je vous ai déjà dit que je ne pouvais pas écouter de pareils propos. Je vous répète que je ne le peux pas, et que je ne le *veux* pas! »

Ce ton de fermeté me fut agréable à entendre.

« Allons, charmante Aurore, répondit Gayarre d'une voix suppliante, ne vous fâchez pas contre moi. Je ne peux pas m'empêcher de songer à votre bien-être. Vous serez libre, vous ne serez pas plus longtemps l'esclave d'une maîtresse capricieuse.

— Monsieur Gayarre, s'écria la quarteronne en l'interrompant, ne parlez pas ainsi de Mademoiselle! Vous lui faites injure, monsieur. Elle n'est pas capricieuse. Si elle vous entendait!

— Peste! dit Gayarre en l'interrompant à son tour et en reprenant de nouveau un ton de bravade. Qu'est-ce que cela me fait qu'elle m'entende? Vous vous imaginez que je m'occupe d'elle? Le monde le croit ainsi. Ha! ha! ha! Qu'il le croie! Les fous! Ha! ha! On pourra penser autrement quelque jour! Ha! ha! On croit que je viens ici pour la voir! Ha! ha! ha! Non, Aurore, charmante Aurore! Ce n'est pas Mademoiselle que je viens voir, c'est vous.... vous, Aurore, vous que j'aime.... oui, que j'aime de tout....

— Monsieur Dominique! je vous répète....

— Chère Aurore! Dites seulement que vous m'aimez. Un seul mot! Oh! dites-le! vous ne serez plus esclave, vous serez aussi libre que votre maîtresse; vous aurez tout.... plaisirs, parures, bijoux, tant que vous voudrez; ma maison sera à vos ordres; vous y commanderez, comme si vous étiez ma femme.

— Assez, monsieur! assez! Vous m'insultez.... Je n'en entendrai pas davantage! »

La voix était ferme et résignée. Hourra!

« Non, très-chère et très-charmante Aurore! Ne vous en allez pas encore, écoutez-moi....

— Je ne veux plus rien entendre, monsieur.... Mademoiselle saura....

— Un mot, un mot! Un baiser, Aurore! Je le demande à genoux. »

J'entendis le bruit de deux genoux qui tombaient sur le parquet; il fut suivi de celui d'une lutte, pendant laquelle Aurore laissa échapper plusieurs exclamations.

Je vis que mon tour était arrivé, et en trois pas je fus dans la chambre, à un nombre égal de pieds du galant agenouillé. Le misérable tenait alors la jeune fille par un poignet et cherchait à l'attirer près de lui. Elle déployait au contraire pour s'éloigner toutes les forces d'une femme ; et, comme elle n'était pas tout à fait sans vigueur, c'était un spectacle passablement comique que celui de cet amoureux à genoux et traîné assez rapidement sur le tapis.

Il me tournait le dos quand j'entrai, et il ne s'aperçut de ma présence que par un éclat de rire sonore que je n'aurais pu retenir au péril de mes jours. Cet éclat de rire se prolongea longtemps encore après qu'il eut abandonné sa captive et qu'il eut repris sa position verticale ; je riais si fort que je n'entendais pas les menaces de vengeance qu'il proférait.

« Qu'est-ce qui vous amène ici, monsieur? fut la première question intelligible qu'il m'adressa.

— Je ne vous ferai pas la même question, monsieur Dominique Gayarre. Je peux bien dire ce qui vous amène ; ha! ha! ha!

— Je vous demande, monsieur, répéta-t-il d'un ton encore plus irrité, quelle est l'affaire qui vous amène.

— Je ne suis pas venu ici pour affaire, monsieur, dis-je en conservant encore un ton moqueur. Je ne suis pas venu ici pour affaire, pas plus que vous-même. »

L'intonation de mes dernières paroles parut le rendre furieux.

« Plus tôt vous partirez, mieux cela vaudra alors, s'écria-t-il en fronçant les sourcils d'un ton menaçant.

— Pourquoi ? demandai-je.

— Pour vous-même, monsieur, » me répondit-il.

J'avais aussi perdu mon calme en ce moment, mais j'étais encore un peu maître de moi-même.

« Monsieur, dis-je en m'avançant et en le regardant en face, j'en suis encore à apprendre que la maison de Mlle Besançon est la propriété de M. Dominique Gayarre ;

s'il en était ainsi, je serais moins disposé à respecter la sainteté de cet abri. Vous, monsieur, vous ne l'avez pas respecté : vous avez agi d'une manière infâme envers cette jeune fille, cette jeune *dame*, car elle mérite ce titre aussi bien que les mieux nées de votre pays. J'ai été témoin de votre lâche conduite, et j'ai entendu vos propositions injurieuses. »

Ici Gayarre frémit, mais ne dit mot. Je continuai.

« Vous n'êtes pas un gentleman, monsieur, et par conséquent vous n'êtes pas digne de vous mettre en face de moi. La maîtresse de cette maison n'est pas chez elle. Pour le moment je suis chez moi, aussi bien que vous, et je vous promets que, si vous n'êtes pas sorti dans dix secondes, vous sentirez mon fouet sur vos épaules. »

Tout cela fut dit d'un ton suffisamment modéré. Gayarre dut s'apercevoir que je parlais sérieusement, car c'était vrai.

« Vous payerez cher tout cela, siffla-t-il entre ses dents. Vous apprendrez que ce pays-ci n'est pas bon pour un espion.

— Sortez, monsieur !

— Et vous, mon joli modèle de vertu quarteronne, ajouta-t-il en jetant un regard méchant sur Aurore, un jour viendra peut-être où vous ne serez pas si prude, un jour où vous n'aurez pas un aussi galant protecteur.

— Un mot de plus, et.... »

Mon fouet, que j'avais levé, allait retomber sur ses épaules. Il ne l'attendit pas, mais se glissa jusqu'à la porte et s'enfuit par la vérandah.

Je fis quelques pas au dehors pour m'assurer qu'il était parti. J'avançai jusqu'au bout de la plate-forme, et je regardai par-dessus les palissades. Le gazouillement des oiseaux m'apprit que quelqu'un traversait les bosquets.

Je regardai jusqu'à ce que la porte s'ouvrît. Je pus alors apercevoir au-dessus des palissades une tête qui s'éloignait en suivant la route. Je reconnus facilement que c'était celle du séducteur désappointé.

Dès que je fus de retour dans le salon, j'oubliai l'existence d'une pareille créature.

CHAPITRE XXV.

Une heure de félicité.

La reconnaissance est toujours douce; mais qu'elle semble plus douce quand elle se peint dans les yeux, quand elle est exprimée par les lèvres de ceux que nous aimons !

Je rentrai dans le salon, le cœur plein d'émotions délicieuses. La reconnaissance d'Aurore déborda en expressions surabondantes, mais gracieuses. Avant que j'eusse pu dire un mot, ou étendre la main pour l'en empêcher, la charmante fille avait traversé la chambre et était tombée agenouillée à mes pieds. Ses remercîments partaient du cœur.

« Levez-vous, charmante Aurore ! dis-je en prenant sa main qui ne résista pas, et en la conduisant vers un siége. Ce que j'ai fait est à peine digne de pareils remercîments. Qui aurait agi autrement ?

— Ah ! monsieur, bien des hommes. Vous ne connaissez pas le pays. Il y a peu de personnes qui protégent une pauvre esclave; cet esprit chevaleresque, dont on se vante tant ici, ne s'abaisse pas jusqu'à nous; nous dont les veines renferment le sang maudit, nous sommes à la fois hors des lois de l'honneur, et privés de toute protection. Ah ! noble étranger, vous ne savez pas tout ce que je vous dois !

— Ne m'appelez pas étranger, Aurore. Il est vrai que nous n'avons eu que rarement l'occasion de causer ensemble; mais notre connaissance est assez ancienne pour que ce titre ne trouve plus place entre nous. J'aimerais à vous en entendre employer un plus amical.

— Amical! monsieur, je ne vous comprends pas. »

Ses grands yeux noirs se fixaient sur moi avec étonnement, et en même temps ils m'interrogeaient.

« Oui, amical. Je veux dire, Aurore, que vous ne m'éviterez pas, que vous aurez confiance en moi, que vous me regarderez comme un ami.... un.... un.... frère.

— Vous, monsieur! vous mon frère! un blanc, un gentleman de haute naissance et de bonne éducation! Moi.... moi.... oh ciel! que suis-je? une esclave, une esclave que les hommes n'aiment que pour sa perte. O Dieu! pourquoi mon sort est-il si cruel? ô Dieu!

— Aurore! m'écriai-je encouragé par son désespoir, Aurore, écoutez-moi! moi, votre ami, votre.... »

Elle écarta ses mains qu'elle pressait sur sa figure, et releva les yeux; son regard humide était attaché sur le mien, et semblait m'interroger.

En ce moment je me pris à penser : « Combien de temps serons-nous seuls? Nous pouvons être interrompus; une pareille occasion peut ne plus se représenter. Il n'y a pas de temps à perdre en discours inutiles; il faut arriver sur-le-champ au but de ma visite. »

« Aurore, dis-je, voici la première fois que nous nous trouvons seuls; j'ai vivement désiré cette entrevue. J'ai à vous dire une chose que je ne peux dire qu'à vous seule.

— A moi seule, monsieur! qu'est-ce donc?

— *Aurore, je vous aime* !

— Vous m'aimez! oh, monsieur, ce n'est pas possible!

— Ah! c'est plus que possible, c'est *vrai*. Écoutez, Aurore, depuis la première heure où je vous ai vue, je pourrais presque dire avant cette heure, car vous étiez dans mon cœur avant que j'eusse conscience de vous avoir vue ; dès cette première heure je vous ai aimée, non pas de l'amour d'un misérable semblable à celui que vous avez repoussé, mais d'une passion pure et honnête, et je puis l'appeler une passion, car tous les autres sentiments de mon âme sont absorbés par celui-là. Jour et nuit, Aurore, je ne pense qu'à vous ; vous êtes présente à moi dans tous mes rêves, et vous êtes aussi la compagne de mes veilles. Ne croyez pas que mon amour soit calme parce que je vous en parle posément ; ce sont les circonstances qui l'exigent. Je suis venu près de vous dans un but déterminé, arrêté depuis longtemps, et c'est cela peut-être qui me donne assez de fermeté pour déclarer mon amour. J'ai dit, Aurore, que je vous aime ; je le répète encore : je vous aime de tout mon cœur et de toute mon âme !

— Il m'aime ! pauvre fille ! »

Il y avait quelque chose de si ambigu dans l'intonation de cette exclamation, que je suspendis un moment ma réponse. Il me semblait que cette interjection sympathique s'adressait plutôt à une troisième personne qu'à elle-même.

« Aurore, continuai-je au bout d'un instant, je vous ai tout dit. J'ai été sincère. Je ne demande pas autre chose qu'une sincérité aussi grande de votre part. *M'aimez-vous ?* »

J'aurais fait cette question avec moins de calme, si je ne m'étais pas déjà senti assuré de sa réponse.

Nous étions assis l'un près de l'autre sur le sofa. Je n'avais pas encore fini de parler que je sentis ses doigts légers toucher les miens, se refermer sur eux et les presser doucement. Quand je lui fis cette question, sa tête tomba sur ma poitrine, et j'entendis ses lèvres murmurer ces simples paroles :

« *Moi aussi, depuis la première heure.* »

Mes bras, que j'avais jusqu'alors retenus, s'enlacèrent autour de son corps souple, et pendant quelques instants nous n'échangeâmes pas une parole. Le paroxysme de l'amour est ordinairement silencieux. Les baisers enivrants, les regards profonds que l'on échange, les serrements de mains, les lèvres brûlantes, sont un langage suffisamment intelligible. Pendant longtemps les seules paroles qui nous échappèrent furent des exclamations de bonheur, des expressions de tendresse. Nous étions trop heureux pour causer. Nos lèvres craignaient de troubler la solennité qui remplissait nos cœurs.

La prudence me rappela bientôt à moi-même, car ce n'était ni le lieu ni le moment où l'amour pouvait être aveugle. Il y avait beaucoup à dire, beaucoup de plans à discuter avant de pouvoir jouir avec sécurité de notre bonheur nouvellement éclos. Nous sentions tous deux qu'un abîme nous séparait, qu'il nous fallait passer par des sentiers épineux avant d'arriver à l'Élysée de nos espérances. Malgré notre félicité momentanée, l'avenir était sombre et dangereux, et cette pensée nous fit bientôt tressaillir au milieu de notre rêve si doux et si court.

Aurore ne craignait pas mon amour; elle ne me fit même pas l'injure d'un soupçon. Elle ne doutait pas que je n'eusse l'intention de l'épouser. L'amour et la reconnaissance étouffaient tous les doutes, et nous causâmes avec une confiance mutuelle que des années d'amitié nous auraient à peine donnée.

Mais nos paroles étaient précipitées. Nous ne savions pas si nous ne serions pas bientôt interrompus, nous ne savions pas quand nous pourrions être seuls de nouveau. Il fallait être bref.

Je lui expliquai ma position; je lui dis que j'attendais dans quelques jours une somme que je croyais suffisante pour notre projet. Quel projet? *L'achat de ma fiancée.*

« Et alors, ajoutai-je, il ne nous restera plus qu'à nous marier, Aurore.

— Hélas! répondit-elle en soupirant, nous ne pouvons

être mariés *ici*, lors même que je serais libre. N'y a-t-il pas une loi infâme qui nous persécute; tout en prétendant nous donner la liberté ? »

Je fis un signe d'approbation.

« Nous ne pourrions être mariés, continua-t-elle avec une émotion douloureuse, si vous ne juriez pas que vous avez du sang africain dans les veines. Comment a-t-on pu imaginer une pareille loi dans un pays chrétien ?

— Ne pensez pas à cela, Aurore, dis-je, cherchant à lui rendre sa sérénité. Il ne sera pas difficile de le jurer. Je prendrai cette épingle d'or que vous portez dans les cheveux, j'ouvrirai cette belle veine bleue que je vois sur votre bras; j'y boirai de votre sang, et je prononcerai le serment. »

Elle sourit, mais un instant après sa tristesse reprit le dessus.

« Allons; chère Aurore, chassez ces pensées. Qu'importe qu'on nous marie ici ? nous irons ailleurs. Il y a des pays aussi beaux que la Louisiane, et des églises aussi belles que Saint-Gabriel. Nous irons dans le Nord, en Angleterre, en France; n'importe où; que cela ne vous attriste pas.

— Ce n'est pas cela qui m'attriste.

— Qu'est-ce donc alors, chère ?

— Oh ! c'est.... Je crains....

— Ne craignez pas de me le dire.

— Que vous ne puissiez pas....

— Parlez, Aurore.

— Devenir *mon maître*.... m'acheter ! »

En parlant ainsi la pauvre fille secouait la tête, comme si elle eût été humiliée de parler de cela. Je vis des larmes brûlantes s'échapper de ses yeux.

« Et pourquoi le craignez-vous ? demandai-je.

— D'autres ont essayé. Ils ont voulu donner de fortes sommes, plus fortes que celle dont vous venez de parler; et ils n'ont pas réussi. Leurs offres ont été repoussés, et j'en ai été bien reconnaissante à Mademoiselle ! Elle était ma seule protectrice; elle ne voulait pas se séparer de moi. Que j'étais heureuse alors! mais maintenant.... maintenant, quelle différence!... C'est tout le contraire!

— Mais je donnerai davantage.... ma fortune entière; cela suffira à coup sûr. Les offres dont vous parlez étaient des propositions infâmes comme celle de M. Gayarre. Mademoiselle le savait; elle était trop honnête pour y consentir.

— C'est vrai, mais elle vous refusera aussi. Je le crains, hélas! hélas!

— Non, je lui avouerai tout. Je lui déclarerai mes intentions honorables. J'implorerai son consentement. Elle ne refusera certainement pas. Elle est sans doute reconnaissante.

— Oh, monsieur! s'écria Aurore en m'interrompant, elle est reconnaissante.... vous ne savez pas combien elle l'est; mais elle ne voudra jamais, jamais.... Vous ne savez pas tout.... hélas! hélas! »

De nouvelles larmes jaillirent des yeux de cette admirable fille, qui s'affaissa sur le sofa en se voilant le visage avec les tresses de sa splendide chevelure.

Ce qu'elle venait de dire me donnait à penser, et j'allais lui demander une explication, quand le bruit des roues d'une voiture se fit entendre. Je m'élançai vers la fenêtre, et je regardai par-dessus les orangers. J'aperçus la tête d'un homme que je reconnus; c'était le cocher de Mlle Besançon. La voiture était près de l'entrée.

Le tumulte de mes pensées était tel que je n'osai pas me trouver en face de la jeune dame; je dis un adieu précipité à Aurore, et je sortis à la hâte de l'appartement.

Une fois dehors, je pensai que, si je m'en allais par la porte principale, je m'exposerais à une rencontre. Je savais qu'il y avait un petit guichet de côté qui conduisait aux écuries; que de là partait une route qui s'enfonçait dans les bois. Cette route pouvait me conduire à Bringiers par les derrières; je quittai donc la vérandah, je passai le guichet, et je me dirigeai vers les écuries.

CHAPITRE XXVI.

Le quartier des nègres.

J'arrivai promptement aux écuries, où je fus accueilli par un léger hennissement de mon cheval. Scipion n'y était pas.

« Il est allé s'occuper d'autre chose, pensai-je; peut-être est-il parti au-devant de la voiture. Peu importe, je ne l'appellerai pas; la selle est en place, je peux brider mon cheval moi-même; seulement le pauvre Scipion y perd son quart de dollar. »

Je mis rapidement le mors et la bride, puis je conduisis le cheval dehors, je sautai en selle et je m'éloignai.

Le sentier que je suivais passait près du quartier des nègres, puis conduisait à travers quelques champs aux bois de cyprès et de tupelos qui formaient l'arrière-plan. Une fois là, je pourrais rejoindre la route de la levée par un chemin de traverse; j'avais suivi ce sentier plus d'une fois, et je le connaissais bien.

Le quartier des nègres était éloigné d'environ deux cents yards du principal bâtiment de la plantation. Ce quartier était composé de cinquante ou soixante petites cabines, proprement construites, qui s'étendaient sur deux lignes entre lesquelles passait une large route. Chaque cabine était l'exacte reproduction de la cabine voisine;

devant chacune d'elles croissait un magnolia ou un bel oranger, dont les feuilles vertes et les fleurs au doux parfum ombrageaient de petits négrillons qui se roulaient toute la journée dans la poussière. Ces négrillons étaient de toutes les tailles, depuis le tout petit marmot jusqu'à l'enfant déjà grandelet, et de toutes les couleurs, depuis celle de la quarteronne à peau blanche jusqu'à la teinte du noir Bambara sur qui, s'il faut en croire un bon mot américain d'une vérité douteuse, « le charbon ferait une marque blanche. « La poussière qui couvrait ces petits êtres était le seul obstacle qui ne permît pas de juger de leur complexion. Leurs petits corps rebondis étaient nus, du sommet de leurs têtes laineuses à leurs talons saillants. Ils se roulent là, les petits drôles noirs ou jaunes, jouant avec des morceaux de canne à sucre, des côtes de melon, des épis de maïs, et ils sont aussi gais, aussi heureux que peuvent l'être de petits lords dans leurs chambres aux épais tapis, entourés des jouets les plus coûteux du bazar allemand.

En entrant dans le quartier des noirs, on ne peut manquer de remarquer de grandes perches ou des cannes de roseau plantées devant la plupart des cabines et portant à leur sommet de grandes calebasses jaunes, qui toutes sont percées sur le côté. Ce sont les demeures du martinet rouge (*hirundo purpurea*), la plus belle des hirondelles américaines, très-aimée des nègres, comme elle l'a été, longtemps avant eux, des aborigènes à peau rouge. On remarque aussi, le long des murs des cabines, les festons suspendus formés par des cosses de poivre, rouges et vertes (espèce de *capsicum*), enfilées les unes au bout des autres, et çà et là un paquet d'herbes sèches jouissant de quelque propriété médicinale particulière à la pharmacopée des noirs. Tout cela est la propriété de tante Phébé, ou de tante Cléopatre, ou de vieille tante Phillis; et les délicieux *pots de poivre*, que chacune de ces tantes sait faire avec les susdits capsicums rouges ou verts, en y mêlant quelques ingrédients tirés du petit jardin situé à l'arrière de la cabine, sont capables de faire venir l'eau à la bouche d'un épicurien.

On voit aussi quelquefois sur les murs des cabines des représentants du règne animal, tels que la peau d'un lièvre, d'un raccoon, d'un opossum ou d'un renard gris, ou bien encore celle d'un rat musqué (*fiber zibethicus*); plus rarement celle d'un chat sauvage des marais (bay-lynx, *lynx rufus*). Le propriétaire de la cabine au mur de laquelle est clouée la peau du lynx est le Nemrod du moment : car le chat est un des plus rares et des plus nobles gibiers de la faune du Mississipi. On n'y voit pas la peau de la panthère (*cougar*) ni celle du daim : car, bien que tous deux habitent la forêt voisine, ils sont un gibier trop gros pour le chasseur nègre, à qui l'on ne permet pas de se servir d'un fusil. Les races plus petites, que nous avons mentionnées les premières, peuvent être prises sans avoir recours à cette arme, et les peaux que l'on voit pendues le long des cabines sont les produits de bien des chasses, entreprises pendant le clair de lune par César, Scipion, Annibal ou Pompée. Si l'on s'en rapporte à la nomenclature des habitants du quartier des nègres, on pourrait se croire à Rome ou à Carthage.

Cependant on ne confie jamais à ces grands hommes une arme aussi dangereuse qu'un fusil. Ils ne doivent qu'à leur seule *adresse* les succès qu'ils obtiennent à la chasse; leurs armes sont un bâton, une hache et un chien de race croisée. On peut voir quelques-uns de ceux-ci se rouler dans la poussière au milieu des marmots, avec autant de plaisir qu'eux. Mais les trophées de chasse qui décorent les murailles ne sont pas de simples ornements. Non, ils sont étendus là pour sécher, et feront bientôt place à d'autres, car l'exportation est constante. Quand l'oncle Cés. ou Scip. ou Anni. ou Pomp. met ses beaux habits des dimanches et s'en va au village, il emporte sa petite provision de pelleteries. Là le marchand lui offre un *pic*[1] pour le rat musqué, un *bit*[2] pour le raccoon, et un quart de dollar pour le renard ou pour le chat sauvage; avec cela nos quatre chasseurs avunculaires pourront rapporter aux quatre tantes qu'ils ont laissées à la maison bon nombre de petites douceurs qui ne font ordinairement pas partie des rations de riz et de porc que l'on donne à la plantation.

C'est une des petites particularités de l'économie domestique du quartier des noirs.

En entrant dans le petit village (car on peut donner ce nom au quartier des nègres d'une grande plantation), on est immédiatement frappé de ces menus détails. Ce sont les points saillants du tableau.

On remarque aussi la maison du commandeur qui s'élève à part, ou qui se trouve souvent, comme dans la plantation Besançon, à l'extrémité de la double rangée de cabines, et en face de l'avenue principale. Cette maison est naturellement d'une architecture plus prétentieuse; elle est fière de ses jalousies vertes, de ses deux étages et de son vestibule. Elle est entourée d'un treillage pour empêcher que les enfants n'y pénètrent; mais la crainte de la lanière de peau de vache rend le treillage à peu près superflu.

Au moment où j'approchais du quartier, je fus frappé du caractère particulier qu'il offrait aux regards: la maison du commandeur dominant les cabines modestes, qu'elle semblait garder et protéger, me donna l'idée d'une poule et d'une nichée de poussins.

De temps en temps les grandes hirondelles pourpres traversaient rapidement les airs ou venaient se poser à l'entrée de leurs demeures de calebasse, et faisaient entendre leur joyeux ouitt, ouitt, ouitt; l'odeur embaumée

1. Picayune, petite monnaie de peu de valeur.
2. Réal espagnol.

des orangers et des magnolias parfumait l'atmosphère à une grande distance.

En m'approchant davantage, je pus distinguer un bourdonnement de voix humaines : des hommes, des femmes et des enfants parlant avec cet accent particulier aux Africains. Je m'imaginai que la petite communauté était dans l'état où je l'avais déjà vue : les hommes et les femmes occupés à divers travaux, quelques-uns se reposant de leurs fatigues (car l'heure du travail des champs était passée), assis devant leurs cabines, à l'ombre de leur arbre, ou formant de petits groupes et causant gaiement ensemble; d'autres près de leur porte, réparant leurs filets et leurs engins de pêche, pour prendre le grand chat et le poisson buffato des bayous; ceux-ci fendant du bois à brûler pris au tas commun, et le faisant porter par les marmots dans les cabines où la tante va préparer le repas du soir. Je réfléchissais au caractère patriarcal d'une pareille scène, et je me sentais disposé à accepter le pouvoir d'un seul homme, sinon sous la forme du propriétaire d'esclaves, au moins à peu près dans le genre indiqué par Rapp et par les économistes de son école.

« Quelle machine politique peu compliquée! me disais-je. Quelle charmante simplicité dans cette forme patriarcale de gouvernement! et cependant qu'elle est complète et efficace! »

C'est vrai, mais j'oubliais une chose, et c'était l'imperfection de la nature humaine; la possibilité, et plus encore la probabilité, la quasi certitude que le *patriarche* deviendra un *tyran*.

Écoutons! une voix plus élevée que les autres! C'est un cri!

Est-il joyeux? Non, au contraire, il a l'accent de la souffrance; c'est un cri d'agonie. Le murmure des autres voix que j'entendais aussi à de courts intervalles apportait à mon oreille ce bruit sourd et de mauvais augure qui accompagne d'habitude tout événement extraordinaire.

J'entends encore ce cri d'agonie; il est plus fort et plus prolongé que la première fois. Il vient du quartier des nègres. Quelle en est la cause?

Je fis sentir l'éperon à mon cheval, et je partis au galop dans la direction des cabines.

CHAPITRE XXVII.

La douche du diable.

Quelques secondes après, j'entrais dans la grande avenue qui séparait les cabines, et retenant la bride, je regardai autour de moi.

Mon rêve patriarcal fut dissipé par le spectacle qui se présenta à mes yeux. J'avais devant moi une scène de tyrannie, de torture, une scène de cette tragédie de la vie esclave.

A l'extrémité la plus reculée du quartier, et sur l'un des côtés de la maison du commandeur, il y avait un enclos. C'était l'enclos du moulin à sucre, grande construction située sur un plan plus reculé. En dedans de la clôture il y avait une énorme pompe, qui avait plus de dix pieds de haut et dont le jet partait presque du sommet. Cette pompe avait pour but de fournir un courant d'eau qui se rendait au moulin par une petite auge servant d'aqueduc. On avait élevé une plate-forme à quelques pieds au-dessus du sol, pour que l'homme chargé de pomper pût saisir le manche de la pompe.

Mon attention fut attirée vers cet endroit quand je vis que les nègres y étaient groupés, et que les femmes et les enfants, cramponnés le long de la palissade, avaient les yeux fixés dans la même direction.

Toutes ces figures d'hommes, de femmes ou d'enfants, étaient empreintes d'une expression triste et de mauvais augure; leurs attitudes annonçaient la terreur et l'alarme. J'entendais des murmures, et de temps à autre des cris et des sanglots qui indiquaient de la sympathie pour un malheureux en proie à la souffrance. J'aperçus des fronts crispés, comme par des pensées de vengeance. Mais ceux-ci étaient peu nombreux; l'expression la plus générale était celle de la peur et de la soumission.

Il n'était pas difficile de reconnaître que le cri que j'avais entendu partait du voisinage de la pompe; un coup d'œil m'en apprit la cause. Un pauvre esclave subissait un châtiment.

Un groupe de nègres dérobait l'infortuné à mes regards, mais j'apercevais au-dessus de leurs têtes l'esclave Gabriel, nu jusqu'à la ceinture, monté sur la plate-forme et pompant de toutes ses forces.

Ce Gabriel était un nègre bambara, de haute taille et d'une grande vigueur, marqué sur les deux épaules d'une *fleur de lis.* C'était un homme d'aspect sauvage, et dont les habitudes étaient féroces et brutales, d'après ce qu'on m'avait dit; il était craint, non-seulement par les autres nègres, mais encore par les blancs qui avaient des rapports avec lui. Ce n'était pas lui que l'on châtiait; il servait au contraire d'instrument de torture.

Et c'était vraiment la torture; je connaissais bien ce châtiment.

L'auge ou l'aqueduc avait été enlevé, et la victime avait été placée au pied de la pompe, directement sous le jet. Elle était retenue par une espèce de carcan, de manière à ne pas pouvoir bouger la tête qui *recevait le jet continu juste sur le sommet.*

Une torture? Sans doute; seriez-vous incrédule? Vous croyez peut-être que ce n'est pas là une torture bien effrayante, que ce n'est qu'une douche, et rien de plus.

Vous avez raison. Ce n'est pendant une demi-minute qu'une douche, mais ensuite....

Croyez-moi si je vous affirme qu'un ruisseau de plomb fondu, une hache qui martelle le crâne sans relâche, n'est pas plus affreux que la chute de ce jet d'eau froide! C'est une torture insupportable, une agonie dont rien ne peut donner l'idée. Elle est bien nommée : c'est la douche du diable.

Un cri retentit de nouveau près de la pompe; tout mon sang se glaça.

Ainsi que je l'ai dit, je ne pouvais d'abord voir le patient. Une ligne d'hommes était placée entre lui et moi. Cependant les nègres, me voyant avancer, ouvrirent leurs rangs et reculèrent d'un pas, comme s'ils avaient eu le désir de me prendre à témoin de ce qui se passait. Ils me connaissaient tous, et tous se doutaient que j'éprouvais quelque *sympathie* pour leur race infortunée.

Ce mouvement me permit de voir complétement la terrible scène, en me montrant un groupe qui me fit bondir sur ma selle. J'aperçus la victime sous l'instrument de torture : c'était un noir; près de lui se tenaient une grande mulâtresse et une jeune fille de la même complexion. La mère et l'enfant pleuraient toutes deux, enlacées dans les bras l'une de l'autre. J'entendais leurs sanglots et leurs cris, à la distance d'environ vingt yards; ils dominaient le bruit que l'eau faisait en tombant. Je les reconnus d'un coup d'œil : c'étaient la petite Chloé et sa mère!

Mes yeux se dirigèrent sur le patient avec la rapidité de l'éclair. L'eau, en jaillissant sur le sommet de sa tête, retombait comme une nappe de cristal et cachait entièrement sa figure; mais ses grandes oreilles saillantes, semblables à des nageoires, me firent reconnaître la victime. C'était Scipion!

Son cri d'agonie retentit de nouveau à mes oreilles;

c'était un cri aigu et prolongé qui semblait sortir des profondeurs de son être!

Je n'attendis pas la fin de ce cri. Une palissade me séparait du patient; ce n'était rien. Je n'hésitai pas un instant, et, rassemblant mon cheval pour lui donner de l'élan, je le lançai vers l'obstacle, et d'un coup d'éperon je l'enlevai dans l'enclos. Je ne m'arrêtai même pas pour quitter la selle, et je galopai vers la plate-forme; une fois là, j'assénai de toutes mes forces un coup de fouet sur les épaules nues du Bambara. Le sauvage surpris laissa échapper le manche de la pompe, sauta de la plate-forme et s'enfuit en hurlant vers sa cabine.

Des cris et des murmures approbateurs accueillirent mon intervention; mais mon cheval, excité d'une manière si brusque, commença à hennir et à faire des courbettes, et il me fallut quelque temps pour l'apaiser.

Pendant que je m'occupais à le calmer, je remarquai que les cris cessaient subitement, et que les murmures approbateurs étaient suivis d'un silence terrifiant! J'entendis quelques nègres murmurer près de moi des paroles d'avertissement à mon adresse, et entre autres le cri de :

« Commandeu'! commandeu'! Vous p'end'e ga'de, môsieu. Lui veni'! »

En ce moment, une imprécation abominable, prononcée d'une voix retentissante, frappa mes oreilles. Je regardai dans la direction d'où elle partait. Suivant mon attente, j'aperçus le commandeur.

Il venait de sortir de sa maison par la porte de derrière, et il avait contemplé par sa fenêtre la torture de Scipion.

Je n'avais jamais été en contact avec cet individu avant cette circonstance, et je vis alors approcher un homme d'un extérieur sauvage et brutal, assez mal vêtu, qui portait à la main un gros fouet de charretier. Je m'aperçus que sa figure était livide de colère, et qu'il se disposait à m'attaquer. Je n'avais pas d'autre arme que ma cravache, et je me préparai à m'en servir pour repousser son agression.

Il venait à moi en courant et en proférant des malédictions diaboliques.

Quand il fut près de la tête de mon cheval, il s'arrêta un instant, et s'écria avec force : « Qui diable êtes-vous, vous qui vous mêlez de mes affaires? Qui diable êtes.... »

Il suspendit tout à coup son exclamation, et me regarda avec étonnement. Le mien n'était pas moindre, car je venais de reconnaître dans ce brutal commandeur mon antagoniste du bateau à vapeur, le héros du *bowie-knife!* Au même instant il me reconnut.

Le silence qui résulta de notre surprise mutuelle ne fut pas de longue durée.

« Enfer et furies! s'écria ce misérable, dont le ton était encore plus horriblement courroucé. C'est vous, vraiment? Au diable le fouet! J'ai autre chose *à votre adresse.* »

En disant cela, il tira de son habit un pistolet qu'il arma promptement, et qu'il dirigea sur ma poitrine.

J'étais toujours à cheval et en mouvement, autrement il aurait sans doute fait feu à l'instant même; mais mon cheval se cabra à la vue du pistolet, et son corps s'interposa ainsi entre le mien et la bouche de l'arme.

Comme je l'ai dit, je n'avais pour me défendre qu'une cravache. Heureusement c'était une forte cravache à tête plombée. Je la retournai promptement dans ma main, et, au moment où les sabots de mon cheval retombaient à terre, j'enfonçai les éperons avec tant de vigueur que l'animal fit un bond de presque toute sa longueur. Ce mouvement me conduisit juste à l'endroit où je voulais être, c'est-à-dire près de mon coquin d'adversaire, qui, surpris de ce brusque changement de position, hésita un instant avant de viser de nouveau. Il n'avait pas encore pu faire jouer la gâchette, quand le bout de ma cravache lui retomba sur le crâne et l'étendit dans la poussière! Au moment où il tombait, son pistolet partit, la balle laboura le sol entre les pieds de mon cheval, mais heureusement sans le toucher. L'arme lui échappa des mains et tomba à côté de lui.

Tout cela n'était dû qu'à un heureux hasard. J'avais fait sentir l'éperon et mon cheval s'était élancé au moment favorable. Si j'avais manqué mon coup, je n'aurais probablement pas eu une seconde chance aussi belle. Le pistolet était à deux coups, et je m'aperçus que le drôle en avait une paire.

Il était alors étendu de tout son long comme un homme endormi, et je commençais à craindre de l'avoir tué. C'eût été une affaire sérieuse. Ma conduite était parfaitement justifiable; mais qui l'aurait prouvé? Le témoignage de ceux qui m'entouraient, eût-il été unanime, ne valait pas celui d'un blanc; et dans les circonstances actuelles il n'aurait même eu aucune importance. En réfléchissant même à l'origine de cette rencontre, je compris que ce témoignage me serait plus funeste qu'utile. Je sentis que ma position était embarrassante.

Je descendis de cheval, et m'approchai du corps inanimé, autour duquel les noirs se rassemblaient. Ceux-ci me firent place.

Je m'agenouillai et j'examinai la tête du blessé. Elle était fendue et saignait, mais le crâne était intact.

Cela me mit l'esprit en repos, et, avant de me relever, j'eus la satisfaction de voir que le drôle revenait à lui, sous l'influence d'une douche d'eau fraîche. La crosse du second pistolet, qui sortait de son vêtement, frappa mon regard. Je m'en emparai ainsi que du premier.

« Vous lui direz, m'écriai-je, quand il reviendra à lui, que la première fois qu'il m'attaquera, j'aurai aussi des pistolets. »

Après avoir donné l'ordre de le transporter dans sa demeure, je dirigeai mon attention vers sa victime. Pauvre Scipion! Il avait été bien cruellement torturé; il fut quelque temps avant de retrouver assez l'usage de ses sens pour me dire ce qui lui avait attiré un pareil châtiment.

Le récit que j'entendis alors fit de nouveau bouillir le sang dans mes veines. Scipion avait surpris le commandeur dans un des bâtiments écartés, tenant la petite Chloé dans ses bras; l'enfant criait et s'efforçait de lui échapper. Une indignation naturelle chez un père l'avait poussé à frapper; offense pour laquelle Scipion aurait pu être condamné à perdre un bras; mais le misérable blanc, sentant qu'il n'oserait pas faire connaître le motif de cette faute, avait commué le châtiment légal de Scipion, et l'avait condamné à la torture de la pompe.

Mon premier mouvement, après avoir entendu ce récit, fut de retourner à l'habitation, pour raconter à Mademoiselle ce qui s'était passé, et lui faire sentir la nécessité de se débarrasser à tout risque de ce cruel commandeur. Un instant de réflexion me fit changer d'avis. Je me proposais de revenir le lendemain pour une affaire bien autrement importante à mes yeux. J'avais l'intention de venir le lendemain *faire des offres pour Aurore.*

« Je pourrai alors, pensai-je, parler de l'affaire du pauvre Scipion. Cela servira de préparation à un sujet plus grave. »

Après avoir fait cette promesse à mon vieux serviteur, je remontai à cheval, et je m'éloignai au milieu d'une avalanche de remercîments. Pendant que je parcourais au pas la grande avenue, les femmes et les jeunes filles se précipitaient sur le seuil de leurs portes et baisaient mes pieds dans les étriers.

L'amour brûlant qui un instant auparavant remplissait mon cœur ne se fit plus sentir alors. Il était remplacé par un bonheur doux et calme, le bonheur qui suit une bonne action, un bienfait.

CHAPITRE XXVIII.

Gayarre et Bully Bill.

En m'éloignant des cabines des nègres, j'abandonnai mon intention de suivre le chemin qui passait derrière la plantation. Ma visite serait sans doute connue de Mademoiselle, et il importait peu que l'on me vît de la maison. Mon sang était excité, il en était de même pour mon cheval. Une clôture en palissade n'était rien pour nous : aussi, retournant sur mes pas, je franchis une couple de haies ; puis, passant à travers un champ de coton, je repris de nouveau le chemin de la levée.

Au bout d'un instant, dès que j'eus apaisé mon cheval, je marchai lentement, en réfléchissant à ce qui venait d'arriver.

Il était évident que Gayarre avait fait venir ce misérable à la plantation dans une intention cachée. Je ne pouvais deviner s'ils avaient eu des relations antérieurement; mais des individus de cette trempe ont une connaissance instinctive les uns des autres, et peut-être l'avocat avait-il seulement recueilli l'autre quand celui-ci avait échappé au naufrage du bateau à vapeur. A bord, je m'étais imaginé que ce dernier était quelque farceur de bas étage, à cause de sa propension à parier, et peut-être avait-il pris ce rôle en dernier lieu. Il était évident que son métier était de conduire des nègres; en tout cas, cela n'était pas nouveau pour lui.

Il était étrange qu'il fût resté si longtemps à la plantation sans me connaître. Mais cela pouvait s'expliquer aisément. Il ne m'avait jamais vu pendant que j'habitais la maison. Il pouvait en outre ignorer que Mademoiselle fût la personne avec laquelle il avait voulu partager sa ceinture de sauvetage. Cette dernière hypothèse était assez probable, car il y avait d'autres dames qui s'étaient sauvées au moyen de radeaux, de sofas, et de ceintures de sauvetage. Je croyais qu'il n'avait pas vu la jeune fille jusqu'au moment où elle avait sauté par-dessus le bordage, et par conséquent il était à peine possible qu'il la reconnût.

Le motif de ma blessure n'était connu que de Mlle Besançon, d'Aurore et de Scipion; et celui-ci avait reçu l'ordre de ne pas en parler dans le quartier des nègres. Enfin ce drôle était nouvellement arrivé à la plantation et n'avait que peu de rapports avec sa maîtresse, puisqu'il recevait presque tous ses ordres par l'intermédiaire de Gayarre; en outre, ce n'était après tout qu'une brute.

Il était par suite assez probable que, jusqu'à notre dernière rencontre, il avait ignoré que j'étais son ancien adversaire, et qu'il n'avait pas soupçonné qu'Eugénie Besançon était la dame qui lui avait échappé. Il devait avoir appris mon séjour à la plantation; il avait sans doute entendu parler de moi comme d'un des survivants du naufrage, grièvement blessé, brûlé peut-être; mais il y en avait eu beaucoup d'autres recueillis de la sorte. Presque toutes les maisons à une grande distance le long du fleuve avaient donné asile à quelque malheureux blessé ou à demi noyé. Il avait eu à s'occuper de ses propres affaires, ou peut-être plutôt de celles de Gayarre; car je ne doutais pas qu'il n'y eût entre eux quelque conspiration dans laquelle cet homme devait jouer un rôle. Malgré sa pesanteur d'esprit, il avait une qualité qui devait être plus estimée que l'intelligence par celui qui l'employait, qualité dont ce dernier manquait complétement: la force et le courage brutal. Gayarre avait certainement l'intention de se servir de lui : autrement il ne se serait pas trouvé à la plantation.

Désormais il me connaissait, et il ne m'oublierait probablement pas de sitôt. Chercherait-il à se venger? Cela n'était pas douteux, mais je m'imaginais que ce serait par des moyens vils et dissimulés. Je ne craignais pas qu'il m'attaquât ouvertement une seconde fois. Je sentais que je l'avais dompté, et pour ainsi dire rendu lâche. J'avais déjà vu de pareils individus. Je savais que son courage n'était pas de ceux qui survivent à une défaite. C'était le courage du bravo.

Je ne craignais pas une attaque ouverte. Ce que j'appréhendais, c'était quelque vengeance secrète, ou encore *la loi*.

Vous vous étonnerez peut-être que j'eusse une pensée ou une crainte de cette espèce; mais c'est ce qui eut lieu, et j'avais des raisons pour cela.

Ma connaissance des desseins de Gayarre, la découverte de son infâme tentative, et ma rencontre avec Larkin, avaient précipité les choses vers le dénoûment. J'étais en proie à une vive anxiété, convaincu de la nécessité d'une entrevue très-prompte avec Mademoiselle relativement à ce qui me tenait le plus au cœur, *l'achat de la quarteronne*. Il n'y avait pas de raison pour tarder d'une heure, maintenant que nous nous étions compris, Aurore et moi, et que même nous nous étions *fiancés*.

J'eus même la pensée de retourner tout de suite à la plantation, et j'avais déjà fait changer de direction à mon cheval. J'hésitai. Ma résolution chancela. Je repris ma route vers Bringiers, déterminé à me rendre le lendemain matin de bonne heure chez Mlle Besançon.

J'entrai dans le village, et je gagnai directement l'hôtel. Je trouvai sur ma table une lettre renfermant une traite de deux cents livres sterling sur la banque de Bringiers. Cette lettre m'était adressée par mon banquier de la Nouvelle-Orléans, qui venait de la recevoir d'Angleterre. La lettre m'annonçait cinq cents autres livres dans quelques jours. La somme que je venais de recevoir arrivait à propos : elle me permettait de remplir mes engagements pécuniaires vis-à-vis de Reigart; ce que j'eus le plaisir de faire une heure après.

Je passai une nuit de grande anxiété, presque sans sommeil. Ce n'est pas étonnant. Le lendemain devait amener le dénoûment. Le lendemain allait me rendre heureux ou misérable. Mille craintes et mille espérances dépendaient du résultat de mon entrevue avec Eugénie Besançon. J'envisageais alors cette entrevue avec plus de crainte que je ne l'avais fait quelques heures auparavant, lorsque j'étais près d'Aurore, peut-être parce que j'avais moins de confiance dans le succès de ma démarche.

Dès que l'étiquette autorisa une visite du matin, je me mis en selle, et je me dirigeai vers la plantation Besançon.

Pendant que je traversais le village, je remarquai qu'on me regardait d'une manière qui annonçait un intérêt inaccoutumé.

« Mon affaire avec le commandeur est déjà connue, pensai-je. Sans doute les nègres en ont répandu le bruit. Ces choses-là deviennent promptement publiques. »

L'idée que l'expression que je lisais sur la figure des gens était loin d'être amicale, me fut désagréable. Avais-je commis une action impopulaire en me défendant? Ordinairement celui qui est vainqueur dans une pareille rencontre devient populaire sur cette terre chevaleresque de la Louisiane. Pourquoi donc me regarde-t-on avec un air renfrogné? Qu'ai-je fait pour mériter des reproches? J'ai fouetté un drôle brutal que l'on appelle un batailleur, et j'ai agi pour ma défense personnelle. D'après les habitudes du pays, cela devrait me faire applaudir. Pourquoi donc? ah! j'y suis. Je suis intervenu entre un *blanc* et un *noir*. J'ai *empêché un esclave d'être puni*. Peut-être est-ce là l'explication des physionomies désagréables que j'ai remarquées !

Je pouvais aussi imaginer une autre cause, d'un genre très-différent et quelque peu ridicule. Le bruit s'était répandu que j'étais en bons termes avec Mlle Besançon, et qu'il n'était pas invraisemblable qu'un beau jour l'aventurier, que personne ne connaissait, enlevât la riche planteuse!

Il n'y a pas de pays au monde où une pareille *bonne fortune* ne fût pas regardée avec envie. Les États-Unis ne font pas exception à la règle, et je savais qu'à cause de ce bruit absurde, je n'étais pas vu d'un œil très-favorable par quelques-uns des jeunes planteurs et des boutiquiers dandys qui flânaient dans les rues de Bringiers.

Je m'éloignai sans prendre garde aux regards sombres que l'on me lançait, et à vrai dire je cessai bientôt d'y penser. Mon esprit était trop anxieusement préoccupé de l'entrevue qui approchait, pour se laisser aller à de moindres soucis.

A coup sûr Eugénie allait avoir appris tout ce qui s'était passé la veille. Quels seraient ses sentiments à cet égard? J'avais la conviction que ce misérable lui était imposé par Gayarre. Elle ne pouvait avoir de sympathie pour lui. Toute la question était de savoir si elle aurait le courage, ou même le *pouvoir* de le renvoyer de son service, en apprenant qui il était. C'était assez douteux!

J'avais la plus grande sympathie pour cette pauvre jeune fille. J'étais convaincu que Gayarre était son créancier pour une somme considérable, et que par suite il la tenait en son pouvoir. Ce qu'il avait dit à Aurore m'avait démontré qu'il en était ainsi. Reigart avait même entendu dire que cette dette avait déjà été reconnue par la cour de la Nouvelle-Orléans; qu'aucune opposition n'avait été faite; que Gayarre avait obtenu un jugement, et qu'il pouvait faire saisir les biens en totalité, au moins en grande partie, pour garantir sa créance, au moment où il le jugerait convenable! Reigart ne m'avait dit cela que la veille au soir, et cette nouvelle m'avait rendu encore plus impatient de conclure pour Aurore.

J'éperonnai mon cheval, qui partit au galop, et je fus bientôt en vue de la plantation. Arrivé à la porte, je mis pied à terre. Il n'y avait personne là pour tenir mon cheval, mais peu importe en Amérique, où souvent un montant de porte ou une branche d'arbre tient lieu de groom.

Je me rappelai cet expédient commode et passai les rênes autour d'un piquet, puis je m'avançai vers la maison.

CHAPITRE XXIX.

Elle t'aime!

Il était naturel de ma part de penser à mon adversaire de la veille. Allais-je le rencontrer? Ce n'était pas probable. Le manche de mon fouet lui avait sans doute donné un mal de tête qui le retiendrait quelques jours dans sa chambre. Mais j'étais prêt à tout événement. Je portais sous mon gilet ses propres pistolets à deux coups, et, si l'on m'attaquait, j'étais décidé à en faire usage. C'était la première fois que je portais des armes cachées; mais c'était alors la coutume du pays, coutume adoptée par dix-neuf personnes sur vingt, par les planteurs, les négociants, les hommes de loi, les médecins et même les prêtres! Ainsi préparé, je ne craignais pas une rencontre avec Bully Bill. Si mon pouls battait vite, si ma démarche était saccadée, c'était à cause de l'entrevue que j'allais avoir avec sa maîtresse.

J'entrai dans la maison avec tout le sang-froid que je pus retrouver.

Mademoiselle était au salon. Elle me reçut sans contrainte et sans embarras. Je fus aussi surpris que content de la trouver plus gaie qu'à l'ordinaire. Je pus même distinguer un sourire significatif! Je m'imaginai qu'elle était satisfaite de ce qui s'était passé, car je ne doutais pas qu'elle ne fût instruite de tout. Je comprenais bien ce sourire.

Aurore n'était pas là, j'en étais très-heureux. J'espérais qu'elle ne viendrait pas au salon, *au moins pendant quelque temps*. J'étais embarrassé. Je savais à peine comment entamer la conversation, moins encore de quelle manière j'apprendrais à la jeune fille ce qui me tenait le plus au cœur. Nous échangeâmes quelques phrases banales, puis notre conversation roula sur ce qui s'était passé la veille. Je lui dis tout.... tout.... excepté la scène avec Aurore, que je passai sous silence.

Je me demandai un moment si je lui ferais connaître qui était son commandeur. Quand elle aurait la certitude que c'était l'individu qui m'avait blessé à bord du bateau, et qui sans moi lui aurait arraché les moyens de se sauver, j'étais sûr qu'elle voudrait s'en débarrasser à tout prix.

Je réfléchis un instant aux conséquences que cela pouvait avoir. « Elle ne sera jamais en sûreté, pensai-je, avec un pareil misérable à ses côtés. Il vaut mieux pour elle qu'elle prenne sur-le-champ une décision. » Cette idée me fit donner hardiment mon renseignement.

Elle parut consternée, se croisa les mains et resta pendant quelques instants dans une attitude pleine d'angoisse. A la fin elle s'écria :

« Gayarre!... Gayarre! c'est vous, monsieur Gayarre! Oh! mon Dieu! mon Dieu! où est mon père? où est Antoine? Que Dieu ait pitié de moi! »

L'expression de chagrin répandue sur cette aimable physionomie me touchait au cœur. Elle paraissait être l'ange de l'affliction, triste, mais charmante.

Je l'interrompis en lui adressant quelques paroles banales de consolation. Quoique je ne pusse que conjecturer la nature de son chagrin, elle m'écouta avec patience, et je crus que ce que je disais lui faisait plaisir.

Encouragé par ce résultat, je commençai à lui demander avec plus de détails la cause de son affliction. « Mademoiselle, dis-je, pardonnez-moi la liberté que je prends ; mais je remarque depuis quelque temps, ou je m'imagine que vous avez un motif de.... de.... tourment. »

Elle fixa sur moi un regard étonné. Cet étrange regard me fit d'abord hésiter ; je continuai cependant :

« Pardonnez-moi, mademoiselle, si je parle trop hardiment; je vous assure que mes motifs....

— Parlez, monsieur, dit-elle d'une voix calme et triste.

— J'ai remarqué d'autant plus votre tristesse que, la première fois que j'ai eu le plaisir de vous voir, vos manières étaient bien différentes, et même tout à fait opposées. »

Un soupir et un sourire triste furent sa seule réponse. Je ne m'interrompis qu'un instant et je continuai :

« La première fois que j'ai remarqué ce changement, mademoiselle, je l'ai attribué au chagrin que vous causait la perte de votre fidèle serviteur et ami. »

Un sourire mélancolique effleura de nouveau son visage.

« Mais le chagrin causé par un pareil événement est certainement passé, et cependant....

— Et cependant vous remarquez que je suis encore triste.

— Oui, mademoiselle.

— C'est vrai, monsieur; je le suis encore.

— J'ai cessé, par conséquent, de regarder cet événement comme la cause de votre mélancolie; et j'ai dû penser à quelque autre.... »

Le regard à moitié surpris, à moitié interrogateur, qui

croisa le mien en ce moment, me fit suspendre mon discours. Après une pause, je repris, résolu à arriver droit au but.

« Vous me pardonnerez, mademoiselle, de prendre autant d'intérêt à vos affaires; vous pardonnerez à mes questions. Me tromperais-je en disant que M. Gayarre est la cause de votre malheur ? »

Cette question la fit tressaillir; elle devint d'une pâleur remarquable. Cependant elle parut se remettre au bout d'un instant, et répondit avec calme, mais avec un regard dont la signification me parut étrange :

« Hélas ! monsieur, vos soupçons ne sont justes qu'en partie. Hélas ! ô Dieu ! soutenez-moi ! » ajouta-t-elle avec l'accent du désespoir.

Puis elle changea subitement de ton, sous l'effort de sa volonté, et elle continua :

« Laissons cette conversation, monsieur, je vous prie. Je vous dois la vie, et ma reconnaissance vous est acquise. Que ne puis-je vous récompenser de votre généreux courage, de votre.... votre.... *amitié*. Je voulais vous le dire; mais.... mais.... monsieur.... il y a.... Je ne peux pas....

— Mademoiselle, je vous en supplie, ne vous inquiétez pas un instant des questions que je vous ai adressées. Je ne les ai pas faites par une vaine curiosité. Je n'ai pas besoin de vous dire, mademoiselle, que mes motifs étaient d'une nature plus élevée.

— Je le sais, monsieur, je le sais; mais n'en parlons plus en ce moment; je vous en prie, parlons d'autre chose. »

Autre chose ! Je n'avais plus le choix, je ne pouvais plus retenir ma langue. Le sujet qui remplissait mon cœur jaillit sur mes lèvres, et je déclarai précipitamment mon amour pour Aurore.

Je détaillai la manière dont ma passion s'était développée, depuis le moment de ma vision rêveuse jusqu'à celui où nous nous étions mutuellement engagé notre foi.

Celle qui m'écoutait était assise sur un canapé bas en face de moi; mais un sentiment de timidité m'avait fait détourner les yeux pendant que je parlais. Elle m'écoutait sans m'interrompre, et ce silence me paraissait de bon augure.

Je conclus enfin, et j'attendis sa réponse en tremblant. Tout à coup un profond soupir suivi d'un bruit assez fort me fit tourner la tête. Eugénie venait de tomber sur le plancher.

Je reconnus d'un coup d'œil qu'elle était évanouie. Je la saisis dans mes bras et je la replaçai sur le canapé.

J'allais appeler du secours quand la porte s'ouvrit; je vis quelqu'un se glisser dans le salon : c'était Aurore!

« Mon Dieu! s'écria celle-ci, vous l'avez fait mourir! Elle t'aime!... elle t'aime!! »

CHAPITRE XXX.

Pensées.

Je passai une nuit sans repos. Comment était Eugénie? Comment était Aurore?

Ce fut une nuit de réflexions, où le plaisir et le chagrin se mêlaient d'une façon étrange. Mon amour pour la quarteronne était la source de ce plaisir; mais, hélas! le chagrin prenait le dessus quand je pensais à la créole. Je ne doutais pas que celle-ci ne m'aimât, et cette assurance, au lieu de me combler de joie, me causait de vifs regrets. Vanité maudite est celle qui peut jouir d'un pareil triomphe! Cœur vil est celui qui peut se réjouir d'un amour qu'il ne partage pas! Le mien, loin de se réjouir, s'affligeait.

Je repassais dans mon esprit les heures rapides pendant lesquelles je m'étais trouvé en rapport avec Eugénie Besançon. J'interrogeais ma conscience, et je me demandais : « Suis-je innocent ? Ai-je fait quoi que ce soit pour faire naître cet amour ? Y a-t-il eu dans mes paroles, mes regards ou mes gestes, rien qui pût produire cette impression première qu'un cœur sensible se rappelle ensuite comme une image animée et ineffaçable ? Est-ce à bord du bateau, ou plus tard ? » Je me rappelais que, dès notre première rencontre, j'avais regardé la jeune fille avec admiration. Je me rappelais alors avoir remarqué dans ses yeux cette étrange expression que j'avais attribuée à l'intérêt ou à tout autre motif, sans savoir lequel. La vanité, dont j'ai sans doute ma part, n'avait pas exactement interprété ces regards tendres, n'avait pas même murmuré à mon oreille que c'étaient des fleurs d'amour destinées à être bientôt remplacées par le fruit. Avais-je cherché à développer ces fleurs de l'âme ? Avais-je tenté de les amener à leur fatal épanouissement ?

J'examinai toute ma conduite en réfléchissant à ce qui s'était passé entre nous. Je pensai à tout ce qui avait eu lieu pendant notre traversée sur le bateau à vapeur, pendant la scène tragique qui l'avait terminée. Je ne me rappelai rien, parole, regard ou geste, qui pût me conduire à me condamner moi-même. Je laissai parler ma conscience en toute liberté ; elle me déclara innocent.

Depuis, après que cette nuit terrible, après que ces yeux brûlants et cette figure étrange s'étaient présentés comme dans un rêve à mes sens confondus, je ne pouvais avoir été coupable de rien qui ne fût insignifiant. Pendant la durée de ma convalescence, pendant tout mon séjour à la plantation, je ne voyais rien, dans mes relations avec Eugénie Besançon, qui pût me causer un regret. J'avais toujours eu pour elle un respect étudié, rien de plus. J'avais éprouvé en secret de l'amitié et de la sympathie, surtout depuis que j'avais remarqué l'altération de ses manières, et que j'avais craint qu'un nuage n'obscurcît son avenir. Hélas! pauvre Eugénie! je songeais peu à ce que pouvait être ce nuage! Je ne m'imaginais guère à quel point il était sombre!

Tout en m'absolvant ainsi moi-même, je sentais encore quelque chagrin. Si Eugénie Besançon eût été une femme ordinaire, j'aurais pu supporter plus facilement mes réflexions. Mais pour un cœur si délicat, si noble, si passionné, quel serait l'effet d'un amour sans espoir? Il devait être terrible, d'autant plus terrible qu'elle savait que sa rivale était son esclave!

J'avais choisi une étrange confidente pour lui révéler mon secret, pour lui parler de mon amour! Combien je désirais ne pas avoir fait cet aveu! Quelle douleur je venais d'infliger à cette belle, à cette infortunée jeune fille!

D'autres réflexions aussi pénibles me traversaient l'esprit; mais il y en avait de tout aussi amères, et dont l'amertume tenait à une cause bien différente. Quel serait l'effet de cette découverte? Quel en serait le résultat pour mon avenir et pour celui d'Aurore? Qu'allait faire Eugénie pour moi, pour Aurore.... *son esclave?*

Mon aveu n'avait pas reçu de réponse. Ses lèvres muettes n'avaient murmuré ni adieu ni réplique. Je n'avais regardé qu'un instant ces formes insensibles. Aurore m'avait fait signe de sortir, et j'avais quitté l'appartement, troublé et confus; je me rappelais à peine comment.

Quel serait le résultat? Je tremblais d'y penser. S'abandonnerait-elle à l'amertume, à l'hostilité, à la vengeance?

A coup sûr, une âme si pure, si noble, ne pouvait engendrer de pareilles passions.

« Non, pensai-je, Eugénie Besançon est trop douce, trop femme, pour se livrer à de tels sentiments. Il y a encore quelque espoir; elle aura pitié de moi comme j'ai pitié d'elle.... Mais quoi! elle est créole, elle a hérité des passions violentes de sa race. Si ces passions deviennent de la jalousie, de la vengeance, sa reconnaissance alors se dissipera rapidement, son amour se changera en mépris.... *Son esclave!* »

Ah! je ne comprenais que trop la nature de ce lien, quoique je ne puisse pas vous le faire sentir. Vous ne sauriez vous faire une idée de ce que ce sentiment avait d'horrible. Parler de l'amour d'un lord aristocrate pour la fille d'un paysan de ses domaines, de celui d'une grande dame pour son valet plébéien; parler du scandale et du mépris excités par de semblables événements, tout cela n'est rien, tout cela est doux, si on le compare au dégoût, à l'horreur qu'on ressent pour un *blanc* qui veut s'allier par le mariage avec une *esclave*. Qu'importe qu'elle soit blanche, qu'elle soit belle, qu'elle soit aussi charmante qu'Aurore? Celui qui veut en faire sa *femme* doit l'entraîner loin de sa terre natale, loin des lieux où on l'a connue jusqu'alors! S'il en fait sa *maîtresse*, ah! ceci est différent. Une alliance de cette nature est pardonnable. La société du Sud accepte l'*esclave-maîtresse*; mais l'*esclave-épouse*, c'est une impossibilité, une inconvenance qu'on ne saurait supporter!

Je savais que la charmante Eugénie était au-dessus des préjugés vulgaires des gens de sa classe; mais ce serait trop attendre d'elle que de la supposer au-dessus de celui-là. Non; elle serait vraiment bien noble, l'âme qui pourrait s'affranchir de cette chaîne imposée par l'éducation, par l'exemple, par toutes les habitudes de la vie sociale. Je ne pouvais m'y attendre, malgré les relations qui existaient entre Aurore et elle. Aurore était sa compagne, son amie; mais cependant Aurore était *son esclave!*

Le résultat me faisait trembler. Notre prochaine entrevue m'épouvantait. L'avenir m'apparaissait sombre et plein de dangers. Je n'avais qu'une espérance, qu'une joie, l'amour d'Aurore!

Je quittai ma couche sans sommeil. Je m'habillai et je pris mon déjeuner à la hâte, machinalement. Après cela, je ne sus plus que faire. Retournerais-je à la plantation pour avoir une autre entrevue avec Eugénie ? Non, pas tout de suite. Je n'en avais pas le courage. Réflexion faite, il valait mieux laisser passer quelque temps, un jour ou deux, avant d'y retourner. Peut-être mademoiselle me ferait-elle demander ? Peut-être.... Dans tous les cas, il valait mieux attendre quelques jours. Qu'ils vont me sembler longs !

Je ne pouvais supporter la société de personne. J'évitais toute conversation ; mais je pouvais assez m'apercevoir, comme le jour précédent, que j'étais l'objet de l'attention et des commentaires des oisifs qui flânaient à l'entrée de l'hôtel, et de mes connaissances de la salle de billard. Pour les éviter, je restai dans ma chambre, et j'essayai de tuer le temps en lisant.

Je me fatiguai bientôt de cette vie renfermée ; le matin du troisième jour, je pris mon fusil et je m'enfoncai dans les profondeurs de la forêt.

Je marchais au milieu des énormes troncs des cyprès, dont l'épais feuillage, qui se rejoignait au-dessus de ma tête, interceptait le soleil et la vue du ciel. Cette obscurité était en harmonie avec mes pensées ; et j'errais au hasard, guidé par les accidents de la forêt plutôt que par ma volonté.

Je ne cherchais pas à faire lever le gibier. Je ne songeais pas à la chasse. Le raccoon, qui, dans les bois plus clairs, est un animal nocturne, se montre pendant le jour dans ceux où j'étais. Je le voyais plonger pour attraper sa nourriture dans les eaux, puis se cacher derrière les troncs des cyprès. Je voyais la sarigue courir le long des arbres tombés, et l'écureuil rouge, semblable à une traînée de feu, enlever en montant l'écorce des grands tulipiers. Je voyais le grand lièvre des marais s'élancer de son terrier situé sur la lisière des roseaux ; et, gibier encore plus tentant, deux fois le daim bondit devant moi en quittant son abri dans les fourrés des papayers. Je rencontrais encore en chemin le dindon sauvage, dans tout l'éclat métallique de son plumage; et sur le bayou au bord duquel je continuai quelque temps à marcher, j'eus de nombreuses occasions de tirer un héron bleu ou une aigrette, le canard d'été ou l'oiseau-serpent, l'ibis élancé ou la grue majestueuse. J'eus aussi plus d'une fois à portée de mon fusil le roi des créatures ailées lui-même, l'aigle à tête blanche, qui faisait entendre son cri furieux sur les sommets des grands taxodiums.

Cependant le tube bronzé resta en travers sur mon bras, et je n'eus pas une fois la pensée de les coucher en joue. Aucun gibier ordinaire n'aurait pu me tenter d'interrompre le cours de mes pensées, qui se fixaient sur le thème le plus intéressant du monde à mes yeux.... Aurore la quarteronne !

CHAPITRE XXXI.

Rêves.

J'errai, abandonnant mon âme à ce doux rêve d'amour, où et combien de temps, je ne saurais le dire, car je n'avais pris garde ni à la distance ni à la direction que je suivais.

Je fus tiré de ma rêverie par une lumière plus brillante qui éclata devant moi, et un instant après je sortais de l'ombre la plus épaisse de la forêt. Mes pas, dirigés par le hasard, m'avaient conduit dans une jolie clairière que le soleil échauffait de ses rayons brillants, et dont le terrain était égayé par des fleurs. C'était un petit jardin sauvage émaillé de plantes aux couleurs variées, parmi lesquelles se faisaient remarquer les bignonias, et les corolles éclatantes de la rose-coton. La forêt même qui environnait ce petit parterre était une forêt d'arbres à fleurs. Il s'y trouvait des magnolias de plusieurs espèces; sur quelques-uns d'entre eux les grandes fleurs liliacées avaient fait place à des graines coniques d'un rouge éclatant, qui n'étaient guère moins remarquables que les fleurs, et qui remplissaient l'atmosphère de leur odeur un peu forte, mais agréable. D'autres beaux arbres croissaient à côté des magnolias, avec lesquels ils confondaient leurs parfums. Le carougier à miel, non moins intéressant avec ses jolies feuilles pointues et ses fruits allongés d'un pourpre brun; le lotus de Virginie, qui laisse échapper des gouttes ovales, couleur d'ambre, et l'arbre bizarre dont le bois (*maclura*) sert à faire des arcs et dont les grands péricarpes, pareils à des oranges, rappellent la flore des tropiques.

L'automne commençait à répandre ses teintes sur la forêt, et on apercevait déjà quelques-unes des touches de sa brillante palette sur les feuilles du laurier sassafras, du sumac (*rhus*), du persimmon (*diospyros*), du tupelo, et de toutes ces autres espèces des forêts d'Amérique, qui aiment à se parer de leur feuillage. Le jaune, l'orange, l'écarlate, le cramoisi, et bien des teintes intermédiaires, s'offraient à mes regards; et toutes ces couleurs, resplendissant sous les rayons du soleil de midi, produisaient un coup d'œil indescriptible. Le site ressemblait plus au décor brillant d'un théâtre qu'à un paysage naturel.

Je restai pendant quelques minutes confondu d'admiration. Je repris avec plus d'enthousiasme le rêve d'amour auquel je venais de m'abandonner, et je ne pus m'empêcher de penser que, si Aurore était présente pour jouir de ce coup d'œil charmant, pour errer avec moi sur cette clairière fleurie, pour s'asseoir près de moi à l'ombre du magnolia, mon bonheur serait alors véritablement complet. La terre ne pourrait offrir un site plus beau. C'était vraiment un berceau d'amour.

Il n'y manquait même pas les amants : car deux jolies tourterelles, oiseaux emblématiques de la tendre passion, étaient perchées l'une près de l'autre sur une branche de tulipier; leurs gorges bronzées se gonflaient par intervalles, quand elles faisaient retentir leurs notes amoureuses.

Oh! que j'enviais ces petites créatures! Que je me serais réjoui d'une destinée pareille à la leur! Être ainsi heureux près de sa compagne, au milieu des fleurs brillantes et des doux parfums, s'aimant tout le jour, s'aimant pendant toute l'existence!

Elles me traitèrent en intrus et s'enfuirent en battant des ailes à mon approche. Peut-être craignaient-elles mon fusil qui brillait au soleil. Elles n'avaient cependant rien à redouter de moi; je n'avais pas l'intention de leur faire du mal. Mon cœur était loin de vouloir troubler leur félicité parfaite.

Mais non, elles ne me craignaient pas; autrement elles auraient fui plus loin. Elles étaient seulement allées sur l'arbre voisin, et, perchées côte à côte, elles recommencèrent leur babil amoureux. Absorbées par leur tendresse mutuelle, elles avaient déjà oublié ma présence. Je continuais à contempler ces jolies créatures, types de douceur et d'amour. Je me jetai sur l'herbe, et je les regardai se becqueter avec de tendres roucoulements. J'enviais leur bonheur.

Mes nerfs, qui pendant toute cette journée avaient été plus excités qu'à l'ordinaire, éprouvèrent alors une réaction naturelle, et je me sentis fatigué. Il y avait dans l'air une pesanteur, une influence narcotique produite par l'action des rayons du soleil combinée avec le parfum des fleurs; cette influence agissait sur moi, je m'endormis.

Je ne dormis guère plus d'une heure, mais ce fut d'un sommeil agité par des rêves, et dans ce court espace de temps je passai par bien des incidents. Plus d'un tableau imaginaire apparut aux yeux de mon âme endormie, pour disparaître aussitôt. Chacune de ces visions était plus ou moins caractérisée; mais dans toutes je retrouvais deux personnes dont la tournure et les traits étaient nettement reproduits. Ces deux personnes étaient Eugénie et Aurore.

Gayarre aussi figurait dans mes rêves, ainsi que le misérable commandeur, Scipion, la douce figure de Reigart, et ce que je pouvais me rappeler du bon Antoine. Le malheureux capitaine du bateau à vapeur, le bateau lui-même, le *Magnolia*, et la scène du naufrage, tout cela se représentait à moi avec une netteté douloureuse!

Mais mes visions n'étaient pas toutes d'une nature désagréable. Quelques-unes, au contraire, étaient des scènes de félicité. J'errais en compagnie d'Aurore dans des clairières fleuries, échangeant avec elle de doux propos d'amour. L'endroit même où j'étais couché, le site environnant, étaient retracés dans mon rêve.

Ce qu'il y avait de plus bizarre, c'est que je voyais Eugénie avec nous, et qu'elle aussi était heureuse : elle avait consenti à mon mariage avec Aurore, et elle nous avait même aidés à arriver à ce résultat fortuné!

Dans ce rêve, Gayarre était le démon; je le voyais au bout de quelque temps cherchant à m'arracher Aurore. Une lutte s'engageait entre nous, et tout finissait brusquement d'une manière confuse.

Un nouveau tableau apparaissait, une nouvelle vision. Dans celle-ci, Eugénie jouait le rôle de l'esprit malin. Elle avait refusé de consentir à ma requête.... refusé de *vendre Aurore*. Je la voyais jalouse, hostile, disposée à la vengeance. Je rêvais qu'elle m'accablait d'imprécations et qu'elle menaçait ma fiancée; Aurore pleurait. Cette vision était douloureuse.

La scène changea encore. Aurore et moi nous étions heureux... elle était *libre*, elle m'appartenait, et nous étions mariés. Mais il y avait un nuage sur notre bonheur : *Eugénie était morte!*

Oui, morte! Je rêvais que je me penchais sur elle et que j'avais pris sa main. Tout à coup, ses doigts se refermaient sur les miens et les pressaient avec force. Ce contact me semblait désagréable; j'essayais de retirer ma main, mais je ne pouvais pas: mes doigts étaient retenus par cette froide étreinte, et, malgré tous mes efforts, je ne pouvais m'en délivrer! Tout à coup, je me sentis piqué, et au même instant la main glaciale lâcha prise et me laissa libre..

Cependant la sensation de la piqûre m'éveilla, et mes yeux se tournèrent machinalement sur ma main, où je sentais encore une douleur.

Mon poignet était entamé et saignant! Un sentiment d'horreur se répandit dans tout mon être, au moment où j'entendis le sker-r-rr du crotale résonner à mes oreilles, et où, jetant les yeux autour de moi, je vis le corps brillant du reptile allongé sur l'herbe, et fuyant avec rapidité!

CHAPITRE XXXII.

Piqué par un serpent.

La douleur n'était point un rêve, le sang qui coulait de mon poignet n'était pas une illusion. Tout était réel. Je venais d'être mordu par un *serpent à sonnettes*.

Frappé de terreur, je me relevai subitement par un mouvement tout à fait machinal, je passai ma main sur la blessure, j'en essuyai le sang. La piqûre était insignifiante : elle ressemblait à celle qu'aurait pu faire la pointe d'une lancette; il n'en sortait que quelques gouttes de sang.

La vue d'une pareille blessure aurait à peine effrayé un enfant; mais moi, homme, j'en étais terrifié, car je savais que cette petite piqûre avait été faite par un instrument terrible, par le dard venimeux d'un serpent, et que *je pouvais mourir en moins d'une heure.*

Ma première impulsion fut de poursuivre le serpent et de le détruire; mais, avant que j'y eusse cédé, le reptile était hors de mon atteinte. Un tronc creux se trouvait à une petite distance : c'était celui d'un énorme tulipier, dont le bois était rongé au cœur. Le serpent s'y était réfugié. C'était sans doute son repaire, et, avant que j'y fusse arrivé, je vis le corps long et fangeux de l'animal, parsemé de taches rhomboïdes, disparaître dans l'obscure cavité. Un autre sker-r-rr parvint à mes oreilles, au moment où ce corps disparaissait. Ce sifflement ressemblait à un cri de triomphe, destiné à me braver.

Le reptile était alors à l'abri de ma vengeance; d'ailleurs, il ne m'aurait servi de rien de le détruire. Sa mort ne pouvait empêcher l'effet du poison qui circulait déjà dans mes veines. Je le sentais bien, mais je l'aurais tué cependant, si j'avais pu le faire. J'étais rempli de colère et du désir de me venger.

Ce ne fut qu'un premier mouvement, qui se changea tout à coup en une impression de terreur. Le regard du reptile avait quelque chose de si diabolique, son attaque et sa fuite soudaines étaient si étranges, que, quand je le perdis de vue, je ressentis tout à coup une sorte de terreur surnaturelle, et m'imaginai que dans ce corps habitait une intelligence qui avait quelque chose d'infernal!

Cette impression me plongea pendant quelques instants dans une espèce de stupeur.

La vue du sang, et la sensation que me fit éprouver la

piqûre, me rappelèrent promptement à moi-même et me firent songer à la nécessité de chercher immédiatement un antidote contre le poison. Mais où me le procurer?

Que savais-je là-dessus? Je n'étais qu'un écolier classique. J'avais, à la vérité, consacré en dernier lieu quelque temps à des études botaniques ; mais mes nouvelles connaissances n'avaient rapport qu'aux arbres de la forêt, et pas un de ceux que j'avais appris à connaître ne possédait de vertus pharmaceutiques. Je ne savais rien des plantes herbacées, des racines laiteuses, ni des aristoloches qui auraient pu me servir alors. Les bois auraient pu être couverts de plantes salutaires, que je serais mort au milieu d'elles, sans me douter de leur efficacité. Oui, j'aurais pu m'étendre sur un lit de racines de seneca, et pousser mon dernier soupir au milieu d'horribles convulsions, sans me douter que le suc des humbles plantes écrasées par mon corps aurait en quelques heures détruit l'effet du poison qui circulait dans mes veines, en me rappelant à la vie et à la santé.

Je ne perdis pas de temps à spéculer sur ces moyens curatifs. Je n'eus qu'une pensée : ce fut d'aller trouver Reigart aussi vite que possible. Toutes mes espérances étaient concentrées sur Reigart.

Je ramassai aussitôt mon fusil, et, m'enfonçant de nouveau sous l'ombrage épais des cyprès, je marchai à pas précipités. Je courais aussi vite que mes jambes me le permettaient; mais le choc terrible qui m'avait frappé semblait avoir affaibli tout mon être, et mes genoux s'entre-choquaient pendant ma course.

Je m'efforçai de continuer, malgré ma faiblesse, sans penser à autre chose qu'à retourner à Bringiers et à y retrouver Reigart. Je franchissais des arbres abattus, des fourrés de roseaux, des massifs de palmiers nains et de papayers ; je passais en écartant les branches qui se croisaient sur ma route, et en me déchirant la peau à chaque pas. Je traversais des flaques d'eau croupissante; une boue épaisse et fangeuse, des mares gluantes pleines de reptiles affreux; j'écrasais le frai des grandes *rana pipiens*, dont le cri rauque et lugubre accompagnait le bruit de mes pas d'une manière sinistre. J'avançais sans relâche!

« Où suis-je? où est le chemin? où sont les traces de mes premiers pas? Grand Dieu! je ne les retrouve plus! Je suis perdu! perdu! »

Ces pensées se succédaient, rapides comme l'éclair. Je jetais autour de moi des regards avides. Je ne voyais pas de route, pas de traces, excepté celles que je venais de faire. Je ne découvrais aucune marque qui pût m'aider à rappeler mes souvenirs. J'avais perdu mon chemin. J'étais perdu à ne pouvoir en douter.

Je tressaillis de désespoir. Le sang se glaça dans mes veines à la pensée du péril où je me trouvais.

Qu'on ne s'en étonne pas. Si j'étais perdu dans la forêt, j'étais perdu sans remède. Une heure pouvait suffire. Pendant cet intervalle, le poison aurait produit son effet. Je ne serais plus trouvé que par les loups et les vautours. Grand Dieu!

Je me souvins alors, comme pour envisager mon sort avec plus de certitude, d'avoir entendu dire que la saison actuelle, le brûlant automne, était celle où le venin du crotale avait le plus de force et agissait avec la plus grande rapidité. On cite des cas où en moins d'une heure sa morsure est devenue mortelle.

« Dieu de miséricorde! pensai-je, encore une heure et je ne serai plus. »

Cette pensée fut suivie d'un soupir.

Le danger me fit renouveler mes efforts. Je retournai sur mes pas. Je croyais n'avoir rien de mieux à faire: car, dans le cercle sombre qui m'environnait, rien ne m'indiquait si j'approchais des plantations. Je ne pouvais apercevoir le ciel, dont l'aspect aimé annonce à l'homme errant dans les bois le voisinage des défrichements. Le ciel lui-même se dérobait à mes regards, et, quand je l'implorais en priant, mes yeux n'apercevaient que le feuillage épais et sombre des cyprès, couvert de sa draperie funèbre de *tillandsia*.

Je ne pouvais que retourner en arrière pour essayer de retrouver le chemin que j'avais perdu, ou errer au hasard en me confiant au destin.

Je choisis la première alternative. Je repartis de nouveau à travers les fourrés de roseaux et les taillis de palmiers nains; de nouveau je traversai les mares croupissantes, je franchis les étangs fangeux.

Je n'avais pas parcouru une centaine de yards sur les traces que j'avais faites, que celles-ci me parurent également douteuses. J'avais passé sur une petite éminence plus élevée et plus sèche que le reste du sol. Mes pas n'avaient laissé aucune empreinte dans cet endroit, et je ne savais pas la route que j'avais suivie. J'essayai plusieurs directions sans pouvoir retrouver mon chemin. Mes sens s'obscurcirent et je me troublai complétement. J'étais perdu de nouveau!

Être perdu en pleine forêt dans des circonstances ordinaires, c'eût été un accident de peu d'importance.... Une heure ou deux de recherches.... une nuit peut-être à passer à l'abri d'un arbre, avec le léger inconvénient d'avoir l'estomac vide. Mais la perspective était bien différente, assailli comme je l'étais par d'horribles pensées! Le poison s'inoculait rapidement; je croyais déjà le sentir se répandre dans mes veines!

Encore un effort pour sortir de la forêt!

Je m'élançai, me confiant cette fois au hasard. J'essayai de suivre une ligne droite, mais sans y parvenir. Les énormes rameaux si remarquables chez les conifères me barraient le chemin, et, en faisant un détour pour les éviter, je perdis bientôt de vue la direction que je voulais suivre.

J'errai à l'aventure, me traînant péniblement à travers les eaux stagnantes, enfonçant dans les marécages, ou grimpant sur de grands troncs abattus. Sur ma route, je faisais enfuir des milliers d'habitants de l'humide forêt, qui me saluaient de leurs cris. L'oiseau qua glapissait, le hibou de marais huait, la grenouille-bœuf faisait entendre son cri semblable à l'éclat de la trompette, et le hideux alligator, mugissant d'une manière horrible, entr'ouvrait ses mâchoires décharnées, s'écartait de mon chemin en rampant d'un air renfrogné, et semblait par moments prêt à s'élancer sur moi !

Ah ! voici la lumière, le ciel ! Ce n'était qu'une parcelle de la voûte céleste, un disque qui ne paraissait pas plus grand qu'une assiette. Mais vous ne sauriez comprendre avec quelle joie je l'aperçus. C'était pour moi ce qu'est le phare pour le marin égaré.

« Les défrichements doivent être là, » me dis-je.

Oui, je voyais le soleil briller à travers les arbres, et l'horizon s'agrandissait à mesure que j'avançais. Sans doute les plantations étaient devant moi. Une fois là, je traverserais les champs bien vite, et j'arriverais à la ville. Reigart saura à coup sûr anéantir le poison, ou lui opposer quelque antidote.

Je me dirigeai, le cœur plein d'espérance et l'œil ardent, sur la lueur brillante que j'avais devant moi.

Le point bleu grandit... d'autres parties du ciel se découvrirent... la forêt s'éclaircissait à mesure que j'avançais. J'approchais de la lisière des bois.

Le terrain devenait à chaque pas plus solide, et les arbres d'une dimension moindre. Les rejetons informes des cyprès n'arrêtaient plus mes pas ; je passais alors au milieu des tulipiers, des dogwoods et des magnolias. Les troncs de ces arbres étaient moins rapprochés les uns des autres ; leur feuillage était plus léger et donnait moins d'ombre ; enfin, j'arrivai à la lisière de ce taillis, et je me trouvai en plein soleil.

Un cri d'agonie s'échappa de mes lèvres. Le désespoir me l'avait arraché. Je venais d'arriver à mon point de départ. J'étais encore une fois dans la clairière!

Je ne cherchai pas à aller plus loin. La fatigue, le désappointement et le chagrin, paralysaient mes forces. Je me dirigeai en chancelant vers un arbre abattu, celui-là même qui avait abrité mon reptile assassin, et je m'assis irrésolu et hors de moi-même!

Je me croyais destiné à mourir dans ce lieu charmant, au milieu de ces fleurs éclatantes, dans cet endroit que je venais d'admirer si peu de temps auparavant, et à la place même où j'avais reçu ma fatale blessure.

CHAPITRE XXXIII.

Le marron.

L'homme quitte rarement la vie sans faire des efforts extraordinaires pour la conserver. Le désespoir est un sentiment puissant, mais il est des gens dont il ne peut abattre le courage. Plus tard, le mien n'aurait pas faibli dans les circonstances où je me trouvais; mais j'étais jeune alors, et je n'avais pas l'habitude du danger.

La paralysie de mon esprit ne fut pas de longue durée. Je revins à moi, et je résolus de faire un nouvel effort pour sauver mon existence.

Je n'avais pas conçu d'autre plan que de chercher encore à sortir du labyrinthe de bois et de marécages où je m'étais enfoncé, et de me diriger sur le village. Je croyais, en regardant le point par où j'avais pénétré la première fois dans la clairière, pouvoir retrouver la direction dans laquelle il était; mais il n'y avait là rien de certain;

ce n'était qu'une simple conjecture. J'étais entré dans la clairière sans songer à remarquer mon chemin. Je l'avais parcouru en tout sens avant de m'endormir. Peut-être en avais-je fait le tour avant d'y entrer, car j'avais erré toute la matinée.

Pendant que ces réflexions me passaient dans l'esprit, et que le désespoir commençait de nouveau à m'accabler, je me souvins tout à coup d'avoir entendu dire que le tabac était un antidote puissant contre le venin du serpent. Il était étrange que je n'y eusse pas songé plus tôt; mais ce n'est vraiment pas très-extraordinaire, car je ne m'étais préoccupé jusqu'alors que de retourner à Bringiers. N'ayant aucune confiance dans mon propre savoir, je n'avais pensé qu'au docteur : ce ne fut que quand je commençai à craindre de ne pas pouvoir arriver jusqu'à lui, que je réfléchis aux ressources qui se trouvaient à ma portée. Je me souvins alors du tabac. Je tirai mon porte-cigares avec la rapidité de l'éclair. A ma grande satisfaction, il me restait un cigare que je commençai à macérer en le mâchant. J'avais entendu dire qu'il fallait faire ainsi avant d'appliquer le tabac sur une morsure de serpent.

Bien que ma bouche fût d'abord desséchée, la plante amère excita rapidement la salivation, et j'eus en peu de temps, malgré quelques nausées et le quasi-empoisonnement produit par la nicotine, réduit les feuilles à l'état de pulpe.

J'appliquai l'emplâtre humide sur mon poignet, en l'introduisant presque dans la blessure par un frottement énergique. Je m'aperçus alors que j'avais le bras enflé jusqu'au coude d'une manière sensible, et je commençai à éprouver une douleur singulière qui s'étendait jusqu'à l'épaule. O Dieu ! le poison circulait, il circulait rapidement! Je m'imaginais le sentir comme un feu liquide qui s'infiltrait dans mon sang.

J'avais fait l'application de la nicotine sans y avoir

beaucoup de confiance. Je n'en avais entendu parler, comme d'un remède, que vaguement, et c'était peut-être là, pensais-je, un de ces mille on dit que le peuple aime à recueillir. Pour moi, je n'en avais usé que comme d'un moyen désespéré.

J'attachai l'emplâtre à mon poignet en arrachant une manche de ma chemise; puis je partis de nouveau dans la direction que je comptais suivre.

J'avais à peine avancé de trois pas, que je m'arrêtai tout à coup. Je venais de voir un homme en face de moi, sur la lisière du bois. Cet homme sortait des taillis vers lesquels je me dirigeais, et en m'apercevant, il s'était arrêté court, surpris probablement de rencontrer un autre homme dans ce lieu désert.

Je saluai son apparition d'un cri de joie. « Un guide! un libérateur ! » pensais-je.

Quel fut mon étonnement, mon chagrin, mon indignation, quand cet homme me tourna le dos subitement et, s'enfonçant dans les broussailles, disparut à mes yeux!

J'étais étonné de cette étrange conduite. Je venais d'apercevoir la figure de cet homme au moment où il s'était détourné; j'avais vu que c'était un nègre, et j'avais remarqué qu'il paraissait effrayé. Mais qu'y avait-il en moi qui pût l'épouvanter ?

Je lui criai de s'arrêter, de revenir sur ses pas. J'appelai d'un ton suppliant, puis avec l'accent du commandement, puis en menacant. Ce fut en vain. Il ne s'arrêtait pas. J'entendis craquer les branches dans le fourré; à chaque instant le bruit semblait s'éloigner.

Je n'avais que cette chance d'avoir un guide, il ne fallait pas la perdre; et, rassemblant mes forces pour courir, je m'élançai sur ses traces.

Si je possède une qualité physique en laquelle j'aie confiance, c'est ma rapidité à courir. A cette époque, un coureur indien n'aurait pu m'échapper; à plus forte raison un nègre mal bâti. Je savais que, si je pouvais apercevoir ce nègre, je l'atteindrais promptement; mais là était la difficulté. Mon hésitation lui avait permis de prendre une avance considérable, et il était alors hors de vue dans les profondeurs du taillis.

Mais je l'entendais briser les branches comme un sanglier, et en me guidant sur ce bruit, je continuai ma poursuite.

J'étais déjà quelque peu exténué par mes tentatives précédentes ; mais la conviction que *ma vie dépendait de mes efforts pour atteindre le nègre*, donna à mon énergie une vigueur nouvelle, et je courus comme un lévrier. Malheureusement, ce n'était pas une question de vitesse seulement; autrement la chasse eût été bientôt terminée. La difficulté commença dans les broussailles; et, quand il fallut prendre des détours à cause des arbres, je m'embarrassai plus d'une fois dans les branches, et je dus faire plus d'un zigzag avant de pouvoir distinguer l'objet de ma poursuite.

Je finis cependant par réussir. Le taillis finissait. Les troncs informes des cyprès surgissaient seuls sur la surface du terrain noir et fangeux. J'aperçus à bonne distance, dans l'obscurité de la forêt, le nègre qui courait encore avec toute la vitesse dont il était susceptible. Heureusement ses vêtements étaient de couleur claire : car je n'aurais pu le distinguer dans l'ombre épaisse projetée par le feuillage. Je ne fis même que l'apercevoir et à une assez grande distance.

Mais j'avais dépassé les taillis, et je pouvais courir librement. La vitesse était tout désormais. Moins de cinq minutes après, j'étais presque sur les talons du noir, et je lui criais de faire halte.

« Arrêtez ! criais-je. Pour l'amour de Dieu, arrêtez ! »

Il ne tint pas compte de mon appel. Il ne tourna même pas la tête, et continua à courir en faisant jaillir la vase autour de lui.

« Arrêtez! répétai-je aussi fort que ma respiration haletante me le permettait. Arrêtez, mon garçon! Pourquoi vous sauvez-vous de moi? Je ne veux pas vous faire de mal. »

Ces paroles ne produisirent pas plus d'effet. Pas de réponse. Je m'imaginai, au contraire, qu'il redoublait de vitesse, ou bien peut-être avait-il traversé la partie fangeuse où je venais d'entrer, et courait-il sur un terrain solide.

Il me sembla que la distance qui nous séparait augmentait de nouveau, et je commençai à craindre qu'il ne pût encore m'échapper. Je sentais que ma vie dépendait de là. Si je n'avais pas ce noir pour me guider hors de la forêt, je périrais misérablement. Il *fallait* qu'il fût mon guide. De gré ou de force, je l'y obligerais.

« Arrêtez, criai-je encore. Arrêtez, ou je fais feu! »

J'avais levé mon fusil. Les deux coups étaient chargés. J'avais parlé très-sérieusement. J'aurais vraiment tiré, non pas pour le tuer, mais pour l'arrêter. Je l'aurais blessé, mais je ne pouvais faire autrement. Je n'avais pas le choix, c'était le seul moyen qui me restât de sauver ma vie.

Je répétai l'ordre menaçant :

« Arrêtez, ou je tire! »

Cette fois, le ton de mes paroles était grave. Il ne laissait aucun doute sur mes intentions. Le noir parut frappé de cette conviction, car il s'arrêta tout à coup et se tourna de mon côté, de manière à me faire face.

« Faites feu, et soyez damné! s'écria-t-il. Vous fai'e attention, blanc; vous pas manque'. Pa' Dieu tout-puissant! si vous manque', vot' vie est à moi. Voyez ce couteau! Maintenant, faites feu, et soyez damné! »

Il me regardait droit en face pendant qu'il parlait; sa large poitrine était découverte, comme s'il l'eût courageusement offerte aux coups, et j'aperçus dans sa main la lame brillante d'un couteau qu'il levait.

Quelques pas m'amenèrent près de lui, et je reconnus dans l'homme qui était devant moi les formes et l'aspect féroces de *Gabriel le Bambarra !*

CHAPITRE XXXIV.

Gabriel le Bambara.

La haute stature du noir, son attitude déterminée, l'éclat sinistre de ses yeux injectés de sang, animés par une résolution désespérée, ses dents blanches et aiguës, faisaient de lui quelque chose de terrible à contempler. Dans d'autres circonstances, j'aurais pu craindre une rencontre avec un adversaire d'une apparence aussi atroce, car je le prenais pour un *adversaire.* Je me rappelais le coup de fouet que je lui avais appliqué, et je ne doutais pas qu'il ne s'en souvînt aussi. Je ne doutais pas qu'il ne fût alors occupé de sa vengeance, animé en partie par l'injure que je lui avais faite, et en partie par son lâche maître. Il m'avait suivi à la piste dans la forêt, toute la journée peut-être, attendant une occasion favorable pour exécuter son projet.

Mais pourquoi me fuyait-il ? Craignait-il de m'attaquer ouvertement ? Évidemment, il avait peur de mon fusil à deux coups !

Mais j'avais dormi. Il aurait pu alors s'approcher de moi, il aurait pu.... « Ah ! »

Cette exclamation s'échappa de mes lèvres au moment où une pensée singulière me venait à l'esprit. Le Bambara était un charmeur de serpents, je l'avais entendu dire; il pouvait toucher aux serpents les plus venimeux, il pouvait les guider et les diriger à sa volonté ! N'était-ce pas lui qui avait amené le crotale à l'endroit où j'étais couché, et qui m'avait fait mordre par ce reptile ?

Quelque étrange que cela puisse paraître, cette supposition me vint alors à l'idée et me parut probable ; il y a plus, j'y *croyais* en ce moment-là. Je me rappelais que j'avais été frappé d'une particularité à propos de ce serpent ; son regard diabolique, la ruse supérieure qu'il avait montrée dans sa manière de fuir, et ce fait non moins remarquable qu'il m'avait piqué sans avoir été provoqué, ce que fait rarement le serpent à sonnettes : toutes ces choses me vinrent en même temps à l'esprit, et me convainquirent que je devais cette blessure fatale à Gabriel le charmeur de serpents, et non pas au hasard.

Je ne fus pas la moitié, la dixième, la centième partie du temps que je mets à vous le dire, à me faire cette horrible conviction. Cela fut rapide comme la pensée, d'autant plus que les circonstances qui m'amenaient à une pareille conclusion étaient toutes fraîches dans ma mémoire. Le noir gardait son attitude menaçante, et moi celle de la surprise que j'avais éprouvée en le reconnaissant, pendant que toutes ces idées me trottaient dans l'esprit !

Ma singulière illusion se dissipa. Je fus convaincu en un instant que mes soupçons étaient injustes. J'avais mal jugé l'homme qui était devant moi.

Son attitude avait changé tout à coup. Il laissa retomber le bras qu'il avait levé, l'expression de menace sauvage disparut de sa physionomie, et il dit d'un ton aussi doux que sa voix le lui permettait :

« Oh ! vous môsieu' ami des noi's ! Diable ! moi c'oir'e c'était maudit fouetteu' yankee !

— Et c'était pour cela que vous vous sauviez de moi ?

— Oui', môsieu' ; pour ça bien sû' !

— Alors vous êtes...?

— Moi ma'on [1], oui, môsieu', ma'on, m'est égal de di'e à vous. Gab'iel confiance en vous. Moi savoi' vous ami des pauv'es noi's : 'ega'dez ça. »

En disant ces derniers mots, il écarta le haillon couleur de cuivre qui couvrait ses épaules, et mit son dos à nu sous mes yeux !

C'était quelque chose d'affreux. Outre la *fleur de lis*, et plusieurs autres marques anciennes, il y avait des blessures plus récentes. Sa peau brune était sillonnée dans tous les sens par de longues traces pourpres et gonflées, qui formaient un véritable réseau. Dans un endroit ces traces avaient la couleur plus sombre du sang extravasé, et dans un autre la chair avait été dénudée par les lanières de peau de vache tressées en spirale. La vieille chemise était aussi tachée par des caillots noirs qui avaient été rouges autrefois : ils provenaient du sang qui avait jailli pendant le châtiment. Tout cela me fit mal au cœur, et me fit pousser involontairement ce cri :

« Pauvre diable ! »

Cette expression sympathique toucha évidemment le cœur rude du Bambara.

« Ah ! môsieu', continua-t-il, vous fouétte' moi avec fouet de cheval, ça 'ien ! Gab'iel bénit vous pou' ça. Lui pompe' eau su' vieux Scip, malg'é lui ; bien content quand môsieu' chassé lui de la pompe.

— Ah ! vous y étiez donc forcé ?

— Oui, môsieu', fo'cé pa' commandeu' yankee. Lui essaye' enco'e une aut'e fois. Moi pas vouloi' puni' Scip aut'e fois... C'est pou' ça vous voi' mon dos comme ça.... Diable !

— Vous avez été fouetté pour avoir refusé de punir Scipion ?

1. *Marron* est le terme dont on se sert pour désigner les nègres qui se sauvent dans les bois afin de se soustraire à l'esclavage. (*Note du traducteur.*)

— Ça même, môsieu' Édoua'd; t'aité comme vous peut voi'; mais... » Ici il hésita, et sa figure reprit une expression sauvage. « Mais, continua-t-il, moi venge' su' Yankee.... Diable!

— Comment? vengé? Qu'est-ce que vous lui avez fait?

— Oh! pas g'and chose, môsieu'. Jeté lui pa' te'e; lui tombé comme un bœuf. Ça petite vengeance à pauv'e nèg'e. Et puis, moi ma'on, ça aussi vengeance! Ha! ha! lui pe'd'e bon nèg'e, bon t'availleu' dans les champs de coton, bon t'availleu' dans les cannes à suc'e, ha! ha! »

Le rire rauque que le marron fit entendre pour exprimer sa satisfaction résonna d'une manière étrange à mes oreilles.

« Et vous vous êtes enfui de la plantation?

— Ça même, môsieu' Édoua'd, jamais 'etou'né. » Après un moment de silence, il ajouta avec plus d'emphase : « Jamais 'etou'né vivant! »

En disant ces mots, il leva sa main sur sa poitrine, et prit une attitude de détermination irrévocable.

Je vis immédiatement que je m'étais trompé sur le caractère de cet homme. Il m'avait été dépeint par ses ennemis, les blancs, qui le détestaient. Malgré la férocité qui caractérisait sa physionomie, il y avait évidemment quelque chose d'élevé dans son cœur. Il avait été fouetté pour avoir refusé de fouetter un compagnon d'esclavage. Il avait été outré de cette punition, et avait terrassé son brutal oppresseur. En se conduisant ainsi, il courait risque d'un châtiment encore plus terrible.... il pouvait perdre la vie!

Il fallait du courage pour agir de la sorte. L'amour de la liberté pouvait seul lui avoir donné ce courage; il avait dû être animé par le même sentiment qui avait poussé le patriote suisse à abattre le chapeau de Gessler.

Au moment où le nègre se posa devant moi, en appuyant ses doigts épais et musculeux sur sa poitrine, sa taille redressée, sa tête rejetée en arrière, et ses yeux brillant d'une résolution indomptable, je fus frappé de l'air de grandeur qu'il y avait en lui, et je ne pus m'empêcher de penser que sous cette enveloppe noire, à peine vêtue d'une étoffe grossière, il y avait l'âme et l'esprit d'un homme.

CHAPITRE XXXV.

Le médecin des serpents.

Je regardai pendant quelque temps avec admiration ce hardi noir, cet esclave, ce héros. Je l'aurais contemplé plus longtemps, si mon bras, qui me brûlait, ne m'eût rappelé ma périlleuse situation.

« Vous allez me guider à Bringiers? fut la question que je lui adressai brusquement.

— Moi pas ose', môsieu'.

— Vous n'osez pas ; pourquoi?

— Môsieu' oublie moi ma'on. Blancs p'end'e Gab'iel. Coupé b'as lui.

— Comment? Vous couper le bras?

— Bien sû', môsieu'. La loi de Louisiane, blanc f'appé nèg'e, tout le monde 'i'e, tout le monde c'ie' : « Tapez co- « quin de noi'! tapez lui! » Noi' f'appé blanc, coupé b'as du noi'! Moi bien vouloi' obligé môsieu' Édoua'd, mais pas osé so'ti' du bois. Blanc cou'i' ap'ès Gab'iel depuis deux jou's. Maudits chiens et chasseu's de nèg'es suiv'e moi à la piste. Moi c'oi'e vous un d'eux, comme ça, moi cou'i'.

— Si vous ne me guidez pas, il faut que je meure.

— Mou'i'! mou'i'! Pou'quoi vous di'e ça?

— Parce que je suis perdu. Je ne peux pas sortir de la

forêt. Si je ne trouve pas le docteur d'ici à vingt minutes, il n'y a plus d'espoir. O Dieu !

—Docteu' ! môsieu' Édoua'd malade? Quoi vous teni'? vous di'e à Gab'iel. Alo's, moi guidé ami des noi's, moi 'isqué ma vie. Quoi vous teni' ?

— Voyez! J'ai été mordu par un serpent à sonnettes.»

Je découvris mon bras, et je montrai la blessure et le gonflement.

« Oh ! ça même bien sû', mo'du pa' se'pent sonnettes. Docteu' pas bon pou' ça. Jus de tabac pas bon. Gab'iel bon médecin pou' se'pent sonnettes. Vous veni' avec moi.

— Quoi! vous allez me conduire alors?

—Moi teni' quelque chose pou' gué'i' vous.

—Vous?

—Oui, môsieu'! Moi, di'e vous docteu' pas bon.... pas connaît'e 'ien à cela.... Lui, tue' vous.... Vous confiance à vieux Gab'.... Lui, gué'i' vous. Vous veni' avec moi, pas pe'd'e de temps.»

J'avais alors oublié la réputation dont jouissait ce noir, celle de charmeur de serpents et aussi celle de docteur contre les serpents, quoique j'y eusse pensé peu de temps auparavant. Ce souvenir me revint, accompagné de réflexions bien différentes.

« Sans doute, me dis-je, il possède le savoir nécessaire, il connaît l'antidote, et la manière dont il faut l'appliquer ; c'est bien l'homme qui me convient. Peut-être, comme il dit, le docteur ne saurait-il pas me traiter.»

Je n'avais pas beaucoup espéré que le docteur me guérirait. Je ne courais vers lui qu'*en dernier ressort*, pour ainsi dire.

«Ce Gabriel, ce charmeur de serpents, est bien mon homme. Que je suis heureux de l'avoir rencontré!»

Après un moment d'hésitation, qui dura le temps que je mis à faire ces réflexions, j'appelai le noir. « Marchez devant! je vous suis!»

Où avait-il l'intention de me conduire? Qu'allait-il faire? Où trouverait-il un antidote? Comment allait-il me guérir?

A ces questions posées à la hâte, je ne recevais pas de réponse.

« Vous confiance en moi, môsieu' Édoua'd; vous suiv'e moi! » furent les seules paroles que le noir voulut prononcer en marchant entre les arbres.

Je ne pouvais que le suivre.

Après avoir parcouru une centaine de yards dans le marais des cyprès, j'aperçus devant nous quelques portions du ciel. Cela indiquait une éclaircie du bois, et je vis que mon guide se dirigeait de ce côté. Je ne fus pas surpris en arrivant à cette éclaircie de retrouver la clairière.... encore la fatale clairière!

Son aspect était bien changé à mes yeux! Je ne pouvais supporter l'éclat du soleil qui brillait au-dessus d'elle. La vivacité de couleur des fleurs qui l'ornaient fatiguait mes yeux. Le parfum de ces fleurs me rendait malade!

Peut-être n'était-ce qu'un effet d'imagination. J'étais malade, mais la cause était bien différente. Le poison se répandait dans mon sang; il mettait mes veines en feu. J'étais dévoré d'une soif ardente, et je sentais déjà sur la poitrine cette pesanteur spasmodique et cette difficulté de respiration, qui sont les symptômes bien connus de l'empoisonnement par la piqûre du serpent.

Il est probable que mon imagination fit la plus grande partie de tout cela. Je savais qu'un serpent venimeux m'avait mordu, et cela pouvait avoir surexcité mes esprits jusqu'à me rendre d'une extrême sensibilité. Que les symptômes fussent réels ou non, toujours est-il que je souffrais. La souffrance imaginaire était aussi douloureuse qu'aurait pu être la réalité!

Mon compagnon me fit asseoir : se remuer, disait-il, ne valait rien. Il m'ordonna d'être calme et patient, et me pria de nouveau d'avoir confiance en lui.

Je résolus de rester en repos, mais je ne pouvais être patient. Le danger était trop grand.

J'obéis physiquement. Je m'assis sur un tronc, le même tronc de liriodendron, et à l'ombre d'un arbre. J'attendis, avec toute la patience possible, les ordres du docteur des serpents. Il s'était écarté un peu, et parcourait la clairière, en fixant les yeux sur le sol. Il avait l'air de chercher quelque chose.

« Quelque plante, pensai-je, qu'il s'attend à trouver ici. »

Je surveillais ses mouvements avec un intérêt plus qu'ordinaire, j'ai à peine besoin de le dire. Il suffit de savoir que ma vie dépendait du résultat de ses recherches. Son succès ou son insuccès était pour moi la vie ou la mort.

Comme mon cœur bondit quand je le vis se pencher en avant, s'incliner encore, comme pour arracher quelque chose du sol ! Une exclamation de joie qui s'échappa de ses lèvres fut répétée sur un ton plus élevé par les miennes ; j'oubliai sa recommandation de rester tranquille, et je m'élançai de mon arbre en courant vers lui.

Quand j'approchai, il était à genoux, creusant avec son couteau la terre autour d'une plante, comme s'il eût voulu la prendre par les racines. C'était une petite plante herbacée, à tige simple et droite, aux feuilles oblongues et lancéolées, terminée par des fleurs blanches qui n'avaient rien de remarquable. Je ne la connaissais pas alors. C'était la célèbre racine de serpent (*polygala senega*).

En peu d'instants, Gabriel enleva la terre, puis retira la plante, et la secoua pour dégager les racines. Je remarquai qu'une quantité de tiges souterraines ligneuses et contournées, un peu plus épaisses que celles de la salsepareille, adhéraient à la tige. Elles étaient couvertes d'une écorce cendrée, et n'avaient aucune odeur. Dans les fibres de ces racines se trouvait le suc qui devait me sauver la vie !

Nous ne perdîmes pas une minute pour faire les préparatifs. Il n'y avait ni hiéroglyphe ni phraséologie latine dans la prescription du charmeur de serpents. « Mâchez! » Et en me faisant cette simple ordonnance, il me mit dans la main un morceau de racine dont il avait gratté l'écorce. Je fis ce qu'il me disait, et en un moment je réduisis la racine en bouillie, en avalant le jus bienfaisant qui en sortait.

Le goût me parut d'abord fade, et me donna une légère nausée; mais en continuant à mâcher, j'éprouvai une chaleur piquante, qui me causa une sensation particulière, comme si l'on m'eût chatouillé l'arrière-bouche et la gorge.

Le noir courut alors vers le ruisseau le plus rapproché, remplit d'eau un de ses *brogans*, et revint laver mon poignet, jusqu'à ce que le jus de tabac fût complétement enlevé. Après avoir mâché lui-même une certaine quantité des feuilles de la plante, de manière à en former une espèce de pulpe, il les appliqua sur la partie mordue, et banda la blessure comme elle l'était auparavant.

Tout ce qui pouvait être fait venait de l'être. Il me recommanda d'attendre patiemment et sans crainte le résultat.

Au bout de très-peu de temps, une transpiration abondante me couvrit tout le corps, et je commençai à expectorer facilement. Je sentis, en outre, une forte envie de vomir, et j'aurais vomi en effet si j'avais avalé un peu plus du jus de la racine que j'avais mâchée : car, prise à forte dose, c'est un vomitif puissant.

Mais, au milieu de toutes les sensations que j'éprouvai alors, la plus agréable fut la persuasion que *j'étais sauvé.*

Il est bizarre de dire que cette persuasion avait presque la force d'une certitude. Je ne doutais plus de l'habileté du docteur des serpents.

CHAPITRE XXXVI.

Le crotale enchanté.

J'étais destiné à avoir d'autres preuves de l'habileté de ma nouvelle connaissance.

Je ressentais une joie naturelle chez quelqu'un qui a échappé à la mort d'une façon singulière, presque miraculeuse. J'étais comme un homme qui a failli se noyer, qui se retire intact d'un champ de carnage, qui échappe à l'étreinte même de l'agonie. La réaction était délicieuse. J'éprouvais en même temps de la reconnaissance pour mon sauveur. Je me sentais disposé à embrasser mon compagnon noir comme un frère, malgré sa couleur et son aspect sauvage.

Nous étions assis côte à côte sur le tronc d'arbre, et nous causions joyeusement, aussi joyeusement que peuvent le faire deux hommes dont l'avenir est sombre et incertain. Hélas! il en était ainsi pour nous. Mon avenir m'avait paru menaçant depuis quelques jours ; et le sien.... que serait-il, pauvre ilote?

Mais au milieu de la plus profonde tristesse l'esprit a des éclairs de gaieté. La nature ne permet pas que le chagrin soit incessant, et l'esprit s'élève par instants au-dessus de l'affliction. J'étais alors dans un de ces moments d'élan. Mon cœur était joyeux et reconnaissant. J'éprouvais de l'affection pour cet esclave, ce marron, et j'étais heureux de sa société.

Il était naturel que notre conversation roulât sur les serpents et sur les racines à serpents ; il me raconta plus d'une histoire sur la vie des reptiles. Un herpétologue m'aurait envié l'heure que je passai sur un tronc d'arbre, en compagnie de Gabriel le Bambara.

Au milieu de notre conversation, mon compagnon me demanda tout à coup si j'avais tué le serpent qui m'avait mordu.

« Non, répondis-je. Il s'est sauvé.

— Sauvé, môsieu' ! Comment vous laissé sauve' lui ?

— Il s'est réfugié dans un tronc d'arbre creux ; celui-là même sur lequel nous sommes assis. »

Les yeux du nègre brillèrent de satisfaction.

« Diable ! s'écria-t-il en se mettant debout ; môsieu' dit le se'pent dans ce t'onc ! Diable ! répéta-t-il, si cette ve'mine êt'e dans ce t'onc, Gab'iel p'end'e lui bien vite.

— Comment ! vous n'avez pas de hache !

— Moi pas besoin de hache pou' ça.

— Comment pourrez-vous alors atteindre le serpent ? Allez-vous brûler cet arbre ?

— Oh ! feu pas bon. Ça b'ûle' un mois. Feu pas bon ! hommes blancs voi' fumée, eux c'oi'e fumée faite pa' ma'on, et alo's les chiens veni'. Nèg'e pas osé fai'e feu pou' ça.

— Comment donc ferez-vous ?

— Vous attend'e un peu, môsieu' Édoua'd, vous voi'. Moi p'end'e se'pent sonnettes. Vous 'esté t'anquille, môsieu' ; vous pas pa'lé ; mauvaise bête entend'e tout. »

Le noir parlait à voix basse, en faisant sans bruit le tour du tronc d'arbre. Je suivis ses instructions, et, tout en restant parfaitement immobile, je surveillais les mouvements de mon étrange compagnon.

Quelques jeunes pousses de bambou américain (*arundo gigantea*) croissaient près de nous. Gabriel en coupa quelques-unes avec son couteau ; puis il affila leurs extrémités inférieures, et les planta dans le sol près du tronc d'arbre. Il disposa ces petits roseaux comme les cordes d'une harpe ; seulement il les plaça plus près l'un de l'autre. Il prit ensuite un petit arbuste dans le fourré, et le dépouilla entièrement, jusqu'à ce qu'il ne restât plus qu'une baguette droite et fourchue à une des extrémités. Avec cette baguette d'une main et un roseau fendu dans l'autre, il se mit à plat ventre sur le tronc d'arbre, de façon à ce que sa figure se trouvât directement au-dessus de la cavité. Il était de la sorte près de la rangée de bambous, et pouvait y atteindre facilement en allongeant la main. Ses dispositions étaient alors achevées, et le charme commença.

Après avoir mis à sa portée la baguette fourchue, il prit le morceau de bambou fendu, et le promena de droite à gauche et de gauche à droite sur la ligne de bambous plantés en terre. Cette manœuvre fit un bruit semblable au sker-r-rr du serpent à sonnettes ; tellement semblable qu'on s'y serait certainement mépris ; tellement semblable que le noir sut bien que le reptile s'y tromperait. Cependant il ne se fia pas seulement à cela pour attirer sa victime. Aidé par un instrument qu'il avait fabriqué à la hâte avec les feuilles lancéolées du bambou, il imita en même temps le cri et le gazouillement du cardinal-rouge (*loxia cardinalis*), quand cet oiseau lutte contre un serpent, une sarigue, ou tout autre de ses ennemis habituels. Les sons étaient exactement les mêmes que ceux que l'on entend dans les profondeurs des forêts d'Amérique, quand le terrible crotale ravage le nid du rossignol de Virginie.

Le stratagème réussit. Au bout de peu d'instants, la tête allongée du reptile parut en dehors de la cavité. Sa langue fourchue sortait à de courts intervalles, et ses petits yeux noirs brillaient de fureur. Il annonçait, par le bruit qui lui est particulier, sa détermination de prendre part à la lutte qu'il croyait engagée hors de son repaire.

Il était sorti de presque toute sa longueur, et paraissait avoir découvert la fraude, car il se retourna pour se retirer. Mais le crotale est un des serpents les plus paresseux, et, avant qu'il eût pu rentrer dans l'arbre, la baguette fourchue s'abaissait sur son cou et le clouait sur le sol.

Son corps se tordit alors sur l'herbe dans des convulsions inutiles.... c'était un spectacle formidable. Le serpent était un des plus grands de son espèce, et aussi gros que le poignet du Bambara. Celui-ci était lui-même étonné de ses dimensions, et il m'assura que c'était le plus grand de ce genre qu'il eût jamais rencontré.

Je m'attendais à voir le noir mettre fin aux efforts de l'animal en le tuant, et j'essayai de l'aider avec mon fusil.

« Non, môsieu', cria-t-il d'un ton suppliant, pou' amou' de Dieu tout-puissant! vous pas ti'e'. Môsieu' pas pense' que moi nèg'e ma'on. »

Je compris ce qu'il voulait dire, et je baissai mon arme.

« Et puis, continua-t-il, moi mont'é enco' que'que chose à môsieu'; môsieu' aime' choses cu'ieuses, aime' voi' les fa'ces du g'os se'pent? »

Je répondis affirmativement.

« Bien, alo's, môsieu', s'il vous plaît, p'end'e cette baguette. Moi che'che' que'que chose. Moi voi' plante bien cu'ieuse, bien cu'ieuse, plante bien 'a'e. Moi la voi' dans les 'oseaux. Tenez bien, môsieu', moi alle' p'end'e elle. »

Je saisis la baguette, et la tins comme il le désirait, non pas toutefois sans concevoir quelque crainte du hideux reptile qui se roulait et se tordait à mes pieds. Je n'avais cependant rien à redouter. La fourche était juste sur la partie la plus mince du cou de l'animal, qui ne pouvait pas lever la tête pour me piquer. Malgré ses dimensions, son dard seul était à craindre : car le crotale, différent des serpents du genre constrictor, n'a qu'une très-petite force de compression.

Gabriel était entré dans le taillis; je le vis revenir quelques minutes après. Il portait à la main une plante qu'il avait arrachée, comme l'autre, par les racines. C'était comme la première une herbacée, mais d'une apparence très-différente. Les feuilles de cette nouvelle plante avaient la forme d'un cœur très-effilé; la tige était sinueuse, et les fleurs étaient d'un pourpre sombre.

Pendant que le noir s'approchait, je vis qu'il mâchait des morceaux de la racine et des feuilles. Que voulait-il faire ?

Je ne restai pas longtemps en suspens. Dès qu'il m'eut rejoint, il se pencha et cracha une certaine quantité de jus sur la tête du serpent. Puis il me prit la baguette que je tenais à la main, l'arracha de terre et la jeta au loin.

Le serpent était désormais libre, à ma grande frayeur; je ne perdis pas de temps pour sauter en arrière, et je montai sur le tronc.

Au lieu de cela, mon compagnon se pencha de nouveau, saisit le hideux reptile, le leva sans crainte, et se l'enroula autour du cou avec autant de sang-froid que si c'eût été un bout de corde!

Le serpent ne fit aucun effort pour le mordre. Il ne chercha pas non plus à s'échapper. Il paraissait au contraire stupéfié, et incapable de nuire!

Après avoir joué avec l'animal pendant quelques instants, le Bambara le jeta à terre. Une fois là, le serpent ne fit aucun effort pour fuir!

Le charmeur se tourna alors vers moi, et me dit d'un air de triomphe :

« Maintenant, môsieu' Édoua'd, vous vengé. Voyez ça! »

Pendant qu'il parlait, il appuya le pouce contre l'arrière-bouche du serpent, de manière à lui faire ouvrir la gueule toute grande. Je pus distinguer alors ses terribles dents et ses glandes à poison. Puis le noir approcha la tête de l'animal de ses lèvres, lui injecta dans le gosier sa salive noirâtre, et le rejeta de nouveau par terre. Jusqu'alors il n'avait pas usé de violence, il n'avait rien fait qui me parût capable de tuer un animal dont la vie est aussi dure que celle du serpent, et je m'attendais encore à voir le reptile s'échapper. Il n'en fut pas ainsi cependant. L'animal ne chercha pas à bouger de place, mais resta étendu en longs anneaux irréguliers, et sans autre mouvement appréciable qu'un léger tremblement de corps. Moins de deux minutes après ce mouvement cessa, et le serpent eut tout à fait l'air d'être mort !

« Lui, mo', môsieu', répondit le noir à mon coup d'œil interrogateur, mo', comme Jules Césa'.

— Et quelle est cette plante, Gabriel?

— Ah ! ça g'ande he'be, môsieu', ça plante 'a'e, t'ès 'a'e. Vous mangé un peu, jamais se'pent mo'd'e vous, comme vous voi' tout de suite. Ça plante du cha'meu' de se'pents. »

La science botanique de mon noir compagnon ne s'étendait pas plus loin. Plus tard, cependant, je fus à même de classer son *charme*, qui n'était autre que l'*aristolochia serpentaria*, espèce très-voisine du *bejuco de guaco*, cette plante médicinale devenue si célèbre par les écrits de Mutis et de Humboldt.

Mon compagnon me pria ensuite de mâcher un peu des racines : car, bien qu'il eût pleine confiance dans l'autre remède, il ne voyait pas d'inconvénient à prendre une double précaution. Il exalta les vertus de la plante qu'il venait de trouver en dernier lieu, et me dit qu'il m'en aurait fait prendre de préférence à la racine seneca, mais qu'il avait désespéré de la trouver, car on la rencontrait rarement dans cette partie du pays.

Je consentis à sa demande avec empressement, et j'avalai une certaine quantité du jus. Il me produisit, comme celui de la racine seneca, une sensation chaude et piquante, et je lui trouvai quelque chose du goût du camphre. Mais le polygala est tout à fait inodore, tandis que le guaco a une forte odeur aromatique qui ressemble à celle de la valériane.

J'avais déjà éprouvé quelque soulagement : ce nouveau remède m'en fit sentir un presque subit. En très-peu de temps le gonflement disparut tout à fait; et, si je n'avais pas eu le poignet enveloppé de linge, j'aurais oublié que j'avais été blessé.

CHAPITRE XXXVII.

La piste tuée.

Une heure au plus s'était écoulée depuis notre arrivée dans la clairière, qui ne me paraissait plus aussi terrible. Les fleurs avaient repris à mes yeux leur éclat brillant; leur parfum me semblait encore doux à respirer. Le chant des oiseaux et le bourdonnement des insectes frappaient de nouveau mes oreilles d'une manière agréable, et j'entendis, comme la première fois où j'avais pénétré dans cet endroit, le doux roucoulement des jolies tourterelles qui répétaient tendrement leur chant d'amour.

J'aurais volontiers séjourné plus longtemps dans ce lieu charmant, j'aurais joui volontiers longtemps de ces beautés de la nature, si l'esprit ne devait pas toujours finir par céder à la matière. J'éprouvai les sensations de la faim, et mon appétit commença bientôt à me tourmenter.

Où pourrais-je me satisfaire? où trouverais-je des aliments? Je ne pouvais demander à mon compagnon de me conduire aux plantations, depuis que je savais le danger qu'il courait en le faisant. Je savais qu'il avait dit vrai en m'apprenant que *la perte d'un bras, peut-être de son existence*, serait le résultat de sa capture. Il y avait peu d'espoir de merci pour lui, d'autant qu'il n'avait pas de maître pour le protéger, et que personne n'était intéressé à s'opposer à sa mutilation.

En approchant du pays ouvert sur la limite des défrichements, il courait risque non-seulement d'être aperçu, mais, ce qu'il craignait encore plus, d'être *traqué par les chiens!* Cette manière de poursuivre les nègres marrons n'était pas sans exemple, et il y avait même des blancs assez vils pour en faire une profession! C'est ce que m'apprit mon compagnon. Son récit me fut confirmé depuis *par ma propre expérience!*

J'étais affamé. Que fallait-il faire? Je ne pouvais trouver mon chemin tout seul. Je pouvais me perdre de nouveau et passer la nuit dans le marécage. Qu'y avait-il de mieux à faire?

Je m'adressai à mon compagnon. Il était silencieux depuis quelque temps, occupé de ses propres pensées. Elles roulaient sur le même sujet que les miennes. Le brave garçon ne m'avait pas oublié.

« Justement, nèg'e pensé ça, répliqua-t-il. Bien, môsieu', continua-t-il, quand soleil couché, moi condui'e vous, moi pas peu' alo's. Gab'iel allé avec vous p'ès du chemin de la levée. Môsieu' attend'e soleil couché.

— Mais....

— Môsieu teni' faim? » demanda-t-il en m'interrompant.

Je fis signe que oui.

« Moi pensé ça. Pas g'and chose à mangé ici, excepté ce vieux se'pent. Môsieu' pas vouloi' mangé se'pent: nè'ge mangé lui. Fai'e cui'e lui la nuit, quand fumée pas vue pa' dessus les bois. Moi teni' une place pou' fai'e cui'e lui, môsieu' ve'a. Gab'iel confiance à môsieu' Édoua'd; condui'e lui à cachette du ma'on. »

Pendant qu'il parlait, il avait déjà séparé du corps la tête du reptile; après avoir piqué le cou et la queue ensemble avec un bâton pointu, il enleva le corps brillant, le jeta sur ses épaules, et se disposa à partir.

« Vous veni' maintenant, môsieu', continua-t-il, vous

veni' avec vieux Gab'; lui t'ouvé que'que chose à mangé pou' vous. »

En parlant ainsi, il entra dans le taillis.

Je ramassai mon fusil et je le suivis; ne voyant rien de mieux. Essayer de trouver mon chemin pour retourner aux plantations pouvait encore ne pas réussir, puisque j'avais échoué deux fois. Je n'étais pas pressé de rentrer. Je ferais tout aussi bien de ne regagner le village qu'à la nuit; ce serait même plus prudent : car à ce moment-là, mes habits souillés de boue et de sang attireraient moins l'attention, que je désirais éviter. J'étais donc satisfait de suivre le marron dans son réduit, et d'y rester avec lui jusqu'au coucher du soleil.

Gabriel marcha en silence pendant quelques centaines de pas. Ses yeux erraient dans toutes les directions comme s'il eût voulu découvrir quelque chose, non pas sur le terrain, mais dans les arbres; ce n'était donc pas son chemin qu'il cherchait.

Une légère exclamation lui échappa, et tout à coup il revint sur ses pas, puis il prit une direction différente. Je marchais derrière lui, et je le vis s'arrêter près d'un grand arbre dans les branches duquel il regardait.

C'était un arbre à encens, ou loblolly pin (*pinus tæda*). J'étais assez avancé en botanique pour le reconnaître. Je pouvais indiquer l'espèce, à cause de ses grands cônes épineux et de ses aiguilles d'un vert pâle. Pourquoi Gabriel s'arrêtait-il là?

« Môsieu' Édoua'd voi' bientôt, » dit-il en réponse à mon interrogation. Puis il continua : « Vous teni' un peu le se'pent, s'il vous plaît, pas laissé lui touché te'e. Chiens maudits senti' lui! »

Je le débarrassai de son fardeau, et le tins comme il le désirait, en le regardant en silence.

Le pin loblolly pousse très-droit; il a une tête de forme pyramidale, au sommet d'un tronc qui est souvent dépouillé de branches jusqu'à une hauteur de cinquante pieds. Cependant celui près duquel nous étions avait plusieurs branches qui s'écartaient du tronc à moins de vingt pieds au-dessus du sol. Ces branches étaient couvertes de gros cônes verts, qui avaient au moins cinq pouces de longueur; je m'aperçus que c'étaient ces cônes que mon compagnon voulait atteindre, mais je n'avais pas la moindre idée de l'emploi qu'il comptait en faire.

Au bout d'un instant il se procura une longue perche, avec laquelle il fit tomber plusieurs des cônes, ainsi que les extrémités des petites branches auxquelles ils adhéraient.

Dès qu'il crut en avoir une assez grande quantité pour ce qu'il voulait faire, il s'arrêta et jeta sa perche au loin.

Qu'allait-il faire alors? Je le regardais avec un intérêt croissant.

Il ramassa les cônes et les petites branches; mais, à ma grande surprise, il jeta les premiers loin de lui. Ce n'était pas eux qu'il voulait avoir, mais bien les jeunes pousses qui se trouvaient à l'extrémité des branches. Ces rameaux étaient d'un rouge brun et couverts d'une épaisse couche de résine : car le *pinus tæda* est plus résineux qu'aucun autre arbre de son espèce, et il exhale une forte odeur aromatique qui lui a valu un de ses noms vulgaires.

Après avoir ramassé les petites branches et en avoir rempli ses deux mains, mon guide s'accroupit et frotta la résine sur les semelles et sur le dessus de ses grossiers bragans. Puis il s'avança vers moi, se pencha de nouveau, et traita mes bottes de la même manière.

« Maintenant, môsieu', tout va bien; maudits chiens plus senti' vieux Gab' maintenant; ça tué sa piste. Vous veni', môsieu' Édoua'd, vous veni' avec moi. »

En parlant ainsi, il remit de nouveau le serpent sur ses épaules et partit, me laissant suivre ses traces.

CHAPITRE XXXVIII.

La pirogue.

Nous entrâmes peu après dans la cyprière. Là il n'y avait presque pas de taillis. Les pins taxodiums, serrés les uns contre les autres, usurpaient le terrain ; leurs cimes ombellées étaient couvertes d'épiphytes grisonnants, dont le feuillage agité interceptait le soleil, qui sans cela aurait vivifié sur ce sol vigoureux une végétation luxuriante. Mais nous étions alors dans les limites de l'inondation annuelle, et peu de plantes prospèrent dans cette partie-là.

Au bout de quelque temps, je vis que nous approchions d'une eau stagnante. La pente du terrain était insensible ; mais l'odeur humide du marécage, le coassement des grenouilles, le cri de quelque oiseau nageur, ou le mugissement de l'alligator, m'annonçaient qu'une eau permanente, lac ou étang, était près de nous.

Nous arrivâmes promptement sur le bord. C'était un vaste étang, dont une faible partie seulement était visible : car, aussi loin que je pouvais voir, les cyprès croissaient dans l'eau, et leurs larges rameaux s'étendaient de manière que les arbres se touchaient presque. Çà et là, leurs troncs noirs surgissaient au-dessus de la surface de l'étang ; leurs formes fantastiques faisaient penser à des démons des eaux, et donnaient un caractère surnaturel à la scène qu'on avait sous les yeux. L'eau ainsi abritée paraissait noire comme de l'encre, et l'atmosphère semblait lourde et étouffante. Ce coup d'œil aurait pu fournir à Dante des idées pour son Enfer.

En arrivant près de cet étang lugubre, mon guide s'était arrêté. Un arbre énorme, qui s'élevait autrefois près de la rive, était tombé dans une position telle, que le sommet était dans l'eau à une assez grande distance. Les branches n'étaient pas encore séparées du tronc; des parasites s'y attachaient en touffes épaisses et donnaient à l'ensemble l'apparence d'un amas de foin rassemblé à la hâte. Une petite partie était plongée sous l'eau, mais le reste n'y baignait pas. Mon guide avait fait halte près des ruines de cet arbre abattu.

Il n'y resta que le temps d'attendre que je l'eusse rejoint.

Dès que j'y fus arrivé, il monta sur le tronc, et, après m'avoir fait signe de le suivre, il marcha vers le sommet de l'arbre. Je grimpai sur le tronc, et, en m'équilibrant de mon mieux, je suivis Gabriel dans l'eau.

En arrivant à la tête de l'arbre, nous rencontrâmes les branches les plus fortes, dont nous fîmes le tour pour arriver jusqu'à celles du sommet. Je m'attendais à trouver là un endroit où nous devions nous reposer.

Mon compagnon s'arrêta enfin, et je vis alors, avec étonnement, une petite pirogue, immobile sur l'eau et cachée sous la mousse! Elle était si bien dissimulée, qu'il était impossible de la voir d'un autre endroit que celui où nous étions.

« C'est, pensai-je, pour atteindre cette petite embarcation, que nous avons rampé sur l'arbre. »

La vue de la pirogue me fit conjecturer que nous devions aller plus loin. Le noir la détacha et me fit signe d'y entrer.

Je mis le pied dans la frêle barque et je m'assis. Mon compagnon m'y suivit; en se halant sur les branches, il écarta l'embarcation du sommet de l'arbre, puis il s'empara d'une pagaie, et nous fit voguer à coups précipités sur la surface de cette eau sombre.

Pendant deux ou trois cents yards notre marche fut

lente. Les courbures des cyprès et les énormes saillies étant très-rapprochées les unes des autres, il fallait prendre beaucoup de précautions pour se diriger au milieu de ce réseau. Mais je vis que mon guide s'entendait bien à conduire sa pirogue, et qu'il maniait la pagaie avec autant d'adresse qu'un Chippewa. Il avait la réputation d'être un grand chasseur de raccoons et un pêcheur expérimenté; c'était sans doute pendant qu'il se livrait à ces occupations qu'il avait appris à diriger un esquif.

Ce fut le plus singulier voyage que je fis jamais. La pirogue flottait sur un élément plus semblable à de l'encre qu'à de l'eau. Notre route n'était pas éclairée d'un seul rayon de soleil; l'obscurité du crépuscule régnait au-dessus et autour de nous.

Nous glissions près de futaies obscures, au milieu de troncs noirs qui s'élevaient comme des colonnes et qui supportaient des feuilles étroitement entrelacées. La lugubre *bromelia* était pendue à ces tiges végétales; dans certains endroits elle trempait dans l'eau, et nous la touchions de la figure et des épaules en passant dessous.

Nous n'étions pas les seuls êtres animés. Cet endroit affreux avait aussi ses habitants. Il était la demeure et le refuge assuré du grand *saurien*, dont on pouvait distinguer les formes horribles dans l'obscurité, pendant qu'il rampait le long de quelque tronc abattu, ou qu'il grimpait à moitié sur le nœud allongé d'un cyprès, ou bien encore qu'il nageait lentement sur le liquide épais. On apercevait de grands serpents d'eau qui s'élançaient d'un arbre vers l'autre en faisant onduler légèrement la surface de l'étang, ou qui étaient enroulés autour des branches saillantes. Le hibou des marais voltigeait silencieusement, et de grandes chauves-souris brunes poursuivaient les insectes. Ces dernières s'approchaient quelquefois assez près pour nous frôler de leurs ailes; nous sentions alors leur odeur méphitique, et nous entendions le grincement de leurs mâchoires osseuses, semblable au cliquetis des castagnettes.

La nouveauté de cette scène m'intéressait, mais je ne pouvais m'empêcher de ressentir une légère impression de frayeur. Les souvenirs classiques me revenaient aussi à l'esprit. Les fictions du poëte romain se trouvaient réalisées. J'étais sur le Styx, et mon nautonier me semblait être le redoutable Charon.

Tout à coup une lumière éclata dans l'obscurité. Encore quelques coups de pagaie, et la pirogue se trouva en plein soleil. Quel soulagement !

Je vis alors une certaine étendue d'eau à ciel ouvert, une espèce de lac circulaire; c'était vraiment le lac, car ce que nous venions de traverser n'était que l'inondation, et, dans certaines saisons, cette partie de la forêt restait presque à sec. L'eau découverte était au contraire permanente, et sa profondeur était trop considérable pour que le cyprès, ami des terrains marécageux, pût y naître.

L'étendue d'eau ainsi dépourvue de végétation n'était pas très-grande; elle offrait une surface d'un demi-mille de diamètre environ. Elle était entourée de tous côtés par des arbres couverts de mousse qui formaient une espèce de muraille grise; au milieu croissait un fourré de la même apparence, qu'à une certaine distance on pouvait prendre pour un îlot.

Cet endroit solitaire n'était rien moins que silencieux; il y régnait au contraire une agitation extraordinaire. On eût dit le rendez-vous des nombreuses espèces ailées et sauvages qui peuplent les grands *marais* de la Louisiane. Il y avait là des aigrettes, des ibis blancs et rouges, des espèces variées d'*Ardeidæ*, des grues et des flamants roses. On y voyait aussi le bizarre dardeur qui nage le corps immergé, et dont la tête de serpent s'élève seule hors de l'eau, et le pélican tyrannique, aux formes pesantes, qui guette sa proie poissonneuse. Des oiseaux aquatiques se montraient sur la surface liquide : c'étaient les différentes espèces d'*Anatildæ*, les cygnes, les oies et les canards; des vols de mouettes et de courlieux assombrissaient l'air, qui était aussi traversé par le vol sifflant des canards sauvages.

Le hibou des marais n'était pas le seul qui eût choisi cet endroit écarté pour en faire sa demeure favorite. On pouvait y voir l'osprey, tournoyant dans l'air, pour s'élancer avec la rapidité de l'étoile filante sur le poisson infortuné qui paraissait trop près de la surface de l'onde, mais cédant quelquefois sa proie au tyran *Haliætus*. Telles étaient les espèces diverses de créatures ailées qui s'offrirent à mes regards, quand j'arrivai sur ce lac solitaire au milieu des forêts.

Je regardais cette scène avec intérêt. C'était un véritable tableau de la nature; il fit alors sur moi une impression profonde. Il n'en était pas ainsi de mon compagnon, pour qui cela n'était ni neuf ni intéressant. C'était pour lui un vieux tableau, qu'il examinait sous un point de vue bien différent. Il ne s'arrêta pas à le contempler, et, plongeant à peine sa pagaie dans l'eau, il dirigea sa pirogue du côté de l'îlot.

Quelques coups de pagaie nous firent traverser l'étendue découverte, et la pirogue se retrouva encore à l'ombre des arbres. Mais, à ma grande surprise, *il n'y avait pas d'îlot!* Ce que j'avais pris pour un îlot était un cyprès qui avait poussé dans un endroit où le lac n'avait pas de profondeur. Les branches de cet arbre s'étendaient dans toutes les directions; elles étaient chargées de parasites grisâtres qui pendaient jusqu'à la surface de l'eau, et elles ombrageaient un espace d'environ un demi-acre d'étendue. Le tronc de l'arbre avait une base d'une dimension énorme. Il était flanqué de tous les côtés par de larges arcs-boutants, qui s'inclinaient dans l'eau et s'élevaient à une hauteur de plusieurs yards; la masse entière paraissait aussi grande qu'une cabine ordinaire. L'arbre était troué profondément en plusieurs endroits, et, quand nous approchâmes sous l'ombrage, j'aperçus une vaste ouverture qui montrait que ce singulier tronc était creux à l'intérieur.

L'avant de la pirogue fut dirigé vers une de ces cavités, et heurta bientôt contre l'arbre. Je vis plusieurs marches pratiquées dans le bois ; elles conduisaient à la cavité supérieure. Mon compagnon me montra ces degrés. Le cri des oiseaux m'empêcha d'entendre ce qu'il me dit, mais je compris qu'il me faisait signe de monter. Je m'empressai d'obéir à son indication, et je sortis de la pirogue pour grimper sur ces marches inclinées.

L'entrée était au sommet ; elle était juste assez large pour laisser passer le corps d'un homme : je la franchis, et je me trouvai dans l'intérieur de l'arbre creux.

Nous avions atteint notre destination. *J'étais dans le repaire du nègre marron !*

CHAPITRE XXXIX.

L'arbre - caverne.

L'intérieur était sombre, et je fus queque temps avant de pouvoir rien distinguer. Petit à petit mes yeux s'accoutumèrent à l'obscurité, et je pus examiner l'aspect de cette singulière caverne.

Ses dimensions m'étonnèrent quelque peu. Une douzaine d'hommes auraient pu y prendre place, debout ou assis. La masse de forme pyramidale qui constituait l'arbre n'était par le fait qu'une coque mince ; tout l'intérieur avait été détruit par la pourriture. Le plancher, formé par la chute des débris de l'intérieur, était plus élevé que le niveau de l'eau ; il offrait un appui solide et parfaitement sec. J'aperçus au centre les cendres et les tisons à moitié consumés d'un feu éteint; on avait couvert un des côtés du plancher d'une couche épaisse de *tillandsia*, qui avait évidemment servi de lit. Une vieille couverture étendue sur la mousse venait confirmer cette supposition.

Il n'y avait pas de meubles. Un bloc grossier (un nœud de cyprès) qu'on avait apporté là était l'unique chaise, et il n'y avait rien qui servît de table. Celui qui faisait sa demeure de cette cavité singulière n'avait pas besoin de confort pour vivre. A mesure que mes yeux s'accoutumaient à l'obscurité, j'apercevais des objets que je n'avais pas vus d'abord : un pot en terre destiné à la cuisine, une grande gourde pour mettre de l'eau, un vase de fer-blanc, une vieille hache, quelques engins de pêche, et un ou deux haillons grossiers. Ce qui m'intéressa plus que tout ce que je viens de nommer, ce fut la vue de quelques comestibles. Il y avait un assez gros morceau de porc tout préparé, un énorme morceau de pain de froment, plusieurs épis de maïs bouillis, et plus de la moitié d'un poulet rôti. Tout cela se trouvait réuni sur un grand plat de bois, taillé grossièrement dans un morceau de tulipier, comme j'en avais souvent remarqué dans les cases des nègres. Il y avait, outre ce plat, plusieurs objets ayant la forme d'œufs gigantesques, et dont la couleur était d'un vert sombre, d'autres plus petits et jaunes. C'étaient des melons d'eau et des melons musqués, ce qui ne composait pas un dessert de trop mauvaise apparence.

J'avais fait cette reconnaissance pendant que mon compagnon attachait sa pirogue au pied de l'arbre. Je finissais mon inspection quand il entra.

« Maintenant, môsieu', dit-il, ça nid à vieux Gab'! Maudit chasseu' d'hommes pas t'ouvé moi là.

— Eh bien ! Gabriel, vous n'êtes pas mal ici. Comment avez-vous pu découvrir cet endroit ?

— O Dieu ! môsieu, moi connaît'e depuis bien longtemps. Moi pas p'emie' caché dans vieux cyp'ès, et cette fois-ci pas la p'emiè'e. Moi ma'on avant, quand moi viv'e avec môsieu' Hicks, avant vieux maît'e acheté moi. Moi jamais sauvé quand été chez vieux maît'e Sançon. Lui bien bon pou' nèg'e, et môsieu' Antoine aussi, mais maintenant pauv'e nèg'e pas pouvoi' 'ésiste'; nouveau commandeu' fouetté du', fouetté jusqu'au sang, lui se'vi' de cette pompe, laniè'es de peau de vache, fouet de charretier; lui se'vi' de tout. Maudit ! Moi jamais 'etou'né, jamais.

— Mais comment comptez-vous vivre ? Vous ne pourrez pas toujours rester ainsi. Où trouverez-vous des provisions ?

— Pas peu', môsieu' Édoua'd, toujou's assez pou' mange'. Pas peu' pou' ça. Pauv'e ma'on teni' z'amis aux plantations. Moi vole' assez pou' viv'e, ha ! ha !

— Oh !

— Gab'iel pas besoin vole' maintenant, pas plus que ces 'ôtis-là et les melons. Voyez ce que Scip po'té ! Scip veni' hie' soi' à lisiè'e du bois et po'té tout ça. Mais vous excuse' moi, môsieu' ; moi oublie' vous avoi' faim. Vous p'end'e po'c, poulet. Chloé fait la cuisine. Ça bon, vous goûte'. »

Pendant qu'il parlait, il mit devant moi le plat de bois avec tout ce qu'il contenait ; et la conversation fut interrompue, car nous attaquâmes tous deux de bon cœur les viandes préparées par Chloé.

Les melons nous fournirent un dessert délicieux, et nous employâmes une bonne demi-heure à satisfaire notre appétit. Nous en vînmes enfin à bout, non sans avoir considérablement entamé les provisions du marron.

Après dîner, nous causâmes assez longtemps. Mon compagnon avait dans ses provisions plusieurs paquets de feuilles de tabac sec ; avec un morceau de corne creusé et un tuyau de bambou, nous eûmes autant de plaisir à fumer que si nous avions possédé les meilleurs cigares de la Havane.

La reconnaissance que j'éprouvais pour celui qui m'avait sauvé la vie me faisait prendre un grand intérêt à ce pauvre nègre marron, et notre conversation roula sur ses projets d'avenir. Il n'avait pas fait de plan pour se sauver, bien qu'il eût songé à aller au Canada ou au Mexique, ou à partir pour la Nouvelle-Orléans à bord de quelque navire.

Je conçus un plan que je ne lui communiquai cependant pas, car je n'étais pas sûr de pouvoir le mettre à exécution. Néanmoins, je lui demandai de ne pas quitter sa demeure actuelle avant que je l'eusse revu, lui promettant de faire tout ce que je pourrais pour lui trouver un meilleur maître.

Il accepta ma proposition avec empressement, et, comme le soleil venait de se coucher, je me préparai à quitter le lac.

Nous convînmes d'un signal, afin que, quand je reviendrais le voir, il vînt avec sa pirogue pour me faire traverser l'eau. Une fois cet arrangement pris, nous entrâmes dans la petite barque et nous voguâmes vers les plantations.

Le lac fut promptement traversé. Après avoir solidement amarré la pirogue à l'arbre abattu, nous partîmes à travers la forêt. Avec Gabriel pour guide, le chemin était facile, et il me montra en marchant certaines traces de feu sur les arbres, et d'autres marques qui devaient me faire reconnaître la route.

Moins d'une heure après notre départ, nous nous séparions à l'entrée des défrichements. Il se dirigea vers un rendez-vous qu'on lui avait donné, pendant que je me rendais au village par une route bordée de clôtures qui ne me permettaient plus de m'égarer.

CHAPITRE XL.

L'hôtel Cancan.

Il était encore de bonne heure quand j'entrai dans le village. Je me glissai furtivement à travers les rues, pour éviter d'être remarqué. Malheureusement, j'avais à passer devant le *bar* [1] pour arriver à ma chambre. C'était un peu avant l'heure du souper, et les gens logés à l'hôtel étaient réunis dans le salon du bar et dans le vestibule.

Mes vêtements en désordre, tachés de sang en divers endroits et couverts de boue, ne pouvaient manquer d'attirer l'attention; c'est ce qui arriva. Tout le monde se retournait et me regardait. Les flâneurs laissaient percer leur étonnement. Quelques personnes qui se trouvaient dans le vestibule ou dans le bar m'interpellèrent pendant que je passais, en me demandant où j'étais allé. L'une d'elles s'écria : « Hé, hé, monsieur ! vous vous êtes battu avec les chats, n'est-ce pas ? »

Je ne répondis pas. J'escaladai les degrés, et ne trouvai de répit que dans ma chambre.

J'avais été écorché par les ronces. Mes blessures demandaient à être pansées. J'envoyai un exprès à Reigart. Il était heureusement chez lui, et suivit de près mon messager à l'hôtel. Il entra dans ma chambre, et me regarda d'un air surpris.

« Mon cher R..., d'où venez-vous? me demanda-t-il enfin.

1. Le *bar* est une espèce de buvette et de salon commun qui se trouve à l'entrée des hôtels. Il y a aussi des débits de boissons qui portent ce nom. (*Note du traducteur.*)

—Du marais.

—Et ces blessures.... ces habits déchirés.... ce sang?

—Des écorchures faites par des épines, pas autre chose.

—Mais où êtes-vous allé?

—Dans le marais.

—Dans le marais! Mais comment avez-vous été égratigné de la sorte?

—J'ai été mordu par un serpent à sonnettes.

—Comment! mordu par un serpent à sonnettes? Parlez-vous sérieusement?

—C'est très-sérieux.... Mais j'ai pris un antidote. Je suis guéri.

—Un antidote! guéri! Quelle guérison? Qui vous a donné l'antidote?

—Un ami que j'ai rencontré dans le marais.

—Un ami dans le marais! » s'écria Reigart, dont l'étonnement allait croissant.

J'avais presque oublié la nécessité d'être discret. Je vis que je venais de laisser échapper des paroles imprudentes. Des yeux indiscrets regardaient à travers la serrure; des oreilles cherchaient à entendre ce que nous disions.

Quoique les habitants des bords du Mississipi ne soient pas très-curieux, malgré les assurances des touristes cancaniers, l'aspect misérable et inexpliqué sous lequel je m'étais présenté à mon retour suffisait pour exciter jusqu'à un certain degré la curiosité des gens les plus apathiques; un bon nombre des habitants de l'hôtel s'étaient réunis dans le couloir près de ma porte, et se demandaient avec empressement ce qui m'était arrivé. J'entendais leur conversation sans qu'ils s'en doutassent.

« Il s'est battu avec une panthère? disait l'un d'eux d'un ton interrogateur.

—Une panthère ou un ours, répondait un autre.

— C'était quelque mauvaise vermine enragée en tout cas; elle lui a laissé sa marque, ça se voit.

— C'est cet individu qui a terrassé Bully Bill, n'est-ce pas?

— C'est lui-même, répondit quelqu'un.

— N'est-il pas Anglais?

— Je ne sais pas. Je crois qu'il est de la Grande-Bretagne. Anglais, Irlandais ou Écossais, c'est un gaillard à qui il ne fait pas bon se frotter. Par Dieu! il a renversé Bully Bill comme un morceau de bois, avec son fouet seulement, puis il lui a pris ses pistolets. Ha! ha! ha!

— Jehosophat[1]!

— Il est capable de passer avec son fouet au milieu des chats sauvages. Il a tué le catamount[2], j'en suis sûr.

— C'est certain. »

J'avais pensé que mon affaire avec Bully Bill m'avait fait des ennemis parmi les gens de son espèce. Le ton et les termes de cette conversation me montraient que je m'étais trompé. Quoiqu'ils fussent peut-être un peu piqués qu'un étranger, un tout jeune homme comme je l'étais alors, eût battu un des plus crânes d'entre eux, ces gens un peu grossiers ne sont pas très-imbus de l'esprit de secte, et d'ailleurs Bully Bill n'était pas aimé. Si je l'avais *fouetté* pour d'autres motifs, je serais devenu tout à fait populaire. Mais défendre un esclave.... un étranger.... un Anglais par-dessus le marché.... c'était une prétention impardonnable. C'était le mauvais côté de ma victoire, et j'étais dorénavant dans les environs un homme taré.

Ces observations m'avaient amusé pendant que j'attendais Reigart, mais je ne m'y étais que médiocrement in-

1. Exclamation.

2. Expression dont on se sert pour désigner un chat sauvage d'une espèce formidable, qui n'existe que dans l'imagination du peuple.

téressé jusqu'à un certain moment. Tout à coup j'entendis des paroles qui changèrent la tournure de mes idées. On disait :

« Il fait la cour à Mlle Besançon, à ce qu'on dit. »

Cela m'intéressa. Je m'avançai près de la porte, et je collai mon oreille au trou de la serrure.

« Je crois qu'il fait la cour à *la plantation*, dit un autre ; et cette remarque fut suivie d'un rire significatif.

— Bien, alors, ajouta une troisième voix ; il fait la cour à quelque chose qu'il n'aura pas.

— Comment? comment? demandèrent plusieurs personnes à la fois.

— Il aura peut-être la dame, continua la même voix d'un ton d'importance; mais il n'aura pas la plantation.

— Comment? que voulez-vous dire, monsieur Monley? s'écria-t-on encore.

— Je veux dire ce que je dis, messieurs, répliqua le solennel orateur, qui répéta de nouveau ses premières paroles avec une lenteur affectée. Il peut avoir la dame, peut-être, mais pas la plantation.

— Oh! ce qu'on dit est vrai, alors? reprit une autre voix d'un ton interrogateur. Insolvable? Et le vieux Gayarre....

— Est le maître de sa plantation.

— Et des nègres?

— Jusqu'au dernier; le shériff en prendra possession demain. »

Un murmure d'étonnement retentit à mes oreilles. Il était mêlé de marques de désapprobation ou de sympathie.

« Pauvre fille! c'est dommage pour elle!

— Oui, mais ce n'est pas étonnant. Elle a fait valser l'argent depuis la mort du vieux.

— Il y en a qui disent qu'il n'a pas laissé grand'chose, après tout. La plus grande partie était hypothéquée d'avance. »

L'entrée du docteur interrompit cette conversation, et me soulagea de la torture qu'elle me causait.

« Un ami dans le marais, dites-vous? » me demanda de nouveau Reigart.

J'hésitai à répondre, en pensant à la foule qui était près de ma porte. Je dis au docteur d'une voix basse, mais ferme :

« Mon cher ami, j'ai eu une aventure, et vous voyez que je suis blessé grièvement. Pansez mes plaies, et ne me demandez pas de détails. J'ai mes raisons pour ne rien dire. Vous saurez tout un jour, mais pas maintenant. C'est pour cela que....

— Assez, assez! dit le docteur en m'interrompant; soyez tranquille. Faites-moi voir vos plaies. »

Le bon docteur n'ajouta pas un mot, et commença à me panser.

Dans toute autre circonstance, la manipulation de mes blessures aurait pu me sembler douloureuse, car elles commençaient à être sensibles. Il n'en fut rien alors. Ce que je venais d'entendre avait éveillé en moi des sensations qui me rendaient indifférent au mal physique, et je ne m'aperçus de rien.

J'éprouvais une véritable agonie mentale.

Je brûlais du désir d'interroger Reigart sur les affaires de la plantation, sur Eugénie et sur Aurore. Je ne le pouvais pas : nous n'étions pas seuls. Le maître de l'hôtel et un domestique nègre venaient d'entrer dans la chambre; ils aidaient le docteur dans son opération. Je n'osais entamer un tel sujet devant eux. Je fus obligé de dévorer mon impatience jusqu'à ce que tout fût fini, et d'attendre le départ de l'hôtelier et du nègre.

« Maintenant, docteur, que signifient ces bruits sur Mlle Besançon ?

— Ne savez-vous pas tout?

— Je ne sais que ce que j'ai entendu dire à l'instant par les cancaniers qui sont là hors de ma chambre. »

Je répétai à Reigart les propos qu'on venait de tenir.

« Je vous croyais vraiment instruit de tout cela. J'avais pensé que c'était là cause de votre absence d'aujourd'hui, sans faire cependant la moindre conjecture sur l'intérêt que cela pouvait avoir pour vous.

— Je ne sais rien de plus que ce que je viens d'apprendre par hasard. Pour l'amour de Dieu, dites-moi tout! Est-ce vrai ?

— C'est vrai au fond, je suis peiné de le dire.

— Pauvre Eugénie!

— Gayarre a des hypothèques considérables sur sa propriété. Il y a longtemps que je m'en doute, et je crains que tout ne se soit pas passé loyalement. Gayarre a caché ses droits, et l'on dit que tout lui appartient déjà. Tout est à lui maintenant.

— Tout?

— Tout ce qu'il y a sur la plantation.

— Et les esclaves aussi ?

— Certainement.

— Tous, tous! et..... et Aurore? »

J'hésitai à faire cette question : Reigart n'était pas instruit de mon attachement pour Aurore.

« C'est de la quarteronne que vous parlez ? Elle comme les autres, naturellement. Ce n'est qu'une esclave comme le reste. Elle sera vendue. »

Ce n'est qu'une esclave! vendue comme le reste!

Cette réflexion ne fut pas prononcée à voix haute.

Je ne saurais décrire le trouble de mes pensées quand j'entendis ces paroles. Le sang bouillait dans mes veines, et j'eus peine à retenir quelque exclamation insensée. Je m'efforçais de mon mieux de dissimuler ce que je pensais, mais j'y réussis à peine; car je vis que l'œil calme de Reigart était animé par la surprise en me regardant. S'il devina mon secret, il fut généreux, car il ne me demanda pas d'explication.

« Les esclaves seront tous vendus, alors? dis-je en tremblant.

— Sans doute tout sera vendu; la loi le veut ainsi en pareil cas. Il est probable que Gayarre achètera toute la propriété, car la plantation est contiguë à la sienne.

— Gayarre! le misérable! oh! Et Mlle Besançon, que deviendra-t-elle? N'a-t-elle pas d'amis?

— J'ai entendu parler d'une vieille tante qui a un peu de bien, mais pas grand'chose. Elle vit à la Nouvelle-Orléans. Il est probable que Mlle Besançon ira demeurer avec elle. Je crois que la tante n'a pas d'enfants, et qu'Eugénie sera son héritière. Cependant je ne pourrais pas l'affirmer; je ne le sais que par ouï-dire. »

Reigart prononça ces paroles avec une certaine réserve. Je remarquai quelque chose de particulier dans le ton de sa voix; mais je savais le motif qui le rendait si réservé: il était sous l'empire d'une idée fausse par rapport aux sentiments que m'inspirait Eugénie! Je ne le détrompai pas.

« Pauvre Eugénie! un double chagrin.... Le changement que je remarquais dernièrement ne m'étonne plus.... C'est pour cela qu'elle paraissait si triste! »

J'avais fait ces réflexions en moi-même.

« Docteur! dis-je en élevant la voix, il faut que j'aille à la plantation.

— Pas ce soir.

— Ce soir.... maintenant!

— Mon cher monsieur, il ne faut pas que vous y alliez.

— Pourquoi?

— C'est impossible.... je ne peux pas le permettre.... vous allez avoir la fièvre, cela peut vous tuer!

— Mais....

— Je ne vous écoute pas. Je vous assure que vous êtes sur le point d'avoir la fièvre; il faut que vous restiez dans votre chambre, jusqu'à demain au moins. Peut-être alors pourrez-vous sortir sans crainte. Dans ce moment, c'est impossible. »

Je fus obligé de céder; mais je ne suis pas sûr que, si j'avais agi à ma guise, cela n'eût pas mieux valu pour ma fièvre. Il y avait en moi une *cause de fièvre* bien plus forte que celle qu'aurait pu développer l'air de la nuit. Mon cœur palpitant et mon sang agité agirent bientôt sur mon cerveau.

« Aurore l'esclave de Gayarre! Ha! ha! ha! son esclave! Gayarre! Aurore! ha! ha! ha! C'est sa gorge que je tiens? ah! non! c'est le serpent! Par ici.... au secours.... au secours! De l'eau! de l'eau! J'étouffe. Non, c'est Gayarre. Je le tiens maintenant! C'est encore le serpent! Dieu! il s'enroule autour de mon cou.... il m'étrangle! Au secours! Aurore! charmante Aurore! ne lui cédez pas!

— Je mourrai plutôt que de céder!

— J'en étais sûr, noble fille! Je viens vous délivrer! Comme elle se débat malgré ses étreintes! Démon! arrière, démon! Aurore, vous êtes libre, libre, ange du ciel! »

Tel fut mon rêve, le rêve d'un cerveau fiévreux.

CHAPITRE XLI.

La lettre.

Durant toute la nuit mon sommeil fut interrompu à chaque instant, et je passai le temps à rêver ou à délirer à moitié.

Je m'éveillai le matin sans avoir été retrempé par cette nuit de repos. Je restai quelque temps à repasser dans mon esprit les événements de la veille, et à réfléchir à ce que je devais faire.

Enfin je me décidai à me rendre directement à la plantation, pour apprendre par moi-même où en étaient les choses.

Je me levai dans cette intention. Pendant que je m'habillais, mes yeux tombèrent sur une lettre qui était sur la table. Elle ne portait pas le timbre de la poste, mais l'écriture était celle d'une femme, et je devinai d'où elle venait.

Je brisai le cachet, et je lus :

« Monsieur,

« Aujourd'hui, conformément aux lois de la Louisiane, je suis femme, et il n'y a pas dans le pays de femme plus malheureuse. Le soleil qui éclaire le jour où j'atteins ma majorité brille sur la ruine de ma fortune !

« J'avais formé le projet de *vous* rendre heureux, de vous prouver que je ne suis pas ingrate. Hélas ! désormais je n'en ai plus le pouvoir. Je ne suis plus propriétaire de la plantation Besançon.... je ne suis plus la maîtresse d'Aurore ! Tout est perdu pour moi ; Eugénie Besançon n'est plus qu'une mendiante. Ah ! monsieur, c'est une triste histoire ; je ne sais pas quel en sera le dénoûment.

« Hélas ! il y a des chagrins plus pénibles à supporter que la perte d'une fortune. Celle-ci peut être refaite avec le temps ; mais l'angoisse d'un amour qui n'est pas payé de retour.... amour violent, unique et pur comme le mien.... cette angoisse doit durer longtemps, peut-être toujours !

« Croyez, monsieur, que dans la coupe amère de ma destinée il n'entre pas une goutte de jalousie, et que mon cœur n'est pas gros de reproches. Je suis seule cause du malheur qui m'arrive.

« Adieu, monsieur, adieu, adieu !... Il vaut mieux que nous ne nous voyions plus. Soyez heureux ! Jamais une plainte de moi n'arrivera à vos oreilles et ne jettera même un nuage passager sur votre bonheur. Désormais les murs du *Sacré-Cœur* seront les seuls témoins des chagrins de la malheureuse mais reconnaissante

« EUGÉNIE. »

Cette lettre était datée de la veille. Je savais que c'était le jour de la naissance de Mlle Besançon, le jour où elle était *majeure.*

« Pauvre Eugénie ! pensai-je. Son bonheur a fini avec son enfance ! Pauvre Eugénie ! »

Mes pleurs coulaient en abondance quand j'achevai ma lecture. Je les essuyai à la hâte, je sonnai et donnai l'ordre de seller mon cheval. Je me dépêchai de faire ma toilette ; le cheval fut promptement amené à la porte ; je le montai, et partis rapidement pour la plantation.

Peu de temps après être sorti du village, je dépassai deux hommes à cheval qui allaient dans la même direction que moi, mais qui ne marchaient pas aussi vite. Ils portaient le costume ordinaire des planteurs, et un observateur indifférent aurait pu les croire tels. Cependant il y avait en eux quelque chose qui me fit penser qu'ils n'étaient ni planteurs, ni négociants, et qu'enfin ils n'avaient pas une profession ordinaire. Cette particularité ne tenait pas à leur costume, mais plutôt à l'ensemble de leur contenance. Je ne décrirais pas bien cette expression que je remarquais en eux ; mais je l'ai toujours retrouvée sur la figure et dans le maintien des gens qui sont chargés de l'exécution des lois. En Amérique même, où l'on ne porte pas de signe distinctif ni de costume officiel, j'ai été frappé de cette particularité à tel point que je pourrais, j'en suis certain, découvrir un fonctionnaire quelconque sous les habits les plus ordinaires.

Les deux hommes en question avaient cette expression d'une manière remarquable. Je ne doutai pas qu'ils ne fussent, d'une manière ou de l'autre, chargés de l'exécution des lois. C'étaient certainement des constables ou des agents du shériff. Je les avais regardés avec tant d'indifférence, que je ne me serais sans doute pas arrêté à cette supposition, si je n'y avais pas été conduit par d'autres observations.

Je n'avais pas salué ces individus; mais je m'aperçus en passant près d'eux que ma présence les intéressait. En regardant derrière moi, je vis l'un d'eux se rapprocher de l'autre ; je vis qu'ils causaient avec animation, et leurs gestes me prouvèrent que j'étais l'objet de leur colloque.

Je m'éloignai d'eux rapidement, et je cessai bientôt d'y penser.

Je m'étais mis en route sans avoir rien projeté. J'avais agi tout à fait sous l'impulsion du moment, et ce ne fut qu'en arrivant près de l'habitation, que je songeai à m'assurer de l'état des affaires d'Eugénie et même d'Aurore.

J'étais arrivé ainsi à l'improviste aux limites de la plantation.

Je voulus alors ralentir ma course, afin de prendre le temps de réfléchir. Je m'arrêtai même un instant. La rive du fleuve décrivait un petit arc dont la route formait la corde. La partie comprise entre l'arc et la corde était un terrain inculte, vague; et, comme il n'y avait aucune barrière, j'abandonnai la route et je dirigeai mon cheval vers le bord du fleuve, où je m'arrêtai sans quitter la selle.

Je cherchai à me tracer un plan de conduite. Qu'allais-je dire à Eugénie, à Aurore? La première consentirait-elle à me voir, après ce qu'elle m'avait écrit? Elle m'avait dit adieu dans sa lettre, mais il ne s'agissait point alors de cérémonie pointilleuse. Si elle refusait de me recevoir, aurais-je une occasion de causer avec Aurore? Il *fallait* voir celle-ci. Qui m'en empêcherait?

J'avais bien des choses à lui dire; mon cœur débordait. Il ne pouvait être soulagé que par une entrevue avec ma fiancée.

Sans avoir encore rien décidé, je tournai de nouveau la tête de mon cheval vers le bas de la rivière, je piquai des deux, et je partis au galop.

En arrivant près de la porte, je fus quelque peu surpris d'y voir deux chevaux sellés. Je reconnus ceux que j'avais dépassés en route. Ils m'avaient rattrapé pendant que j'étais arrêté au coude du fleuve, et ils étaient arrivés avant moi. En ce moment les selles étaient vides; les cavaliers étaient entrés dans la maison.

Un noir gardait les chevaux. C'était mon vieil ami Scip.

Je m'avançai et, sans descendre de cheval, je demandai à Scipion qui venait d'entrer.

Je ne fus pas surpris de sa réponse. Mes suppositions étaient exactes. C'étaient des hommes de loi. Le député-shérif de la *paroisse* et son assistant.

Il était à peine nécessaire de demander ce qui les amenait. Je le devinai.

Je ne demandai à Scipion que des détails. Scipion me les communiqua rapidement, aussi rapidement que le lui permirent mes interruptions. Un agent du shérif était préposé à la garde de la maison et de tout ce qu'elle contenait; Larkin continuait à gouverner le quartier des nègres. Mais tous les esclaves allaient être vendus; Gayarre allait et venait, et « mamzelle Génie pa'tie! »

« Partie! Où donc?

— Moi pas connaît'e, môsieu'. Moi c'oi'e elle pa'tie pou' la ville. Elle pa'ti hie' soi' à la nuit.

— Et... »

J'hésitai un moment, attendant que les battements de mon cœur fussent apaisés.

« Aurore? demandai-je en faisant effort sur moi-même.

— Au'o'e pa'tie aussi, môsieu'!... pa'tie avec mamzelle Génie.

— Aurore est partie!

— Oui, môsieu', pa'tie; ça bien vrai. »

Je fus étonné de cette nouvelle et très-embarrassé par ce départ mystérieux. Eugénie partie pendant la nuit! Aurore partie avec elle! Qu'est-ce que cela signifie? Où sont-elles allées?

Mes questions réitérées n'amenaient aucun éclaircissement. Scipion ignorait tout ce qui n'était pas relatif au quartier des nègres. Il avait entendu dire que lui, sa femme et sa fille, la petite Chloé, et tous leurs compagnons d'esclavage, seraient emmenés à la ville et vendus aux enchères au marché des esclaves.

On devait les y conduire le lendemain. La vente était déjà annoncée publiquement. C'était tout ce qu'il savait. Non, ce n'était pas tout.... il avait encore une autre nouvelle à m'apprendre, c'était authentique; il avait entendu les blancs en parler ensemble : Larkin, Gayarre, et un marchand de nègres qui devait s'occuper de la vente. Cette nouvelle concernait la quarteronne. *Elle devait être vendue avec le reste!*

Le sang bouillait dans mes veines pendant que le noir me donnait ces renseignements. La nouvelle était positive. Le récit que faisait Scipion de ce qu'il avait entendu était minutieusement détaillé, et portait un cachet évident de vérité. Je ne pouvais douter de son rapport. Je sentais intérieurement qu'il était exact.

La plantation Besançon ne m'attirait plus. Je n'avais plus rien à faire à Bringiers. La Nouvelle-Orléans était désormais le théâtre sur lequel je devais agir.

J'adressai un mot amical à Scipion, puis je m'éloignai au galop de mon cheval. Le fier animal semblait partager mon ardeur; il s'élança sur la route avec frénésie. Sa vitesse était d'accord avec l'excitation de mes nerfs.

Quelques minutes après je le confiais au palefrenier, et je montais dans ma chambre pour faire mes préparatifs de départ.

CHAPITRE XLII.

Le bateau-quai.

Je n'attendais plus qu'un bateau pour me conduire à la Nouvelle-Orléans. Je savais que je n'avais pas longtemps à attendre. L'épidémie annuelle était sur son déclin, et la saison des affaires et du plaisir allait recommencer pour la Crescent-City. Déjà les bateaux du haut du fleuve étaient en route sur tous les cours d'eau tributaires du Mississipi, portant vers le grand entrepôt méridional du commerce américain les produits de cette vallée presque sans bornes. Je pouvais compter sur un bateau tous les jours, et même toutes les heures.

Je résolus de prendre le premier qui passerait.

L'hôtel où je vivais, ainsi que tout le village, se trouvait à une distance considérable du débarcadère. Il avait été construit à cette distance par précaution. Les rives du Mississipi étaient en cet endroit, ainsi qu'à mille milles au-dessus et au-dessous, élevées de quelques pieds seulement au-dessus du niveau du fleuve, et, par suite des dégradations continuelles du sol, il n'est pas rare que de vastes parties du terrain soient entraînées par le courant impétueux. On peut supposer qu'avec le temps cette action incessante élargira le cours du fleuve de manière à lui donner des dimensions excessives. Mais non : chaque envahissement d'une des rives correspond à un envasement de la rive opposée, causé par le tourbillon que produit le nouvel éboulement, de façon que le fleuve conserve toujours la même largeur. Cet effet remarquable peut s'observer depuis le confluent de l'Ohio jusqu'à l'embouchure du Mississipi lui-même, quoique dans certains endroits l'envahissement du fleuve et l'envasement correspondant soient beaucoup plus considérables que dans d'autres. Dans quelques parties, la dégradation du rivage est si rapide que, au bout de quelques jours, un village entier, ou une plantation, disparaît. Il n'est pas rare non plus, pendant les grandes crues du printemps, de voir ce cours d'eau excentrique traverser brusquement un de ses propres coudes; au bout de quelques heures, il se forme alors un chenal par lequel s'écoule le courant du fleuve. Peut-être a-t-on établi une plantation dans la cavité de ce coude, quelquefois trois ou quatre, et le planteur qui s'est couché avec la conviction d'avoir bâti sa demeure sur le continent, s'éveille le matin au milieu d'une île! Il contemple avec effroi le puissant volume d'eau jaunâtre qui l'enveloppe, et qui lui interdit toute communication avec la terre ferme. Il ne peut plus se rendre à cheval au village voisin sans avoir recours à un bac dispendieux. Ses charrettes ne lui serviront plus à traîner au marché ses énormes balles de coton ou ses boucauts de sucre et de tabac; agité par le sentiment de sa situation précaire, tremblant que le premier effort du courant indompté ne l'emporte, lui, sa maison et ses centaines de nègres à demi-nus, il s'enfuit de sa demeure et se retire sur une autre partie du fleuve, où il pense que la terre est moins exposée à une invasion aussi terrible.

Par suite de ces débordements, les rives du Mississipi inférieur présentent rarement un emplacement où l'on puisse sans danger bâtir une ville. Il n'y a que peu d'endroits, sur les cinq cents derniers milles de son cours, dont l'élévation naturelle offre cet avantage. L'embanquement artificiel, connu sous le nom de la Levée, a remédié au mal dans une certaine mesure, et garantit, *comparativement*, la sécurité des villes et des plantations.

Ainsi que je l'ai déjà dit, mon hôtel était à quelque distance de la route. Un bateau pouvait accoster au débarcadère et repartir sans que j'en fusse prévenu. Un bateau descendant le cours du fleuve, déjà chargé, et ne se souciant pas d'obtenir un surcroît de fret, pouvait ne pas s'arrêter longtemps ; et on ne doit pas se fier à l'exactitude des garçons dans une taverne du Mississipi, comme on le ferait dans un hôtel de Londres. A peine a-t-on une chance sur cent d'être éveillé par Sambo, qui est dix fois mieux endormi qu'on ne l'est soi-même.

J'avais une expérience suffisante de la chose; et, comme je craignais que le bateau ne passât si je restais à l'hôtel, je résolus de régler mes affaires, et de me rendre immédiatement avec mes bagages au débarcadère.

Je ne devais pas y être tout à fait sans abri. Il n'y avait pas de maison; mais j'y trouverais un vieux bateau à vapeur, condamné depuis longtemps à ne plus naviguer. Cette carcasse, amarrée au rivage par des câbles solides, formait un excellent quai flottant, et ses ponts spacieux, ses cabines et ses salons, servaient de magasins à toutes sortes de marchandises. Par le fait, ce bateau tenait lieu de quai et d'entrepôt, et on le connaissait sous le nom de « bateau-quai. »

Il était tard, près de minuit, quand j'arrivai à bord du bateau-quai. Les traînards de la ville qui pouvaient y être venus pour leurs affaires étaient tous repartis, et le propriétaire du bateau était lui-même absent. Il était remplacé par un nègre endormi, le seul être humain qui s'offrit à mes regards. Il siégeait sur le faux-pont, derrière un comptoir situé dans un coin de l'appartement. Il y avait sur ce comptoir une paire de balances, des poids, une grosse pelote de mauvaise ficelle, un couteau grossier, et les autres objets de même nature que l'on trouve dans une boutique de campagne ; en arrière, sur des tablettes, on voyait rangées des bouteilles de liqueurs colorées, des verres, des boîtes de biscuit, des fromages (conserves de l'Ouest), de petits barils de beurre rance, des rouleaux de tabac, et des paquets de cigares de qualité inférieure, bref, tout l'approvisionnement d'une épicerie ordinaire. Le reste du vaste appartement était encombré de marchandises emballées de différentes manières. Il y avait là des boîtes, des barils, des sacs, des balles : une partie était destinée à remonter le fleuve, et venait par la Nouvelle-Orléans des contrées lointaines; l'autre, destinée à le descendre, était composée des riches produits du sol, et devait être portée à plusieurs milliers de milles sur le vaste Atlantique. Le plancher était tout entier occupé par ces différents ballots, et je cherchai en vain un endroit où je pusse m'étendre. Une lumière plus vive m'aurait peut-être permis de trouver une place; mais la chandelle de suif qui dégouttait sur les flancs d'une bouteille de champagne vide n'éclairait que confusément ce chaos. Elle suffit à peine pour me guider vers le seul occupant de la place, sur la sombre figure duquel elle tremblotait faiblement.

« Vous dormez, l'oncle? » dis-je en m'approchant.

Une réponse brusque de la part d'un nègre américain est assez rare, surtout quand on lui adresse une question polie. La tournure familière de celle que je venais de faire toucha une des cordes sympathiques du cœur du nègre; un sourire de satisfaction éclaira ses traits quand il me répondit. Évidemment il ne dormait pas. Mais ma question n'était que le préambule de la conversation.

« Ah, Dieu! môsieu' Édoua'd. Oncle Sam connaît vous, môsieu' Édoua'd. Vous bon pou' pauv' noi'. Qu'est-ce que oncle Sam peut fai'e pou' vous, môsieu'?

— Je vais à la ville, et je suis venu ici attendre un bateau. Y a-t-il quelques chances d'en voir passer un cette nuit?

— C'est sû', môsieu'; un bateau passé cette nuit. Nous

attend'e un bateau de la 'iviè'e 'ouge cette nuit même, de Houma ou de Choctuma.

— C'est bien ; maintenant, oncle Sam, si vous pouvez me montrer six pieds de plancher, et si vous me promettez de m'éveiller quand le bateau passera, ce demi-dollar ne vous coûtera pas grand'chose. »

L'agrandissement subit du blanc des yeux de l'oncle Sam montra la satisfaction que lui faisait éprouver la vue de la pièce d'argent. Sans plus de cérémonie il saisit la bouteille de champagne qui lui servait de chandelier, et, en se glissant à travers les caisses et les ballots, il me conduisit à un escalier qui montait vers le pont supérieur, où se trouvait la cabine du bateau. Nous nous introduisîmes dans le salon.

« Là, môsieu', beaucoup de place ; oncle Sam fâché pas avoi' un lit ici ; mais si môsieu' vouloi' do'mi' su' ces sacs de café, lui bienvenu, t'ès-bien venu. Moi laissé lumiè'e à môsieu'. Moi t'ouvé une aut'e en bas. Bonne nuit, môsieu' Édoua'd, vous t'anquille ; moi éveillé vous... vous t'anquille. »

En disant cela, le bon noir posa la bouteille-chandelier sur le plancher, et redescendit l'escalier, m'abandonnant à mes réflexions.

Je pus jeter un coup d'œil sur mon appartement, à la lueur indécise de la triste chandelle. Comme l'oncle Sam l'avait dit, il y avait beaucoup de place. J'étais dans la cabine du vieux vapeur, et, comme les cloisons avaient été enlevées, la cabine des dames et le salon principal, avec la pièce qui le précédait, ne formaient plus qu'une seule salle de plus de cent pieds de long, et, du centre où je me trouvais, les deux extrémités étaient plongées dans l'obscurité. Les chambres des passagers de première classe subsistaient, ainsi que leurs portes à jalousies vertes. Quelques-unes d'entre elles étaient fermées, tandis que les autres étaient ouvertes, soit à moitié, soit complétement. La dorure et les ornements, ternis par le temps et par un long usage, se voyaient encore sur les cloisons et sur le plafond de la salle; au-dessus de l'entrée en arcade du salon principal, le mot « Sultana, » dont les lettres dorées brillaient encore, m'apprit que j'étais à bord d'un des plus célèbres bateaux du Mississipi.

Des pensées étranges me vinrent à l'esprit pendant que j'examinais ce salon abandonné. Il me paraissait plus silencieux et plus solitaire que n'importe quel endroit désert au milieu d'une forêt. L'absence même des sons que l'on est accoutumé à entendre dans un pareil lieu, le grincement de la machine, les ronflements rauques du tuyau d'échappement, les voix des gens de l'équipage, le bourdonnement des conversations ou les éclats de rire, ainsi que l'absence de ce qui frappe les regards; les brillants candélabres, les longues tables chargées de cristaux, dans l'endroit même qui retentit journellement de ces bruits, qui est orné de ces objets, donnait à ce qui m'entourait un air de tristesse indescriptible. J'éprouvais une sensation semblable à celle qu'aurait pu éveiller en moi une visite faite à un vieux couvent, ou une promenade au milieu des tombes d'un antique cimetière.

Aucun ameublement ne variait la monotonie du coup d'œil. Les seuls objets visibles étaient les sacs grossiers dont le plancher était couvert, et sur lesquels l'oncle Sam m'avait invité à me reposer.

Après que j'eus examiné ma bizarre demeure, et que j'eus donné cours à quelques réflexions singulières, je songeai à m'installer pour dormir. J'étais fatigué. Ma santé n'était pas encore rétablie. Les sacs de café avaient un air engageant. J'en tirai une demi-douzaine que je plaçai l'un à côté de l'autre, puis je m'y allongeai en me couvrant de mon manteau. Les grains de café cédant au poids de mon corps, je me trouvai dans une position confortable, et moins de cinq minutes après je m'endormis.

CHAPITRE XLIII.

Les rats de Norvége.

Je dormis une heure à peu près. Je n'avais pas pensé à regarder ma montre avant de me coucher, et j'y pensai encore moins en me réveillant; mais, je vis à la longueur de la chandelle, que j'avais dormi une heure au moins.

Ce fut une heure terrible, aussi terrible qu'aucune de celles dont j'aie gardé le souvenir, une heure de rêves affreux. Mais j'ai tort de parler ainsi. Ce n'était pas un rêve, bien que je l'aie cru alors.

Écoutez!

Ainsi que je l'ai dit, je m'étais couché sur le dos, et je m'étais couvert de mon manteau depuis le menton jusqu'aux chevilles. Ma figure et mes pieds étaient seuls à découvert. Je m'étais fait un oreiller d'un des sacs, et ma tête se trouvait ainsi assez haute pour que je pusse voir le reste de ma personne. La lumière que j'avais placée à mes pieds, un peu de côté, était juste devant mes yeux, et dans sa direction je pouvais voir sur le plancher à une distance de plusieurs mètres. J'ai dit qu'au bout de cinq minutes j'étais endormi. Je croyais dormir; cependant j'avais les yeux ouverts, je voyais distinctement la chandelle, et la partie du plancher qu'elle éclairait de ses rayons. Je cherchais à fermer les yeux, mais je ne le pouvais pas; je ne pouvais pas non plus changer de position, et je regardais la lumière, ainsi que la surface du plancher. Un certain nombre de petits objets brillants commencèrent à luire et à sautiller dans l'obscurité. Je les pris d'abord pour des lucioles; mais, quoique ces insectes fussent nombreux à l'extérieur, il n'était pas ordinaire d'en voir dans un endroit renfermé. En outre, ce que je voyais était par terre, au lieu d'être en l'air, comme auraient dû y être ces insectes.

Le nombre de ces points brillants augmentait graduellement. Il y en eut bientôt plusieurs douzaines, et, à mon grand étonnement, ils semblaient se mouvoir deux à deux sur le plancher. Qu'est-ce que cela pouvait être ?

Je m'étais à peine posé cette question que je fus à même d'y répondre d'une manière satisfaisante, mais pas du tout de façon à apaiser mes craintes. L'horrible vérité éclata tout à coup : chaque paire de points brillants était *une paire d'yeux !*

Ce ne fut pas un soulagement pour moi de reconnaître que c'étaient des yeux de *rats*. Vous pouvez rire de ma frayeur, mais je vous assure très-sérieusement que je n'aurais pas été plus épouvanté si j'avais vu à mon réveil une panthère prête à s'élancer sur moi. J'avais entendu faire sur ces rats de Norvége de tels récits !... J'avais même été témoin de leur hardiesse et de leur férocité à la Nouvelle-Orléans, où ils pullulaient alors en si grand nombre, que leur vue me remplit de dégoût et d'horreur. Mais ce qu'il y avait de plus affreux, c'est que je les voyais s'approcher de moi, qu'à chaque instant ils venaient de plus en plus près, et que *je ne pouvais pas me retirer de leur passage !*

Oui, je ne pouvais pas bouger. Mes bras et mes jambes étaient comme des blocs de pierre, et toute ma puissance musculaire m'avait abandonné ! Je pensai *alors* que je *rêvais !*

« Oui ! me dis-je, car je possédais encore le pouvoir de réfléchir. Oui, ce n'est qu'un rêve ! mais un rêve horrible. Que ne puis-je m'éveiller ! J'ai le cauchemar ! Je le sais.... Si je pouvais seulement remuer quelque chose.... mes pieds.... mes doigts.... oh ! »

Ces réflexions me traversaient l'esprit. Je les avais déjà

faites sous l'influence du cauchemar ; je ne crains plus maintenant cette atroce sensation, depuis que j'ai appris à m'en débarrasser. Alors je ne le pouvais pas. J'étais comme un mort dont les yeux sont restés ouverts ; et je croyais rêver.

Rêve ou veille, je n'étais pas encore arrivé au plus haut degré de ma frayeur. En continuant à regarder, je vis que le nombre de ces hideux animaux augmentait à chaque instant. Je pouvais voir alors leurs corps bruns et velus, car ils s'étaient rapprochés de la chandelle, dont la lueur les éclairait en plein. Ils *grouillaient sur le plancher*, qui paraissait mobile comme les flots pendant une tempête. Chose hideuse à voir !

Ils se rapprochèrent encore. Je distinguais leurs dents aiguës, les longues moustaches grises de leurs museaux, l'expression dédaigneuse de leurs petits yeux perçants.

Ils s'approchent encore, ils grimpent sur les sacs à café, ils rampent le long de mes jambes et de mon corps, ils se poursuivent sur les plis de mon manteau, ils rongent mes bottes. Horreur! horreur! Ils vont me dévorer!

Ils m'environnent par myriades. Je ne puis voir de tous côtés ; mais je sais que j'en ai tout autour de moi. J'entends leur cri aigu ; l'air est imprégné de l'odeur de leurs corps infects. Je sens que j'en suis suffoqué. Horreur! horreur! Oh! Dieu de miséricorde, dissipe ce terrible rêve!

Telles étaient mes sensations.... mes pensées. J'avais alors la conscience parfaite de ce qui se passait.... si parfaite que je croyais rêver.

Je fis tous les efforts possibles pour m'éveiller. J'essayai de remuer un bras ou une jambe : ce fut en vain. Je ne pouvais bouger un muscle. Tous les nerfs de mon corps étaient paralysés. Mon sang ne circulait plus dans mes veines.

Je souffris de cette monstrueuse douleur pendant

longtemps, bien longtemps. J'avais peur d'être dévoré petit à petit.

Ces animaux avides n'avaient attaqué que mon manteau et mes bottes ; mais ma terreur était à son comble. Je m'attendais à les sentir me sauter à la gorge.

Était-ce ma figure et mes yeux tout grands ouverts qui les tenaient à distance ? Je suis sûr que mes yeux étaient ouverts pendant tout ce temps-là. Était-ce cela qui les empêchait de m'attaquer ? Il n'y a aucun doute. Ils rampaient sur tout mon corps, jusque sur ma poitrine ; mais ils semblaient éviter ma tête et ma figure.

Auraient-ils continué à être retenus par cette crainte salutaire? je ne sais, car cette scène affreuse se termina subitement.

La chandelle avait brûlé jusqu'au bout ; le reste tomba en sifflant par le goulot de la bouteille, et la lumière s'éteignit.

Effrayés par la transition soudaine de la lumière à l'obscurité, ces hideux animaux poussèrent leur terrible cri et s'enfuirent dans toutes les directions. J'entendis le bruit de leurs pas résonner sur le plancher pendant qu'ils décampaient.

La lumière parut avoir été le charme qui me retenait dans les liens du cauchemar. Dès qu'elle disparut, je me retrouvai en possession de ma vigueur physique ; je fus debout en un instant ; je saisis mon manteau, dont je m'enveloppai brusquement, et j'appelai de toutes mes forces.

Une sueur froide me glaçait le corps, et mes cheveux s'étaient dressés sur ma tête. Je croyais encore rêver, et ce ne fut que lorsque le nègre étonné apparut avec une lumière, et que la venue des visiteurs poilus m'eut été démontrée par l'état dans lequel se trouvaient mon manteau et mes bottes, que je fus convaincu de la réalité de ce terrible épisode.

Je ne restai pas davantage dans le salon. Je m'enveloppai de mon manteau et j'allai m'asseoir en plein air.

CHAPITRE XLIV.

Le Houma.

Je n'avais plus longtemps à passer sur le bateau-quai. Les sifflements d'un tuyau de vapeur se firent bientôt entendre, et peu de temps après j'aperçus le feu des chaudières, dont l'éclat se réfléchissait sur le fleuve. J'entendis ensuite le battement des roues dans l'eau, puis le tintement de la cloche, les commandements du capitaine à son second, du second aux matelots ; cinq minutes après, *le Houma*, bateau de la rivière Rouge, accosta le long de la vieille *Sultana*.

Je montai à bord après avoir jeté mon bagage pardessus les garde-corps, et j'allai m'asseoir sous la tente au premier étage.

Il y eut alors dix minutes environ de confusion apparente : les pas rapides qui ébranlent les ponts et les planches de débarquement, une demi-douzaine de passagers qui s'empressent de descendre à terre, d'autres qui se précipitent dans une direction opposée, le sifflement de la vapeur qui s'échappe par les moindres issues, le bruit des grands morceaux de bois qu'on lance au fond des fourneaux, le commandement sonore qui retentit par moments, un éclat de rire provoqué par quelque plaisanterie grossière, ou le murmure des voix qui se disent tristement adieu ; tout cela dura à peu près dix minutes, puis on entendit de nouveau tinter la grosse cloche qui annonçait que le bateau allait continuer sa route. Je m'étais jeté sur une chaise près d'un des montants de la tente, tout contre la balustrade. De cet endroit je pouvais voir les passavants, la planche de débarquement, et le bateau-quai que je venais de quitter.

Je regardais avec indifférence ce qui se faisait au-dessous de moi, sans rien remarquer particulièrement. Si j'avais l'esprit occupé d'une pensée quelconque, ce n'était certes pas de ce qui se passait en ma présence; cette pensée me faisait détourner les yeux des groupes affairés qui étaient en mouvement près de moi, et je les dirigeais vers le bas du fleuve, sur la rive gauche. J'accompagnais peut-être d'un soupir ces regards furtifs; mais dans les intervalles, mon esprit ne se fixait sur rien de précis, et les gens qui allaient et venaient ne me semblaient que des ombres.

Cette apathie fut troublée tout à coup. Mes yeux s'arrêtèrent par hasard sur deux personnes dont les mouvements attirèrent mon attention. Elles étaient sur le pont du bateau-quai, à l'ombre de la tente, dans un coin assez éloigné de la planche qui établissait la communication entre les deux navires, et qui était éclairé par une torche dont la lueur permettait de distinguer les passagers au moment où ils la traversaient. Je ne voyais ces deux personnes que difficilement, et je ne pouvais même pas distinguer leur tournure, car elles étaient toutes deux enveloppées de sombres manteaux; mais leur attitude, leur retraite dans la partie la plus obscure du bateau, la vivacité apparente de leur conversation, tout me fit penser que c'étaient deux amants. Mon cœur, guidé par le doux instinct de l'amour, accepta aussitôt cette explication, et n'en chercha pas d'autre.

« Oui, ce sont des amants! Qu'ils sont heureux! Non.... ils ne le sont peut-être pas.... C'est une *séparation!* Quelque jeune homme qui fait un voyage à la ville; peut-être un jeune commis ou un jeune négociant qui va y passer l'hiver. Qu'importe? Il reviendra au printemps et pressera de nouveau cette main délicate; il serrera de nouveau dans ses bras cette charmante personne; il fera entendre encore ces paroles tendres qui ne paraîtront que plus douces, lorsqu'elles succéderont à un silence prolongé. Heureux jeune homme! heureuse jeune fille! Le chagrin d'une séparation comme la vôtre est léger. Qu'il est facile de le supporter, en comparaison de la séparation violente qui m'a été imposée! Aurore! Aurore! pourquoi n'êtes-vous pas libre? pourquoi n'êtes-vous pas une grande dame? Je ne vous aimerais certes pas davantage : c'est impossible; mais alors je pourrais vous courtiser sans crainte et vous obtenir librement. Je pourrais espérer, tandis que maintenant, hélas! il y a entre nous un gouffre horrible, un abîme de préjugés. Mais il ne peut séparer deux âmes. Notre amour saura le combler.... Ah!

— Eh! monsieur, qu'est-ce qu'il y a? Est-ce que quelqu'un est tombé à l'eau? »

Je ne fis pas attention à cette interpellation grossière. La douleur profonde qui me torturait l'âme m'avait arraché l'exclamation à propos de laquelle on venait de m'adresser la parole.

Les deux personnes que je regardais se séparèrent en se serrant mutuellement la main et en s'embrassant. Le jeune homme passa rapidement sur la planche. Je ne remarquai pas sa figure quand il traversa la partie éclairée. Je n'avais pas fait attention à *lui;* par suite d'une étrange fascination, mes yeux restaient fixés sur *elle.* J'étais curieux de voir ce qu'*elle* ferait à ce moment définitif des adieux.

Les planches de débarquement furent halées à bord; le signal de la cloche se fit entendre. Je m'aperçus que nous étions en marche.

En ce moment, le corps voilé de la femme se glissa dans la partie éclairée. Elle s'avançait pour saisir le coup d'œil d'adieu de son amant. En quelques pas elle arriva sur le bord du bateau-quai, où la torche répandait sa lumière éclatante. Elle avait rejeté en arrière le chapeau destiné à la garantir du soleil, et qui avait l'air d'un capuchon. La lumière tombait en plein sur sa figure, brillait sur les masses ondulées de la noire chevelure qui ombrageait son front, et se réfléchissait dans ses beaux yeux. Grand Dieu! c'étaient les yeux d'*Aurore!*

On ne s'étonnera pas que j'aie proféré cette exclamation.

« C'est elle!

— Quoi? Une femme par-dessus le bord, dites-vous? Où? où? »

Celui qui proférait ces mots parlait certainement d'une manière sérieuse. Mon soliloque avait eu lieu assez haut pour qu'il l'entendît.

Il crut que c'était une réponse à sa première question, et mon agitation le confirma dans la croyance qu'une femme venait de tomber à l'eau.

Ses questions et ses exclamations furent entendues et répétées par d'autres personnes qui se trouvaient près de nous. L'alarme se répandit dans tout le navire avec la rapidité de l'incendie. Les passagers se précipitaient hors de leurs cabines, le long des balustrades et sous la tente de l'avant, entremêlant leurs questions précipitées : « Qui? Quoi? Où? » Une voix retentissante s'écria : « Quelqu'un à l'eau! Une femme! C'est une femme! »

Sachant le motif de cette ridicule panique, je n'y fis pas attention. Mon esprit était occupé de tout autres pensées. Le premier choc d'une passion hideuse absorbait mon âme tout entière, et je ne fis aucune attention à ce qui se passait autour de moi.

J'avais à peine reconnu Aurore, que le mouvement du navire amena l'angle de la cabine entre elle et moi; je m'élançai jusque sur les passavants; j'arrivai trop tard, les tambours m'empêchèrent de voir. Je ne m'arrêtai pas; je me dirigeai au contraire en courant de ce côté-là. Des passagers se précipitaient vers les balustrades. Ils entravaient ma course, et il se passa quelque temps avant que je pusse gagner les tambours. J'y parvins enfin, mais trop tard. Le bateau s'était éloigné de plusieurs centaines de yards. Je pus voir le bateau-quai et ses feux brillants. Je pus même apercevoir des formes humaines qui se tenaient sur son pont, mais je ne pus pas distinguer celle que mes yeux cherchaient.

Dans mon désappointement, je m'avançai vers le pont supérieur, qui faisait presque la continuation du dessus des tambours. Là j'espérais être seul et m'abandonner à l'amertume de mes pensées.

Je ne devais pas jouir immédiatement de cette satisfaction. Des cris, des pas pesants résonnaient sur les planches, des piétinements plus légers retentissaient à mes oreilles, et, presque en même temps, un flot de passagers, mâles et femelles, s'élança sur les flancs des tambours.

« Voilà ce monsieur.... C'est lui ! » criait une voix.

En un instant la foule animée m'environna, et plusieurs personnes demandèrent ensemble : « Qui est-ce qui est tombé par-dessus le bord ? Qui ? Où ? »

Je vis bien que ces interrogations étaient à mon adresse.

Je vis aussi qu'il fallait répondre de manière à apaiser cette alarme grotesque.

« Mesdames et messieurs, dis-je, il n'y a personne, que je sache, de tombé à l'eau. Pourquoi vous adressez-vous à moi ?

— Eh, monsieur ! s'écria celui qui était cause de toute cette confusion, ne m'avez-vous pas dit....?

— Je ne vous ai rien dit.

— Mais est-ce que je ne vous ai pas demandé si quelqu'un venait de tomber à l'eau ?

— Oui.

— Et vous avez répondu....

— Je n'ai rien répondu.

— Du diable si vous n'avez pas répondu ! Vous avez

dit : « C'est elle ! » ou : « C'était elle ! » ou quelque chose comme cela. »

Je me tournai du côté de l'orateur, qui perdait visiblement de son crédit sur l'auditoire. « Monsieur ! dis-je en imitant son accent, il est évident que vous n'avez jamais entendu parler de l'homme qui est devenu immensément riche pour ne s'être occupé que de ses propres affaires. »

Ma remarque termina l'incident. Elle fut accueillie par un éclat de rire qui désarçonna complétement mon curieux adversaire, et celui-ci, après quelques rodomontades et quelques paroles bruyantes, finit par descendre au buffet pour apaiser son esprit mortifié au moyen d'un *gin-sling*.

Les autres descendirent un par un et se dispersèrent dans les différentes cabines et dans les salons ; je me retrouvai encore une fois seul sur le pont supérieur.

CHAPITRE XLV.

Jalousie.

Avez-vous jamais aimé une personne d'une classe inférieure à la vôtre ? quelque belle jeune fille dont la position est des plus infimes, mais dont la brillante beauté efface à vos yeux toutes les inégalités sociales ? L'amour annule toutes les distinctions : c'est un adage aussi vieux que le monde. Il dompte les cœurs les plus fiers et enseigne la condescendance aux esprits les plus hautains ; mais il tend toujours à élever, à ennoblir : il ne fait pas un paysan d'un prince, il fait un prince d'un paysan.

Regardez l'objet de votre adoration occupé à ses travaux ordinaires ! Elle tire du puits un seau d'eau. Elle marche nu-pieds dans le sentier connu. Ces pieds nus sont plus beaux dans leur nudité que la chaussure la plus délicate de soie ou de satin. Les guirlandes et les diadèmes de perles, les épingles d'or et les ornements de corail, les coiffures les plus coûteuses, tout cela semble laid et pauvre, comparé au brillant *négligé* de cette chevelure magnifique. La cruche en terre est posée sur sa tête avec autant de grâce qu'une couronne d'or; toutes ses attitudes sont dignes du statuaire, elles peuvent fournir au sculpteur un sujet d'étude, et le grossier vêtement dont ces formes sont couvertes leur sied mieux, suivant vous, qu'une robe du velours le plus riche. Qu'est-ce que tout cela vous fait? Vous ne pensez pas à l'enveloppe, mais à la perle qui s'y cache.

Elle disparaît dans une chaumière, son humble demeure. Humble? Elle ne l'est plus à vos yeux; cette petite cuisine avec ses chaises de bois et sa tablette grattée, ses rayons chargés de pots, de tasses et d'assiettes, ses murailles blanchies à la chaux et ornées des enluminures du soldat rouge et du matelot bleu; ce petit musée des pénates du pauvre est maintenant éclairé d'une lumière qui le rend plus brillant à vos yeux que les salons dorés des riches et des élégants. Cette chaumière au toit bas, couverte de chèvrefeuille, est devenue un palais. Le flambeau de l'amour l'a transformé! C'est un paradis où il vous est défendu d'entrer. Oui, malgré toutes vos richesses et toute votre puissance, votre air superbe et vos titres, votre linge fin et vos bottes vernies, peut-être n'osez-vous pas y entrer.

Et combien vous enviez ceux qui l'osent! Combien vous enviez l'apprenti dégagé, le lourdaud en blouse qui fait claquer son fouet et qui siffle avec autant d'*abandon* que s'il était derrière sa charrue! Comme si la crainte qu'inspire cette belle personne ne devrait pas glacer ses lèvres! Tout gauche qu'il est, comme vous lui enviez les *occasions* dont il jouit! Avec quel plaisir vous le mettriez en pièces, pour le punir de ces doux sourires qu'on semble lui accorder avec libéralité !

Peut-être ces sourires n'ont-ils aucune signification. Ils peuvent être l'expression de la bienveillance, de la simple amitié, ou peut-être y entre-t-il tout au plus un grain de coquetterie. Cependant vous ne pouvez les voir sans envie, sans soupçons. S'ils ont une signification, si ce sont des sourires d'amour, si le cœur de cette fille ingénue s'est donné à l'apprenti ou au rustre, vous êtes voué à la plus amère douleur que le cœur humain puisse connaître. Ce n'est pas une jalousie ordinaire ; c'est quelque chose de plus terrible encore. La vanité blessée envenime cette blessure. Oh ! c'est affreux à endurer !

Je souffrais d'une douleur de ce genre, pendant que je me promenais sur la plate-forme. Heureusement, j'étais resté seul. Je n'aurais pu cacher les sentiments qui m'agitaient. Mes regards et mes gestes désordonnés m'auraient trahi. J'aurais été l'objet du rire et de la raillerie. Mais j'étais seul. Le pilote dans sa cage de verre ne faisait pas attention à moi. Il me tournait le dos, et son œil vigilant, constamment fixé sur le fleuve, surveillait trop attentivement les débris d'arbres et les bancs de sable, les snags et les sawyers, pour s'apercevoir de mon délire.

C'était Aurore ! Je n'en doutais pas. Je ne pouvais avoir confondu sa figure avec celle d'aucune autre. Il n'y avait personne qui pût lui ressembler ; nulle femme n'était aussi charmante qu'elle. Hélas ! trop charmante, malheureusement.

Qui pouvait-*il* être ? Quelque jeune fat de la ville ? Quelque commis de magasin ? Un jeune planteur ? Qui ? Peut-être, et cette pensée fut la plus douloureuse, quelqu'un de la race proscrite.... un jeune homme de couleur.... un mulâtre.... un quarteron.... un esclave ! Ah ! avoir un esclave pour rival ! plus qu'un rival ! Infâme coquette ! Pourquoi me suis-je laissé fasciner par ses charmes ? Pourquoi ai-je pris sa rouerie pour de la *naïveté?* sa fausseté pour de la sincérité?

Qui peut-*il* être? Il fallait chercher à bord et le trouver. Malheureusement je n'avais fait aucune remarque, ni sur sa figure, ni sur son costume. Mes yeux s'étaient fixés sur elle au moment de leur séparation, et, pendant qu'ils étaient dans l'ombre, je n'avais vu le jeune homme que d'une manière vague, et, quand il avait passé dans l'endroit éclairé, je ne l'avais pas regardé. J'étais bien embarrassé pour le retrouver! Je ne le reconnaîtrais certes pas dans une foule pareille.

Je descendis, et j'errai dans les cabines, sous la tente, le long des garde-corps. J'interrogeai chaque figure avec une fixité qui pouvait ressembler à de l'impertinence. Toutes les fois que je trouvais un homme jeune et d'une figure agréable, il devenait l'objet de mon examen et de ma jalousie. Il y en avait un certain nombre parmi les passagers mâles, et j'essayais de reconnaître ceux qui s'étaient embarqués à Bringiers. Quelques jeunes gens paraissaient être à bord depuis peu de temps; mais je n'avais rien qui pût me guider, et je ne réussis pas à découvrir mon rival.

Désappointé et chagrin, je retournai sur le pont supérieur; mais j'y étais à peine, qu'une pensée nouvelle me vint à l'esprit. Je me rappelai que les esclaves de la plantation devaient être envoyés à la ville par le premier bateau. N'étaient-ils pas à bord de celui-là même où je me trouvais? J'avais vu une foule de noirs, hommes, femmes, enfants, embarqués à la hâte. Ce spectacle très-ordinaire n'avait pas attiré mon attention, car on peut le voir tous les jours, à toute heure. Je n'avais pas réfléchi que ceux-ci pouvaient être les esclaves de la plantation Besançon!

Si c'étaient eux, je pouvais encore conserver un peu d'espoir; Aurore n'était pas partie avec eux.... Qu'importe? Quoiqu'elle fût esclave comme eux, on ne l'avait probablement pas forcée à faire partie de ce troupeau. Mais elle n'était pas venue à bord ! La planche venait d'être retirée quand je l'avais aperçue sur le bateau-quai. Mon cœur se sentit soulagé par cette supposition que les esclaves Besançon se trouvaient sur le bateau. J'étais plein de l'espoir que tout pouvait encore s'expliquer.

Comment? direz-vous. Tout simplement parce que l'idée me vint que le jeune homme qui s'était si tendrement séparé d'Aurore pouvait être *son frère*, ou *quelque proche parent*. Je n'avais pas entendu parler d'une parenté de ce genre. Elle pouvait cependant exister, et mon cœur, réagissant après une angoisse aussi vive, fut prompt à se soulager par l'admission de cette hypothèse.

Je ne pus supporter le doute plus longtemps, et je m'empressai de me rendre en bas. Je descendis les marches des tambours, je courus le long des garde-corps, puis par l'échelle principale je gagnai le pont des chaudières. Je me dirigeai au milieu des sacs de maïs et des boucauts de sucre, je me baissai pour passer sous l'arbre des roues, je franchis des balles de coton, et j'arrivai enfin à l'arrière, dans l'endroit où se tiennent ordinairement les passagers du pont, les pauvres émigrants d'Irlande ou d'Allemagne, qui étaient confusément entassés avec les noirs esclaves du Sud.

Ainsi que je l'espérais, j'y trouvai ces figures noires, mais amicales; elles y étaient toutes : le vieux Scip, et la tante Chloé, et la petite Chloé ; Annibal, le nouveau cocher, ainsi que César et Pompée, et tous les autres ; tous en route pour la terrible vente.

Je m'étais arrêté pendant quelques secondes avant de m'approcher d'eux. J'étais favorisé par les lumières, et je les vis avant qu'ils se fussent aperçus de ma présence. Ce groupe noir ne donnait aucun signe de gaieté. Je n'entendis pas ces rires, ces élans de joie, auxquels ils s'abandonnaient autrefois au milieu de leurs petites cabines du quartier des nègres. Une mélancolie profonde était empreinte sur leurs visages. Leurs regards étaient tristes.

Les enfants eux-mêmes, ordinairement si insouciants de l'avenir, paraissaient dominés par les mêmes sentiments. Ils ne se roulaient plus les uns sur les autres ; ils ne jouaient plus : ils restaient assis, immobiles et silencieux. Ces pauvres petits ilotes en savaient eux-mêmes assez pour frissonner en songeant au marché aux esclaves.

Tous étaient abattus. Qu'on ne s'en étonne pas. Ils avaient l'habitude d'être traités avec douceur, et ils pouvaient rencontrer un maître exigeant. Pas un d'eux ne savait où il allait vivre le jour suivant, à quelle espèce de tyran il devrait obéir. Ce n'était pas encore tout. Il y avait quelque chose de pire. Amis, ils allaient être séparés ; parents, on les arracherait les uns aux autres, pour ne se retrouver jamais peut-être. Le mari regardait sa femme, le frère regardait sa sœur, le père son fils, la mère son enfant ; et tous avaient la terreur dans l'âme, l'agonie dans les yeux.

Il y avait quelque chose de pénible à examiner ce groupe affligé, à considérer les souffrances et les angoisses mentales qui perçaient sur toutes ces figures ; à penser au mal qu'un homme peut légalement faire à un autre homme.... Mal odieux, outrage à tous les principes d'humanité. Oh ! que ce tableau était pénible à contempler !

J'éprouvai quelque soulagement en voyant que ma présence jetait une lumière momentanée sur ces ombres. Dès que je fus aperçu, les sourires se montrèrent, et je fus salué par des exclamations joyeuses. J'aurais été leur sauveur, que je n'aurais pas été accueilli d'une manière plus empressée.

Au milieu de leurs acclamations ferventes, je distinguai des sollicitations ardentes pour que je devinsse leur maître, mêlées à des protestations solennelles de dévouement. Hélas ! ils ne savaient pas combien le prix d'une d'entre eux me préoccupait alors.

Je m'efforçai de paraître gai, de les réjouir par des paroles de consolation. J'avais moi-même grand besoin d'être consolé.

Cependant mes yeux étaient activement employés. J'examinais toutes les figures. Deux lampes me permettaient de me livrer à cet examen. Il y avait plusieurs jeunes mulâtres. Mes yeux s'arrêtèrent sur eux l'un après l'autre. Comme mon cœur battait pendant ces recherches ! Il triompha enfin. Il n'y avait certainement pas là une figure qu'*elle* pût aimer. Étaient-ils tous présents ? Oui, d'après ce que me dit Scipion, tous, excepté Aurore.

« Et Aurore? demandai-je; avez-vous appris quelque chose de nouveau sur son compte?

— Non, môsieu' ; moi c'oi'e Au'o'e pa'tie pou' la ville. Elle alle' en voitu'e, pas en bateau. Quelqu'un dit ça, moi c'oi'e. »

Cela me parut étrange. Je pris le noir à l'écart.

« Dites-moi, Scipion, lui demandai-je, y a-t-il parmi vous quelque parent d'Aurore, frère, sœur ou cousin?

— Non, môsieu', pas un. Dieu, môsieu' ! Au'o'e blanche comme mamz'elle Génie, tous les aut'es noi's ou à peu p'ès ! Au'o'e qua'te'onne, aut'es mulât'es; pas pa'ents d'Au'o'e.... pas pa'ents. »

J'étais ému et troublé. Mes premiers doutes revenaient en foule. Ma jalousie se réveillait.

Scipion ne put éclaircir le mystère. Les réponses qu'il fit à d'autres questions que je lui adressai ne m'apprenaient rien ; et je retournai en haut, le cœur oppressé par le désappointement.

Je ne me réconfortais que par l'espérance de m'être trompé. Peut-être, après tout, n'était-ce pas Aurore !

CHAPITRE XLVI.

Un julep scientifique.

L'homme boit pour noyer son chagrin et ses soucis. La force du vin pris en abondance apaise momentanément la douleur, morale ou physique. Il n'y a rien dans l'une ni dans l'autre qui soit aussi affreux que les tortures de la jalousie. Il faut boire beaucoup avant que ce poison corrosif soit chassé de notre cœur.

Mais le vin procure un soulagement partiel, que je cherchai à obtenir. Je savais que ce soulagement ne serait que temporaire, et que le chagrin reprendrait promptement le dessus. Mais j'avais besoin de ce répit, si court qu'il fût. Je ne pouvais supporter plus longtemps le poids de mes pensées.

Je n'endure pas bravement la douleur. Je me suis enivré plus d'une fois pour amortir un mal de dents. Je résolus d'avoir recours au même moyen pour endormir les souffrances de mon cœur.

Il y avait des spiritueux à ma portée, et je pouvais en boire de toutes les espèces.

Dans un coin du salon des fumeurs se trouvait la buvette, avec ses ornements élégants, ses rangées de bouteilles et de carafons, aux bouchons et aux étiquettes d'argent; avec des verres, des citrons, et de petits mortiers pour le sucre; avec ses parfums de menthe et d'ananas; avec ses paquets de pailles à aspirer le julep à la menthe, le sherry-cobbler, ou le sangaree au vin de Bordeaux[1].

1. Boissons diverses très à la mode aux États-Unis, et dont le nom est intraduisible. (*Note du traducteur.*)

Le maître de la buvette se tenait au milieu de tous ces objets. N'allez pas croire que ce personnage appartienne à la classe des garçons de café aux joues pâles et à la peau huileuse, à cette espèce monstrueuse des domestiques d'un hôtel anglais, qui vous font prendre votre dîner en dégoût. Imaginez, au contraire, un *élégant* du dernier genre, c'est-à-dire à la mode de son pays et des gens de son espèce, ceux qui vivent sur le fleuve. Cet individu ne porte ni habit ni veste tant qu'il est dans l'exercice de ses fonctions ; mais sa chemise mérite d'être remarquée. Elle est faite de la toile d'Islande la plus fine, trop fine pour ceux qui l'ont tissue, et vous ne trouverez pas dans Bond-Street un magasin qui puisse vous en couper une semblable.

Des boutons d'or brillent aux manches, et des diamants étincellent dans les plis abondants du jabot. Le col est rabattu sur un ruban de soie noire, *attaché à la Byron* ; mais cette mode est due au soleil du tropique bien plus qu'au désir d'imiter le poëte marin. Sur cette chemise vous voyez des bretelles de soie dont le travail à l'aiguille est une œuvre de patience; elles sont en outre ornées de boucles d'or pur. Un coûteux chapeau de paille, venu des rivages des mers du Sud, couvre une chevelure parfumée, et complète le portrait du maître du buffet du bateau. La partie inférieure de l'homme n'a pas besoin d'être décrite. Cette portion de sa personne est invisible, car elle est au-dessous du niveau du comptoir. Ce n'est pas un être rampant, souriant, obséquieux, sautillant, que vous avez devant vous ; mais un gaillard hardi, qui porte la tête aussi haut que le commis, ou le capitaine lui-même.

Quand j'approchai de ce personnage, il mit sur le comptoir un verre dans lequel il jeta quelques morceaux de glace. Cela fut fait sans que nous eussions échangé un seul mot.

Je n'avais pas besoin de donner d'ordres. Il avait vu dans mes yeux que j'étais déterminé à boire.

« Cobbler ?

— Non, dis-je; mint-julep.

— Très-bien, je vais vous faire un julep dont vous vous lécherez les lèvres.

— Je vous remercie. C'est ce qu'il me faut. »

Ce monsieur plaça alors à côté l'un de l'autre deux verres de grande dimension. Il mit dans l'un, d'abord une cuillerée de sucre en poudre, puis une tranche de citron, puis une d'orange, ensuite quelques brins de menthe verte, après cela une poignée de glace concassée, un demi-setier d'eau, et enfin une forte mesure de cognac. Cela fait, il prit un verre dans chaque main, et jeta le contenu de l'un dans l'autre avec tant de rapidité que la glace, l'eau-de-vie, le citron et le reste, semblaient être constamment en l'air, passant d'un verre dans l'autre. Les verres eux-mêmes étaient toujours au moins à deux pieds de distance! Cette dextérité, particulière à la profession, et qui ne s'obtient qu'après une longue pratique, était évidemment pour cet homme un motif d'orgueil. Après une dizaine environ de ces évolutions, le mélange fut laissé au repos dans un des verres, qui fut posé sur le comptoir.

Cependant il fallait encore lui donner la *touche finale*. On coupa une tranche mince d'un ananas frais. Cette tranche, prise entre le pouce et l'index, fut pliée en deux sur le bord du verre, puis fit adroitement le tour de la circonférence.

« Ceci est à la dernière mode d'Orléans, » me fit remarquer le maître de la buvette avec un sourire, pendant qu'il achevait sa manœuvre.

Cette petite opération avait un double but. L'ananas non-seulement nettoyait le verre des grains de sucre et des feuilles de menthe brisées qui se trouvaient sur les bords, mais encore ajoutait au breuvage l'arome de son jus odoriférant.

« Dernière mode d'Orléans, répéta-t-il; genre scientifique. »

Je fis un geste d'assentiment.

Le julep était alors *mêlé;* on poussa le verre de mon côté sur le marbre du comptoir.

« Voulez-vous une paille? me demanda-t-on laconiquement.

— Oui; merci. »

Un bout de paille de froment fut plongé dans mon verre; je le pris entre mes lèvres, et j'aspirai à longs traits la meilleure peut-être de toutes les boissons enivrantes, le mint-julep.

J'avais à peine bu ce liquide aromatique que je commençai à en éprouver les effets. Mon pouls cessa de battre avec autant de violence. Mon sang rafraîchi circula plus doucement dans mes veines, et il me sembla que mon cœur était baigné dans les eaux du Léthé. Je fus soulagé presque instantanément, et je ne m'étonnai que d'une chose, ce fut de ne pas avoir pensé plus tôt à ce moyen d'apaiser mes sensations. Quoique je fusse encore loin d'être heureux, je sentais qu'il était en mon pouvoir de le devenir. Ce bonheur pouvait n'être que passager; mais pour le moment cette réaction était la bienvenue, et la perspective m'en paraissait agréable. J'avalai le breuvage *réparateur* avec rapidité, en l'aspirant à longs traits par le tuyau de paille, jusqu'à ce que le bruit des fragments de glace qui restaient au fond du verre m'avertît que tout le liquide avait disparu.

« Un autre, s'il vous plaît!

— Vous le trouvez bon, n'est-ce pas?

— Excellent!

— C'est ce qu'on dit. Je crois, monsieur, que l'on peut se procurer sur ce navire un mint-julep aussi bon qu'à Saint-Charles ou à la Varandah, sinon un peu meilleur. Nous pouvons préparer aussi un sherry-cobbler, ce n'est pas difficile.

— Je n'en doute pas; mais je n'aime guère le sherry; je préfère ceci.

— Vous avez raison. Moi aussi. L'ananas est une invention nouvelle; mais je crois que c'est une amélioration.

— Je le crois aussi.

— Voulez-vous une paille neuve?

— Merci. »

Ce jeune homme était extrêmement poli. Je m'imaginai que sa politesse était excitée par l'éloge que j'avais fait de son mint-julep. Je me trompais, ainsi que je pus m'en convaincre plus tard. Ces gens de l'Ouest ne sont pas très-sensibles à une flatterie insignifiante. La bonne opinion que celui-ci avait de moi venait d'une cause bien différente, *le désarroi dans lequel j'avais mis le passager importun!* Je crois qu'il avait aussi appris le châtiment que j'avais infligé au Bully Larkin! Des faits d'armes de ce genre sont bien vite connus dans la vallée du Mississipi, où le courage et la force sont des qualités très-estimées. C'est pour cela qu'aux yeux du *barkeeper* j'étais digne d'une parole polie; et, pendant que nous causions ainsi dans les meilleurs termes, j'avalai un second julep, et je lui en demandai un troisième.

Aurore fut oubliée pour le moment, ou, si je songeais à elle, c'était avec moins d'amertume. De temps en temps la scène des adieux me revenait à l'esprit; mais la sensation qui résultait de ce souvenir était de plus en plus affaiblie et facile à supporter.

CHAPITRE XLVII.

Une partie de whist.

Il y avait, au centre du fumoir, une table autour de laquelle une demi-douzaine d'individus étaient assis. Une autre demi-douzaine se tenaient derrière les premiers, et regardaient par-dessus leurs épaules. Les attitudes et les regards ardents de toutes ces personnes indiquaient la nature de leur occupation. Le bruit du carton, le son argentin des dollars, et des mots souvent répétés tels que *as*, *atout*, ne laissaient pas de doute que cette occupation ne fût le jeu. Ce jeu était l'*euchre*.

Curieux de regarder ce jeu si populaire en Amérique, je me dirigeai vers les joueurs et je m'arrêtai auprès d'eux. L'homme qui avait répandu la fausse alarme se trouvait parmi eux; mais il me tournait le dos, et ne m'aperçut pas pendant quelque temps.

Deux ou trois des joueurs étaient mis élégamment: leurs habits étaient de drap fin, leurs jabots étaient faits de batiste précieuse, des bijoux étincelaient sur le devant de leurs chemises et à leurs doigts. Cependant ces doigts avaient quelque chose de très-significatif. Ils indiquaient, aussi clairement que les mots auraient pu le faire, que ceux à qui ils appartenaient n'avaient pas l'habitude de porter des ornements aussi élégants. Le savon de toilette n'avait pas réussi à adoucir une peau calleuse, ni à faire disparaître des gerçures, souvenir d'un travail manuel.

Mais qu'importe? Ils n'en pouvaient pas moins être des gentlemen. Dans le Far-West, la naissance a peu d'importance. Un garçon de charrue peut devenir président.

Mais ces hommes avaient un air que je ne puis décrire, et qui me fit immédiatement douter de leur bonne éducation. Ce n'était pas qu'ils eussent la mine de hâbleurs ni de fanfarons. Ils paraissaient au contraire les plus gentlemen de l'assistance.

Ils étaient certainement les plus posés et les plus tranquilles. C'était peut-être ce calme, cette réserve polie, qui faisait naître mes soupçons. De vrais gentlemen, des natifs du Tennessee ou du Kentucky, de jeunes planteurs des rives du Mississipi, des créoles français de la Nouvelle-Orléans, auraient eu une apparence plus caractéristique. La froide complaisance avec laquelle ces individus parlaient et agissaient, le peu de trouble qu'ils laissaient voir quand on retournait l'atout, l'absence de mauvaise humeur quand le sort leur était contraire, m'indiquaient deux choses : la première, que c'étaient des hommes du monde, et la seconde, qu'ils n'en étaient pas à leur début au jeu de l'euchre. Je ne pouvais pas les juger à un autre point de vue. Ils pouvaient être médecins, hommes de loi ou hommes de loisirs élégants, classe qui n'est pas rare dans le monde d'un jour de l'Amérique.

A cette époque, j'étais encore trop peu au fait de la société du Far-West pour pouvoir distinguer les types particuliers dont elle se compose. De plus, aux États-Unis, et surtout dans la partie occidentale, on ne trouve pas ces particularités de costumes et de manières qui, dans l'ancien monde, servent pour ainsi dire de signes extérieurs aux différentes professions. On peut rencontrer un prédicateur en habit bleu à boutons brillants, un juge en habit vert, un médecin en veste blanche, et un boulanger habillé de noir de la tête aux pieds!

Dans un pays où chacun croit avoir le droit de passer pour un gentleman, les costumes et les signes professionnels sont évités avec soin. Le tailleur lui-même est méconnaissable dans la foule de ses *concitoyens*. Le pays où les costumes caractéristiques sont en vogue est beaucoup plus occidental : c'est Mexico.

Je passai quelque temps à considérer le jeu et les joueurs. Si je n'avais pas été au fait de quelques particularités des banques de l'Ouest, j'aurais cru qu'on jouait des sommes colossales. Chacun des joueurs avait à sa droite un énorme paquet de billets de banque, flanqué de quelques pièces d'argent, dollars, demi-dollars, quarts de dollars. Mes yeux, accoutumés à voir des billets de banque d'une valeur de cinq livres sterling, m'auraient fait croire que la table était couverte de richesses, si je n'avais pas su que ces parallélogrammes fastueux de papier de banque étaient des chiffons dont la valeur variait entre un dollar et six dollars et quart! Cependant les enjeux étaient loin d'être insignifiants : vingt, cinquante et même cent dollars, changeaient de propriétaire à chaque coupe.

Je m'aperçus que le héros de la fausse alarme était un des joueurs. Il me tournait le dos et était trop absorbé par le jeu pour regarder autour de lui.

Son costume et son apparence le faisaient différer tout à fait du reste de la société. Il portait un chapeau de castor blanc à larges bords, un habit ample à grandes manches. Il avait l'air d'un bon fermier d'Indiana ou d'un marchand de porcs de Cincinnati. Il y avait cependant dans ses manières quelque chose qui indiquait qu'il n'en était pas à son premier voyage sur le fleuve. Ce n'était pas sa première excursion dans le Sud. La seconde supposition était très-probablement exacte : c'était un marchand de porcs.

Un des élégants dont j'ai parlé était assis en face de l'endroit où je me tenais; il semblait perdre d'assez fortes sommes, que gagnait le fermier ou marchand de porcs. Cela prouvait que la veine ne favorisait pas les joueurs les plus subtils en apparence, mais qu'il y avait là une espèce d'appât pour engager les gens simples à en tâter.

Je commençais à éprouver quelque sympathie pour l'élégant gentleman ; ses pertes étaient si grandes ! Je ne pouvais m'empêcher d'admirer le sang-froid avec lequel il les supportait.

Il leva enfin les yeux, et examina la figure de ceux qui se tenaient autour de la table. Il paraissait vouloir abandonner la partie ; son regard croisa le mien. Il dit d'un air indifférent :

« Peut-être, monsieur l'étranger, désirez-vous prendre la main ? Si vous voulez, je vous céderai ma place ; je n'ai pas de chance, je ne puis gagner avec aucun jeu ce soir ; je cesserai de jouer. »

Cette interpellation fit que les autres joueurs se tournèrent de mon côté, entre autres le marchand de porcs. Je m'attendais à une explosion de colère de sa part ; je fus désappointé : il me parla au contraire d'un ton amical.

« Ah ! ah ! monsieur ! s'écria-t-il, j'espère que vous n'êtes pas fâché contre moi ?

— Pas le moins du monde, répondis-je.

— Par le fait, je n'ai pas eu l'intention de vous offenser ; je croyais qu'il y avait quelqu'un de tombé à l'eau ; je veux être pendu si je ne le croyais pas.

— Oh ! je ne m'en suis pas offensé, répliquai-je, et pour vous le prouver, je vous invite maintenant à prendre quelque chose avec moi. »

Les juleps et la réaction que je venais d'éprouver après mes tristes pensées m'avaient mis en belle humeur ; ces excuses spontanées m'avaient gagné mon pardon.

« Aussi bon que le froment, dit le marchand de porcs d'un ton approbateur ; je suis votre homme, mais il faut que vous me permettiez de payer, étranger. Vous voyez que je viens de gagner un peu. C'est *mon* droit de payer à boire.

— Oh ! je ne m'y oppose pas.

— Bien, alors, buvons tous! J'offre à boire à tout le monde ; qu'en dites-vous, messieurs ? »

Un murmure d'approbation répondit à cette demande.

« Très-bien! continua l'orateur. Ici, barkeeper, à boire pour tout le monde! »

En parlant ainsi, l'homme au chapeau blanc s'avança vers le comptoir, sur lequel il jeta une couple de dollars. Tous ceux qui étaient là le suivirent, chacun désignant à haute voix le breuvage qui lui convenait le mieux : gin-sling, cocktail, cobbler, julep, brandy-smash, et toute espèce de mélanges aussi agréables.

En Amérique, on ne s'asseoit pas et on ne déguste pas les liqueurs; on boit debout, on pourrait dire *en courant* : car, qu'il soit chaud ou froid, mélangé ou pur, on avale le liquide d'un trait; puis les buveurs retournent fumer ou chiquer à leur place, et attendent une nouvelle invitation.

« Buvons tous! »

En quelques secondes nous eûmes tous bu notre liqueur, et les joueurs reprirent de nouveau leurs siéges autour de la table.

Celui qui m'avait offert de lui succéder ne retourna pas à sa place. Il répéta qu'il n'avait pas de chance, et qu'il ne voulait plus jouer de la nuit.

Qui voulait prendre sa place et son partenaire? On s'adressa à moi.

Je remerciai mes nouvelles connaissances, mais la chose était impossible, car je n'avais jamais joué l'euchre, et je ne connaissais par conséquent rien du jeu, si ce n'est le peu que je venais d'en voir.

« C'est dommage, dit le marchand de porcs. Est-ce que nous n'allons pas pouvoir faire une partie, maintenant? Allons, monsieur Chorley, je crois que c'est votre nom, monsieur? (Ceci s'adressait à celui qui s'était levé.) Vous ne déserterez pas ainsi? Nous ne pourrons plus jouer si vous vous retirez.

— Je ne ferai que perdre si je joue plus longtemps, répéta Chorley. Non, ajouta-t-il, je ne veux plus m'y risquer.

— Peut-être monsieur joue-t-il au whist, dit un autre en parlant de moi. Vous êtes Anglais, monsieur; je n'ai jamais connu un seul de vos compatriotes qui ne fût bon joueur de whist.

— C'est vrai, je joue le whist, répondis-je avec insouciance.

— Eh bien, alors, que pense-t-on d'une partie de whist? demanda celui qui avait parlé le dernier, en promenant son regard autour de la table.

— Je ne connais pas beaucoup ce jeu, répondit brusquement le marchand de porcs. J'y jouerai cependant plutôt que d'empêcher la partie; mais celui qui m'aura pour partenaire n'a qu'à bien se tenir, je crois.

— Je suis sûr que vous connaissez le jeu aussi bien que moi, répliqua celui qui avait fait la proposition.

— Je n'ai pas fait un rubber depuis bien des années; mais si on ne peut faire l'euchre, essayons le whist.

— Oh! si vous faites un whist, vint dire le gentleman qui avait abandonné l'euchre, si vous faites un whist, je ne demande pas mieux que d'y figurer comme quatrième; peut-être ma veine changera-t-elle, et, si monsieur ne s'y oppose pas, je serai volontiers son partenaire. Comme vous le disiez, monsieur, les Anglais sont forts au whist. Je crois que c'est leur jeu national.

— La partie ne sera pas égale, monsieur Chorley, dit le négociant en viande de porc; mais puisque vous en faites la proposition, si M. Hatcher.... c'est votre nom, je crois, monsieur?

— Hatcher est mon nom, répliqua celui à qui l'on venait de s'adresser, le même qui avait parlé du whist le premier.

— Si M. Hatcher, continua le chapeau blanc, n'a aucune objection à faire contre cet arrangement, je ne recule pas. Du diable si je recule !

— Oh ! cela m'est égal, dit Hatcher d'un ton d'indifférence parfaite; tout ce qu'on voudra, pour faire une partie. »

Je n'ai jamais aimé à jouer, soit en amateur, soit autrement; mais j'étais devenu par circonstance un whisteur assez passable, et je savais que peu de personnes étaient en état de me battre. Si mon partenaire jouait aussi bien que moi, j'étais sûr que nous ne pouvions pas faire de pertes considérables; et, d'après ce que l'on disait, il jouait assez bien. C'était l'opinion d'un ou deux des spectateurs, qui me chuchotèrent à l'oreille qu'il était un bon partenaire au whist.

Un peu à cause de l'état d'insouciance dans lequel je me trouvais, un peu sous l'influence d'un dessein secret qui me poussait en avant, et qui se développa plus complétement par la suite, et un peu parce que je m'étais pour ainsi dire laissé entraîner par la raillerie, je consentis à jouer en me mettant avec Chorley contre Hatcher et le marchand de porcs.

Nous prîmes nos places, les partenaires l'un vis-à-vis de l'autre; les cartes furent mêlées, coupées, données, et la partie commença.

CHAPITRE XLVIII.

Le jeu interrompu.

Nous jouâmes les deux ou trois premières parties avec un enjeu assez modeste, un dollar chacune. Tel avait été le désir de Hatcher et du marchand de porcs, qui ne se souciaient pas de risquer davantage, parce qu'ils avaient presque oublié le whist. Cependant ils tinrent tous deux des paris en dehors contre mon partenaire Chorley, et contre tous ceux qui en proposèrent. Ces paris portaient sur la retourne, la couleur, les honneurs ou le trick.

Mon partenaire et moi nous gagnâmes rapidement les deux premières parties. Je remarquai plusieurs fautes faites par nos adversaires. Je commençai à croire qu'ils n'étaient vraiment pas de force; Chorley le dit d'un air de triomphe, comme si nous n'avions joué que pour l'honneur de la partie, comme si les enjeux n'avaient eu aucune importance. Il répéta cette vanterie quelques instants après, quand nous eûmes gagné une autre partie.

Le marchand de porcs et son partenaire paraissaient un peu embarrassés.

« Cela tient aux cartes, dit le dernier d'un air un peu vexé.

— Bien sûr, ce sont les cartes, répéta le chapeau blanc. Je n'ai que des jeux détestables depuis que nous avons commencé. Là, encore!

— Encore un mauvais jeu? demanda le partenaire d'un air sombre.

— Détestable! Impossible de gagner avec ça.

— Allons, messieurs! s'écria mon partenaire Chorley, ce n'est pas tout à fait permis... on ne doit rien dire.

— Bah! s'écria le négociant, je pourrais bien vous montrer ce que j'ai dans la main. Il n'y a pas une levée. »

Nous gagnâmes encore.

Nos adversaires, de plus en plus vexés de nos succès, proposèrent alors de doubler l'enjeu. On y consentit, et on joua une autre partie.

Chorley et moi nous fûmes encore vainqueurs, et l'homme aux porcs demanda à son partenaire s'il voulait doubler de nouveau. Celui-ci consentit, après avoir hésité un instant, comme s'il eût trouvé l'enjeu trop fort. Nous qui gagnions, nous ne pouvions naturellement pas faire d'objections, et nous enlevâmes encore les *shinplasters*[1], comme les appelait euphoniquement Chorley.

Les enjeux furent de nouveau doublés et l'auraient peut-être encore été plusieurs fois, si je ne m'y étais positivement opposé. Je savais ce que j'avais d'argent dans la poche, et je pensais qu'avec une telle manière de jouer, ma bourse serait promptement à sec si la fortune nous devenait contraire. Je consentis cependant à risquer dix dollars, et nous continuâmes à jouer à ce taux-là.

Nous fîmes aussi bien de ne pas jouer davantage, car à partir de ce moment la fortune parut nous abandonner. Nous perdîmes presque à chaque fois, et toujours à dix dollars la partie. Je voyais ma bourse s'alléger d'une manière sensible. J'étais en train de me faire *nettoyer*.

Mon partenaire, si froid jusqu'alors, semblait perdre patience; il anathématisait les cartes à chaque instant, et souhaitait de n'avoir jamais accepté une partie à ce « sale whist. » Je ne saurais dire si cette colère en était la cause, mais il jouait certainement bien plus mal qu'au

1. Emplâtres, expression vulgaire pour désigner les billets de banque.

commencement. Il jeta plusieurs fois des cartes sans réfléchir. Il semblait que, dans l'état d'excitation où le mettaient nos pertes réitérées, il fût devenu indifférent au résultat. J'en étais d'autant plus surpris que je lui avais vu perdre à l'euchre, il n'y avait pas plus d'une heure, des sommes doubles, avec l'air de la plus parfaite indifférence.

Nous n'avions d'ailleurs pas mauvais jeu. A chaque coup nos cartes étaient bonnes, et nous aurions certainement gagné plusieurs fois, si mon partenaire avait mené son jeu plus habilement. Quoi qu'il en fût, nous continuâmes à perdre jusqu'au moment où je m'aperçus que la moitié de mon argent avait passé dans la poche de Hatcher et dans celle du marchand de porcs.

Le tout aurait sans doute trouvé le chemin des mêmes réceptacles, si la partie n'avait pas été subitement et quelque peu mystérieusement interrompue.

Quelques paroles élevées se firent entendre; elles semblaient partir du pont inférieur, et elles furent suivies d'une double détonation, comme de deux coups de pistolet tirés successivement et rapidement. Un instant après une voix s'écria : « Grand Dieu ! un homme tué! »

Les cartes nous tombèrent des mains, chacun saisit en se levant ce qui lui revenait dans les enjeux, et les joueurs, les parieurs et les curieux, sortirent pêle-mêle du salon en se précipitant par toutes les issues.

Quelques personnes descendirent, d'autres montèrent; les uns couraient vers l'arrière, les autres vers l'avant, tous criaient : « Qu'est-ce qu'il y a? Où est-il? Qui est-ce qui a tiré? Est-il tué? » Et une douzaine de questions du même genre, interrompues de temps en temps par les cris des dames qui étaient dans leurs cabines. L'alarme répandue par le cri : « Une femme à l'eau ! » n'était rien en comparaison de cette nouvelle scène d'excitation et de tumulte. Mais ce qu'il y eut de plus bizarre, ce fut qu'on ne trouva ni tué ni blessé, et que personne n'avait tiré ni vu tirer le coup de pistolet ! Personne n'avait été atteint, personne n'avait fait feu !

Que diable cela pouvait-il signifier ? Qui est-ce qui avait crié qu'un homme était tué ? On promena des lumières dans toutes les parties obscures du navire, mais on ne put découvrir ni tué, ni blessé, ni trace de sang, et chacun finit par éclater de rire, en déclarant que toute cette affaire n'était qu'une *charge*. C'est ce qu'affirma le négociant en porc salé, qui parut assez satisfait de ne plus être le seul à propager de fausses alarmes.

CHAPITRE XLIX.

Les sportsmen du Mississipi.

Avant que les choses fussent arrivées à ce résultat, j'avais eu une explication de la mystérieuse panique. J'étais seul au fait avec l'individu qui en était la cause.

En entendant les coups de feu, j'avais couru sur l'avant, sous la tente, et j'avais regardé par-dessus les balustrades. Je tournais mes yeux du côté des chaudières, car il m'avait semblé que c'était dans cette direction que les exclamations s'étaient fait entendre, bien que les détonations m'eussent paru partir d'un endroit plus rapproché.

Presque tout le monde s'était écoulé par les issues latérales et regardait sur les passavants, de sorte que j'étais seul dans l'obscurité, ou à peu près.

Je n'étais pas depuis longtemps dans cette situation, lorsque quelqu'un se glissa à côté de moi et me toucha le bras. Je me retournai et demandai qui c'était et ce que l'on voulait.

Une voix me répondit en français : « Un ami, monsieur, qui veut vous rendre un service.

— Ah! cette voix! C'était vous, alors, qui criiez?

— Moi-même.

— Et....

— C'est moi qui ai tiré les coups de feu, précisément.

— Il n'y a personne de tué, alors?

— Personne que je sache. Mon pistolet était dirigé en l'air. De plus, il n'était chargé qu'à poudre.

— J'en suis bien aise, monsieur; mais puis-je vous demander dans quel but vous avez...?

— Rien que pour *vous* rendre service, comme je l'ai dit.

— Mais comment comptiez-vous m'être utile en déchargeant vos pistolets et en effrayant les passagers de ce navire?

— Oh! quant à cela, il n'y a pas de mal. Ils se remettront bientôt de leur panique. Je désirais vous parler seul à seul. Je n'ai pas trouvé d'autre moyen de vous séparer de vos nouvelles connaissances. Mon coup de pistolet n'avait pas d'autre but. Il a fait son effet, comme vous voyez.

— Ah! monsieur, c'est vous alors qui m'avez parlé à l'oreille quand je me suis mis au jeu?

— Oui; n'avais-je pas prophétisé juste?

— C'est vrai; c'est encore vous qui étiez en face de moi dans le coin du salon?

— C'était moi. »

Permettez, lecteur, que j'explique ces deux questions. Au moment où j'allais accepter la partie de whist, quelqu'un m'avait tiré la manche, et avait chuchoté en français :

« Ne jouez pas, monsieur, vous êtes sûr de perdre. »

Je m'étais retourné du côté de celui qui venait de parler, et javais aperçû un jeune homme qui s'éloignait; mais je n'étais pas sûr que ce fût lui qui m'avait donné ce conseil. Comme on l'a vu, je n'en avais pas tenu compte.

Pendant que la partie était engagée, j'avais remarqué de nouveau ce jeune homme qui se tenait en face de moi, mais dans un coin obscur et assez éloigné du salon. Malgré l'obscurité, je voyais ses yeux fixés sur moi pendant que jouais. Ce fait seul aurait attiré mon attention; mais sa figure avait en outre une expression qui captivait mon intérêt, et, chaque fois qu'on donnait les cartes, je profitais de l'occasion pour tourner les yeux vers cet étrange personnage.

C'était un jeune homme élancé, d'une taille au-dessous de la moyenne, qui paraissait à peine âgé de vingt ans, mais que son air mélancolique faisait paraître un peu plus âgé. Ses traits étaient fins et délicats; son nez et ses lèvres semblaient appartenir à une femme. Sa joue était presque décolorée; une chevelure noire et soyeuse tombait en boucles abondantes sur son cou et sur ses épaules : telle était alors la mode créole. J'étais certain que c'était un créole, à cause de la forme et de l'étoffe de son costume, et parce qu'il parlait français : car je croyais être sûr que c'était lui qui m'avait parlé. Il portait une blouse d'étoffe brune qui n'était pas faite comme l'est en France ce célèbre vêtement, mais qui avait la forme de la chemise de chasse créole, le haut plissé et la partie inférieure tombant gracieusement. En outre, l'étoffe dont elle était faite, une belle toile écrue, montrait que c'était un vêtement de choix, qu'on ne portait pas par nécessité. Le pantalon était de la plus fine cotonnade bleu clair, venant des métiers d'Opelousas. Il était plissé au-dessous de la ceinture et ouvert au bas des jambes, où des boutons permettaient de le fermer autour des chevilles quand on le désirait. Ce jeune homme ne portait pas de veste : il avait un jabot de batiste brodée qui s'étalait sur la poitrine, et pour chaussure des bottines de lasting de laine claquées en cuir verni, fermées sur le coude-pied par un cordon de soie. Un panama à larges bords complétait ce costume tout à fait méridional.

Il n'y avait rien d'*outré* ni dans la chemise, ni dans le pantalon, ni dans la coiffure, ni dans la chaussure. L'ensemble était tout à fait harmonieux et tout à fait conforme à la mode qui régnait alors dans la région inférieure du Mississipi. Ce n'était pas par conséquent le vêtement de ce jeune homme qui avait attiré mon attention. J'étais habitué à en voir de pareils tous les jours, ce n'était pas cela. Non.... l'habit n'était pour rien dans l'intérêt que j'éprouvais. Cet intérêt venait peut-être de ce que je regardais ce jeune homme comme l'auteur du conseil rapide qu'on m'avait donné; mais ce n'était pas là le seul motif. Sa physionomie avait quelque chose qui attirait mes regards d'une manière si puissante, que je commençais à me demander si je n'avais pas déjà vu cette figure. Si je l'avais aperçu plus distinctement, j'aurais pu éclaircir mes doutes ; mais il se tenait dans l'ombre, et je ne pouvais l'examiner comme je le désirais.

C'était à peu près au moment où je faisais ces réflexions que je ne l'avais plus trouvé à sa place dans le coin du salon, et, une minute ou deux après, on avait entendu les cris et les coups de feu au dehors.

« Et maintenant, monsieur, puis-je vous demander pourquoi vous désirez me parler, et ce que vous avez à me dire ? »

Je commençais à me sentir ennuyé de l'intervention de ce jeune homme. On n'aime pas à être soudainement arraché à une partie de whist, encore moins quand on vient de perdre.

« Je désire vous parler, parce que je m'intéresse à vous ; ce que j'ai à vous dire, vous allez l'apprendre.

— Vous vous intéressez à moi ! Mais, je vous prie, monsieur, à quoi suis-je redevable de cet intérêt ?

— N'est-ce pas assez que vous soyez étranger, et probablement sur le point d'être dévalisé, comme un *greenhorn*[1] ?

— Comment, monsieur?

— Allons, ne vous fâchez pas contre moi. C'est le terme dont se sont servis cette nuit en parlant de vous la plupart de vos nouvelles connaissances. Si vous retournez jouer avec eux, je crois que vous mériterez ce titre.

— Ah ! monsieur, ceci est trop fort ; vous vous mêlez de choses qui ne vous regardent pas.

— C'est vrai, cela ne me regarde pas; mais cela *vous* regarde, et cependant.... Ah ! »

J'allais quitter ce jeune importun et retourner immédiatement au jeu, quand l'étrange mélancolie de sa physionomie me fit hésiter et rester près de lui un peu plus longtemps.

« Eh bien, dis-je, vous ne m'avez pas encore dit ce que vous désiriez me dire.

— Je l'ai déjà dit, vraiment. Je vous ai déjà conseillé de ne pas jouer ; je vous ai averti que vous perdriez. Je réitère ce conseil.

— C'est vrai, j'ai perdu un peu; mais il ne s'ensuit pas que la fortune sera toujours du même côté. C'est plutôt de la faute de mon partenaire, qui paraît mal jouer.

— Si je ne me trompe, votre partenaire est un des meilleurs joueurs de la rivière. Je crois l'avoir déjà vu.

— Ah ! vous le connaissez alors ?

— Un peu.... pas beaucoup, mais enfin je le connais. Mais vous-même, le connaissez-vous ?

— Je ne l'ai jamais vu avant cette nuit.

— Ni aucun des autres?

— Ils me sont tous également étrangers.

— Alors, vous ne vous doutez pas que vous jouez avec des *sportsmen?*

1. Corne-verte, c'est-à-dire novice, innocent. (*Note du traducteur.*)

— Non ; mais je suis bien aise de l'apprendre. Je suis moi-même un peu sportsman, car je suis amateur de chiens, de chevaux, d'armes, autant qu'aucun d'eux trois, je vous assure.

— Ah! monsieur, vous vous trompez. Un sportsman dans votre pays et un sportsman sur un bateau du Mississipi, sont deux personnes très-différentes. Les renards, les lièvres et les perdrix sont le gibier de votre sportsman. Les green-horns et leurs bourses sont le gibier de l'autre.

— Alors, les hommes avec qui je joue sont....

— Des joueurs de profession, des filous de bateau à vapeur.

— Êtes-vous sûr de cela, monsieur?

— Tout à fait sûr. Oh! je suis allé à la Nouvelle-Orléans et j'en suis revenu plus d'une fois. Je les ai tous vus déjà.

— Mais l'un d'eux a l'air d'un fermier ou d'un marchand ; je croyais que c'était un marchand de porcs de Cincinnati, son langage semble l'indiquer.

— Fermier.... marchand, ah! ah! ah! un fermier sans terres, un marchand sans commerce! Monsieur, cet individu dont le costume est si simple est, dit-on, le plus fin ; suivant l'expression yankee, le plus fin sportsman de la vallée du Mississipi, et ses pareils ne sont pas rares, je le jure.

— Après tout, ils sont étrangers l'un à l'autre, et l'un d'eux est mon partenaire. Je ne vois pas comment ils peuvent....

— Étrangers l'un à l'autre! interrompit mon nouvel ami. Depuis quand ont-ils fait connaissance? Je les ai vus moi-même en compagnie tous les trois, toujours occupés de la même manière, presque toutes les fois que j'ai voyagé sur le fleuve. Il est vrai qu'ils se parlent comme s'ils se rencontraient par hasard. Cela fait partie de leurs arrangements pour tromper les gens comme vous.

— De sorte que vous croyez qu'ils viennent de me tromper ?

— Oui, depuis que l'enjeu est de dix dollars.

— Mais comment ?

— Oh ! c'est très-simple. Quelquefois votre partenaire joue exprès une mauvaise carte.

— Ah ! J'y suis maintenant ; je le crois.

— Ce n'est pas nécessaire cependant. Vous auriez un partenaire honnête, que le résultat serait le même. Vos adversaires ont un système de signaux qui leur permet de se communiquer bien des choses.... l'espèce de cartes qu'ils ont dans la main.... la couleur de ces cartes, leur valeur, et ainsi de suite. Vous ne remarquez pas comment ils posent leurs doigts sur le bord de la table. Je l'ai remarqué, moi. Un doigt placé horizontalement indique un atout ; deux doigts placés de la même manière, deux atouts ; trois doigts trois atouts, et ainsi de suite. Une légère courbure des doigts indique combien d'atouts sont des honneurs ; un certain mouvement du pouce annonce un as ; et de cette façon chacun de vos adversaires sait, à une carte près, le jeu de son partenaire. Le troisième n'est pas nécessaire pour arriver au résultat désiré. Dans le cas actuel, il y avait sept fripons[1] au jeu, quatre dans les cartes, et trois parmi les joueurs.

— C'est infâme !

— Vous avez raison, et je vous aurais averti plus tôt ; mais vous savez que je n'ai pas pu en trouver l'occasion. Vous le dire ouvertement, et démasquer ces coquins, c'eût été pour moi bien dangereux : c'est pour cela que j'ai été forcé d'employer la ruse. Tous trois se fâcheraient de la plus petite atteinte portée à leur honneur. Deux d'entre eux sont des duellistes connus. Il est probable que demain j'aurais été provoqué et tué, et vous m'auriez à peine remercié de mon intervention.

1. Les valets du jeu de cartes s'appellent en anglais *knaves*, fripons.

— Mon cher monsieur, je vous suis extrêmement reconnaissant. Je suis convaincu que ce que vous me dites est vrai. Que dois-je faire?

— Ne plus jouer, tout simplement. Ne vous occupez plus de ce que vous avez perdu; vous ne sauriez le ravoir.

— Mais je ne suis pas disposé à me laisser ainsi outrager et voler impunément. Je vais tenter une nouvelle partie, je les surveillerai, et....

— Non, vous auriez tort de le faire. Je vous dis, monsieur, que ces hommes sont aussi duellistes que fripons, et qu'ils ne manquent pas de courage. L'un d'entre eux, votre partenaire, l'a prouvé en faisant un voyage de plus de trois cents milles, pour se battre avec une personne qui l'avait insulté, ou plutôt qui avait dit la vérité en parlant de lui! De plus, il a réussi à tuer son homme. Je vous répète, monsieur, que vous ne pouvez rien gagner en vous querellant avec de pareilles gens, à moins que vous ne trouviez que c'est une bonne chance de recevoir une balle dans le corps. Je sais que vous êtes étranger dans notre pays. Suivez donc mon conseil, et faites ce que je vous ai dit. Abandonnez-leur leur gain. Il est tard. Retirez-vous dans votre chambre, et ne pensez plus à ce que vous avez perdu. »

Était-ce à cause de l'alerte récente causée par la fausse alarme? était-ce par suite des étranges renseignements que je venais d'entendre, et dont l'effet fut favorisé par la brise fraîche du fleuve? je ne saurais le dire; mais mon ivresse se dissipa, et mon cerveau s'éclaircit. Je ne doutai pas un instant que le jeune créole ne m'eût dit la vérité. Ses manières aussi bien que ses paroles, jointes aux circonstances que j'avais pu observer, me convainquirent complétement.

Je me sentais pénétré de reconnaissance pour le service qu'il m'avait rendu, en courant lui-même un danger assez grand : car la ruse même qu'il avait employée aurait pu lui être funeste, si quelqu'un l'avait vu tirer ses coups de pistolet.

Pourquoi avait-il agi ainsi? D'où lui venait cet intérêt pour mes affaires? Avait-il donné la véritable raison? N'avait-il été poussé que par un sentiment chevaleresque? J'avais entendu citer de semblables exemples d'élévation d'esprit parmi les créoles français de la Louisiane. Était-ce une nouvelle preuve du même genre?

Je dis que j'étais pénétré de reconnaissance, et je résolus de suivre ses conseils.

« Je ferai ce que vous me dites, lui répondis-je, mais à une condition.

— Laquelle, monsieur?

— C'est que vous me donnerez votre adresse, afin que, dès que nous arriverons à la Nouvelle-Orléans, je puisse avoir le moyen de renouveler notre connaissance et de vous prouver ma gratitude.

— Hélas! monsieur, je n'ai pas d'adresse. »

Je me sentis embarrassé. Le ton mélancolique avec lequel il avait prononcé ces paroles prouvait que ce cœur jeune et généreux était oppressé par quelque chagrin.

Il ne m'appartenait pas d'en demander la cause, en ce moment moins que jamais; mais mon propre chagrin me disposait à la sympathie pour celui des autres, et je compris que j'étais près d'une personne dont la perspective était loin d'être heureuse. Je me sentais embarrassé par sa réponse. Elle me mettait dans une situation délicate pour y répliquer.

« Peut-être, dis-je enfin, voudrez-vous me faire le plaisir de venir me voir. Je descends à l'hôtel Saint-Louis.

— J'irai avec plaisir.

— Demain?

— Demain soir.

— Je vous attendrai. Bonsoir, monsieur. »

Nous nous séparâmes, et, chacun de notre côté, nous nous dirigeâmes vers la cabine.

Dix minutes après j'étais endormi sur mon étroite couchette, et dix heures après je prenais mon café à l'hôtel Saint-Louis.

CHAPITRE L.

La cité.

Je suis très-enclin à vivre à la campagne. Je suis amateur de chasse et de pêche.

Si j'analysais ces dispositions, je trouverais peut-être qu'elles émanent d'une source plus pure, l'amour de la nature elle-même. Je suis le daim à la piste, parce que cela me conduit dans les solitudes les plus reculées des forêts; je poursuis la truite dans le ruisseau, parce que cela me mène vers des retraites paisibles, sur le bord des étangs ombragés, où le pied de l'homme vient rarement se poser. Une fois que j'ai gagné les lieux fréquentés par le gibier ou par le poisson, mon énergie de sportsman s'éteint; ma ligne de pêche pend sur le sol, mon fusil reste inactif à côté de moi, et mon âme s'abandonne à une communication plus intime avec les beautés de la nature. Oh! je suis un amant bien rare des scènes sylvestres.

Malgré tout cela, cependant, je reconnais volontiers que les premières heures passées dans une grande cité ont pour moi un charme particulier. Un monde de plaisirs nouveaux se trouve tout à coup à ma portée, un monde de luxe se présente à mes yeux. Mon âme est charmée par des jouissances rares. La beauté et le chant, le vin et la danse, ont pour moi des attraits variés. L'amour, ou peut-être la passion, m'entraîne dans plus d'une aventure romanesque : car le romanesque peut se trouver dans les murs d'une ville. Le cœur humain est sa demeure, et il n'y a que des don Quichotte rêveurs qui puissent s'imaginer que la vapeur et la civilisation sont contraires aux plus pures aspirations de la poésie. Le sophisme consiste bien plus à célébrer le caractère chevaleresque du sauvage. Ses haillons si pittoresques couvrent souvent un corps affaibli, un estomac vide. Quoique je puisse prétendre au nom de soldat, je préfère le bruit joyeux du moulin actif au tonnerre des canons; j'estime que la grande cheminée, avec sa bannière de fumée noire, offre un coup d'œil beaucoup plus noble que la tour d'une forteresse avec son drapeau flottant. Le clapotement des roues d'un bateau à vapeur est, suivant moi, une douce musique; et le sifflement du cheval-vapeur résonne à mes oreilles d'une manière plus noble que le hennissement du cheval de bataille. Une nation de singes peut se servir de la poudre à canon; il faut une nation d'hommes pour diriger l'élément plus puissant qui s'appelle la vapeur.

Ces idées ne s'accordent pas avec le sentimentalisme chétif du boudoir et des écoles. Le don quichottisme des temps modernes se fâchera contre le grossier écrivain qui pose ainsi une main brutale sur le cimier du chevalier bardé de fer, et qui veut le dépouiller de ses plumes glorieuses et brillantes. Il est pénible d'abandonner des préjugés et des idées préconçues, quelque faux qu'ils soient; et l'auteur est obligé d'avouer qu'il n'en est pas lui-même arrivé là, sans faire des efforts extraordinaires. Il lui a été pénible d'abandonner les illusions homériques, de croire que les Grecs étaient des hommes, et non des demi-dieux; il lui a été pénible de retrouver dans un joueur d'orgue ou dans un chanteur d'Opéra le descendant de ces héros si poétiquement dépeints par Virgile; et cependant, à l'époque de ma rêveuse jeunesse, quand je me tournais du côté de l'Occident, je le faisais avec la conviction entière que le pays de la prose était devant moi et que celui de la poésie était derrière !

Grâce à saint Hubert, et au charme du mot Mexico, je me dirigeai de ce côté ! et j'avais à peine mis le pied sur ces plages glorieuses, foulées par les pas d'un Colomb et d'un Cortez, que j'avais reconnu la patrie du poétique et du pittoresque. Sur cette terre que l'on qualifie de prosaïque, la terre des dollars, j'aspirai le souffle le plus pur de l'esprit poétique; il ne se trouvait pas dans le rhythme des livres, mais il était exprimé par les types les plus beaux des formes humaines, par les plus nobles impulsions de l'âme; les rochers et les fleuves, les oiseaux, les feuilles et les fleurs, en portaient l'empreinte. Dans cette ville même, que des voyageurs parjures ou livrés aux préjugés m'avaient appris à considérer comme un camp de proscrits, je trouvai l'humanité sous ses formes les plus belles, le progrès uni au plaisir, la civilisation couronnée par des penchants chevaleresques. Prosaïque vraiment ! peuple amoureux de l'argent ! J'ose affirmer que, dans la concavité de ce petit croissant où s'élève la Nouvelle-Orléans, on trouvera un mélange psychologique plus varié et plus intéressant que dans aucun espace de même étendue sur la surface du globe. Les passions, favorisées par le climat, atteignent là leur entier, leur plus grand développement. L'amour et la haine, la joie et la douleur, l'avarice, l'ambition, y arrivent toutes à une vigueur parfaite. Là aussi les vertus morales éclatent dans toute leur pureté. L'affectation ne s'y trouve pas à son aise, et il faut que l'hypocrisie soit bien profonde, si elle veut éviter d'être reconnue et châtiée. Le génie y est presque universel, et l'activité aussi. La stupidité et la paresse ne sauraient exister dans ce monde mobile de la vie active et des jouissances.

Cette ville singulière offre aussi à l'observateur un mélange ethnologique plein d'intérêt. Aucune autre cité ne présente peut-être dans ses rues une aussi grande variété de nations. Fondée par les Français, possédée par les Espagnols, annexée par les Américains, ces trois nations y forment les éléments principaux de la population. Mais on peut néanmoins y rencontrer des représentants de la plupart des peuples civilisés, et de beaucoup de peuples sauvages. Le Turc avec son turban, l'Arabe dans son burnous, le Chinois à tête rasée avec sa queue, le noir fils de l'Afrique, l'Indien rouge, le métis bronzé, le mulâtre jaune, le Malais olive, le blond et gracieux créole, et le non moins gracieux quarteron, se coudoient dans les rues avec les races à sang rouge du Nord, l'Allemand et le Gaël, le Russe et le Suédois, le Flamand, le Yankee et l'Anglais. Étrange mosaïque humaine, mélange bigarré, telle est la population de la Crescent-City.

La Nouvelle-Orléans est vraiment une grande métropole; elle a plus l'aspect d'une grande ville que beaucoup d'autres lieux plus peuplés, soit en Europe, soit en Amérique. On comprend, en parcourant ses rues, qu'on n'est pas dans une ville de province. Les magasins offrent les marchandises les plus riches, les mieux travaillées. Des hôtels, semblables à des palais, s'élèvent dans toutes les rues. Des cafés somptueux invitent à entrer dans leurs salons élégants. On y trouve des théâtres, temples d'architecture, où l'on peut voir représenter d'une manière admirable les drames français, allemands ou anglais; et dans la saison on peut y entendre la musique émouvante de l'opéra italien. Si l'on est amateur de l'art de Terpsichore, on trouve que la Nouvelle-Orléans est, par excellence, la ville de goût.

Je savais ce que la Nouvelle-Orléans peut offrir de plaisirs. Je connaissais les endroits où l'on se procure les différentes jouissances de la vie, et cependant je ne les recherchai pas.

Après un long séjour à la campagne, j'entrai dans la ville sans donner une pensée à tous ces plaisirs; chose rare dans la vie même de l'homme le plus posé,

Les mascarades, les bals de quarteronnes, les drames, les doux accents de l'opéra, avaient perdu pour moi leur attrait. Une seule pensée s'était emparée de mon cœur : Aurore ! Il n'y restait plus de place pour aucune autre.

Je réfléchis à ce que j'avais à faire.

Mettez-vous dans ma position, et vous reconnaîtrez sans doute qu'elle était difficile. En premier lieu, j'étais amoureux de cette belle quarteronne ; amoureux sans pouvoir cesser de l'être. En second lieu, elle, l'objet de ma passion, était *en vente* et *aux enchères publiques*. Troisièmement, j'étais jaloux, oui, jaloux, de celle que l'on pouvait vendre et acheter comme une balle de coton ou un baril de sucre ! Quatrièmement, j'étais encore incertain de pouvoir en devenir l'acquéreur. Je ne savais pas si la lettre de mon banquier était déjà arrivée à la Nouvelle-Orléans. A cette époque les steamers de l'Océan n'étaient pas connus, et la date d'arrivée d'une malle d'Europe ne pouvait pas être fixée avec la moindre certitude. Si celle que j'attendais n'arrivait pas en temps convenable, mon infortune serait à son comble. Un autre deviendrait le possesseur de ce que j'avais de plus cher en ce monde, serait son seigneur et maître, et aurait le pouvoir... O Dieu ! cette idée était terrible. Je ne pouvais m'y arrêter.

Et même si la lettre que j'attendais arrivait à temps, la somme que l'on m'annonçait suffirait-elle ? Cinq cents livres sterling, deux mille cinq cents dollars ! Deux mille cinq cents dollars seraient-ils le prix de celle qui me paraissait inappréciable ?

Je doutais même qu'elle atteignît ce prix-là. Je savais qu'un esclave coûtait alors en moyenne mille dollars, et il était rare qu'on donnât le double de cette somme : il fallait pour cela qu'il s'agît d'un homme vigoureux, mécanicien adroit, bon serrurier, habile barbier.

Mais pour Aurore !... Oh ! j'avais entendu parler de

choses étranges, d'enchères fantastiques, des luttes ardentes pour un pareil lot; d'hommes riches et à passions lubriques se disputant avec ardeur une telle proie.

Des pensées de ce genre sont capables de déchirer l'âme dans les circonstances les plus ordinaires! Quel fut leur effet sur moi? Je ne puis décrire les sentiments qui m'agitaient.

Si cette somme m'arrivait à temps, si elle était suffisante, si je réussissais même à devenir le *propriétaire* d'Aurore.... quoi encore? Qu'arriverait-il si ma jalousie était fondée? si elle ne m'aimait pas? Incertitude plus pénible que toute autre. Je n'aurais que son corps; son cœur et son âme appartiendraient à un autre. Je subirais la torture la plus raffinée : je serais l'esclave d'une esclave!

Pourquoi essayerais-je de l'acheter, après tout? Pourquoi ne pas faire un effort vigoureux, et me délivrer de cette passion délirante? Elle n'est pas digne du sacrifice que je voulais faire pour elle. Non, elle m'a trompé, j'en suis sûr, elle m'a trompé! Pourquoi ne pas violer ma promesse, quoique je l'aie faite dans des termes inspirés par l'amour le plus vif? Pourquoi ne pas fuir, ne pas chercher à échapper à la torture qui me rend fou? Oh! pourquoi?

Dans un moment plus calme, on peut croire que de pareilles questions méritent une réponse. Je ne pouvais pas y répondre; je ne me les faisais même pas, bien qu'elles traversassent mon esprit. Dans l'état où se trouvaient mes idées, la prudence n'existe pas. Ce qui est utile ne se fait pas sentir. Je n'aurais pas écouté de froids conseils. Vous qui avez aimé avec passion, vous pouvez seul me comprendre. J'étais résolu à risquer fortune, réputation, existence, tout, pour posséder celle que j'adorais si ardemment!

CHAPITRE LI.

Vente importante de nègres.

« *L'Abeille*, monsieur ? »

Le garçon qui me servait le café m'offrait en même temps un journal fraîchement imprimé.

C'était une grande feuille qui avait pour titre, d'un côté, *L'Abeille*, et de l'autre son synonyme anglais, *The Bee*. La moitié du texte était en français, l'autre en anglais. Chacune des deux parties était la reproduction, la traduction de la seconde.

Je pris machinalement le journal de la main du garçon, mais sans avoir l'idée ni l'envie de le lire. Mes yeux erraient indifféremment sur la large feuille, sans voir, pour ainsi dire, ce qu'elle contenait.

Tout à coup, le titre d'une annonce fixa mes regards et éveilla mon attention. C'était sur le côté français du journal.

ANNONCE.

Vente importante de nègres !

Oui, c'étaient eux. L'annonce ne me surprit pas. Je m'y attendais.

Je tournai la feuille afin de mieux comprendre ; l'indication y était en larges caractères noirs :

Important sale of negroes !

Je lus :

Propriété en faillite. Plantation Besançon !

Pauvre Eugénie !

Et plus loin :

« Quarante travailleurs des champs, bien constitués, « d'âges divers. Plusieurs domestiques de choix, cochers, « cuisiniers, femmes de chambre, charretiers. Un cer- « tain nombre de petits mulâtres et de jeunes mulâtresses « de dix à vingt ans, » etc., etc.

Suivait une liste détaillée. Je lus :

« Lot 1. Scipion, 48 ans. Noir en bon état, 5 pieds, 11 « pouces, connaît le service intérieur, et le pansement « des chevaux. Sain et sans tare.

« Lot 2. Hannibal, 40. Mulâtre foncé. 5 pi. 9 po., bon « cocher, sain et vigoureux.

« Lot 3. César, 43. Noir des champs. Sain, » etc., etc.

Mes yeux ne purent continuer à lire ces détails repoussants. Ils arrivèrent au bas de la colonne à la recherche d'un nom. Ils l'auraient trouvé plus vite si ma main n'avait pas tremblé, et si le mouvement de vibration de la feuille ne m'avait presque empêché de lire. Je le trouvai enfin : *c'était le dernier de la liste !* Pourquoi le dernier ? Qu'importe ? sa description s'y trouvait.

Puis-je oser lire ? Cœur affaissé, brûlant, apaise tes mouvements tumultueux !

« Lot 65. Aurore, 19. Quarteronne. Bonne apparence, « bonne femme de ménage et bonne couturière. »

Portrait esquissé par une plume délicate, rapide et clair.

Bonne apparence, ha! ha! ha! Bonne apparence, ha ! ha ! La brute qui a écrit ce paragraphe aurait décrit Vénus comme une fille de bonne apparence. Mort et furie ! Je ne plaisante pas ; cette profanation de tout ce qu'il y a de charmant, de tout ce qu'il y a de sacré, de tout ce qu'il y a de cher à mon cœur, est une véritable torture. Le sang bout dans mes veines ; mon sein est déchiré par les plus terribles émotions.

Le journal tomba de mes mains, et je m'inclinai sur la table, les doigts crispés. J'aurais poussé des cris si j'avais été seul. Mais non. J'étais assis dans la grande salle à manger de l'hôtel. Les gens qui étaient près de moi auraient ri de ma douleur, s'ils en avaient connu le motif.

Quelques minutes se passèrent avant que je pusse réfléchir à ce que j'avais lu. J'étais dans une sorte de stupeur causée par la violence de mes émotions.

La réflexion arriva enfin, et ma première pensée fut d'agir. Je désirai plus que jamais devenir l'acquéreur de cette belle esclave, la délivrer de sa hideuse servitude. Je l'achèterais, je la rendrais libre. Fidèle ou infidèle, ma conduite serait la même. Je ne réclamerais pas de reconnaissance. Elle choisirait elle-même. Elle serait libre, sinon de disposer de sa gratitude, au moins de disposer de son amour. L'amour basé sur la reconnaissance ne me suffirait pas. Un tel amour ne saurait être durable. Elle me donnerait librement son cœur, si je l'avais déjà conquis, ce serait bien. Sinon, si elle avait donné son affection à un autre, le chagrin serait pour moi. De toutes les façons, Aurore serait heureuse.

L'amour avait élevé mon âme, l'avait animé de ses nobles impulsions.

Et maintenant, délivrons-la.

Quand devait avoir lieu cette hideuse exhibition, cette vente importante? Quand devait-on vendre ma fiancée, et quand devais-je assister à ce spectacle?

Je repris le journal pour m'assurer du moment et de l'endroit. Je connaissais bien l'endroit, la rotonde de la Bourse de Saint-Louis, près de l'hôtel, à moins de vingt pas du lieu où j'étais assis. C'était le marché des esclaves. Mais l'époque, *cela* était plus important; c'était même la seule chose importante. Il est bizarre que je n'y aie pas songé plus tôt. Si c'est à une époque rapprochée, et que ma lettre ne soit pas arrivée! Je n'osais faire une pareille supposition. Ah! on doit avoir annoncé cette vente quelques jours d'avance. Les nègres peuvent n'avoir été amenés qu'au dernier moment!

Mes mains tremblaient pendant que je cherchais l'article des yeux. A la fin je le trouvai. Je lus avec une surprise pénible :

Demain à midi !

Je regardai la date du journal. Tout était exact ; c'était l'édition du matin. Je regardai au cadran sur la muraille : midi allait sonner ! Juste un jour à attendre.

« O Dieu ! si ma lettre n'arrivait pas ! »

Je tirai ma bourse, et j'en regardai machinalement le contenu, je ne sais pourquoi, car j'étais sûr qu'il n'y avait que cent dollars. Les sportsmen l'avaient réduite de volume. Quand j'eus fini de compter, je ne pus m'empêcher de sourire de l'absurdité de la chose. Cent dollars *pour la quarteronne ! Bonne apparence, bonne femme de ménage*, etc. ! *Cent dollars d'enchère !* Le commissaire-priseur n'y prendrait seulement pas garde.

Tout dépendait maintenant de la malle d'Angleterre. Si elle n'était pas déjà arrivée, ou si elle n'arrivait pas avant le lendemain, je serais sans espoir ; sans une lettre de crédit sur mon banquier de la Nouvelle-Orléans, je ne pourrais réunir cinquante livres sterling, même en y consacrant ma montre, mes bijoux, tout ce que j'avais. Quant à emprunter, je ne pouvais y songer. Qui est-ce qui me prêterait de l'argent ? Qui voudrait avancer à un étranger une somme aussi forte que celle dont j'avais besoin ? J'étais sûr que personne ne le voudrait. Reigart n'aurait pas pu venir à mon aide pour une somme aussi considérable, lors même que j'aurais le temps d'avoir recours à lui. Personne ne *voudrait*, ne *pourrait* me rendre ce service ; personne dont la pensée me vînt à l'esprit.

« Mais le banquier lui-même ! Heureuse idée, le banquier Brown ! Le bon, le généreux Brown, de la maison anglaise Brown et Cie, lui qui m'a déjà donné d'une figure souriante de l'argent en échange de mes traites. Il le fera ! C'est l'homme qu'il me faut ! Pourquoi n'ai-je pas pensé à lui plus tôt ? Oui ; si la lettre ne lui est pas parvenue, je lui dirai que je l'attends tous les jours, et quel en est le montant. Il m'avancera l'argent. Il est midi passé. Il n'y a pas de temps à perdre. Il est dans ses bureaux maintenant. Je vais m'adresser à lui tout de suite. »

Je pris mon chapeau, et, sortant de l'hôtel à la hâte, je me dirigeai vers la maison de banque Brown et Cie.

CHAPITRE LII.

Brown et Cie.

La maison de banque de Brown et Cie était dans Canal-Street. En partant de la Bourse de Saint-Louis, on peut se rendre à Canal-Street par la rue Conti, ou par la rue Royale, qui lui est parallèle. Cette dernière est la promenade favorite des joyeux créoles français, comme Saint-Charles-Street est celle des Américains fashionables.

Vous vous étonnez sans doute de ce mélange de français et d'anglais dans la nomenclature des rues. La vérité est que la Nouvelle-Orléans présente une particularité assez rare. Elle est composée de deux villes distinctes, l'une française, l'autre américaine. Je pourrais même dire qu'il y en a *trois*, car on y trouve un quartier espagnol différent des deux autres, et l'on peut y voir au coin des rues la désignation espagnole *Calle*, ainsi la *Calle de Casa-Calvo*, *Calle del Hispo*, etc. Cette particularité s'explique quand on se reporte à l'histoire de la Louisiane. Elle fut colonisée par les Français au commencement du XVIIIe siècle ; la Nouvelle-Orléans fut fondée en 1717. Les Français possédèrent la Louisiane jusqu'en 1762, où ils la cédèrent à l'Espagne; celle-ci la garda près de cinquante ans, jusqu'en 1798, époque à laquelle la France en redevint maîtresse. Cinq ans après, en 1803, Napoléon vendit cette riche contrée au gouvernement américain pour 15 millions de dollars, le meilleur marché qu'ait jamais fait Frère-Jonathan, et en apparence assez mauvais pour Napoléon. Après tout, Napoléon avait raison. Il prévoyait sans doute que ce pays ne serait pas resté longtemps la propriété de la France. Tôt ou tard, le pavillon américain devait flotter sur la Crescent-City, et le bon marché de Napoléon a sans doute épargné une guerre à l'Amérique, une humiliation à la France.

Ce changement de maîtres explique ce qu'il y a de particulier dans la population de la Nouvelle-Orléans. Les habitudes distinctives des trois nations sont visibles dans les rues, dans les maisons, dans les coutumes, dans les vêtements même des habitants. Les traces nationales ne sont nulle part plus évidentes que dans les différents genres d'architecture. On trouve dans le quartier américain de hautes constructions en brique, à plusieurs étages, dont les façades éclatantes sont à moitié occupées par des rangées de fenêtres, de façon à combiner la lumière et l'ornementation avec la solidité et le confort. C'est le type anglo-américain. Le type français se retrouve dans les maisons de bois légères, à un seul étage, peintes de couleurs gaies, et entourées par les vertes vérandahs ; leurs fenêtres s'ouvrent comme des portes, et de nombreux rideaux de gaze sont suspendus à l'intérieur.

Le type du caractère fier et solennel des Espagnols se retrouve dans les sombres et massives constructions de pierre de style mauresque, que l'on voit encore dans un grand nombre de rues de la Nouvelle-Orléans. La grande cathédrale est un des beaux spécimens du genre ; elle subsistera comme un monument de l'occupation espagnole, longtemps après que la population originaire de France et d'Espagne aura été absorbée et fondue dans le creuset de la propagande anglo-américaine. La partie américaine de la Nouvelle-Orléans est celle qui se trouve dans le haut de la rivière; elle est connue sous le nom de faubourg Sainte-Marie et sous celui de faubourg de l'Annonciation; Canal-Street la sépare du quartier français, qui est la vieille ville, plus particulièrement habitée par les créoles, Français ou Espagnols.

Il y a quelques années, la population française et la population américaine étaient à peu près égales. Maintenant l'élément saxon prédomine et absorbe rapidement tous les autres. Il viendra un temps où le créole indolent sera obligé de céder à l'Américain plus énergique; en d'autres termes, la Nouvelle-Orléans sera américanisée. Le progrès et la civilisation y gagneront aux dépens, si l'on en croit l'école sentimentale, du poétique et du pittoresque.

Il y a donc deux villes distinctes à la Nouvelle-Orléans. Chacune d'elles a une Bourse particulière, une municipalité spéciale et des administrations publiques différentes; chacune a un centre de réunion fashionable, une promenade favorite pour ses flâneurs, qui sont nombreux dans la métropole du Sud-Ouest; chacune a ses théâtres, ses bals, ses hôtels et ses cafés. En quelques pas, on se transporte d'un monde dans un autre monde tout à fait différent. Traverser Canal-Street, c'est comme si l'on allait de Broadway sur les boulevards.

Il y a une grande différence dans les occupations des habitants des deux quartiers. Les Américains font le commerce des objets les plus nécessaires à l'existence de l'homme. Les grands dépôts de coton, de tabac, de bois, et de tous les produits bruts, sont chez eux. De l'autre côté se trouvent les objets plus recherchés; les dentelles, les bijoux, les modes et les modistes, les soies et les satins, tous les articles de bijouterie et de luxe, passent par les doigts plus légers des créoles, qui ont hérité de l'adresse et du goût de leurs ancêtres parisiens. On trouve aussi dans la partie française de la ville les riches marchands de vins qui ont fait leur fortune par l'importation du bordeaux et du champagne : car ces vins sont ceux dont on fait la plus abondante consommation sur les rivages du Mississipi.

Les deux races ne manquent pas de se jalouser. Le vigoureux et énergique Kentuckien affecte de mépriser le gai Français amoureux du plaisir, tandis que celui-ci, la vieille noblesse créole en particulier, regarde avec mépris la bizarrerie de l'homme du Nord. Les querelles et les rixes ne sont pas rares entre eux. La Nouvelle-Orléans est la ville du duel par excellence. Dans toutes les rencontres de ce genre, le Kentuckien s'aperçoit que le créole est bien son égal par la vivacité, le courage et l'adresse. Je connais beaucoup de créoles qui sont fameux par le nombre de leurs duels. Une chanteuse ou une danseuse d'Opéra est fréquemment l'occasion d'une dizaine de rencontres, et même davantage, suivant ses qualités ou peut-être suivant ses défauts. Les bals masqués et les bals de quarteronnes sont aussi le théâtre de querelles fréquentes parmi les gens échauffés par le vin qui en sont les habitués. N'allez pas croire que la vie de la Nouvelle-Orléans soit vide d'événements et d'aventures. On trouverait difficilement une cité moins prosaïque.

Ces pensées ne me vinrent pas à l'esprit pendant que je me rendais à la maison de banque de Brown et Cie. J'étais occupé de bien autre chose, d'une chose qui me faisait marcher à pas précipités et le cœur rempli d'agitation.

La course était assez longue pour me donner le temps de me livrer à plus d'une hypothèse. Si ma lettre et la traite étaient arrivées, on me remettrait aussitôt les fonds, et je supposais qu'ils seraient suffisants pour ce que je voulais faire, suffisants pour acheter ma fiancée esclave ! Si rien n'était arrivé, que faire alors ? Brown m'avancerait-il l'argent ? J'entendais battre mon cœur en me faisant cette question. La réponse, affirmative ou négative, serait pour moi une sentence de vie ou de mort.

Cependant je croyais être à moitié sûr que Brown consentirait. Je ne pouvais pas me figurer sa face de John Bull, souriante et généreuse, obscurcie par le sérieux d'un refus. L'importance énorme que cela avait pour moi en ce moment, la certitude d'être remboursé dans peu de jours, peut-être dans quelques heures.... il ne me refuserait certainement pas! Quel inconvénient y avait-il, pour lui qui possédait des millions, à faire une avance de cinq cents livres sterling? Oh! il la ferait certainement. Il ne fallait pas craindre qu'il s'y refusât!

Je franchis le seuil de l'homme d'argent, l'esprit allégé par cette douce prévision. Quand je repassai ce seuil, mon âme était attristée par le désappointement. Ma lettre n'était pas encore arrivée, Brown avait refusé d'avancer la somme!

J'étais trop inexpérimenté en affaires pour comprendre ces calculs sordides, cette froide politesse. Qu'importait au banquier mon besoin pressant? Que lui faisait mon ardente prière? Il en aurait été de même si je lui avais fait connaître mes motifs, mon but. Le même sourire négatif et froid eût été sa réponse, quand bien même ma vie en aurait dépendu.

Il est inutile de raconter l'entrevue. Elle avait été extrêmement courte. On me dit, avec un sourire glacial, qu'on n'avait pas encore reçu la lettre. Quant à la demande que je fis pour qu'on m'avançât l'argent, la réponse avait été assez brusque. Le bon et généreux sourire avait disparu de la grosse figure de Brown. Ce n'était pas là une affaire, c'était impossible. Il n'y eut pas d'autre réponse, je ne fus pas engagé à continuer. J'aurais pu faire de plus pressants efforts. J'aurais pu avouer dans quel but j'avais besoin de cet argent; mais la physionomie de Brown ne m'y encouragea pas. Je fis peut-être aussi bien de m'en abstenir. Brown aurait raillé mon secret délicat.

Les gens de la ville réunis autour de sa table à thé en auraient ri comme d'une excellente plaisanterie.

Cela suffisait, la lettre n'était pas arrivée, Brown avait refusé. Je me dirigeai précipitamment vers l'hôtel, abandonnant toute espérance.

CHAPITRE LIII.

Eugène d'Hauteville.

J'employai le reste du jour à chercher Aurore. Je ne pus rien savoir sur son compte. Je n'appris pas même son arrivée en ville !

J'allai même la chercher à l'endroit où les autres noirs étaient logés momentanément. Elle n'y était pas. Elle n'était pas encore arrivée, ou bien elle était ailleurs. Ils ne l'avaient pas vue, ils ne savaient rien d'elle.

Désappointé et fatigué de courir dans les rues brûlantes et poudreuses, je retournai à l'hôtel.

J'attendis la nuit. J'attendis l'arrivée d'Eugène d'Hauteville : tel était le nom de ma nouvelle connaissance.

Je m'intéressais à ce jeune homme d'une manière étrange. Notre courte entrevue m'avait inspiré envers lui une confiance singulière. Il m'avait donné la preuve d'une bienveillance amicale, et m'avait en outre fait concevoir une haute idée de sa connaissance du monde. Malgré sa jeunesse, je ne pouvais m'empêcher de le croire en possession de quelque pouvoir mystérieux; je ne pouvais m'empêcher de penser qu'il pourrait me venir en aide d'une manière quelconque. Il n'y avait rien d'étonnant à ce qu'il fût à la fois si jeune et si au fait de tous les mystères de la vie. La précocité est le privilége des

Américains, surtout de ceux de la Nouvelle-Orléans. Un créole est homme à quinze ans.

J'étais persuadé que d'Hauteville, qui semblait être à peu près de mon âge, connaissait beaucoup mieux le monde que moi, qui avais été cloîtré la moitié de ma vie entre les murs d'une antique université.

J'avais le pressentiment qu'il *pouvait* et qu'il *voulait* me rendre service.

Comment? direz-vous. En me prêtant l'argent dont j'avais besoin?

Il ne pouvait me rendre un service de ce genre. Je le croyais sans fonds, je supposais au moins qu'il n'en avait que très-peu, beaucoup trop peu pour pouvoir m'être utile. Ce qui me faisait penser ainsi, c'était la réponse qu'il m'avait faite quand je lui avais demandé son adresse. Il y avait dans le ton de cette réponse quelque chose qui indiquait qu'il n'avait pas de fortune, pas même de logis. Je me disais que c'était peut-être un commis sans place, ou un pauvre artiste. Sa mise était assez riche; mais le costume n'est pas un criterium, à bord d'un vapeur du Mississipi.

Il est étrange qu'après avoir fait ces réflexions, j'aie été frappé de l'idée qu'*il* pourrait me rendre service! Mais c'est ce qui eut lieu, et je résolus de lui confier mon secret.... le secret de mon amour.... le secret de mon infortune.

J'étais peut-être poussé par un autre motif quand je pris cette détermination. Celui dont le cœur est accablé de chagrin a besoin du soulagement que la sympathie peut lui procurer. La sympathie de l'amitié adoucit et console. Les conseils d'un ami sont un baume moral.

Mon chagrin agissait depuis longtemps en moi, et je sentais le besoin de l'épancher. Étranger parmi des étrangers, je n'avais personne à qui je pusse faire partager mes émotions. Je ne m'étais pas même confessé au bon Reigart. Si j'excepte Aurore, Eugénie, la pauvre

Eugénie, était seule maîtresse de mon secret. Plût au ciel qu'elle ne l'eût jamais connu !

Quant à ce jeune Eugène (étrange coïncidence de nom !), j'étais résolu à le lui faire connaître, à soulager mon cœur. Je trouverais peut-être par ce moyen une consolation ou un adoucissement à ma peine.

J'attendis la nuit. C'était à la nuit qu'il m'avait promis de venir. J'attendis avec impatience, les yeux presque continuellement fixés sur l'aiguille de la pendule, dont je maudissais la lenteur.

Mon attente ne fut pas trompée. Il arriva enfin. Sa voix argentine résonnait à mes oreilles, il était devant moi.

Au moment où il entra dans ma chambre, je fus encore frappé de l'expression mélancolique de sa physionomie et de sa ressemblance avec une personne que j'avais connue précédemment.

Ma chambre était petite et chaude. L'été n'était pas encore écoulé. Je proposai une promenade. Nous pourrions causer aussi librement en plein air, et il faisait un clair de lune charmant pour guider nos pas.

Au moment où nous sortîmes, j'offris un cigare à mon visiteur. Il refusa, en me disant qu'il ne fumait pas.

« C'est étrange, pensai-je, de la part d'un homme qui appartient à une race où cette habitude est si générale. » Autre particularité du caractère de ma nouvelle connaissance.

Nous remontâmes la rue Royale, puis nous suivîmes Canal-Street dans la direction du Marais. Nous traversâmes ensuite la rue des Remparts, et nous nous trouvâmes bientôt hors des limites de la ville.

Quelques édifices apparaissaient au delà ; mais ce n'étaient pas des maisons, du moins des maisons habitées par les vivants. Les nombreuses coupoles surmontées d'une croix, les colonnes brisées, les monuments de marbre blanc qui brillaient au clair de la lune, nous faisaient voir que nous étions dans la cité des morts. C'était le grand cimetière de la Nouvelle-Orléans.

La porte était ouverte, l'aspect de l'intérieur m'engageait à entrer, la solennité du lieu était à l'unisson avec mes pensées. Mon compagnon ne fit aucune objection : nous entrâmes.

Après avoir marché au milieu des tombes, des statues, des monuments, des temples en miniature, des colonnes, des obélisques, des sarcophages en marbre blanc comme la neige; après avoir passé près de tombes qui indiquaient un malheur récent, après en avoir vu de plus anciennes, garnies de fleurs nouvelles, symboles d'un amour ou d'une affection qui subsistait encore, nous nous assîmes sur un monument couvert de mousse, sous un saule de Babylone dont le feuillage s'agitait au-dessus de nos têtes et retombait mélancoliquement autour de nous.

CHAPITRE LIV.

Pitié pour l'amour.

Nous avions causé en route de choses indifférentes, de mon aventure de jeu sur le bateau à vapeur, des *sportsmen* de la Nouvelle-Orléans, du beau clair de lune.

Je n'avais pas encore parlé de ce qui absorbait toutes mes pensées, quand nous entrâmes dans le cimetière et que nous nous assîmes sur une tombe. Le moment était venu d'épancher mon cœur; une demi-heure après, Eugène d'Hauteville connaissait l'histoire de mon amour.

Je lui confiai tout ce qui m'était arrivé depuis le moment où j'avais quitté la Nouvelle-Orléans jusqu'à celui de notre rencontre à bord du *Houma*. Je lui racontai aussi mon entrevue avec le banquier Brown, et les recherches infructueuses que j'avais faites dans la journée pour retrouver Aurore.

Il m'écouta depuis le commencement jusqu'à la fin, et ne m'interrompit qu'une fois : ce fut quand je lui racontai la scène de ma confession à Eugénie, et la manière pénible dont elle s'était terminée. Ces détails parurent l'intéresser beaucoup, et même l'affliger. J'entendis plus d'une fois ses sanglots, et, à la clarté de la lune, je pus voir qu'il pleurait.

« Noble jeune homme! pensais-je; être ainsi touché des souffrances d'un étranger !

— Pauvre Eugénie ! murmurait-il; n'est-elle pas à plaindre?

— A plaindre! ah, monsieur, vous ne savez pas combien je la plains ! Cette scène ne s'effacera jamais de ma mémoire. Si la pitié, l'amitié, un sacrifice quelconque, pouvait diminuer sa peine, avec quel empressement je le ferais! Je lui donnerais tout, excepté ce qu'il ne m'est plus possible de donner, mon amour. Je suis profondément, bien profondément affligé, monsieur d'Hauteville, pour cette noble jeune fille. Que ne puis-je arracher de son cœur le trait que j'y ai enfoncé innocemment? Mais elle se guérira certainement de cette passion malheureuse. Le temps....

— Ah! jamais! jamais! interrompit d'Hauteville avec une vivacité qui me surprit.

— Qu'est-ce qui vous fait parler ainsi, monsieur ?

— C'est que j'ai une certaine expérience de ces choses; quoique vous me trouviez bien jeune, j'ai éprouvé un malheur semblable. Pauvre Eugénie! *Une telle blessure est lente à guérir*; elle ne s'en guérira jamais. Ah! jamais!

— Je la plains vraiment; je la plains de tout mon cœur.

— Vous devriez la chercher et le lui dire.

— Pourquoi? demandai-je, un peu étonné de cette insinuation.

— L'expression de votre pitié la consolerait peut-être.

— C'est impossible. Cela produirait un effet contraire.

— Votre jugement est erroné, monsieur. L'amour qui n'est pas partagé est moins pénible à supporter quand il excite la sympathie. Il n'y a que le mépris hautain et l'orgueil insensible qui fassent saigner le cœur. La sympathie est un baume pour les blessures de l'amour. Croyez-moi. *Je sens qu'il en est ainsi. Oh! je le sens!* »

Ces deux dernières phrases furent dites avec un accent de conviction qui résonna étrangement à mes oreilles.

« Mystérieux jeune homme! pensai-je. Si doux, si facile à émouvoir, et cependant si plein de l'expérience du monde! »

Il me sembla que je causais avec un esprit supérieur, doué de l'intuition de toutes choses.

Sa doctrine, nouvelle pour moi, était contraire aux croyances admises généralement. Plus tard, je fus convaincu de la vérité de ce qu'il me disait.

« Si je croyais que ma sympathie pût avoir un tel effet, répondis-je, je chercherais Eugénie, je lui offrirais....

— Ce moment arrivera plus tard, dit Eugène d'Hauteville en m'interrompant; ce que vous avez à faire maintenant est plus pressé. Vous voulez acheter cette quarteronne?

— C'était mon intention ce matin. Hélas! je n'ai plus d'espoir. Je ne le puis plus.

— Combien ces aigrefins vous ont-ils laissé d'argent?

— Je n'ai pas plus de cent dollars.

— Ah! cela ne suffira pas. D'après ce que vous m'avez dit d'elle, elle coûtera dix fois cette somme. C'est un malheur vraiment! Ma bourse est encore plus légère que la vôtre. Je n'ai pas cent dollars. Pardieu! c'est une triste affaire. »

D'Hauteville pressa sa tête dans ses mains et resta quelque temps silencieux; il paraissait méditer profondément. Je ne pouvais m'empêcher de croire qu'il sympathisait à mes peines, et qu'il cherchait le moyen de venir à mon secours.

« Après tout, murmura-t-il à part lui, mais assez haut pour que je pusse l'entendre, si elle ne réussit pas, si elle ne trouve pas ses papiers, elle sera sacrifiée aussi. Oh! c'est une terrible alternative. Il vaudrait peut-être mieux ne pas.... Il serait possible....

— Monsieur, dis-je en l'interrompant, de quoi parlez-vous?

— Oh! pardonnez-moi. Je pensais à quelque chose qui.... N'importe. Nous ferons mieux de nous en retourner, monsieur. Il fait froid. L'atmosphère de ce lieu solennel m'a glacé. »

Il prononça ces paroles d'un air embarrassé, comme s'il avait parlé sans en avoir conscience.

Bien que je fusse surpris de ce qu'il avait dit, je ne pouvais pas lui en demander l'explication; je cédai à son désir et je me levai pour m'en aller. J'avais perdu l'espérance. Il était évidemment dans l'impuissance de m'être utile.

En ce moment, une idée me vint à l'esprit, c'était la dernière ressource du désespoir.

J'en parlai à mon compagnon.

« J'ai encore ces deux cents dollars, dis-je. Ils ne peuvent pas plus me servir à acheter Aurore que si c'étaient autant de cailloux. Si je cherchais à augmenter la somme en jouant?

— Oh! je crains que ce ne soit une tentative inutile. Vous perdrez encore.

— Ce n'est pas sûr, monsieur. Les chances au moins

sont égales. Je n'ai pas besoin de jouer avec des hommes habiles comme ceux du bateau à vapeur. Il y a à la Nouvelle-Orléans plus d'une maison de jeu de hasard. Et quelle variété ! le *faro*, le *creps*, le *loto* et la *roulette*. Je peux choisir un de ces jeux, où l'on risque son argent sur une carte. Il y a autant de chances pour gagner que pour perdre. Qu'en dites-vous, monsieur ? Conseillez-moi.

— Vous dites vrai, répondit-il. Il y a une bonne chance contre une mauvaise. Vous pouvez donc avoir l'espoir de gagner. Si vous perdez, vous ne serez pas dans une situation pire pour ce que vous voulez faire demain. Si vous gagnez....

— C'est vrai, c'est vrai.... Si je gagne....

— Vous n'avez pas de temps à perdre alors. Il se fait tard. Ces maisons de jeu doivent encore être ouvertes. A cette heure, elles sont sans doute au moment de leur plus grande activité. Cherchons-en une à l'instant.

— Vous viendrez avec moi ? Merci, monsieur d'Hauteville ! merci.... Allons ! »

Nous suivîmes à la hâte l'allée qui conduisait à l'entrée du cimetière, et, après avoir franchi la porte, nous rentrâmes en ville.

Nous nous dirigions vers notre point de départ, la rue Saint-Louis ; car je savais que les principaux *enfers* étaient dans le voisinage.

Il n'était pas difficile de les trouver. A cette époque, on ne se cachait pas pour cela. Parmi les créoles, la passion du jeu, qu'ils avaient héritée des premiers possesseurs de la ville, était trop développée dans toutes les classes de la société, pour que la police pût y mettre un frein. Les autorités municipales du quartier américain avaient pris quelques mesures pour réprimer ce vice ; mais leurs lois n'avaient pas d'action du côté français de Canal-Street, et la police créole a d'autres idées et d'autres instructions. Dans le faubourg français, le jeu n'est pas considéré comme un crime, et les maisons où l'on joue sont ouvertes et avouées.

En suivant la rue Conti, ou la rue Saint-Louis, ou la rue Bourbon, on ne peut manquer de remarquer plusieurs grandes lanternes dorées, sur lesquelles on lit *faro*, *creps*, *loto* ou *roulette*; mots étranges pour ceux qui ne sont pas initiés, mais bien compris de ceux qui ont traversé volontairement les rues de la première municipalité.

Notre marche rapide nous conduisit promptement devant un de ces établissements, dont la lanterne annonçait en grosses lettres que l'on jouait le faro à l'intérieur. Ce fut la première qui se présenta : j'y entrai sans hésiter un instant; d'Hauteville me suivit.

Nous eûmes à monter un large escalier au haut duquel nous fûmes reçus par un personnage orné de favoris et de moustaches. Je supposai qu'il allait demander un droit d'entrée. Je me trompais, l'admission était parfaitement libre. Le devoir de cet individu était de nous débarrasser de nos armes; il nous donna un numéro, afin que nous pussions les reprendre en sortant. Évidemment il avait désarmé beaucoup de monde avant nous, car on voyait une grande quantité de crosses de pistolets, de manches de bowie-knifes et de poignards, qui sortaient des trous d'une espèce de casier placé dans un coin du passage.

Cet aspect me rappela des scènes dont j'avais été souvent témoin, la remise des cannes, des parapluies et des ombrelles, à la porte d'une galerie de peinture ou d'un musée. C'était sans doute une précaution nécessaire, et sans laquelle la table de jeu aurait été souvent ensanglantée.

Nous donnâmes nos armes : j'avais une paire de pistolets, et mon compagnon un petit poignard monté en argent. Ces armes furent numérotées, on nous remit un duplicata, et nous fûmes autorisés à entrer au salon.

CHAPITRE LV.

Sur les jeux et sur le jeu.

La passion du jeu est universellement répandue. Tous les peuples s'y laissent plus ou moins entraîner. Chaque nation, civilisée ou sauvage, a son jeu particulier, depuis le whist ou le cribbage d'Almack, jusqu'à la *fossette* et au *tire-paille* des prairies.

La morale Angleterre s'imagine qu'elle est exempte de ce défaut. Les voyageurs-commères de ce pays négligent rarement de faire à ce propos des reproches aux étrangers. Les Français, les Allemands, les Espagnols et les Mexicains, sont tour à tour accusés d'une ardeur illégitime pour le jeu. Je ne parlerai pas des jeux de cartes de Piccadilly. Mais allez à Epsom, un jour de Derby, et vous pourrez vous faire une idée de la manière dont jouent les Anglais, car ils jouent dans la plus basse acception du mot. On dit que c'est un noble jeu, que c'est le résultat de l'admiration excitée par ce bel animal, le cheval. Bah! Noble jeu, vraiment! Songez à ces gens couverts de poussière, qui se pressent par milliers sur le terrain des courses: croyez-vous qu'eux et les courtisanes qui les accompagnent soient possédés d'une idée noble ou élevée! Il n'y a de noble dans cette foule que les chevaux : rien n'est plus ignoble que leur entourage.

Non, puritaine Angleterre! tu n'es pas un modèle pour les autres nations. Tu n'es pas, comme tu l'imagines, exempte de cette tache. Tu as une plus grande quantité de joueurs (joueurs sur les chevaux, si tu veux) que n'importe quelle autre nation; et, quelque noble que soit ce jeu, j'ose affirmer que les joueurs sont les plus vils et les plus odieux de l'espèce. Il y a quelque chose d'indescriptiblement bas dans les habitudes de ces vautours à l'apparence famélique, qui hantent les coins de Coventry-Street et de Haymarket, percés aux coudes, en savates déformées, et qui se glissent de la taverne à la maison des paris, et de la maison des paris à la taverne. Il y a une bassesse, une lâcheté positive, dans l'essence même de leur jeu. Le hardi joueur de dés a quelque chose de presque noble, quand on le compare aux premiers. L'apathique Espagnol, qui hasarde ses onces d'or sur un coup de dés, le joueur mexicain du monté, qui risque ses doublons sur une carte, sont, jusqu'à un certain point, ennoblis par la hardiesse de leur enjeu. Chez eux le jeu est une passion, son entraînement les captive; mais Brown, Smith et Jones, ne peuvent être absous par la passion, qui seule pourrait les relever à nos yeux.

De tous les joueurs de profession, le *sportsman* de la vallée du Mississipi est peut-être le plus pittoresque. J'ai déjà parlé de son costume élégant; mais il possède en outre, un air de gentleman, une certaine générosité de caractère, qui le distinguent de tous les autres joueurs. Pendant les épisodes les plus désordonnés de mon existence, j'ai été *honoré* de la connaissance de quelques-uns de ces *gentlemen*, et je ne puis m'empêcher de leur accorder un témoignage assez élevé d'estime. J'en ai rencontré plusieurs d'une moralité parfaite, quoique leur caractère ne fût peut-être pas conforme au modèle proposé à Exeter-Hall. J'en ai connu qui avaient l'âme noble et généreuse, qui avaient fait de grandes actions, et qui, quoiqu'ils fussent mis au ban de la société, n'étaient pas des êtres dégradés; ils étaient hommes à ne pas supporter la plus légère insulte. Il est évident qu'il y en a d'autres, tels que les Chorley et les Hatcher, qui répondent à peine à ce type du sportsman de l'Ouest; mais je crois positivement que ces derniers sont l'exception, et non la règle.

Un mot sur les jeux en Amérique. Le vrai jeu national des États-Unis c'est l'*élection*. Les élections locales, celles des États particuliers, sont autant d'occasions de paris, de même que les courses de peu d'importance en Angleterre; tandis que la grande élection quadriennale, l'élection du Président, est le derby de l'Amérique. Des sommes énormes passent d'une main dans l'autre dans ces occasions, et le nombre énorme de ces sommes est incroyable. Si l'on pouvait faire une statistique de ces paris, les citoyens même les plus éclairés de l'Union seraient surpris du résultat. Les étrangers ne peuvent comprendre l'intensité de l'excitation produite aux États-Unis pendant le temps de l'élection. Il serait difficile de l'expliquer, dans un pays où chacun pense généralement que le sort de tel ou tel candidat n'a, après-tout, qu'une bien minime influence sur ses intérêts matériels. Il est vrai que l'esprit de parti et la valeur considérable des dépouilles officielles peuvent rendre compte de l'intérêt que bien des gens prennent au résultat, mais cela n'explique pas l'intérêt universel. Je suis d'avis que l'excitation des autres peut être attribuée à la passion du jeu. Presque tous les hommes que l'on rencontre ont un pari, ou plutôt un livre de paris, sur l'élection du Président!

L'élection est donc le vrai jeu national, auquel s'adonnent les classes élevées et les classes inférieures, les riches et les pauvres.

Cependant, parier sur une élection, n'est pas considéré comme *infra dignitatem*. Ce n'est pas jouer professionnellement.

Les jeux des joueurs de profession sont de différentes espèces : la plupart sont des jeux de cartes. Les dés et le billard sont aussi en vogue; le billard surtout a une vogue extraordinaire. Il faut être dans un bien petit village aux États-Unis, particulièrement dans le Sud-Ouest, pour ne pas trouver un ou plusieurs billards publics, et on rencontre parmi les Américains quelques-uns des plus habiles joueurs du monde. Les créoles de la Louisiane sont renommés pour leur habileté.

Tenpins est aussi un jeu très-répandu, et chaque ville a son *tenpin alley*[1]. Mais le billard et le tenpins ne sont pas à proprement parler des jeux. Le premier est plutôt considéré comme un amusement élégant, et le second comme un excellent exercice. Les cartes et les dés, surtout les cartes, sont les véritables armes du sportsman. Outre les jeux anglais, le whist et le cribbage, et les jeux français du vingt-et-un et de rouge et noir, etc., le joueur américain joue le poker, l'euchre, le seven-up et quantité d'autres jeux. Il y a à la Nouvelle-Orléans un jeu favori des créoles : c'est le creps, jeu de dés, puis le keno, le loto et la roulette, qui se jouent avec des billes et une roue tournante. Plus au sud, chez les Hispano-Mexicains, on trouve le monté, jeu de cartes différent de tous les autres. Le monté est le jeu national du Mexique.

Parmi tous les moyens de vous gagner votre argent, celui que préfère le sportsman du Sud-Ouest, c'est le faro. C'est un jeu d'origine espagnole, ainsi que son nom l'indique, et qui ne diffère que très-peu du monté; il vient sans doute des Espagnols de la Nouvelle-Orléans. Qu'il soit originaire des villes de la vallée du Mississipi ou exotique, il n'en est pas moins parfaitement naturalisé dans toutes, et il n'y a pas un sportsman de l'Ouest qui ne le connaisse et le pratique.

Le faro est un jeu assez simple. En voici les principales règles :

Un tapis vert couvre la table. Les treize cartes d'une couleur sont placées sur ce tapis sur deux rangs et à découvert. On les attache ordinairement avec de la gomme, pour empêcher qu'elles ne bougent de place.

Une boîte rectangulaire, une tabatière démesurée, vient

1. *Tenpins*, dix quilles; *tenpin alley*, emplacement pour jouer à tenpins.

ensuite. Elle a la forme et les dimensions nécessaires pour contenir exactement deux jeux de cartes. Elle est d'argent massif. Tout autre métal serait aussi bon ; mais quiconque joue habituellement le faro dédaigne d'employer un instrument moins élégant. Cette boîte sert à contenir les cartes qu'on doit distribuer et fait elle-même la distribution. Je ne peux pas expliquer le mécanisme intérieur de cette boîte mystérieuse, mais je peux dire qu'on ne voit pas de couvercle, qu'il n'y a qu'une ouverture sur l'une des arêtes, que les cartes sont pressées sur cette ouverture, et qu'un ressort intérieur, poussé par le doigt de celui qui donne les cartes, les fait sortir une à une dans l'ordre où elles se trouvent. Cette disposition n'est pas du tout nécessaire, et on peut jouer sans la boîte. Elle n'a pour but que de garantir la loyauté du jeu : car par ce moyen, aucune carte ne peut être reconnue par une marque faite sur le dos, puisque, au moment de les trier, elles sont toutes invisibles dans la boîte. Une élégante boîte à faro est l'ambition de tous les joueurs, la marque spéciale de tout sportsman dont le jeu est le faro.

Deux jeux de cartes bien battus sont d'abord mis dans la boîte, puis le banquier appuie la main gauche sur le dessus et se tient le pouce allongé, prêt à se servir de la main droite dès que les paris seront faits. Celui qui distribue les cartes est par le fait votre adversaire à ce jeu ; c'est le banquier qui paye tous vos gains et qui empoche toutes vos pertes. Tous ceux qui peuvent s'asseoir ou se tenir autour de la table ont le droit de parier, mais tous parient contre le banquier. Il est évident que le banquier du faro doit être quelque peu propriétaire, pour tenir ainsi le jeu de tout le monde. Une banque de faro possède ordinairement un capital de plusieurs milliers de dollars, et souvent des centaines de milliers en réserve. Il n'est pas rare qu'après une mauvaise veine la banque saute ; le propriétaire peut alors être obligé d'attendre plusieurs années avant d'être à même d'en établir une autre. Un aide ou croupier est ordinairement assis près de celui qui donne les cartes. Il est là pour changer les jetons, pour payer les coups perdus et pour ramasser ce que la banque a gagné.

Les jetons dont on se sert à ce jeu sont des morceaux d'ivoire de forme circulaire, ayant le diamètre des dollars; ils sont blancs, rouges ou bleus, et leur valeur est gravée dessus; on les trouve plus commodes que l'argent lui-même. Quand on désire cesser de jouer, on peut demander à la banque la somme indiquée sur les jetons que l'on possède.

La manière la plus simple de jouer contre le banquier, consiste à placer son enjeu sur une des cartes qui sont sur la table. On peut choisir celle que l'on veut. Supposons que l'on ait choisi l'as, et qu'on ait placé l'argent sur cette carte. Le banquier commence et tire les cartes de la boîte une par une. Il s'arrête un instant toutes les deux cartes. Le coup n'est pas décidé tant qu'il ne sort pas deux as à la suite l'un de l'autre. Quand deux as sortent ensemble, le coup est terminé. S'ils paraissent tous deux dans le même tirage, le banquier ramasse votre argent; si au contraire il n'en sort qu'un dans un tirage, et l'autre dans le tirage suivant, c'est vous qui gagnez; vous pouvez alors parier de nouveau sur l'as, doubler l'enjeu si cela vous convient, ou jouer sur une autre carte, et vous êtes en outre autorisé à faire ces changements à un moment quelconque du tirage, pourvu que la première des deux cartes ne soit pas sortie.

Il va sans dire que le jeu continue, que vous pariiez ou que vous ne pariiez pas. La table est entourée de parieurs; les uns jouent sur une carte, d'autres sur une autre; ceux-ci font paroli en jouant sur deux ou plusieurs cartes à la fois, de sorte qu'il y a toujours quelques paris à payer, et par suite un bruit permanent de jetons et de dollars.

C'est tout à fait un jeu de hasard. L'adresse n'a rien à

voir au jeu de faro, et on peut supposer, comme le supposent la plupart des gens, que les chances sont absolument les mêmes pour le banquier et pour les adversaires. Ce n'est pas tout à fait vrai, cependant; un arrangement particulier des cartes donne au premier le droit de retenir tant pour cent, autrement il n'y aurait pas de banque de faro; et quoique, ce qui est très-rare, le banquier puisse éprouver une suite de coups malheureux, s'il peut continuer assez longtemps, il gagne nécessairement à la longue.

Ce même tant pour cent se retrouve contre les joueurs dans tous les jeux de hasard, faro, monté ou creps, toutes les fois qu'ils jouent contre un banquier. Naturellement le banquier ne le nie pas, mais il répond que ce *petit* tant pour cent sert « à payer le jeu. » Il le paye en effet d'ordinaire, et largement.

Tel est le faro, le jeu auquel j'avais résolu de vider ma bourse, ou de gagner le prix de ma fiancée.

CHAPITRE LVI.

Une banque de faro.

Nous entrâmes au salon. Voilà le jeu !

A l'un des bouts se trouvait la table, la banque. Nous ne pouvions voir ni la banque ni le banquier; le tout était caché par une double rangée de parieurs qui entouraient la table; la première ligne était assise, l'autre debout, derrière. Il y avait aussi des femmes mêlées à cette foule; elles étaient assises ou debout, dans toutes les attitudes imaginables: c'étaient de gaies et jolies femmes, mises à la dernière mode; mais elles avaient une certaine crânerie de manières qui indiquait leur triste profession.

D'Hauteville avait deviné juste; le jeu était à son plus haut point d'animation. Le regard et l'attitude des parieurs, leurs bras constamment en mouvement pour placer les enjeux, le bruit incessant des jetons d'ivoire, mêlé au son argentin des dollars, tout indiquait que le jeu allait croissant avec rapidité.

Un grand candélabre suspendu au-dessus de la table jetait sur le jeu et sur les joueurs une lumière brillante.

Dans le milieu du salon on voyait une grande table couverte de rafraîchissements. Volailles froides, jambons, langues, salades de poulet, écrevisses, carafes en cristal taillé remplies de vin, d'eau-de-vie et d'autres liqueurs, garnissaient cette table. Quelques assiettes et quelques verres témoignaient d'un usage récent, tandis qu'il y en avait d'autres à la disposition de quiconque désirait jouer un instant de la fourchette. Par le fait, c'était un goûter, ou plutôt un souper libre.... libre pour tous ceux qui avaient envie d'y participer : c'est l'habitude des maisons de jeu en Amérique.

Les viandes succulentes ne tentèrent ni mon compagnon ni moi. Nous passâmes près de la table sans nous arrêter, en nous dirigeant aussitôt vers la banque.

Nous arrivâmes au cercle extérieur, et nous regardâmes par-dessus les épaules des joueurs. *Funeste fortune! Chorley et Hatcher !*

Oui, les deux filous étaient assis là, côte à côte derrière la table de faro, non pas comme simples parieurs, mais en qualité de banquier et de croupier du jeu! Chorley tenait à la main la boîte à donner les cartes, tandis que Hatcher, assis à sa droite, avait devant lui un monceau de jetons, de dollars et de billets de banque! Un coup d'œil sur le cercle des visages environnants nous fit voir aussi le marchand de porcs. Il était assis là, toujours en jaquette légère et avec un large chapeau blanc, parlant comme un fermier, pariant bravement, et tout à fait étranger au banquier et au croupier.

Mon compagnon et moi, nous nous regardâmes avec surprise.

Cependant il n'y avait là rien qui dût nous surprendre. Une banque de faro n'a pas besoin de charte; il n'y a pas d'autres préliminaires à remplir pour la monter que d'éclairer une table, d'y étendre un tapis vert et de commencer les opérations. Les sportsmen étaient sans doute des habitués de l'endroit. Leur excursion dans le haut de la rivière n'avait probablement pas d'autre but que la variété; c'était un intermède accidentel pendant l'été. La saison de la Nouvelle-Orléans était à son début; et ils étaient revenus juste à temps pour en profiter. Il n'y avait donc rien de surprenant à les trouver là.

Cependant quand je les vis, je fus d'abord étonné, et mon compagnon sembla partager mon étonnement. Je me tournai de son côté, et j'allais lui proposer de partir, quand l'œil errant du faux marchand de porcs s'arrêta sur moi.

« Eh, monsieur l'étranger! cria-t-il d'un air d'étonnement, vous voilà ici?

— Je le crois, répondis-je avec indifférence.

— Bien! bien! Je vous croyais perdu; qu'êtes-vous donc devenu? demanda-t-il d'un ton de familiarité vulgaire, et assez haut pour attirer l'attention générale sur moi et sur mon compagnon.

— Ah! ce que je suis devenu? répondis-je en me contenant, et en cachant l'impression désagréable que produisait sur moi l'impudence de ce drôle.

— Oui,... c'est tout à fait cela que je désire savoir.

— Y tenez-vous beaucoup? demandai-je.

— Oh! non, pas particulièrement.

— J'en suis bien aise, répondis-je, car je n'ai pas l'intention de vous le dire. »

Je m'aperçus que, malgré son aplomb, le coquin baissait un peu la tête en entendant l'éclat de rire général qui accueillit ma bizarre réplique.

« Allons, monsieur l'étranger, dit-il, d'un ton moitié suppliant, moitié vexé, vous n'avez pas besoin de vous fâcher pour cela, j'imagine; je n'ai pas eu l'intention de vous offenser. Mais vous avouerez que vous êtes parti bien brusquement. N'importe, cela ne me regarde pas. Vous venez faire une partie de faro, n'est-ce pas?

— Peut-être.

— Bien; cela me paraît être un joli jeu. J'y joue moi-même pour la première fois. C'est une affaire de chance; il me semble que c'est juste comme à pair ou impair. Quoi qu'il en soit, je gagne. »

Il se retourna du côté de la banque, et parut s'occuper de placer son enjeu.

On venait de recommencer une nouvelle donne, et les joueurs, distraits un instant par notre conversation, s'occupèrent de nouveau de ce qui les intéressait le plus, les petites sommes d'argent placées sur les cartes.

Naturellement, Chorley et Hatcher m'avaient reconnu; mais ils n'avaient témoigné leur reconnaissance que par un signe de tête amical, et par un regard qui signifiait clairement :

« Le voici! tout va bien! Il ne s'en ira pas jusqu'à ce qu'il ait essayé de rattraper ses cent dollars; il tâtera la banque, c'est sûr. »

Si telle était leur pensée, ils ne se trompaient guère. Mes réflexions étaient les suivantes :

« Je peux risquer mon argent ici aussi bien qu'ailleurs. Une banque de faro est partout la même chose. Il n'y a pas moyen de tricher, avec cette manière de donner les cartes. La façon dont on parie s'oppose à toute fraude. Quand un joueur perd, un autre peut gagner en même temps, et cela empêche tout naturellement le banquier de tirer de fausses cartes, lors même qu'il pourrait le faire. Par conséquent je peux aussi bien jouer contre la banque de MM. Chorley et Hatcher que contre une autre ; cela vaudra même mieux vraiment : car, si je gagne, j'aurai la satisfaction d'une revanche que ces messieurs me doivent. Je jouerai donc ici. Me le conseillez-vous, monsieur ? »

Une partie de ces réflexions, et la question qui en était le complément, furent communiquées à voix basse au jeune créole.

Il en reconnut la justesse, et me conseilla de rester. Il pensait que je ferais aussi bien de tenter la fortune en cet endroit que dans un autre.

Cela suffit ; je pris une pièce d'or de cinq dollars et je la mis sur un as.

On n'y fit pas attention ; le banquier et le croupier ne daignèrent pas même jeter les yeux dans la direction de mon enjeu. Une somme de cinq dollars ne pouvait avoir d'influence sur les nerfs disciplinés de ces messieurs, quand des sommes de dix, vingt, et même cinquante fois cette valeur, grossissaient ou diminuaient constamment leur caisse.

Le tirage continuait ; Chorley appelait les cartes avec cet air d'imperturbable sang-froid qui caractérisait si bien les gens de son espèce.

« L'as gagne, cria une voix, au moment où deux as sortaient ensemble.

— Je vous paye en jetons, monsieur ? » demanda le croupier.

Je fis un signe d'assentiment, et un rond d'ivoire rouge, marqué d'un 5 au milieu, fut placé sur mon demi-aigle.

Je les laissai tous deux sur l'as. Le tirage continua ; au bout d'un instant, deux as sortirent encore ensemble, et deux jetons rouges me furent encore donnés.

Je laissai les quatre pièces, qui valaient vingt dollars. Je n'étais pas venu pour m'amuser. Mon but était bien différent, et, animé par l'objet que j'avais en vue, j'étais décidé à ne pas perdre de temps. Si la fortune devait m'être favorable, je pouvais jouir de ses faveurs immédiatement aussi bien que plus tard ; et, quand je pensais à l'enjeu réel de mon entreprise, je ne pouvais supporter aucun délai. D'ailleurs je n'étais pas satisfait du contact grossier de la compagnie des gens de mauvais ton qui entouraient la table.

Le tirage continua; au bout de quelque temps, deux as sortirent encore ensemble. Cette fois je perdis.

Le croupier attira vers lui, sans dire un mot, les jetons et la pièce d'or, et les mit dans la boîte de laque.

Je pris dix dollars dans ma bourse, et je les plaçai sur la dame. Je doublai l'enjeu, et je perdis encore.

Je gagnai dix autres dollars, je perdis une autre fois, puis une autre, puis une autre, et je continuai ainsi, tantôt perdant, tantôt gagnant, pariant parfois avec des jetons, parfois avec des pièces d'or, jusqu'à ce qu'enfin j'arrivai au fond de ma bourse sans y trouver une seule pièce!

CHAPITRE LVII.

La montre et l'anneau.

Je me levai de mon siége, et me tournant vers d'Hauteville, je lui lançai un regard désespéré. Je n'eus pas besoin de lui dire le résultat: Mon regard seul le lui aurait appris, s'il n'avait pas tout vu en regardant par-dessus mon épaule.

« Partons-nous, monsieur? lui dis-je.

— Pas encore, restez un instant, répondit-il en posant sa main sur mon bras.

— Pourquoi? demandai-je. Je n'ai plus un dollar. J'ai tout perdu. J'aurais dû m'en douter. A quoi bon rester ici, monsieur? »

Mes paroles avaient quelque chose de brusque. J'avoue que j'étais alors dans des dispositions peu aimables. Outre ce que je prévoyais pour le lendemain, un nouveau soupçon s'était fait jour dans mon esprit : je pensais que mon nouvel ami n'était pas loyal. Il connaissait ces individus. Le conseil qu'il m'avait donné de jouer là; le hasard, pour le moins étrange, qui nous avait fait rencontrer de nouveau les sportsmen du bateau, et, dans cette nouvelle circonstance, la rapidité avec laquelle ma bourse avait été vidée; tout cela, me revenant à l'esprit, me fit assez naturellement croire que j'avais été trahi par d'Hauteville. Ma pensée se reporta subitement à notre dernière conversation. Je cherchai à me rappeler s'il avait dit ou fait quelque chose pour m'amener dans cette maison de jeu plutôt que dans une autre. Il ne m'avait certainement pas proposé de jouer, il m'en avait même dissuadé; et je ne pouvais me rappeler ni un mot ni un geste de lui qui eût pour but de m'entraîner au jeu. En outre, il avait paru aussi étonné que moi en voyant les gens qui tenaient la banque.

Qu'est-ce que tout cela signifiait? Sa surprise pouvait avoir été feinte. C'était assez probable; et, depuis l'expérience que j'avais acquise à propos du marchand de porcs, je pouvais croire que M. d'Hauteville était aussi un des associés de la maison Chorley, Hatcher et Cie. Je me détournai, ayant sur les lèvres des paroles de colère, quand le cours de mes pensées fut subitement interrompu et prit une autre direction. Le jeune créole avait ses beaux yeux levés sur moi (il était plus petit que moi) et me regardait, attendant que j'eusse achevé ma méditation. Quelque chose brillait dans la main qu'il me tendait. C'était une bourse. Je pus voir les pièces jaunes luire à travers les mailles de soie. C'était une bourse pleine d'or!

« Prenez-la ! » dit-il de sa voix douce et argentine.

Le cœur me manqua. Je pus à peine bégayer une réponse. S'il avait connu mes dernières pensées, il aurait pu interpréter la rougeur qui couvrit subitement mon visage.

« Non, monsieur, répondis-je, c'est trop de générosité. Je ne saurais accepter.

— Allons, allons ! Pourquoi pas ? Prenez, je vous prie, tentez encore la fortune. Elle vient de vous être contraire ; mais rappelez-vous que c'est une déesse capricieuse, et qu'elle peut encore vous sourire. Prenez cette bourse !

— Vraiment, monsieur, je ne le puis après ce que.... Pardonnez-moi.... Si vous saviez....

— Dois-je donc jouer à votre place ? Rappelez-vous dans quel but nous sommes venus ici ! Rappelez-vous Aurore !

— Oh ! »

Cette exclamation, arrachée à mon cœur, fut la seule réponse que je pusse faire avant que le jeune créole se fût tourné vers la table de jeu et eût placé son or sur les cartes.

Je le regardai avec une admiration et un étonnement auxquels se mêlait mon anxiété sur le résultat de sa tentative.

Quelles petites mains blanches ! Quel bijou brillant étincelait à son doigt.... un diamant ! Ce joyau avait frappé les yeux des joueurs, qui le regardaient avec avidité, pendant que la main d'Eugène avançait ou reculait vers les cartes. Chorley et Hatcher avaient tous deux remarqué ce diamant. Je les vis échanger un regard significatif. Ils sont tous deux polis envers ce jeune homme. Ses enjeux considérables lui ont valu leur estime. Le soin qu'ils ont d'appeler la carte quand il gagne, et quand ils lui donnent les jetons, est marqué et constant. Il devient le joueur favori de l'assistance, et les yeux de ces coquins l'enveloppent de leurs regards avides! Il n'y a pas un d'eux qui ne l'aime à cause de ce bijou étincelant!

Je suivais les cartes avec une anxiété plus vive que si l'enjeu m'avait appartenu. Mais c'était *pour moi*, *pour moi*. Le généreux jeune homme risquait son or *pour moi*.

Je ne restai pas longtemps en suspens. Le jeune créole perdait rapidement; il perdait avec insouciance. Il avait pris ma place à table, et il avait pris aussi ma mauvaise fortune. Presque tous ses enjeux étaient raflés par la banque, jusqu'à ce que sa dernière pièce d'or fût placée sur une carte. Encore un coup, et celle-ci résonna comme les autres en tombant dans la caisse du croupier!

« Venez maintenant, d'Hauteville! Partons! lui dis-je en me penchant vers lui et en lui saisissant le bras.

— Combien jouez-vous contre ceci? demanda-t-il au banquier, sans prendre garde à moi; combien, monsieur? »

En faisant cette question, il passa une chaîne d'or par-dessus sa tête, et tira en même temps sa montre.

J'avais deviné son intention quand je lui avais parlé d'abord. Je renouvelai ma prière d'un ton suppliant, ce fut en vain. Il pressait Chorley de répondre.

Celui-ci n'était pas homme à dire des paroles inutiles dans une pareille circonstance.

« Cent dollars, dit-il, pour la montre, cinquante de plus pour la chaîne.

— C'est magnifique, s'écria un des joueurs.

— Cela vaut davantage, » murmura un autre.

Il y avait encore un sentiment d'humanité dans les cœurs blasés qui se trouvaient autour de la table. Il y a toujours une certaine sympathie pour celui qui perd hardiment, et l'on pouvait entendre l'expression de cette sympathie en faveur du jeune créole chaque fois qu'il perdait son argent.

« Oui, cette chaîne et cette montre valent davantage, »

dit un homme grand, à favoris noirs, qui était assis au bout de la table.

Cette remarque fut faite d'un ton ferme et assuré qui parut commander l'attention de Chorley.

« Voyons encore, s'il vous plaît ? » dit-il en allongeant la main du côté de d'Hauteville, qui tenait toujours la montre.

Celui-ci la donna de nouveau au banquier, qui ouvrit la boîte et qui commença à examiner l'intérieur. C'était une montre élégante ainsi que la chaîne ; toutes deux étaient du genre de celles que portent ordinairement les dames. Elles valaient plus que Chorley n'en avait offert, bien que ce ne fût pas l'avis du marchand de porcs.

« C'est une bonne pile d'écus que cent cinquante dollars, grommela le dernier, une bonne grosse pile, il me semble. Je ne me connais pas beaucoup à ces objets-là, mais jose dire que c'est tout ce que valent la chaîne et la montre.

— C'est absurde ! s'écrièrent plusieurs personnes. Deux cents dollars, voilà ce que ça vaut. Regardez ces bijoux ! »

Chorley coupa court à la discussion.

« C'est bien, dit-il; je ne crois pas que cela vaille plus que je n'en ai offert, monsieur. Mais puisque vous cherchez à rattraper ce que vous avez perdu, je ne demande pas mieux que de risquer deux cents dollars contre la chaîne et la montre ensemble. Cela vous convient-il ?

— Continuez le jeu ! » fut la seule réponse de l'impatient créole en reprenant sa montre et en la plaçant sur une des cartes.

La montre ne coûta pas cher à Chorley. Il en fut quitte pour tirer une demi-douzaine de cartes, et elle devint sa propriété.

« Combien contre ceci ? »

D'Hauteville venait d'ôter sa bague et la mettait sous les yeux éblouis du banquier.

Je voulus encore intervenir en ce moment ; mais mes remontrances furent inutiles. Il était impossible de chercher à modérer l'esprit ardent du créole.

La bague était un diamant, ou plutôt une collection de diamants montés en or. Elle était, comme la montre, semblable à celles que portent les femmes, et je pus entendre murmurer autour de la table des remarques caractéristiques, telles que : « Ce jeune garçon a rencontré quelque part une jeune fille riche.... Il y en a d'autres à l'endroit d'où cela vient.... » Et ainsi de suite.

La bague avait évidemment une grande valeur : car Chorley, après l'avoir examinée, proposa de la jouer contre quatre cents dollars. L'homme aux favoris noirs intervint de nouveau, et fixa l'enjeu à cinq cents dollars. La galerie soutint cette opinion, et le banquier consentit enfin à en donner cette somme.

« Voulez-vous des jetons, monsieur ? demanda-t-il en s'adressant à d'Hauteville, ou avez-vous l'intention de la jouer d'un seul coup ?

— D'un seul coup, répondit d'Hauteville.

— Non, non ! s'écrièrent plusieurs voix, bien disposées en faveur de d'Hauteville.

— D'un seul coup, répéta celui-ci d'un air déterminé. Mettez-la sur l'as !

— Comme vous voudrez, monsieur, » répondit Chorley avec un sang-froid parfait et en rendant la bague à son propriétaire.

D'Hauteville prit le bijou dans sa petite main blanche et le plaça au milieu de la carte. Ce fut le seul pari de ce coup-là. Les autres joueurs avaient pris tant d'intérêt au résultat qu'ils ne parièrent pas, pour mieux suivre le jeu.

Chorley commença à tirer les cartes. Chacune d'elles, au moment où elle sortait, donnait lieu à un frémissement d'attente momentané ; et quand des as, des deux ou des trois, montraient leurs grandes marges blanches au-dessus du bord de la boîte mystérieuse, la sensation devenait plus vive.

Il se passa longtemps avant que deux as sortissent ensemble. On aurait pu croire que l'importance même du coup exigeait que la décision ne fût pas aussi prompte qu'à l'ordinaire.

Elle arriva enfin. La bague suivit la montre.

Je saisis d'Hauteville par le bras, et je l'attirai loin de la table. Cette fois il me suivit sans résistance : il n'avait plus rien à jouer.

« Qu'est-ce que cela fait ? dit-il d'un air gai pendant que nous sortions du salon. Ah ! oui, continua-t-il en changeant de ton ; ah ! oui, cela fait quelque chose ! Cela fait quelque chose pour *vous* et pour Aurore ! »

CHAPITRE LVIII.

Espoir perdu.

Il était agréable de passer de cet enfer brûlant à l'air frais de la nuit éclairée par la douce lueur d'une lune méridionale. J'aurais joui de cette transition dans d'autres circonstances ; mais le climat le plus doux, le plus charmant paysage, ne m'auraient fait en ce moment aucune impression.

Mon compagnon semblait partager l'amertume qui avait envahi mon âme. Ses paroles de consolation n'étaient cependant pas sans influence sur moi ; je savais qu'elles exprimaient une sympathie réelle. Ses actions me l'avaient déjà prouvé.

La nuit était vraiment délicieuse. La blanche lune fuyait légèrement à travers les nuages, qui pommelaient vaporeusement l'azur du ciel de la Louisiane; une brise douce murmurait dans les rues alors silencieuses. Nuit charmante, trop douce et trop parfumée! J'aurais préféré une tourmente. Oh! des nuages sombres, des éclairs rouges, du tonnerre grondant dans les cieux. Oh! que le vent siffle, et que j'entende tomber la pluie! Oh! que l'ouragan de la nature réponde à la tempête qui éclate dans mon cœur!

Nous n'étions qu'à quelques pas de l'hôtel; mais nous ne nous y arrêtâmes point. Nous pouvions penser et causer plus à notre aise en plein air. Le sommeil n'avait plus de charmes pour moi, et mon compagnon paraissait être sous l'influence d'impressions semblables aux miennes; de sorte qu'après avoir passé de nouveau au milieu des maisons, nous continuâmes du côté du marais, sans prendre garde à notre direction.

Pendant quelque temps, nous marchâmes côte à côte, sans échanger une parole. Nos pensées étaient absorbées par le même sujet, l'affaire du lendemain. Ce n'était plus le lendemain, car le marteau de l'horloge de la grande cathédrale annonça en ce moment qu'il était minuit. Dans douze heures la vente à l'encan commencerait; dans douze heures on mettrait ma fiancée aux enchères.

Notre marche nous conduisait vers la Shell-Road[1], et bientôt nous écrasâmes sous nos pieds les débris d'unions et de bivalves qui jonchaient la route. En cet endroit la nature était plus en harmonie avec nos pensées. Au-dessus et autour de nous s'agitaient de sombres cyprès, emblèmes du chagrin, rendus doublement lugubres par la *tillandsia* grise qui les enveloppait comme un linceul. Les sons qui frappèrent nos oreilles eurent aussi pour effet d'adoucir nos peines; les huées mélancoliques du hibou de marais, le cri des grillons, le tintement solennel de la grenouille-clochette, le cri du grand batrachien,

1. Route de coquilles. (*Note du traducteur.*)

strident comme l'éclat de la trompette et au-dessus de nos têtes le cri aigu des chauves-souris, se mêlaient dans un concert qui, bien qu'il eût pu me paraître désagréable en d'autres circonstances, résonnait alors à mes oreilles comme une douce musique, et me causait une espèce de plaisir triste.

Je n'étais cependant pas arrivé au moment le plus affreux de mon existence. Quelque chose de plus sombre encore m'était réservé. Bien que ma position fût désespérée, je me rattachais encore à l'espérance. C'était un sentiment vague, mais qui me fortifiait contre le désespoir. Le tronc d'un taxodium était allongé sur le bord de la route. Nous le prîmes pour siége.

Nous avions à peine échangé une douzaine de mots depuis que nous avions quitté la maison de jeu. Je ne pensais qu'à ce qui allait avoir lieu dans la journée ; mon jeune compagnon, que je considérais comme un vieil ami éprouvé, était préoccupé des mêmes pensées que moi.

Quelle générosité envers un étranger ! Quel sacrifice de soi-même ! Ah ! je ne me doutais guère alors de l'étendue, de la noble grandeur de ce sacrifice.

« Il ne reste plus qu'une chance, dis-je, la chance de voir arriver la malle demain, ou plutôt aujourd'hui, avec ma lettre. Elle peut encore arriver à temps ; on a droit à ses lettres dès dix heures du matin.

— C'est vrai, répondit mon compagnon, qui paraissait trop absorbé par ses propres pensées pour faire bien attention à ce que j'avais dit.

— Sinon, continuai-je, tout ce que je puis espérer, c'est que celui qui deviendra l'acquéreur consentira à me la vendre. Peu m'importe le prix, si je....

— Ah ! interrompit d'Hauteville, sortant subitement de sa rêverie, c'est justement cela qui m'inquiète, c'est justement à cela que je pensais. Je crains, monsieur, je crains....

— Parlez !

— Je crains qu'il n'y ait pas à espérer que celui qui l'achètera consente à la vendre.

— Et pourquoi ? Une forte somme ne...?

— Non, non. Je crains que celui qui l'achètera ne veuille plus la céder, *à aucun prix*.

— Ah! qu'est-ce qui vous fait croire cela, monsieur d'Hauteville ?

— Je soupçonne qu'un certain individu compte.....

— Qui ?

— M. Dominique Gayarre !

— Oh! ciel! Gayarre! Gayarre?

— Oui, d'après ce que vous m'avez dit, d'après ce que je sais moi-même, car je connais aussi assez bien Dominique Gayarre.

— Gayarre! Gayarre ! O Dieu ! »

Je ne pouvais que gémir. Cette nouvelle m'avait presque retiré l'usage de la parole. Une espèce d'engourdissement semblait m'envahir peu à peu; je sentais une prostration d'esprit, comme si j'eusse été menacé de quelque danger horrible et inévitable.

Il est étrange que je n'aie pas songé à cela plus tôt. J'avais supposé que la quarteronne serait vendue à quelque acheteur ordinaire, à un individu qui serait disposé à la revendre moyennant un profit peut-être énorme; mais je savais qu'avec le temps je pourrais être en mesure de le satisfaire. Il était étrange que je n'eusse jamais pensé que Gayarre pouvait être l'acquéreur. A la vérité, depuis le moment où j'avais entendu parler pour la première fois de la faillite, mes pensées avaient suivi un cours trop violent pour me permettre de réfléchir froidement à quoi que ce fût.

Maintenant c'était clair. Ce n'était plus une conjecture; très-certainement, Gayarre cherchait à devenir le maître d'Aurore. D'ici à la nuit prochaine il serait maître de son corps, de son âme.... O Dieu ! suis-je éveillé ? est-ce un rêve?

« Je soupçonnais cela depuis longtemps, continua d'Hauteville; car je puis vous dire que je sais quelque chose de cette histoire de famille, d'Eugénie Besançon, d'Aurore, et de Gayarre l'avocat. Je soupçonnais que Gayarre pouvait désirer de devenir le possesseur d'Aurore. Mais depuis que vous m'avez raconté la scène de la salle à manger, je n'ai plus de doute sur les intentions de ce coquin. Oh! c'est infâme. Ce qui le prouve encore, poursuivit-il, c'est qu'il y avait à bord du bateau un homme, peut-être ne l'avez-vous pas remarqué, qui est l'agent de Gayarre dans ces sortes d'affaires; un marchand de nègres, instrument convenable pour un pareil dessein. Cet homme est sans doute venu à la ville pour assister à la vente et pour acheter la pauvre fille.

— Mais pourquoi, demandai-je, par un reste d'espoir, pourquoi, puisqu'il désire posséder Aurore, ne l'a-t-il pas achetée par contrat particulier? Pourquoi l'a-t-il envoyée au marché public pour être vendue aux enchères?

— La loi l'exige. Les esclaves d'une propriété en faillite doivent être vendus publiquement au plus offrant. En outre, monsieur, quelque corrompu que soit cet homme, le soin de sa réputation ne lui permet pas d'agir ainsi que vous venez de l'imaginer. C'est un parfait hypocrite, et, malgré son infamie, il veut sauver les apparences. Il y a bien des gens qui croient que Gayarre est un honnête homme. Il n'ose pas agir autrement dans cette vilaine affaire; il n'y paraîtra pas. Pour éviter le scandale, le marchand de nègres sera censé acheter pour son compte personnel. C'est infâme!

— Au delà de toute imagination. Oh! que faut-il faire pour la sauver de cet homme terrible? pour me sauver....

— C'est à cela que je pense, et que j'ai pensé depuis une heure. Revenez à vous, monsieur! Tout espoir n'est pas perdu. Il y a encore une chance de sauver Aurore. Il me reste une espérance. Hélas! j'ai connu un temps.... Moi aussi j'ai été malheureux, tristement, tristement malheureux. Qu'importe maintenant? Nous ne parlerons pas de mes chagrins avant que les vôtres ne soient dissipés. Peut-être me connaîtrez-vous un jour, ainsi que mes malheurs; n'en parlons plus maintenant. Il y a encore quelque espoir pour Aurore; elle et vous, vous pouvez encore être heureux. Il faut qu'il en soit ainsi, j'y suis déterminé. Ce sera une action étonnante, mais toute cette histoire l'est également. C'est assez, je n'ai pas de temps à perdre, il faut que je parte. Retournez à votre hôtel! Allez prendre du repos. Demain à midi je serai avec vous à la Rotonde. Bonne nuit! Adieu. »

Sans me laisser le temps de lui demander une explication ni de lui faire la moindre réponse, le créole me quitta, et prit une rue étroite, qui le déroba promptement à ma vue!

Je réfléchis à ses paroles incohérentes, à sa promesse inintelligible, à ses regards et à ses manières étranges, en retournant lentement à mon hôtel.

Je me jetai sur mon lit sans me déshabiller, sans penser à dormir.

CHAPITRE LIX.

La Rotonde.

Les mille et une réflexions d'une nuit sans sommeil, mille et une alternatives d'espoir, de doute et de crainte, cent projets à combiner, occupèrent mon esprit. Cependant, quand le jour commença à luire, et que la lumière jaunâtre du soleil vint attrister mes regards, je n'avais pas trouvé de plan de conduite. Tout mon espoir était concentré sur d'Hauteville, car je ne comptais plus sur le courrier.

Cependant, afin d'être rassuré à ce sujet, dès qu'il était arrivé, j'étais allé de nouveau à la maison de banque de Brown et Cie. La réponse négative que l'on fit à ma question ne me causa pas de désappointement. Je l'avais prévue. Quand l'argent est-il jamais arrivé à propos ? Les petits cercles d'or roulent lentement ; ils passent lentement d'une main dans l'autre, et on s'en sépare à regret. Ce secours aurait dû m'arriver par la voie ordinaire du courrier ; mais les amis à qui j'avais confié mes affaires dans mon pays avaient eu quelque motif de retard.

Ne confiez jamais vos affaires à un *ami*. Ne vous attendez jamais à recevoir une lettre de crédit à jour fixe, si c'est un ami qui est chargé de vous l'envoyer. En sortant de la maison de banque de Brown et Cie, je jurai de me conformer désormais à ces principes.

Il était midi quand je revins à la rue Saint-Louis. Je ne rentrai pas à l'hôtel. Je me dirigeai aussitôt vers la *Rotonde*.

La plume m'échappe quand je songe à décrire les sombres émotions de mon âme, au moment où je m'avançai sous l'ombre de ce vaste dôme. Je ne me rappelle pas avoir jamais éprouvé rien de semblable à ce que j'éprouvai alors.

Je me suis trouvé sous la voûte d'une grande cathédrale, et j'ai ressenti la solennité d'une crainte religieuse; j'ai visité les sombres cellules d'une prison avec des sentiments pénibles : mais je ne me rappelle aucune scène qui m'ait impressionné aussi douloureusement que celle qui se présenta alors à mes yeux.

Cet endroit n'était pas sacré. Au contraire, j'étais sur un terrain profané, profané par des actes de la plus profonde infamie. C'était le célèbre *marché aux esclaves de la*

Nouvelle-Orléans, l'endroit où des corps humains, je pourrais presque dire des *âmes humaines*, étaient achetés et vendus !

Ces murs avaient été témoins de plus d'une séparation forcée et douloureuse. Dans ces lieux on avait souvent arraché un mari à sa femme, une mère à son enfant. Des larmes amères avaient souvent arrosé ce pavé de marbre. Cette voûte avait souvent répété les soupirs, plus encore, les cris d'un cœur plein d'angoisses !

Je le répète, mon âme était remplie de sombres émotions quand j'entrai dans l'enceinte de cette vaste salle. On ne s'en étonnera pas si l'on songe aux pensées que je roulais dans ma tête, et à la scène qui frappa mes regards.

Le lecteur s'attend sans doute à ce que je décrive cette scène. Je suis forcé de tromper son attente. Si j'avais été un spectateur ordinaire, un rapporteur froid et insensible à ce qui se passait, j'aurais pu en noter les détails et vous les faire connaître. Mais il n'en était pas ainsi : je n'avais qu'une pensée dans l'esprit, mes yeux ne cherchaient qu'un seul objet, et cela m'empêchait de remarquer les traits principaux du spectacle qui se déroulait devant moi.

Je ne me rappelle que peu de choses. Je me souviens que la Rotonde était, comme l'indique son nom, une salle circulaire d'une vaste étendue, dont le sol était mou, la voûte cintrée et les murailles blanches. Il n'y avait pas de fenêtres, car la lumière arrivait d'en haut. D'un côté, près du mur, s'élevait une tribune ou rostre, près de laquelle on voyait un large bloc de pierre en forme de parallélipipède. Je devinai l'usage de ces deux objets.

Une margelle ou banquette de pierre entourait une partie du mur. L'usage de ce siége était aussi évident.

Quand j'entrai, la salle était à moitié pleine de monde. Il y avait là des gens de tout âge et de toutes classes. Ils causaient par groupes, comme des hommes réunis pour une affaire, ou pour une cérémonie, ou pour un plaisir, en attendant que l'on commençât. Cependant il était clair que tous ces gens n'étaient pas impressionnés par cette attente d'une manière solennelle. On aurait pu croire, au contraire, qu'ils comptaient sur quelque réunion joyeuse, si on en jugeait par les plaisanteries brutales et par les éclats de rire qui résonnaient à chaque instant dans cette enceinte.

Il y avait cependant un groupe qui ne faisait aucun signe ni aucun bruit de cette nature. Les individus qui le composaient étaient assis sur le banc de pierre, ou debout auprès, ou allongés sur le sol, ou appuyés contre la muraille, dans des attitudes diverses. Leur peau noire ou brune, leur tête laineuse, leurs grossiers brogans rouges, leurs mauvais vêtements de cotonnade, de toile, ou de drap de nègres, teints par le jus du catalpa d'une couleur cannelle; toutes ces choses caractéristiques les mettaient à part des groupes qui se pressaient dans la salle, comme des êtres d'une autre espèce.

Sans même prendre garde à la différence de leur costume ou de leur complexion, à leurs grosses lèvres, à leurs pommettes saillantes ni à leur chevelure laineuse, il était facile de voir que les individus assis sur la banquette étaient dans une position bien différente de ceux qui se promenaient dans la salle. Pendant que ces derniers parlaient haut et riaient gaiement, les premiers étaient silencieux et tristes. Les uns avaient l'air de conquérants; les autres étaient immobiles et avaient l'apparence abattue de captifs. Ceux-ci étaient les *maîtres*, ceux là étaient les *esclaves!* C'étaient les esclaves de la plantation Besançon.

Ils étaient tous silencieux ou ne parlaient qu'à voix basse. La plupart d'entre eux semblaient mal à l'aise. Les mères étaient assises, entourant leurs petits enfants de leurs bras noirs, leur murmurant des expressions de tendresse, ou cherchant à apaiser leurs cris. De temps en temps de grosses larmes roulaient sur leurs joues, quand le cœur maternel débordait d'émotions pénibles. Les pères regardaient leurs enfants d'un œil plus sec, où brillait l'expression du désespoir, et où l'on pouvait lire la conscience qu'ils avaient de ne pouvoir éviter leur sort, de ne pouvoir se refuser à rien de ce que décideraient les misérables sans pitié dont ils étaient entourés.

Cette expression ne se laissait pas lire sur toutes les physionomies. Quelques-uns des plus jeunes esclaves, garçons ou filles, portaient de gais costumes aux couleurs brillantes, ornés de nœuds et de rubans. La plupart de ceux-ci paraissaient insouciants de l'avenir. Il y en avait même quelques-uns qui paraissaient heureux, qui riaient et qui causaient gaiement entre eux, ou qui échangeaient à l'occasion quelques paroles avec les blancs. Un changement de maîtres n'avait rien de terrible pour ces gens, à cause des traitements qu'ils avaient eus à subir en dernier lieu. Quelques-uns même envisageaient ce changement avec un plaisir mêlé d'espoir : c'étaient les jeunes dandies ou les belles cuivrées de la plantation. Peut-être leur serait-il permis de rester dans cette grande ville, dont ils avaient entendu parler si souvent; peut-être avaient-ils en vue un avenir plus brillant : il serait bien triste, s'il l'était plus que leur triste passé.

Je jetai un regard sur les différents groupes, mais mes yeux ne s'y arrêtèrent pas longtemps. Un coup d'œil suffit pour me convaincre qu'*elle* n'était pas là. Il n'y avait pas de danger de prendre aucune de ces figures pour celle d'Aurore. Elle n'était pas là; je remerciai le ciel! Je n'avais pas l'humiliation de la voir dans une pareille foule! Elle était sans doute dans le voisinage, et viendrait quand son tour serait arrivé.

Je supportais à peine l'idée de la voir exposée aux regards grossiers et injurieux, aux propos insolents dont elle pourrait être l'objet. Cette épreuve m'était pourtant réservée.

Je ne me fis pas reconnaître des esclaves. Je savais combien ils sont démonstratifs dans leurs sentiments, et je prévoyais une scène s'ils m'apercevaient. Je serais obligé de recevoir leurs salulations et leurs prières, qui seraient faites assez haut pour attirer sur moi l'attention de tout le monde.

Afin d'éviter que cela n'arrivât, je me plaçai derrière un groupe de blancs qui me cachèrent aux yeux des nègres, et je fixai mes regards sur l'entrée, guettant l'arrivée de d'Hauteville. C'était en lui que résidait mon unique et dernier espoir.

Je ne pouvais m'empêcher de remarquer tous ceux qui entraient ou sortaient. Il ne venait évidemment que des hommes, mais il y en avait de toutes les espèces. J'aperçus le marchand de nègres : un gaillard grand et maigre, à la figure de maquignon, au costume négligé ; habit flottant, chapeau à larges bords rabattus, bottes grossières, et canne de cuir peint en lanières de peau de vache, véritable emblème de sa profession.

L'élégant créole contrastait d'une manière frappante avec ce type; il portait l'habit bleu à boutons d'or, le pantalon à plis, les bottines, la chemise brodée à boutons de diamants.

Des créoles d'un âge plus avancé se distinguaient par leurs pantalons et leurs vestes de nankin, leur chapeau de paille de Manille ou de Panama placé sur une chevelure presque rase et blanche comme la neige.

Le marchand américain de Poydras ou de Tehoupitoulas-Street, du Camp, de New-Levee ou de Saint-Charles, en habit de drap noir, gilet de satin brillant, pantalon semblable à l'habit, bottes en veau et mains dégantées.

Le commis dandy de bateau à vapeur, en paletot de tissu blanc, pantalon blanc comme la neige, chapeau de castor à longs poils, d'une teinte légèrement jaunâtre.

Puis le banquier affable; l'important procureur qui

n'avait pas en cet endroit l'apparence sévère des gens de sa profession, mais qui portait au contraire un costume assez gai ; le capitaine du bateau de rivière, qui ne se donne pas l'air marin ; le riche planteur de la côte ; le propriétaire d'une presse à coton ou d'une corderie, et quelques autres individus que je ne décris pas.

C'est ainsi qu'était composée la foule qui se rassemblait alors dans la Rotonde.

Pendant que je regardais ces physionomies et ces costumes variés, je vis entrer un homme pesamment bâti, à la face rubiconde, vêtu d'un paletot vert. Il portait d'une main une liasse de papiers, et de l'autre un petit marteau à tête d'ivoire qui m'indiqua tout de suite sa profession.

Son entrée produisit une espèce de bourdonnement et agita les différents groupes. J'entendis ces phrases : « Le voici qui arrive !... C'est lui !... Voilà le major ! »

Cela n'était pas nécessaire pour apprendre à tous ceux qui se trouvaient là ce qu'était le personnage au paletot vert. Le magnifique dôme de Saint-Charles lui-même n'était pas plus connu des citoyens de la Nouvelle-Orléans que le major B., le célèbre commissaire-priseur.

Une minute après, la face brillante et benoîte du major parut au-dessus de la tribune. Quelques petits coups secs de son marteau commandèrent le silence, et la vente commença.

Scipion fut désigné le premier pour monter sur le bloc de pierre. La foule des individus qui avaient l'intention de prendre part à l'enchère se pressa autour de lui ; ils lui enfoncèrent les doigts entre les côtes, tâtèrent ses membres comme s'il eût été un bœuf gras, ouvrirent sa bouche et examinèrent ses dents comme s'il eût été un cheval ; puis ils offrirent un prix pour l'avoir, absolument comme s'il eût été l'un ou l'autre.

Dans d'autres circonstances, j'aurais eu pitié du pauvre

diable; mais mon cœur était trop plein, il n'y restait plus de place pour Scipion. Je détournai les yeux de ce dégoûtant spectacle.

CHAPITRE LX.

La vente d'esclaves.

Je fixai de nouveau mes regards sur l'entrée, remarquant tous ceux qui arrivaient. Jusqu'alors je n'avais pas vu paraître d'Hauteville. Il allait venir bientôt, certainement. Il avait dit à midi. Il était alors une heure, et je ne l'apercevais pas encore.

Il viendrait sans doute, et à temps. Après tout, je n'avais pas besoin d'être si inquiet. Elle était la dernière de la liste. Son tour serait long à venir.

Je comptais entièrement sur mon nouvel ami, presque inconnu, mais déjà éprouvé. Sa conduite de la nuit précédente m'avait inspiré une confiance absolue. « Il ne me manquera pas de parole, » me disais-je. Son retard n'ébranlait pas la foi que j'avais en lui. Il avait eu quelque difficulté à obtenir son argent, car c'était de l'*argent* que j'attendais de lui; il me l'avait fait supposer. C'était sans doute là ce qui le retenait, mais il arriverait à temps. Il savait que le nom d'Aurore terminait la liste; c'était le dernier lot, le lot 65!

Malgré ma confiance en d'Hauteville, j'étais mal à l'aise. C'était assez naturel, et je n'ai pas besoin d'expliquer pourquoi. Je tenais mon regard fixé sur la porte, espérant à chaque instant le voir arriver.

J'entendais derrière moi la voix du commissaire-priseur répétant avec monotonie les mêmes mots, qu'interrompait parfois le coup sec du petit marteau d'ivoire. Je savais que la vente se continuait, et les coups fréquents du marteau m'indiquaient qu'elle marchait rapidement. Bien qu'on n'eût encore vendu qu'une demi-douzaine d'esclaves, je ne pus m'empêcher de m'imaginer qu'ils galopaient sur la liste, et que *son* tour arriverait bientôt, trop tôt. Cette idée fit battre mon cœur de plus en plus vite. « Certainement, me répétais-je, d'Hauteville ne me manquera pas de parole. »

Il y avait près de moi un groupe où l'on causait avec gaieté. Il était composé de jeunes gens à la mise élégante, que je reconnus pour des rejetons de la noblesse créole. Ils parlaient assez haut pour que je pusse les entendre. Je n'aurais peut-être pas écouté ce qu'ils disaient, si l'un d'eux n'avait prononcé un nom qui sonna mal à mon oreille. Ce nom était *Marigny*. Un souvenir désagréable pour moi s'y rattachait. C'était d'un Marigny que Scipion m'avait parlé; c'était un Marigny qui avait proposé d'*acheter Aurore*. Naturellement je me rappelai ce nom.

Marigny! J'écoutai.

« De sorte, Marigny, que vous avez vraiment l'intention de l'acheter? disait quelqu'un.

— Oui, répliqua un jeune homme à la mode, mis avec une certaine affectation; oui, oui, oui, continua-t-il d'un ton un peu languissant, en ajustant ses gants jaunes et en agitant sa petite canne, j'en ai l'intention, ma foi oui.

— Jusqu'où irez-vous?

— Oh! oh! une petite somme, mon cher ami.

— Une *petite somme* ne suffira pas, Marigny, dit celui qui avait parlé d'abord. Je connais une demi-douzaine de gens qui comme moi ont envie de pousser l'enchère, et ils sont tous riches.

— Qui? demanda Marigny, quittant tout à coup son air d'indifférence apathique. Puis-je savoir qui?

— Qui ? Il y a ma foi Gardette le dentiste, qui est à moitié fou d'elle; il y a le vieux marquis, il y a le planteur Villareau, et Lebon, de Lafourche, et le jeune Moreau, le marchand de vin de la rue Dauphin, et qui sait? Encore une demi-douzaine de ces riches Yankees planteurs de coton, qui peuvent vouloir en faire une femme de ménage! Ha! ha! ha!

— Je pourrais en nommer un autre, dit un troisième interlocuteur.

— Nommez-le! s'écrièrent plusieurs voix. C'est peut-être vous, Le Ber; vous avez besoin d'une couturière pour recoudre les boutons de vos chemises.

— Non, ce n'est pas moi, répliqua celui qui venait de parler. Je n'achète pas des couturières à ce prix-là. Deux mille dollars au moins, mes amis! Pardieu non. J'ai des couturières à meilleur marché dans le faubourg Tremé.

— Qui est-ce, alors? Nommez-le!

— C'est ce que je ferai sans hésiter. C'est cette vieille figure de fouine, Gayarre.

— Gayarre l'avocat ?

— Dominique Gayarre?

— Ce n'est pas probable, dit quelqu'un. M. Gayarre est un homme posé, un moraliste, un avare!

— Ha! ha! fit Le Ber. Il est évident, messieurs, que vous n'avez pas compris le caractère de M. Gayarre. Je le connais peut-être mieux que vous. Quoiqu'il soit ordinairement avare, il y a des gens envers qui il est assez généreux. Il a une douzaine de maîtresses. Rappelez-vous, en outre, que M. Dominique est garçon. Il a besoin d'une bonne ménagère, d'une *femme de chambre*. Allons, mes amis, j'ai appris une chose, *une toute petite chose*. Je parie que l'avare ira plus loin que n'importe qui d'entre vous, plus loin même que le généreux Marigny, ici présent. »

Marigny se mordit les lèvres. Il n'éprouvait qu'une sensation d'ennui ou de chagrin. Quant à moi, j'étais à l'agonie. Je n'avais plus le moindre doute quant à la personne qui était l'objet de cette conversation.

« C'est à la demande de Gayarre qu'on a déclaré la faillite, n'est-ce pas? demanda quelqu'un.

— C'est ce qu'on dit.

— Comment cela se fait-il? On le regardait comme un grand ami de la famille, un associé du vieux Besançon.

— Oui, un ami homme de loi. Ha! ha! répliqua un autre d'un ton significatif.

— Pauvre Eugénie! Elle ne sera plus la belle. Elle sera moins difficile dans le choix d'un mari.

— C'est une consolation pour vous, Le Ber. Ha! ha!

— Oh! dit un autre, Le Ber n'avait plus beaucoup de chances dans ces derniers temps. Il y a maintenant un jeune Anglais qui est le favori; c'est le même qui a nagé jusqu'à terre avec elle quand *la Belle* a sauté. C'est ce qu'on m'a dit, au moins. Est-ce vrai, Le Ber?

— Vous ferez mieux de le demander à Mlle Besançon, répliqua celui-ci d'un ton aigre qui fit rire les autres.

— Je le voudrais bien, répliqua le questionneur, mais je ne sais où la trouver. Où est-elle? Elle n'est pas à sa plantation. J'y suis allé, elle en était partie depuis deux jours. Elle n'est pas en ville chez sa tante. Où est-elle, monsieur? »

J'écoutai la réponse avec assez d'intérêt. J'ignorais aussi où pouvait être Eugénie; je l'avais cherchée en vain pendant la journée. On disait qu'elle était venue en ville, mais personne n'avait rien pu m'apprendre sur son compte. Je me rappelai alors ce qu'elle avait dit dans sa lettre à propos du Sacré-Cœur.

« Peut-être, pensai-je, est-elle véritablement allée au couvent. Pauvre Eugénie!

— Oui, où est-elle, monsieur? demanda un autre individu qui faisait partie du groupe.

— C'est très-bizarre! s'écrièrent à la fois plusieurs autres. Vous devez le savoir, Le Ber.

— Je ne sais rien de ce qu'a fait Mlle Besançon, répondit ce jeune homme d'un air surpris et chagrin, comme s'il ignorait aussi ce qu'elle était devenue, et qu'il fût contrarié des remarques de ses compagnons.

— Il y a quelque chose de mystérieux dans tout cela, reprit un autre. J'en serais étonné, s'il s'agissait d'une autre personne qu'Eugénie Besançon. »

Il est inutile de dire que cette conversation m'intéressait. Chaque parole tombait sur mon cœur comme une étincelle; j'aurais volontiers étranglé tous ces jeunes fats. Ils ne se doutaient guère que le jeune Anglais était près d'eux, qu'il les écoutait; ils ignoraient encore plus l'effet que lui produisaient leurs paroles.

Ce qui me faisait de la peine, ce n'était pas ce qu'ils disaient d'Eugénie, c'étaient leurs propos légers sur Aurore. Je n'ai pas rapporté leurs paroles cyniques à propos d'elle, leurs insinuations plaisantes, leurs vils soupçons, ni la froide et brutale raillerie avec laquelle ils parlaient de son innocence.

L'un d'eux en particulier, un certain M. Sévigné, était plus *bizarre* qu'aucun de ses compagnons, et je fus une fois ou deux sur le point de le prendre à partie. Je dus faire un effort pour me retenir, mais cet effort réussit, et je restai immobile. Je n'aurais peut-être pas pu me contenir davantage, s'il n'était survenu un incident qui chassa immédiatement de mon esprit les vaines paroles de ces damoiseaux. Cet incident fut *l'entrée d'Aurore*.

Ils avaient recommencé à parler d'elle, de sa chasteté, de ses charmes extraordinaires. Ils discutaient sur les probabilités qu'il y avait de la voir achetée par tel ou tel, et ils affirmaient qu'elle serait la maîtresse de celui-là; ils s'enflammaient en faisant l'éloge de sa beauté, et commençaient à parier sur le résultat de la vente, quand tout à coup le bruit de leur conversation cessa, et deux ou trois d'entre eux s'écrièrent :

« Voilà! voilà! elle vient! »

Je me retournai machinalement en entendant ces paroles. Aurore était à l'entrée de la salle.

CHAPITRE LXI.

Les enchères sur ma fiancée.

Oui, Aurore parut à la porte de cette salle maudite, et s'arrêta timidement sur le seuil.

Elle n'était pas seule. Une jeune mulâtresse était à ses côtés; c'était, comme elle, une esclave qu'on amenait pour la vente.

Un troisième individu les accompagnait; il ne marchait pas à côté des jeunes filles, mais devant elles, et les conduisait évidemment à l'endroit où se faisait la vente. Cet individu n'était autre que Larkin, le brutal commandeur.

« Venez! dit-il brusquement, en faisant signe à Aurore et à sa compagne; par ici, les enfants, suivez-moi. »

Elles obéirent à cet ordre grossier, et le suivirent en traversant la salle dans la direction de la tribune.

Je me détournai en me couvrant la figure des bords de mon chapeau. Aurore ne me vit pas.

Je les suivis des yeux dès qu'elles m'eurent dépassé et que je ne vis plus que leur dos. Oh! belle Aurore! aussi belle que jamais!

Je n'étais pas seul à l'admirer. L'apparition de la quarteronne faisait sensation. Le tumulte cessa comme à un signal convenu : toutes les voix se turent; tous les yeux se fixèrent sur elle pendant qu'elle traversait les dalles. Quelques hommes s'élancèrent à la hâte des parties éloignées de la salle pour la voir de plus près; d'autres se rangèrent pour lui faire place, en se reculant poliment comme devant une reine. Les hommes qui se conduisaient ainsi auraient dédaigné de témoigner la moindre prévenance à quelqu'un de sa race, à la mulâtresse qui était à côté d'elle, par exemple! O pouvoir de la beauté! Jamais il ne fut plus apparent qu'au moment de l'entrée de cette pauvre esclave.

J'entendis des chuchotements; je remarquai des regards admirateurs, passionnés. Je vis des yeux qui la suivaient avec ardeur, observant ses formes admirables, et l'ondulation de son corps pendant qu'elle marchait.

Tout cela me faisait souffrir. J'éprouvais une sensation plus pénible que celle de la jalousie; c'était la jalousie, aigrie par la brutalité de mes rivaux.

Aurore était simplement vêtue. Son costume n'était pas recherché comme celui des belles dames; elle ne portait aucun des rubans et des falbalas qui ornaient la robe de sa compagne basanée. Ils auraient peu convenu à la noble mélancolie qu'on voyait sur sa charmante physionomie. Rien de tout cela.

Elle avait une robe de mousseline claire, faite avec goût, à jupe longue et à manches plates, à la mode de l'époque, mode qui faisait valoir ses formes. Sa coiffure était celle de toutes les quarteronnes, la toque ou mouchoir de Madras, posée sur son front comme une couronne, et dont les rayures, vertes, rouges et jaunes, faisaient un contraste charmant avec sa chevelure, noire comme l'aile du corbeau. Elle n'avait pas d'autre ornement que ses larges boucles d'or, qui brillaient sur le riche incarnat de ses joues; elle portait au doigt un autre anneau d'or, signe de ses fiançailles. Je le connaissais bien.

Je m'enfonçai dans la foule, en inclinant mon chapeau du côté de la tribune. Je désirais qu'elle ne me vît pas, et je ne pouvais m'empêcher de la regarder. Je m'étais placé de manière à continuer à voir les personnes qui entreraient, et j'attendis avec plus d'anxiété que jamais l'arrivée de d'Hauteville.

Aurore avait été placée près du pied de la tribune. Je voyais le sommet de sa coiffure par-dessus les épaules de la foule. En me levant sur la pointe des pieds, je parvenais à apercevoir sa figure, qui se trouvait être dirigée de mon côté. Oh !! que mon cœur battait quand je m'efforçai de voir quelle en était l'expression, quand je cherchai à deviner quel pouvait être le sujet de ses pensées !

Elle paraissait triste et anxieuse. C'était assez naturel. Mais je cherchais autre chose ; je voulais découvrir cette mobilité d'expression produite par l'alternative de l'espoir et de la crainte.

Ses yeux erraient sur la foule. Elle examinait l'océan de figures qui l'environnait. *Elle cherchait quelqu'un. Était-ce moi ?*

Je baissai la tête quand son regard atteignit l'endroit où j'étais. Je n'osai affronter son coup d'œil. Je craignis de ne pas pouvoir m'empêcher de lui parler. Chère Aurore !

Je relevai la tête. Ses yeux continuaient leur recherche infructueuse ; oh ! bien sûr, c'était moi qu'elle s'attendait à voir !

Je me cachai encore dans la foule ; son regard se porta plus loin.

Je relevai de nouveau une fois la tête. Je vis sa figure s'obscurcir d'un nuage. Ses yeux exprimaient une sensation plus vive, ils portaient l'empreinte du désespoir.

« Courage ! courage ! me dis-je intérieurement. Regarde encore, charmante Aurore ! Cette fois mon regard rencontrera le tien. Je te parlerai des yeux, je te rendrai coup d'œil pour coup d'œil. »

Elle me voit, elle me reconnaît ! Ce tressaillement, cet éclair de joie dans ses yeux, ce sourire qui plisse ses lèvres ! Son regard ne cherche plus rien, il est fixé.... Fierté de mon cœur ! C'était moi qu'elle cherchait !

Oui, nos yeux s'étaient enfin rencontrés, ils étaient humides d'amour. Je n'étais plus maître des miens. Je ne pouvais plus les détourner d'un autre côté, je les laissais obéir à ma passion ; et cette passion était partagée, je n'en doutais pas. Il me semblait qu'un rayon du flambeau de l'amour allait de l'un de nous vers l'autre. J'avais presque oublié l'endroit où j'étais !

Un murmure et un mouvement de la foule me rappelèrent à moi-même. La fixité du regard d'Aurore avait été remarquée, et avait été comprise de plusieurs individus, habiles à interpréter de semblables coups d'œil. Ceux-ci, en se retournant pour voir à qui ce coup d'œil s'adressait, avaient produit un certain mouvement. Je m'en aperçus à temps, et je tournai la tête dans une autre direction.

Je regardai la porte pour surveiller l'arrivée de d'Hauteville. Pourquoi ne venait-il pas ? Mon anxiété croissait à chaque instant.

A la vérité il se passerait encore une heure, peut-être deux, avant que le tour d'Aurore fût venu. Ah ! qu'y a-t-il ?

Il y eut un silence d'un instant ; il se passait quelque chose d'intéressant. Je regardai la tribune pour savoir ce que c'était. Un homme noir avait franchi un des degrés, et parlait bas au commissaire-priseur.

Il ne resta qu'un moment. Il paraissait avoir demandé quelque faveur qui lui avait été accordée aussitôt, et il retourna dans la foule.

Une ou deux minutes s'écoulèrent, puis je vis, avec horreur et étonnement, le commandeur prendre Aurore par le bras et la faire monter sur le bloc de pierre. L'intention était claire. *Elle allait être vendue la première !*

Je ne saurais me rappeler exactement ce que je fis dans le premier moment qui suivit. Je m'élançai comme un fou vers l'entrée. Je regardai dans la rue. Mes yeux inquiets la parcoururent dans tous les sens. Je ne vis pas d'Hauteville!

Je me précipitai de nouveau dans la salle, en franchissant encore les rangs épais de la foule et me dirigeant vers la tribune.

L'enchère était commencée. Je n'avais pas entendu les préliminaires; mais, dès que j'étais rentré, mes oreilles avaient été frappées de ces mots terribles :

« Mille dollars pour la quarteronne. Il y a acheteur à mille dollars!

— O ciel! d'Hauteville m'a trompé. Elle est perdue! perdue! »

Dans mon désespoir j'étais sur le point d'interrompre la vente. J'allais proclamer hautement qu'elle était illégale, parce que la quarteronne était vendue hors du tour indiqué par l'annonce! J'avais encore espoir dans ce faible moyen.

C'était comme une paille pour l'homme qui se noie, mais j'étais déterminé à m'y raccrocher.

Je venais d'ouvrir les lèvres pour crier, lorsque quelqu'un me fit retourner en me tirant par la manche. C'était d'Hauteville! Grâce au ciel, c'était d'Hauteville!

Je pus à peine réprimer un cri de joie. Son regard me fit comprendre qu'il apportait de l'or.

« Je suis à temps, et il n'y en a pas à perdre, me dit-il à voix basse en me mettant un portefeuille dans les mains; voilà trois mille dollars, cela suffira bien sûr; c'est tout ce que j'ai pu me procurer. Je ne puis rester ici.... il s'y trouve des gens que je ne veux pas voir. Je vous rejoindrai après la vente. Adieu! »

Je le remerciai à peine. Je ne le vis pas partir. Mes yeux étaient ailleurs.

« Quinze cents dollars pour la quarteronne! bonne ménagère, couturière, quinze cents dollars!

— Deux mille! » m'écriai-je d'une voix étouffée par l'émotion.

Une enchère aussi forte attira sur moi l'attention de la foule. Des coups d'œil, des sourires et des insinuations furent échangés en me regardant.

Je ne les vis pas, ou plutôt je n'y fis pas attention. Je voyais Aurore, rien qu'Aurore, qui m'apparaissait sur le bloc de pierre, comme une statue sur un piédestal, véritable type de tristesse et de beauté. Plus tôt je pourrais la retirer de là, et plus je serais heureux; c'est pour cela que j'avais poussé si haut l'enchère.

« Deux mille dollars.... deux mille.... deux mille cent dollars.... deux mille cent.... deux mille deux cents.... deux mille deux.

— Deux mille cinq cents dollars! criai-je de nouveau, avec autant d'aplomb que je pus en retrouver.

— Deux mille cinq cents dollars, répéta le commissaire-priseur de son ton monotone, deux mille cinq.... six.... vous monsieur? Merci! deux mille six cents dollars pour la quarteronne.... deux mille six cents!

— Oh Dieu! Ils vont dépasser trois mille; s'ils le font....

— Deux mille sept cents dollars! fut l'enchère du fat Marigny.

— Deux mille huit cents! cria le vieux marquis.

— Deux mille huit cent cinquante! dit le jeune marchand Moreau.

— Neuf! fit l'homme grand et noir qui avait été parler bas au commissaire-priseur.

— Acheteur à deux mille neuf cents dollars.... deux mille neuf cents!

— Trois mille! » dis-je avec désespoir.

C'était ma dernière enchère. Je ne pouvais aller plus loin.

J'attendis le résultat, comme le condamné attend la chute de la trappe ou le coup de la hache. Mon cœur n'aurait pu supporter longtemps une semblable incertitude. Mais je n'eus pas longtemps à l'endurer.

« Trois mille cent dollars! trois mille cent.... trois mille cent dollars.... »

Je jetai un regard à Aurore. C'était un regard désespéré ; je me détournai aussitôt, et je m'en allai en chancelant, traversant machinalement la salle.

Avant d'arriver à la porte j'entendis la voix du commissaire-priseur qui disait, toujours d'un ton traînard : « Trois mille cinq cents dollars pour la quarteronne! »

Je m'arrêtai et j'écoutai. La vente approchait de sa fin.

« Trois mille cinq cents.... une fois, à trois mille cinq cents deux fois.... trois fois.... »

Le coup sec du marteau retentit à mon oreille. Il m'empêcha d'entendre le mot « adjugé! » mais mon cœur le prononça au milieu de son agonie.

Il y eut alors une scène bruyante et confuse; on parlait haut et avec animation dans la foule des enchérisseurs désappointés. Quel était celui qui avait réussi?

Je cherchai à le savoir. Le grand individu noir causait avec le commissaire-priseur. Aurore était à côté de lui. Je me rappelai alors que javais vu cet homme sur le bateau à vapeur. C'était l'agent dont m'avait parlé d'Hauteville. Le créole avait deviné juste, ainsi que Le Ber.

Gayarre les avait tous dépassés!

CHAPITRE LXII.

La voiture de louage.

Je restai encore quelque temps dans la salle, irrésolu et ne sachant que faire. Celle que j'aimais, et qui m'aimait aussi, venait de m'être ravie par une loi infâme; on me l'avait arrachée sans pitié. On allait l'enlever sous mes yeux, et peut-être ne la reverrais-je plus. Cette pensée était même très-probablement exacte : je pouvais ne plus la revoir ! Perdue pour moi, perdue d'une manière plus désespérée que si elle eût été la *fiancée* d'un autre ! bien plus désespérée. S'il en était ainsi, elle serait au moins libre de penser, d'agir, de sortir, de.... j'aurais encore l'espoir de la rencontrer, de la voir, de pouvoir fixer les yeux sur elle, au moins à une certaine distance; je l'adorerais dans le silence de mon cœur, je me consolerais en pensant qu'elle m'aimait encore. Oui, fiancée ou femme d'un autre, je pourrais supporter cela avec calme! Mais maintenant, elle n'était pas la fiancée d'un homme; elle n'en était que *l'esclave*, *la concubine* contrainte et involontaire, et cet homme.... Oh! mon cœur était brisé par cette horrible pensée!

Que devenir? Que faire? Me résigner à cette situation? Ne pas tenter de nouveaux efforts pour la revoir, pour la sauver?

Non! je n'en étais pas encore là. Quelque décourageante que fût ma situation, j'entrevoyais encore un rayon d'espoir; le sombre avenir était encore éclairé par ce rayon, qui me ranimait et me donnait de nouvelles forces pour agir.

Mon plan n'était pas encore arrêté; mais le but était clair : ce but était la délivrance d'Aurore, la résolution de la posséder malgré tous les périls! Je ne pensais plus à l'acheter. Je savais que Gayarre était devenu son maître. Je comprenais qu'il ne me serait pas possible de l'obtenir à prix d'argent. Celui qui l'avait payée d'une somme aussi considérable ne voudrait se séparer d'elle à aucun prix. Toute ma fortune n'y suffirait pas. Je n'y songeai pas un instant. Je sentis que c'était impossible.

La résolution que mon esprit avait déjà conçue, et qui ranimait mon espoir, était bien différente. Que mon esprit avait déjà conçue, ai-je dit? Elle avait déjà pris une forme précise, avant même que l'écho de la voix du commissaire-priseur eût cessé de retentir à mon oreille! Ma détermination avait été arrêtée dès que j'avais entendu le bruit du marteau. Le but était clair; le plan seul était inachevé.

J'avais résolu de violer les lois, de devenir voleur, de faire tout ce que les circonstances me dicteraient. J'avais résolu d'*enlever ma fiancée!*

Une pareille action pouvait me déshonorer; je savais que j'y risquais ma liberté et ma vie. Mais je me souciais peu du déshonneur; je méprisais le danger. Mon but était arrêté, ma détermination prise.

La réflexion qui m'avait amené à cette détermination avait été rapide, d'autant plus rapide que cette pensée avait déjà surgi dans mon esprit, d'autant plus rapide que je ne croyais positivement pas pouvoir employer d'autres moyens. C'était le seul mode d'action qui me restât; il fallait s'en servir, ou abandonner sans combat ce que j'aimais; et, transporté comme je l'étais par la passion, je n'étais pas disposé à céder. Un déshonneur certain, la mort elle-même, me paraissait préférable à cette alternative.

Je n'avais pas encore formé l'ombre d'un plan. J'y penserais plus tard; mais il fallait agir sur-le-champ.

Mon pauvre cœur était à la torture ; je ne pouvais admettre la pensée de *lui* laisser passer une seule nuit sous le toit de ce hideux personnage !

Dans quelque endroit qu'elle passât la nuit, j'étais résolu à ne pas rester éloigné d'elle. Des murs pouvaient nous séparer, mais il fallait lui faire savoir que j'étais près d'elle ; je n'avais pas conçu d'autre plan.

Je me retirai dans un endroit écarté, je pris mon carnet, et j'écrivis sur une des feuilles ! « Ce soir je viendrai ! ÉDOUARD. »

Je n'avais pas le temps d'entrer dans les détails, car je craignais de la voir à chaque instant entraînée hors de ma vue. J'arrachai la feuille, et, après l'avoir pliée à la hâte, je revins à la porte de la Rotonde.

Au moment même où j'y arrivai, une voiture de louage s'y arrêtait. Je devinai à quel usage elle était destinée, et je ne perdis pas de temps pour m'en procurer une autre à une station voisine. Cela fait, je rentrai dans la salle. Il était encore temps. Au moment où j'entrais, je vis Aurore qu'on emmenait loin de la tribune.

Je m'enfonçai dans la foule, et je me plaçai de manière à ce qu'elle dût passer près de moi. A ce moment, nos mains se pressèrent, et mon billet s'échappa de mes doigts. Nous n'eûmes pas le temps de nous voir davantage, nous ne pûmes pas même nous faire un serrement de main amical : car l'instant d'après elle disparaissait dans la foule, et la portière de la voiture se refermait sur elle.

La jeune mulâtresse l'accompagnait, ainsi qu'une autre femme esclave. Elles montèrent toutes trois dans la voiture. Le marchand de nègres se plaça sur le siége, près du cocher, et le véhicule roula sur le pavé.

Un mot à mon cocher fut suffisant ; il fouetta ses chevaux, et nous suivîmes l'autre voiture en réglant notre vitesse sur la sienne.

CHAPITRE LXIII.

A Bringiers.

Les cochers de la Nouvelle-Orléans ne manquent pas d'intelligence, et le son d'une pièce d'argent ajoutée à leur tarif est une musique qu'ils saisissent parfaitement. Ils sont les témoins de plus d'une aventure romanesque, les confidents obligés de plus d'un secret d'amour. La voiture qui emmenait Aurore roulait à une centaine de mètres devant moi; tantôt elle tournait à l'angle d'une rue, tantôt elle passait au milieu de camions chargés d'énormes balles de coton ou de boucauts de sucre : mais mon cocher ne la quittait pas de l'œil, et je n'avais que faire d'être inquiet.

Après avoir remonté un peu la rue de Chartres, la voiture enfila une des petites rues qui s'en éloignent perpendiculairement pour rejoindre la levée. Je pensai un instant qu'elle se dirigeait vers les débarcadères des bateaux à vapeur; mais, en arrivant au coin de la rue, je vis qu'elle s'était arrêtée à peu près au milieu. Mon cocher fit halte à l'entrée, conformément aux ordres que je lui avais donnés, et il attendit de nouvelles instructions.

La voiture que je venais de suivre s'était arrêtée devant une maison; et, au moment où j'arrivais à l'angle de la rue, j'avais pu voir plusieurs personnes traverser le trottoir et entrer. Je ne doutai pas que toutes les personnes qui étaient montées dans la voiture, Aurore comme les autres, n'eussent pénétré dans la maison.

Un instant après un homme en sortit, paya le cocher et rentra; celui-ci rassembla ses rênes, fouetta ses chevaux, et s'en retourna par la rue de Chartres. Au moment où il passait près de moi, je jetai un coup d'œil dans l'intérieur de la voiture; elle était vide. Aurore était donc entrée dans la maison.

Je n'avais plus de doute sur le lieu de sa retraite; j'avais lu au coin de la rue : « rue Bienville. » La maison où la voiture s'était arrêtée était la demeure de M. Dominique Gayarre quand il était en ville.

Je restai quelques instants dans mon cab, songeant à ce que j'avais de mieux à faire. Cette maison serait-elle la résidence future d'Aurore? N'y avait-elle été conduite que temporairement, avant d'être emmenée à la plantation?

La réflexion, peut-être l'instinct, me disait tout bas qu'elle ne resterait pas dans la rue Bienville, mais qu'elle serait conduite dans la vieille et triste maison de Bringiers. Je ne peux dire ce qui me le fit penser. Peut-être était-ce parce que je désirais qu'il en fût ainsi.

Je compris qu'il était nécessaire de surveiller la maison, afin qu'elle ne pût pas en sortir sans que j'en fusse instruit. J'étais déterminé à la suivre partout où elle irait.

J'étais heureusement en mesure de faire toute espèce de voyage. Les trois mille dollars que m'avait prêtés d'Hauteville étaient intacts. Avec cela, je pouvais aller jusqu'au bout du monde.

J'aurais voulu que le jeune créole fût avec moi. J'avais besoin de ses conseils, de sa société. Comment le trouverais-je? Il ne m'avait pas dit où nous nous rencontrerions, mais seulement qu'il me rejoindrait après la vente. Je ne l'avais pas vu en quittant la Rotonde. Peut-être avait-il compté me retrouver là ou à l'hôtel. Mais comment retourner dans l'un de ces endroits sans quitter mon poste?

J'étais embarrassé de trouver un moyen de communiquer avec d'Hauteville. Il me vint à l'idée que mon cocher (je ne l'avais pas encore renvoyé!) pourrait rester et surveiller la maison, pendant que je me mettrais à la recherche du créole. Je n'avais qu'à payer le Jéhu; il m'obéirait évidemment avec empressement.

J'allais m'arranger avec cet homme, à qui j'avais déjà donné quelques instructions, quand j'entendis des roues résonner dans la rue; une voiture d'une forme assez antique, traînée par une paire de mules, venait d'entrer dans la rue Bienville. Le siége était occupé par un cocher nègre.

Tout cela n'avait rien de surprenant. Une voiture de ce genre et un cocher de cette espèce pouvaient se voir à chaque instant dans les rues de la Nouvelle-Orléans, avec un attelage de mules, aussi bien qu'avec un attelage de chevaux. Mais j'avais reconnu les mules, et le nègre qui les conduisait.

Oui, j'avais reconnu l'équipage. Je l'avais souvent rencontré sur la route de la levée, près de Bringiers. C'était la voiture de M. Dominique!

J'en fus encore plus sûr quand je vis le véhicule s'arrêter devant la maison de l'avocat.

J'abandonnai sur-le-champ l'intention d'aller chercher d'Hauteville. Je remontai dans mon cab, où je me cachai de façon à pouvoir examiner ce qui se passait dans la rue Bienville.

Quelqu'un allait évidemment monter dans l'autre voiture. La porte de la maison venait de s'ouvrir, et un domestique parlait au cocher. Je pouvais voir que celui-ci se disposait à repartir bientôt.

Le domestique reparut peu de temps après, avec plusieurs caisses qu'il mit sur la voiture; puis un homme sortit de la maison; c'était le marchand de nègres, il monta sur le siége. Un autre homme traversa le trottoir; mais sa précipitation m'empêcha de le reconnaître. Je devinai cependant qui *il* était. Deux autres personnes sortirent ensuite de la maison, une mulâtresse et une jeune fille. Je reconnus Aurore, malgré le manteau dont elle était enveloppée. La mulâtresse conduisit la jeune fille à la voiture, et monta après elle. En ce moment, un homme à cheval arriva dans la rue, et s'arrêta près de la voiture. Après avoir parlé à quelqu'un qui s'y trouvait, il s'éloigna. Ce cavalier n'était autre que Larkin le commandeur.

Le bruit de la portière qui se refermait fut immédiatement suivi du claquement du fouet du cocher; et les mules partirent au trot en descendant la rue, tournèrent à droite et suivirent la levée.

Mon cocher, qui avait déjà ses instructions, fouetta son cheval et prit la même direction, en restant à quelque distance en arrière.

Ce ne fut qu'après avoir suivi la longue rue de Tchopitoulas, dans le faubourg Marigny, et après avoir parcouru une certaine étendue du village suburbain de Lafayette, que je pensai au chemin que j'avais à faire. Ma seule idée avait été de garder à vue la voiture de Gayarre.

Je me demandai alors dans quel but je courais après lui. Le suivrais-je jusqu'à sa maison, à une trentaine de milles environ, dans une voiture de louage?

En supposant que je prisse cette détermination, il était douteux que le cocher de mon véhicule fût disposé à satisfaire mon caprice, ou que son misérable cheval fût capable d'une pareille course.

Dans quel but, alors, galopais-je derrière cette voiture? Rattraper ces gens sur la route et délivrer Aurore? Non; ils étaient trois, bien armés sans doute, et j'étais seul.

Mais ce ne fut qu'après avoir fait plusieurs milles que je commençai à réfléchir à l'absurdité de ma conduite. J'ordonnai alors à mon cocher d'arrêter.

Je restai assis et je regardai par la portière la voiture de Gayarre, jusqu'à ce qu'elle disparût à un angle de la route.

« Après tout, me dis-je à voix basse, j'ai bien fait de les suivre. Je suis sûr maintenant de leur destination. A l'hôtel Saint-Louis! » m'écriai-je.

Le cocher retourna sur ses pas.

Comme je lui avais promis de récompenser sa célérité, il ne se passa pas longtemps avant que les roues de mon cab fissent retentir les pavés de la rue Saint-Louis.

Quand j'eus renvoyé la voiture, je rentrai à l'hôtel. A ma grande joie, j'y trouvai d'Hauteville qui attendait mon retour; au bout de quelques minutes, je lui eus communiqué ma résolution d'enlever Aurore.

Quelle rare amitié que la sienne! Il approuva ma détermination. Quel rare dévouement! Il me proposa de prendre part à mon entreprise.

Je l'avertis en vain des périls qu'elle pouvait offrir. Il insista encore pour en avoir sa part, avec un enthousiasme dont je ne pouvais me rendre compte, et qui m'étonna beaucoup alors.

J'aurais peut-être pu l'en dissuader avec plus de chaleur; mais je sentais combien j'avais besoin de lui.

Je ne puis expliquer l'étrange confiance que la présence de ce jeune homme délicat mais héroïque m'inspira. La répugnance avec laquelle j'acceptai son offre ne fut qu'apparente; elle n'existait pas. Mon cœur luttait contre ma volonté. Je n'étais que trop heureux quand il me fit part de sa détermination de m'accompagner.

Aucun bateau ne devait remonter la rivière cette nuit-là, mais nous ne manquions pas de ressources pour voyager.

Nous louâmes deux chevaux, les meilleurs que l'on pût se procurer pour de l'argent, et avant le coucher du soleil nous sortions des faubourgs de la ville et nous suivions la route qui conduit à Bringiers.

CHAPITRE LXIV.

Deux coquins.

Nous voyagions rapidement. Aucune côte ne venait ralentir notre marche. Notre route était le chemin de la levée, qui s'éloigne de la Nouvelle-Orléans en suivant le cours du fleuve et en passant devant des plantations et des fabriques distantes de quelques centaines de mètres l'une de l'autre. La route était unie comme un champ de course, et les sabots de nos montures foulaient doucement un sol poudreux et peu dur, qui nous permettait de trotter sans fatigue. Nous montions des *mustangs* des prairies du Texas, habitués à l'allure particulière des chevaux de selle des États du sud-ouest. Leur pas était excellent, et nous avions fait, avant la nuit, plus de la moitié de notre voyage.

Jusqu'alors nous n'avions échangé que quelques paroles. J'étais absorbé par mes réflexions; j'achevais de tracer mon plan, et mon jeune compagnon paraissait livré à la même occupation.

La nuit qui tombait nous rapprocha l'un de l'autre, et je développai alors à d'Hauteville le plan que je me proposais de suivre.

Ce plan était simple. Mon intention était d'aller immédiatement à la plantation de Gayarre, de m'approcher furtivement de la maison pour communiquer avec Aurore au moyen d'un des esclaves de la plantation. Dans le cas où cela ne me réussirait pas, je chercherais à découvrir dans quelle partie de la maison elle passerait la nuit; j'entrerais dans sa chambre une fois que tout le monde serait endormi, je lui proposerais de s'enfuir avec moi; puis nous nous échapperions le plus rapidement possible.

J'avais à peine pensé à ce qu'il y aurait à faire une fois hors de la maison. Cela me semblait devoir être facile. Nos chevaux nous reconduiraient à la ville. Nous pourrions alors rester cachés, jusqu'à ce que quelque navire ami nous emmenât loin du pays.

Je n'avais pas conçu d'autre plan; je le communiquai à d'Hauteville, et j'attendis sa réponse.

Après quelques moments de silence, il me répondit en me donnant son approbation. Comme moi, il ne voyait pas d'autre moyen d'agir. Il fallait, à tout hasard, enlever Aurore.

Nous causâmes ensuite des détails. Nous discutâmes toutes les chances de succès ou d'insuccès.

Nous reconnûmes tous deux que la plus grande difficulté serait de communiquer avec Aurore. Le pourrions-nous? Elle ne serait certainement pas enfermée; Gayarre ne serait pas assez défiant pour la faire garder ou surveiller. Il était désormais possesseur de ce trésor si convoité, personne ne pouvait légalement lui ôter son esclave, personne ne pouvait l'enlever sans s'exposer à un terrible châtiment; et, bien que sans doute il soupçonnât qu'il existait une certaine intelligence entre la quarteronne et moi, il ne pouvait pas imaginer un amour semblable à celui que je ressentais, un amour capable de me faire risquer ma vie, comme j'en avais alors l'intention.

Non. Gayarre, jugeant d'après sa vile passion, pouvait croire que j'avais été frappé comme lui de la beauté de cette jeune fille, et que j'étais disposé à payer la possession d'une certaine somme, trois mille dollars; mais je n'avais pas offert davantage, et ce fait, qui lui avait sans doute été exactement rapporté par son agent, devait lui prouver que mon amour avait des bornes, que tout était fini, qu'il n'entendrait plus parler de moi comme d'un rival. Non, M. Dominique Gayarre ne croirait jamais à une passion semblable à la mienne, il n'imaginerait jamais un projet pareil à celui que l'amour m'avait suggéré. Une entreprise aussi romanesque n'était pas dans les limites des choses probables. Par conséquent, disions-nous, d'Hauteville et moi, il n'était pas vraisemblable qu'Aurore serait gardée ou surveillée.

Mais dans le cas même où elle ne le serait pas, comment ferions-nous pour communiquer avec elle? Cela paraissait extrêmement difficile.

Mon espoir se fondait sur mon billet, sur ces mots : « Ce soir je viendrai. » Évidemment Aurore ne dormirait pas de la nuit. Mon cœur me disait qu'elle ne le ferait pas, et cette pensée me remplissait de fierté et d'ardeur. Cette nuit même je tenterais de l'enlever. Je ne pouvais supporter la pensée de lui laisser passer une seule nuit sous le toit de son tyran.

La nuit promettait de nous être propice. Le soleil s'était à peine couché, que le ciel était devenu sombre et avait pris une teinte plombée. Dès que le rapide crépuscule fut passé, la voûte céleste devint si obscure que nous pûmes à peine distinguer la lisière de la forêt du ciel lui-même. On ne voyait pas une étoile. Un épais rideau de nuages couleur de fumée dérobait les astres à la vue. La surface jaune de la rivière et le rivage se distinguaient à peine l'un de l'autre; nous n'étions guidés que par la poussière blanche de la route.

L'obscurité qui nous enveloppait était si profonde, que nous n'aurions pas pu trouver, dans les bois ou sur le terrain des plantations, un sentier plus sombre que n'était la route.

Nous aurions pu être troublés par cette circonstance, nous aurions pu craindre de perdre notre chemin. Mais je n'étais pas effrayé de cela. J'étais certain d'être guidé par l'étoile de l'amour.

L'obscurité nous favoriserait. Son ombre bienfaisante nous permettrait d'approcher de la maison et d'agir avec sécurité, tandis que, si nous avions eu clair de lune, nous aurions couru le danger d'être découverts.

Je ne pris pas le changement d'aspect du ciel pour un augure sinistre; je le considérai, au contraire, comme présage de succès.

Il y avait des signes précurseurs d'un orage prochain. Quel serait pour moi le meilleur temps? N'importe; pluie diluvienne, tempête, ouragan, tout, excepté une belle nuit.

Il était encore de bonne heure quand nous arrivâmes à la plantation Besançon, pas tout à fait minuit. Nous n'avions pas perdu de temps en route. Notre précipitation avait pour but d'arriver avant que toute la maison de Gayarre fût endormie. Nous espérions pouvoir trouver moyen de communiquer avec Aurore, par l'intermédiaire des esclaves.

Je connaissais l'un d'eux. Je lui avais accordé une légère faveur pendant mon séjour à Bringiers. J'avais suffisamment gagné sa confiance pour le rendre accessible à un cadeau. Si je le trouvais, il pourrait nous rendre le service dont nous avions besoin.

Tout était silencieux dans la plantation Besançon. L'habitation paraissait déserte. On ne voyait aucune lumière. Une seule brillait sur les derrières, à une fenêtre de la maison du commandeur. Le quartier des nègres était sombre et silencieux. Le bourdonnement que l'on entendait ordinairement à cette heure ne résonnait pas. Ceux dont la voix se répercutait d'habitude dans les petites rues du quartier étaient maintenant bien loin. Les cabanes étaient vides. Les chansons, les plaisanteries et les rires joyeux, étaient étouffés, et la tranquillité du site n'était troublée que par le terrier qui hurlait après son maître absent.

Nous passâmes devant la porte, marchant en silence, et regardant la route devant nous. Nous prenions les plus grandes précautions à mesure que nous avancions.

Nous pouvions rencontrer ceux que nous désirions le plus éviter, le commandeur, l'agent, Gayarre lui-même. Être vu par un des nègres de Gayarre, c'en était assez pour faire échouer nos plans. J'en avais une telle peur que, sans l'obscurité de la nuit, j'aurais quitté la route beaucoup plus tôt, et j'aurais essayé de prendre un sentier que je connaissais dans les bois. Mais il faisait trop sombre pour suivre ce sentier sans difficulté et sans perte de temps. Nous nous en tînmes donc à la route, tout en ayant l'intention de la quitter dès que nous arriverions en face de la plantation de Gayarre.

Il y avait entre les deux plantations une route de chariot qui conduisait à la forêt, et servait à transporter le bois; c'était celle-là que j'avais l'intention de prendre. Nous n'y rencontrerions probablement personne, et nous avions le projet de cacher nos chevaux dans les arbres qui se trouvaient derrière les champs de cannes. Par une pareille nuit, même un nègre chasseur de raccoons ne pouvait rien avoir à faire dans les bois.

Nous avancions avec prudence, au moment d'arriver près de l'endroit où aboutissait cette route forestière, quand nous entendîmes des voix. Quelques personnes marchaient sur la route.

Nous raccourcîmes les rênes pour écouter. C'étaient des hommes qui causaient, et nous pouvions juger au son de leurs voix, qui devenaient de plus en plus distinctes, qu'ils s'approchaient de nous.

Ces personnes suivaient la grande route et venaient du village. Le bruit des fers nous apprit qu'elles étaient à cheval, et que, par conséquent, c'étaient des blancs.

Un grand cotonnier s'élevait sur le terrain vague situé sur le côté de la route. La mousse espagnole qui pendait en longues touffes de ses branches, descendait presque jusqu'au sol. C'était là l'endroit le plus rapproché où nous pussions nous cacher; nous avions à peine eu le temps de faire sentir l'éperon à nos chevaux et de les conduire derrière ce tronc gigantesque, que les cavaliers passèrent en face de nous.

Malgré l'obscurité, nous pûmes les voir un moment. Ils étaient deux ; leurs formes se détachaient faiblement sur la surface jaune du fleuve. S'ils étaient demeurés silencieux, nous aurions pu ignorer qui ils étaient, mais leurs voix les trahirent. C'étaient Larkin et le marchand de nègres.

« Bon! murmura d'Hauteville, dès que nous les eûmes reconnus; ils ont quitté Gayarre, ils retournent à la plantation Besançon. »

J'avais eu exactement la même pensée. Ils retournaient sans doute chez eux; le commandeur à la plantation Besançon, et le marchand de nègres dans sa maison, que je savais être un peu plus bas sur la rive du fleuve. Je me rappelai alors que j'avais souvent vu cet homme en compagnie de Gayarre.

Cette pensée m'était venue pendant que d'Hauteville parlait; mais *lui*, comment le savait-il? « Il faut qu'il connaisse bien le pays, » me dis-je en moi-même.

Je n'avais pas le temps de réfléchir, ni de lui faire aucune question. La conversation de ces deux coquins, car c'étaient deux coquins, absorbait toute mon attention. Ils étaient évidemment fort satisfaits, car ils riaient et plaisantaient tout en marchant. Leurs vils services avaient sans doute été productifs.

« Bien, Bill, disait le marchand de nègres, c'est le plus gros prix que j'aie jamais donné pour un nègre.

— Le diable soit du vieux fou! Cette fois-ci, il a bien payé sa fantaisie; il n'a pas toujours la main si libérale. Du diable si cela lui arrive souvent!

— C'est vrai, elle est chère; mais elle ne l'est pas trop pour un homme qui a de l'argent de reste. C'est le plus joli morceau de la Louisiane. Je ne voudrais pas moi-même....

— Ha! ha! ha! fit bruyamment le commandeur.

— Je crois que vous avez une chance si cela vous tente, ajouta le marchand de nègres d'un ton significatif.

— Parlez, Bill! Allons, soyez franc, mon camarade, avez-vous jamais...?

— Eh bien! non, pour dire vrai; mais je crois que j'aurais pu, si j'avais poussé la chose. Je n'étais pas depuis assez longtemps sur la plantation. En outre, elle est si fière de son savoir maudit, qu'elle se croit autant qu'une blanche. Je pense que le vieux renard rabaissera un peu ses prétentions. Avant d'être restée longtemps près de lui, elle sera heureuse de pouvoir se sauver dans les bois avec le premier qui le lui proposera. Je suppose qu'il y a encore pas mal de chances pour cela. »

Le marchand murmura une réponse à ces paroles prophétiques; mais ils étaient alors si éloignés tous deux, que je cessai d'entendre leurs propos. Cette conversation, tout absurde qu'elle fût, m'avait fait de la peine; elle augmenta mon désir d'arracher Aurore au sort terrible qui lui était réservé.

Je donnai le mot à mon compagnon; nous quittâmes notre retraite, et quelques instants après nous suivions le sentier détourné qui conduisait dans les bois.

CHAPITRE LXV.

Le fourré de papayers.

Notre marche fut lente. Sur cette route, il n'y avait plus de poussière blanche pour nous guider. Il nous fallait trouver notre chemin au milieu des clôtures en zigzag. De temps en temps, nos chevaux trébuchaient dans les ornières creusées par les charrettes, et nous ne les faisions avancer qu'avec peine.

Mon compagnon semblait se conduire avec plus de facilité que moi, et il fouettait son cheval comme s'il eût mieux connu le chemin, ou qu'il fût plus imprudent! Je m'en étonnai sans rien dire.

Après une demi-heure d'efforts, nous arrivâmes à l'angle d'une clôture de treillage, à un endroit où le bois commençait. Cent mètres de plus, et nous nous trouvâmes sous l'ombrage d'une haute futaie; nous nous y arrêtâmes pour respirer et pour nous concerter sur ce qu'il y avait à faire.

Je me rappelai qu'il y avait près de là un fourré de papayers.

« Si nous pouvions le trouver, dis-je à mon compagnon, nous y laisserions nos chevaux.

— Ce sera facile, répondit-il, quoiqu'il soit à peine nécessaire de chercher un fourré; l'obscurité les cachera suffisamment. Ah! pas trop.... *voilà un éclair!* »

Au moment où d'Hauteville parlait, une lueur bleue éclaira tout le dôme du ciel. Les masses sombres de la forêt en furent elles-mêmes illuminées de façon à nous permettre de distinguer les troncs et les branches des arbres à une grande distance autour de nous. La lueur vacilla pendant quelques secondes, comme une lampe près de s'éteindre, puis elle cessa tout à coup, et nous nous trouvâmes plongés dans une obscurité encore plus profonde.

Aucun bruit n'accompagna ce phénomène, aucun au moins directement produit par l'éclair, qui fut cependant suivi du vacarme que firent alors les hôtes sauvages de la forêt. Il éveilla l'haliætus à tête blanche, perché sur le sommet du grand taxodium, et dont le rire maniaque résonna d'une façon aigre. Il éveilla les habitants des marais : l'oiseau qua, les courlieux et les grands hérons bleus, qui se mirent à crier tous à la fois. Le hibou, déjà éveillé, poussa avec plus de force son cri lugubre, et l'on entendit retentir dans les profondeurs de la forêt les hurlements des loups et le cri plus effrayant du cougar.

La nature entière sembla tressaillir à l'apparition de cette lueur soudaine qui venait d'envahir le firmament. Mais l'instant d'après, tout rentra dans l'obscurité et le silence.

« L'orage sera-t-il bientôt ici? demandai-je.

— Non, dit mon compagnon ; il n'y aura pas d'orage, on n'entend pas le tonnerre. Dans ces cas-là, il n'y a pas de pluie, la nuit est très-noire ; il y a des éclairs de temps en temps, et rien de plus. Encore! »

Cette exclamation fut amenée par un second éclair, qui éclaira comme le premier les bois tout autour de nous, et qui, comme lui, ne fut pas accompagné du tonnerre. On n'entendit pas d'autre bruit que les cris des bêtes sauvages.

« Il faut alors cacher les chevaux, dit mon compagnon ; il pourrait y avoir dehors quelque vagabond qui les apercevrait de loin. Le fourré de papayers est un endroit convenable. Cherchons-le ; il est dans cette direction. »

D'Hauteville s'avança à cheval au milieu des troncs d'arbres ; je le suivis machinalement. Je compris qu'il connaissait cet endroit mieux que moi. Il devait y être venu déjà.

Nous n'avions pas avancé beaucoup, que la lueur bleue éclata pour la troisième fois, et nous pûmes voir, droit devant nous, les branches lisses et brillantes, ainsi que les feuilles vertes des *asiminiers* qui formaient le taillis inférieur de la forêt.

Quand l'éclair jaillit de nouveau, nous entrâmes dans le fourré.

Nous descendîmes de cheval au milieu de ce fourré, et, après avoir attaché promptement les brides aux branches, nous abandonnâmes nos montures à elles-mêmes, puis nous retournâmes vers le terrain découvert.

Dix minutes de marche nous suffirent pour rejoindre la clôture en zigzags qui entourait la plantation de Gayarre.

Après l'avoir suivie pendant dix minutes encore, nous arrivâmes devant la maison, que la lumière électrique faisait apercevoir au milieu des grands cotonniers dont elle était environnée. Nous fîmes un nouveau temps d'arrêt dans cet endroit, pour reconnaître le terrain et pour réfléchir à ce qu'il y avait à faire.

Un vaste champ s'étendait entre la clôture et les murs de l'habitation. Un jardin ceint de treillages allait de ce champ jusqu'à la maison, et l'on pouvait voir sur un des côtés les toits des nombreuses cabanes qui indiquaient la position du quartier des nègres. Le moulin à sucre et d'autres constructions extérieures s'élevaient à quelque distance dans la même direction, et près de ces bâtisses on apercevait la maison du commandeur de Gayarre.

Il fallait éviter cette maison. Il fallait aussi éviter le quartier des noirs, dans la crainte de donner l'alarme. Les chiens étaient nos ennemis les plus dangereux. Je savais que Gayarre en avait plusieurs. Je les avais souvent vus le long de la route. C'étaient des animaux féroces et de grande taille. Comment nous en préserver? Ils devaient probablement rôder du côté du quartier des nègres. Le plus sûr était donc de nous avancer dans la direction opposée.

Si nous ne parvenions pas à découvrir l'appartement d'Aurore, il serait temps alors de faire une reconnaissance du côté des cases à nègres, et de chercher à trouver le noir Caton.

Nous aperçûmes des lumières dans la maison. Elles paraissaient toutes aux fenêtres du rez-de-chaussée, et brillaient dans l'ombre. Il y avait donc plus d'un appartement d'occupé.

Cette circonstance nous donna de l'espoir. L'un de ces appartements pouvait être celui d'Aurore.

« Et maintenant, monsieur, dit d'Hauteville, après que nous eûmes discuté les détails, supposons que nous échouions? Supposons que l'alarme soit donnée et que nous soyons découverts? »

Je me retournai, regardant en face mon compagnon, et je prévins ce qu'il allait dire.

« D'Hauteville, m'écriai-je, je ne pourrai peut-être jamais reconnaître votre généreuse amitié. Elle a déjà dépassé toutes les bornes, mais vous ne devez pas risquer votre vie pour moi. C'est là ce que je ne puis permettre.

— Et comment risquer ma vie, monsieur?

— Si j'échoue, si on donne l'alarme, si je rencontre de la résistance.... *voilà!* »

J'ouvris le devant de mon habit pour lui montrer des pistolets.

« Oui! continuai-je, j'y suis décidé. Je m'en servirai si c'est nécessaire. J'arracherai la vie à quiconque viendra me barrer le chemin. J'y suis résolu; mais vous ne devez pas vous exposer à une rencontre. Il faut que vous restiez ici; j'irai seul à la maison.

— Non! non! répondit-il promptement; je vais avec vous.

— Je ne peux pas le permettre, monsieur; il vaut mieux que vous restiez ici. Vous pouvez attendre, près de la clôture, que je revienne vers vous, que *nous* revenions, veux-je dire, car je ne reviendrai pas sans elle.

— N'agissez pas imprudemment, monsieur!

— Non; mais mon parti est pris, j'agirai en désespéré. Vous ne devez pas aller plus loin.

— Et pourquoi pas? *Moi aussi, j'ai un intérêt dans tout ceci.*

— Vous? demandai-je, surpris de ces paroles et du ton avec lequel il les avait prononcées; vous avez un intérêt ici?

— Certainement, répliqua froidement mon compagnon;

j'aime les aventures. Vous me permettrez de vous accompagner, je veux aller avec vous.

— Comme vous voudrez alors, monsieur d'Hauteville; ne craignez rien, je serai prudent. Venez! »

Je sautai par-dessus la haie, suivi de mon compagnon ; puis, sans ajouter un seul mot, nous traversâmes le champ en nous dirigeant vers la maison.

CHAPITRE LXVI.

L'enlèvement.

C'était un champ de cannes à sucre. Les cannes étaient de l'espèce connue sous le nom de *ratoons*. C'étaient des rejetons d'anciennes tiges; les touffes épaisses qui croissaient à leur base, ainsi que les hautes pousses, nous permettaient d'avancer sans être vus. Il aurait fait jour, que nous aurions pu approcher de la maison sans être remarqués.

Nous arrivâmes promptement à l'enceinte du jardin. Nous nous y arrêtâmes pour reconnaître le terrain. Un coup d'œil nous suffit. Nous vîmes un endroit dont nous pouvions approcher et où il nous serait possible de nous cacher.

La maison avait une apparence antique et semblait avoir subi les injures du temps; elle avait quelques prétentions à la grandeur. C'était une construction en bois, à deux étages, avec un toit en saillie et de hautes fenêtres garnies de jalousies qui s'ouvraient en dehors. Les jalousies et les murs avaient jadis été peints; mais la peinture était vieille et passée, et la couleur des persiennes, verte autrefois, se distinguait à peine de la teinte grise des murailles. Tout autour de la maison régnait une galerie ouverte ou vérandah, élevée à trois ou quatre pieds au-dessus du sol. Les fenêtres et les portes s'ouvraient sur cette galerie, un treillage entourait l'ensemble. Un escalier d'une demi-douzaine de marches conduisait devant chaque porte; mais, dans tous les autres endroits, l'espace situé sous la galerie, en avant de la maison, était vide, de sorte qu'en se baissant un peu on pouvait s'y blottir.

En rampant sur le bord de la vérandah, et en regardant à travers le treillage, nous devions pouvoir passer en revue toutes les fenêtres de la maison; et en cas d'alerte, nous pourrions nous cacher dans l'obscure cavité inférieure. Nous y serions en sûreté, à moins d'être dépistés par les chiens.

Notre plan fut mûri à voix basse. Il était assez simple. Nous devions avancer jusqu'au bord de la vérandah, regarder à toutes les fenêtres jusqu'à ce que nous eussions découvert l'appartement d'Aurore, puis nous arranger de notre mieux pour communiquer avec elle et la faire sortir. Le succès dépendait beaucoup du hasard.

Avant que nous eussions fait un mouvement en avant, la fortune parut disposée à nous favoriser. Une tête se montra à l'une des fenêtres, juste en face de nous. Un regard nous apprit que c'était la quarteronne!

Ainsi que je l'ai dit, la fenêtre allait jusqu'au parquet de la vérandah; et, quand cette personne se montra derrière les carreaux, nous pûmes la voir de la tête aux pieds. Le madras dont elle était coiffée, son corps gracieusement souple qui se détachait sur le fond éclairé de la chambre, ne laissèrent aucun doute dans notre esprit.

« C'est Aurore! murmura mon compagnon.

— Comment le sait-il? Est-ce qu'il la connaît? Ah! je me souviens, il l'a vue ce matin à la Rotonde.... C'est elle! » répondis-je, pouvant à peine parler, tant le cœur me battait.

Il y avait des rideaux à la fenêtre, mais elle les avait écartés d'une main, et regardait au dehors. Son attitude indiquait l'attente. Elle semblait vouloir percer de ses regards l'obscurité. A la distance où j'étais, je pus m'en apercevoir, et mon cœur bondit de joie. Elle avait compris mon billet. Elle me cherchait!

D'Hauteville le pensa aussi. La perspective s'éclaircissait. Si elle devinait notre projet, la tâche deviendrait plus facile.

Elle ne resta qu'un instant à la fenêtre. Elle se détourna et les rideaux retombèrent; mais avant qu'ils eussent intercepté la vue, j'avais aperçu l'ombre d'un homme se projeter sur la muraille du fond de l'appartement. Gayarre sans doute!

Je ne pus me contenir plus longtemps; je sautai pardessus le treillage du jardin et je m'avançai, suivi par d'Hauteville.

Au bout de quelques secondes, nous avions tous deux atteint la position désirée, juste en face de la fenêtre, dont nous n'étions plus alors séparés que par le treillage de la vérandah. En nous courbant à demi, nos yeux étaient de niveau avec le plancher de la chambre. Le rideau n'était pas tout à fait retombé à sa place. Une des vitres n'était pas couverte, et nous pouvions voir au travers presque tout l'intérieur de l'appartement. Nos oreilles aussi se trouvaient à bonne hauteur pour saisir tous les sons; nous pouvions entendre distinctement la conversation des personnes qui étaient dans la chambre.

Nos conjectures étaient justes. C'était Aurore que nous avions vue. Gayarre était le second occupant la pièce.

Je ne dépeindrai pas cette scène. Je ne redirai pas les paroles que nous entendîmes. Je ne détaillerai pas les propos de ce vil coquin, d'abord bas et flatteurs, puis grossiers et brutalement hardis, jusqu'au moment où, ne pouvant réussir par la prière, il eut recours à la menace.

D'Hauteville me retint, en me suppliant à voix basse d'être patient. Une ou deux fois je m'étais presque déterminé à m'élancer, à enfoncer la croisée et à terrasser le drôle. Grâce à la prudente intervention de mon compagnon, je me retins.

La scène se termina par le départ de Gayarre indigné, mais quelque peu humilié. L'attitude franche et hardie de la quarteronne, dont la force était au moins égale à celle de son chétif adversaire, l'avait évidemment intimidé pour le moment; autrement, il aurait eu recours aux violences personnelles.

Cependant les menaces qu'il avait proférées en partant ne laissaient pas douter qu'il ne renouvelât sa brutale tentative. Il était sûr de sa victime; elle était son esclave, elle serait obligée de céder. Il avait du temps devant lui et de nombreuses occasions. Il était inutile d'en venir tout d'abord aux extrémités. Il pouvait attendre que son courage quelque peu abattu revînt lui donner une nouvelle impulsion.

La disparition de Gayarre nous donna l'occasion de faire connaître à Aurore notre présence. J'allais grimper sur la vérandah et frapper au carreau; mais mon compagnon m'en empêcha.

« Ce n'est pas nécessaire, me dit-il à voix basse; elle sait certainement que vous êtes là. Laissez-la faire. Elle reviendra bientôt à la fenêtre. Patience, monsieur! Un faux mouvement perdrait tout. Songez aux chiens! »

Il y avait de la prudence dans ces conseils; je les suivis. Quelques minutes allaient d'ailleurs en décider; nous nous penchâmes tous deux pour suivre les mouvements de la quarteronne.

L'appartement dans lequel elle était attira notre attention. Ce n'était pas le salon de l'habitation, et ce n'était pas une chambre à coucher. C'était une espèce de bibliothèque ou de cabinet de travail, ainsi que l'indiquaient des tablettes chargées de livres et une table couverte de papiers et de tout ce qui était nécessaire pour écrire. C'était, sans doute, le bureau de l'avocat.

Pourquoi Aurore était-elle dans cette chambre? Cette question nous vint à l'esprit; mais nous n'eûmes pas le temps d'y réfléchir. Mon compagnon pensa que, comme ils venaient d'arriver, on avait pu la conduire là pendant qu'on disposait pour elle un appartement. Les voix des domestiques qu'on entendait au-dessus de nous, et le bruit des meubles qu'on traînait sur le plancher, était ce qui lui avait fait faire cette supposition ; on aurait dit qu'on mettait une chambre en ordre.

Ceci me fit faire des réflexions d'un autre genre. On pouvait venir tout à coup la faire sortir de la bibliothèque et la conduire à l'étage supérieur. Il serait alors plus difficile de communiquer avec elle. Il valait mieux tenter immédiatement l'entreprise.

J'allais m'avancer vers la fenêtre, contrairement au désir de d'Hauteville, quand les mouvements d'Aurore me firent hésiter.

La porte par laquelle Gayarre était sorti était visible de l'endroit où nous étions. Je vis la quarteronne s'approcher de cette porte d'un pas léger, comme si elle avait médité quelque chose. Elle mit la main sur la clef, qu'elle tourna dans la serrure, de sorte que la porte se trouva fermée en dedans. Dans quel but avait-elle agi ainsi?

Il nous vint à l'esprit qu'elle allait s'échapper par la fenêtre, et qu'elle n'avait fermé la porte que pour retarder les poursuites. S'il en était ainsi, ce que nous avions de mieux à faire, c'était de rester tranquilles et de lui laisser accomplir son projet. Il serait temps de l'avertir de notre présence quand elle arriverait à la fenêtre. Tel fut l'avis de d'Hauteville.

Il y avait dans un coin de la chambre un grand bureau d'acajou, au-dessus duquel se trouvait une suite de compartiments, de ceux qu'on appelle « trous de pigeon. » Ces compartiments étaient sans doute remplis de papiers et de parchemins; des testaments, des actes, et tous les documents relatifs aux affaires d'un homme de loi.

Je fus très-étonné de voir la quarteronne s'approcher promptement du bureau, dès qu'elle eut fermé la porte, et se placer droit devant ce bureau, en fixant avidement les yeux sur les compartiments, comme si elle y eût cherché quelque documents!

C'était vraiment ce qu'elle faisait, car elle étendit la main, tira d'un des casiers une liasse de papiers roulés, et, après les avoir regardés un instant, les cacha vivement dans son sein!

« Ciel! mécriai-je mentalement, qu'est-ce que cela peut signifier? »

Je n'eus pas le temps de me livrer à des conjectures : car, une seconde après, Aurore glissait sur le plancher et arrivait à la fenêtre.

Quand elle souleva le rideau, la lumière tomba en plein sur la figure de mon compagnon et sur la mienne; elle nous aperçut du premier coup d'œil. Elle laissa échapper une légère exclamation de joie, pas de surprise, et s'arrêta aussitôt.

Son cri ne fut pas assez fort pour être entendu hors de la chambre. Elle ouvrit sans bruit la fenêtre et traversa la vérandah d'un pas silencieux; une minute après, ma fiancée était dans mes bras! Je l'enlevai par-dessus la balustrade, et nous franchîmes à la hâte les allées du jardin.

Nous arrivâmes au champ extérieur sans que l'alarme fût donnée; nous suivîmes alors les rangs de cannes en nous dirigeant précipitamment vers la forêt, qui, dans l'éloignement, ressemblait à une muraille sombre.

CHAPITRE LXVII.

Les mustangs perdus.

Les éclairs continuaient à luire par moments, et nous n'eûmes pas de peine à trouver notre route. Nous repassâmes près de l'endroit où nous avions pénétré dans le champ, puis nous suivîmes la haie en nous hâtant de regagner le fourré de papayers où nous avions laissé nos chevaux.

Mon projet était de prendre immédiatement la grande route, et de chercher à arriver à la ville avant l'aube. J'espérais, une fois là, pouvoir rester caché ainsi que ma fiancée, jusqu'au moment où quelque occasion s'offrirait de partir en mer, ou de remonter la rivière jusqu'à un des États libres. Je n'avais pas la pensée d'aller dans les bois. Le hasard m'avait fait connaître une retraite sûre, et nous aurions sans doute pu y trouver un abri pendant un certain temps. L'avantage de ce système avait frappé mon esprit, mais cette idée ne dura qu'un instant. Un tel refuge ne pouvait être que temporaire. Il faudrait toujours finir par le quitter, et nous rencontrerions alors les mêmes difficultés pour sortir du pays. Il n'y a pas d'endroit plus sûr pour se cacher, qu'on soit victime ou criminel, que l'enceinte tumultueuse d'une ville très-peuplée, et l'incognito est facile à la Nouvelle-Orléans surtout, dont la population flottante est presque égale au nombre des habitants établis.

En conséquence mon projet, approuvé par d'Hauteville, était de monter à cheval et de nous rendre à la ville.

C'était une rude tâche pour nos pauvres bêtes, surtout pour celle qui devait porter un double fardeau. C'étaient de vigoureux animaux, et ils avaient vaillamment fait le voyage; mais il faudrait user de toute leur vigueur pour rentrer avant le jour.

Aidés par les éclairs, nous suivîmes notre chemin au milieu des arbres, jusqu'à ce qu'enfin nous arrivâmes en vue du massif de papayers, facile à reconnaître aux grandes feuilles oblongues des *asiminiers*, que la lueur électrique éclairait d'une teinte blanchâtre. Nous avancions pleins de joyeux pressentiments. Une fois à cheval, nous devions être promptement hors de toute poursuite.

« Il est étrange que les chevaux ne hennissent pas, et qu'ils ne donnent aucun signe de leur présence! J'aurais cru qu'ils tressailleraient à notre approche. Mais non, rien, je n'entends pas résonner leurs sabots; cependant nous devons être près d'eux maintenant. Je n'ai jamais vu des chevaux rester aussi tranquilles. Que peuvent-ils faire? où sont-ils?

— Oui, où sont-ils? répéta d'Hauteville; voici certainement l'endroit où nous les avons laissés.

— C'était ici à coup sûr! Oui, ici, voici même l'arbre où j'ai attaché ma bride. Tenez! voici l'empreinte de leurs pieds. Par le ciel! Les *chevaux sont partis!* »

Je prononçai ces paroles, bien convaincu qu'il en était ainsi. Il n'y avait pas moyen d'en douter. Je voyais le sol foulé à l'endroit qu'ils avaient occupé; l'arbre auquel je les avais attachés, je le reconnaissais bien, car c'était le plus gros du fourré.

Qui pouvait les avoir emmenés? Ce fut notre première question. Quelqu'un nous a-t-il épiés? Ou bien a-t-on trouvé ces animaux par hasard? Cette dernière supposition était la moins probable. Qui aurait erré dans les bois par une nuit pareille? et, dans le cas même où quelqu'un y serait venu, qu'est-ce qui l'aurait conduit dans ce fourré de papayers? Ah! une nouvelle pensée venait de me passer dans l'esprit : les chevaux se sont peut-être délivrés tout seuls ?

C'était assez probable. Nous devions savoir bientôt, dès que l'éclair luirait de nouveau, s'ils s'étaient détachés eux-mêmes, ou si quelqu'un avait détaché leurs brides.

Nous attendîmes près de l'arbre un nouvel éclair.

Notre attente ne fut pas longue, et, dès que la lumière reparut, nos doutes furent éclaircis. Ma conjecture était exacte : les chevaux s'étaient délivrés eux-mêmes. Les branches rompues l'indiquaient. Un éclair, ou plus probablement quelque bête sauvage en quête de sa proie, les avait fait se débattre, et, après avoir rompu leurs entraves, ils avaient fui dans les bois.

Nous nous reprochâmes alors de les avoir si négligemment attachés à la branche de l'*asiminier*, dont le bois tendre et succulent est à peine plus résistant qu'une plante herbacée ordinaire. Je fus cependant assez satisfait de reconnaître que les chevaux s'étaient échappés seuls. Il était permis d'espérer qu'ils n'avaient pas fui bien loin. Nous pouvions encore les retouver dans le voisinage, avec leurs brides traînantes, broutant l'herbe.

Nous nous mîmes à leur recherche sans perdre de temps. D'Hauteville s'en alla dans une direction, moi dans une autre, pendant qu'Aurore restait dans le fourré.

Je visitai les lieux voisins, je retournai vers la haie, je poussai jusqu'à la route, que je parcourus même jusqu'à une certaine distance. Je cherchai parmi les arbres, dans tous les réduits, je m'enfonçai dans les taillis et dans les roseaux, et, toutes les fois que l'éclair brillait, je cherchai des traces sur le sol. Je retournais de temps en temps au point de départ, et j'y apprenais que les recherches de d'Hauteville étaient également infructueuses.

Après avoir dépensé plus d'une heure à faire cette perquisition inutile, je me décidai à y renoncer. Je n'avais plus l'espoir de retrouver les chevaux; et je repris de nouveau la direction du fourré, marchant d'un pas désespéré. D'Hauteville était revenu avant moi.

Au moment où j'approchais, une lueur tremblante me permit de distinguer sa figure. Il était près d'Aurore. Il causait familièrement avec elle. Je m'imaginai qu'il était *galant* pour elle, et elle me parut en être satisfaite. Cette petite scène me fit une impression terrible.

Il n'avait pas non plus trouvé de trace des chevaux. Il était inutile de les chercher plus longtemps; nous convînmes de cesser nos perquisitions et de passer la nuit dans les bois.

Je donnai mon consentement d'un cœur oppressé, mais il ne nous restait pas d'autre alternative. Il nous était impossible d'arriver à pied avant le jour à la Nouvelle-Orléans, et, si on nous avait rencontrés sur la route avant l'aube, notre capture eût été assurée. Un groupe comme le nôtre ne pouvait manquer d'être remarqué, et je ne doutais pas que nous ne fussions poursuivis de bonne heure sur le chemin de la ville.

Ce que nous avions de plus prudent à faire, c'était de passer la nuit où nous étions, et de recommencer nos recherches quand il ferait jour. Si nous réussissions alors, nous pourrions cacher les chevaux dans les marais jusqu'à la nuit suivante, et partir ensuite pour la ville. Si nous ne les retrouvions pas, nous pourrions alors, en partant de bonne heure, entreprendre le voyage à pied.

La perte des chevaux nous avait placés dans une situation imprévue. Les chances que nous avions d'échapper avaient de beaucoup diminué, et le péril de notre position augmentait.

Le péril, ai-je dit; c'en était un vraiment redoutable. On comprendra difficilement notre position. On croit lire le récit de quelque escapade ordinaire d'amoureux, un simple mariage à Gretna-Green.

Il ne faut pas s'y tromper. Nous avions tous trois commis un acte qui nous exposait à une grave responsabilité. Mon *crime* me rendait passible d'un châtiment sévère et assuré par *les lois du pays;* une sentence encore plus terrible était à craindre *en dehors des lois*. Je savais tout cela, je savais que ma vie elle-même était en péril.

Qu'on réfléchisse à notre danger, et cela donnera une idée de la nature des sentiments que nous éprouvâmes après nos recherches infructueuses.

Nous n'avions pas autre chose à faire que de rester jusqu'au jour à l'endroit où nous étions.

Nous passâmes une demi-heure à arracher la *tillandsia* des arbres, et à rassembler des feuilles tendres des papayers. Je jonchai la terre de ces feuilles, et j'y fis coucher Aurore, que je couvris de mon manteau.

Je n'avais pas besoin de lit pour moi. Je m'assis près de ma bien-aimée, le dos appuyé contre un arbre. J'aurais volontiers fait reposer la tête d'Aurore sur mon sein, mais la présence de d'Hauteville m'en empêcha. Cela même ne m'aurait pas retenu, si la proposition que j'en fis n'eût pas été déclinée par Aurore. Elle retira même respectueusement sa main, que je tenais dans la mienne!

Je dois avouer que cette pruderie me surprit et me piqua.

CHAPITRE LXVIII.

Une nuit dans les bois.

J'étais vêtu si légèrement, que la froide rosée de la nuit m'aurait empêché de dormir; mais cela n'était pas nécessaire pour me tenir éveillé. Je n'aurais pas pu dormir sur un lit de plumes.

D'Hauteville m'avait généreusement offert son manteau, que j'avais refusé. Il était aussi vêtu de cotonnade, mais ce ne fut pas pour cela que je déclinai son offre. Je ne l'aurais même pas acceptée, si j'avais été souffrant. Je commençais à le craindre!

Aurore fut bientôt endormie. Les éclairs me firent voir qu'elle avait les yeux fermés, et la régularité de sa douce respiration m'apprit qu'elle dormait. Cela me chagrina aussi.

J'attendais impatiemment chaque nouvelle lueur afin de la regarder. Chaque fois que la lumière fugitive éclairait ses traits charmants, je la contemplais en éprouvant un mélange de passion et de douleur. Cette délicieuse figure pouvait-elle cacher la fausseté? Cette âme si noble avait-elle pu commettre une faute? N'étais-je donc pas aimé?

Il en eût été ainsi, que je ne pouvais plus reculer désormais; il m'était impossible d'abandonner mon projet. Il fallait suivre jusqu'au bout la voie dans laquelle j'étais entré, lors même que j'y sacrifierais mon cœur et ma vie. Je ne pensai plus qu'au projet qui nous avait conduits où nous étions.

Mon esprit devint plus calme, et je réfléchis de nouveau aux moyens de mettre ce projet à exécution. Dès que le jour commencerait à poindre, je comptais me remettre à chercher les chevaux, suivre leurs traces, si c'était possible, jusqu'à l'endroit où ils étaient allés, les reprendre, puis rester caché dans les bois jusqu'au retour de la nuit.

Si nous ne retrouvions pas les chevaux, que faire?

Pendant longtemps, je ne pus rien imaginer qui convînt à cette circonstance.

Enfin il me vint une idée d'une exécution si facile, que je ne pus m'empêcher de la communiquer à d'Hauteville, qui, comme moi, était éveillé. Mon plan était assez simple, et je m'étonnai de ne pas l'avoir imaginé plus tôt. Il consistait à envoyer d'Hauteville à Bringiers pour se procurer d'autres chevaux ou une voiture, avec lesquels il viendrait nous rejoindre de bonne heure la nuit suivante sur la route de la levée.

Que pouvait-il y avoir de mieux ? Il n'y avait aucune difficulté à se procurer des chevaux à Bringiers, sinon une voiture. D'Hauteville n'était pas connu, ou du moins personne ne soupçonnerait qu'il avait des relations avec moi. Je sentais que la disparition de la quarteronne me serait attribuée immédiatement; Gayarre lui-même n'hésiterait pas, et par conséquent je serais seul soupçonné et recherché. D'Hauteville convint avec moi que c'était bien là le plan à suivre, dans le cas où nous ne trouverions pas les chevaux; et, après avoir réglé les détails, nous attendîmes l'arrivée du jour avec moins d'appréhension.

Il se leva enfin. Une lueur grise parut lentement à travers la cime des arbres, et devint enfin assez claire pour nous permettre de renouveler nos recherches.

Aurore resta couchée, pendant que d'Hauteville et moi nous partions dans des directions différentes pour chercher les chevaux.

D'Hauteville s'enfonça davantage dans les bois; je pris la direction opposée.

J'arrivai promptement à la clôture en zigzag qui limitait les domaines de Gayarre, car nous étions encore sur le bord de la plantation. En arrivant à cette clôture, je la suivis tout du long, en me dirigeant vers l'endroit où le chemin de traverse entrait dans les bois. C'était par là que nous étions venus la nuit précédente, et il me paraissait probable que les chevaux avaient eu l'instinct de reprendre la même route.

Ma conjecture était exacte. Dès que je fus à l'embranchement du chemin, j'aperçus les traces des sabots des deux animaux, qui paraissaient s'être dirigés vers la rivière. Je retrouvai aussi l'empreinte de leurs pas de la veille, alors que nous allions du côté des bois. Toutes ces traces avaient été laissées par les mêmes chevaux; je pus m'en convaincre au premier coup d'œil, car l'un des deux avait un fer cassé. Je trouvai un autre signe sur cette piste. Je remarquai qu'en s'en allant, les chevaux traînaient leur bride ainsi que les branches qui y adhéraient. Cela confirma la supposition que j'avais faite, qu'ils avaient rompu leurs liens.

Il restait dès lors à savoir jusqu'où ils avaient fui. Fallait-il les suivre et chercher à les rattraper? Il faisait alors grand jour, et le danger allait croissant. Gayarre et ses amis devaient être debout et en alerte depuis longtemps. Il y avait sans doute déjà du monde sur la route de la levée et sur les chemins de traverse qui aboutissaient aux différentes plantations. Je pouvais rencontrer à chaque pas un espion ou quelqu'un envoyé à notre poursuite.

L'empreinte laissée par les chevaux prouvait qu'ils s'étaient enfuis rapidement et en ligne directe. Ils ne s'étaient pas arrêtés à brouter. Il était probable qu'ils avaient été tout droit sur le chemin de la levée, et de là à la ville. C'étaient des chevaux de louage qui, probablement, connaissaient bien la route. En outre, c'étaient des chevaux de race mexicaine, des mustangs. Ces vigoureux animaux reviennent fréquemment à leur écurie après un voyage de vingt-quatre heures, sans leurs cavaliers.

Essayer de les atteindre paraissait aussi inutile que dangereux; j'abandonnai donc l'idée de les suivre, et je retournai vers la forêt. A mesure que j'approchais du fourré de papayers, mon pas devenait plus léger. J'ai honte d'en dire le motif. De mauvaises pensées m'assaillaient le cœur.

Un murmure de voix frappa mes oreilles.

« Par le ciel! d'Hauteville est encore revenu avant moi! »

Mon honneur lutta pendant quelques instants, puis il céda, et je m'approchai plus près des papayers, du pas silencieux d'un larron.

D'Hauteville cause avec elle d'un air amical! Ils sont en face l'un de l'autre. Leurs figures se touchent presque; leur attitude dénote un intérêt mutuel. Ils parlent avec passion, à voix basse, comme deux amants! O Dieu!

La scène du bateau-quai me revint alors à l'esprit. Je me rappelai que le jeune homme portait un manteau, et qu'il était de petite taille. C'était lui qui était devant moi. L'enigme était expliquée. Je n'étais qu'un sot, un niais; une coquette se jouait de moi.

Voilà le véritable amant d'Aurore!

Je m'arrêtai comme un homme qu'on vient de frapper. Je ne pourrai jamais décrire la douleur aiguë dont je fus saisi au cœur! Il me semblait que je venais d'être percé d'un trait empoisonné qui restait fixe en vibrant dans la plaie. Je me sentis faible et malade. J'allais tomber à terre.

Elle prend quelque chose sur son sein. Elle le lui donne! Une preuve..... un gage d'amour!

Non. Je me trompe. C'est le parchemin, le papier qu'elle a pris dans le bureau de l'avocat. Qu'est-ce que cela signifie? Quel est ce mystère? Oh! je leur en demanderai à tous deux l'explication. Oui; mais patience, mon cœur! patience!

D'Hauteville a pris les papiers; il les cache sous son manteau. Il se détourne; sa figure est dirigée de mon côté. Ses yeux s'arrêtent sur moi. Il me voit!

« Ah! monsieur, s'écria-t-il en venant à ma rencontre, avez-vous réussi? n'avez-vous rien vu des chevaux? »

Je fis un effort pour parler d'un ton calme.

« J'ai vu leurs traces, » répondis-je.

Pendant cette courte phrase, ma voix tremblait d'émotion. Il aurait pu facilement remarquer mon agitation; il ne parut pas s'en apercevoir.

« Rien que leurs traces, monsieur! Où conduisent-elles?

— A la route de la levée. Ils sont sans doute retournés à la ville. Il ne faut plus compter sur eux.

— Alors je vais partir sur le champ pour Bringiers ? »

Ceci fut dit d'un air interrogateur.

Cette proposition me faisait plaisir. Je désirais le voir partir.

Je désirais rester seul avec Aurore.

« C'est ce qu'il y a de mieux, répondis-je, à moins que vous croyiez qu'il soit trop tôt ?

— Oh ! non ! D'ailleurs, j'ai à Bringiers des affaires qui me retiendront toute la journée.

— Ah !

— Ne doutez pas que je ne revienne. Je suis sûr de me procurer des chevaux ou une voiture. Une demi-heure après la tombée de la nuit, vous me trouverez au bout du chemin de traverse. Ne craignez rien, monsieur ! J'ai le pressentiment que tout s'arrangera encore bien pour vous. Quant à *moi*.... Ah ! »

Il laissa échapper un soupir profond, en disant ces dernières paroles.

Qu'est-ce que cela veut dire ? Se moque-t-il de moi ? Cet étrange jeune homme a-t-il un autre secret que le mien ? Sait-il qu'*il* est aimé d'Aurore ? Est-il si confiant, si sûr de son cœur, qu'il ne craigne pas de me laisser ainsi seul avec elle ? Joue-t-il avec moi comme le tigre avec sa victime ? Se jouent-ils de moi *tous deux ?*

Ces horribles pensées m'assaillaient en foule ; elles m'empêchèrent de lui faire une réponse convenable. Je murmurai quelque chose à propos de l'espérance ; il parut à peine y faire attention. Il avait évidemment quelque motif qui le poussait à s'éloigner. Après avoir dit adieu à Aurore et à moi, il s'en alla brusquement, en coupant à travers le bois.

Je le suivis du regard jusqu'à ce qu'il fût caché par les broussailles. Je me sentis soulagé par son départ. J'aurais volontiers souhaité qu'il ne revînt plus. Malgré le besoin que j'avais de son appui, malgré la nécessité absolue de son retour, j'aurais alors voulu ne jamais le revoir!

CHAPITRE LXIX.

Vengeance de l'amour.

Maintenant, expliquons-nous avec Aurore! maintenant, abandonnons-nous à la terrible passion de la jalousie, soulageons notre cœur par des récriminations, savourons l'aigre douceur des reproches!

Je ne pus étouffer plus longtemps mes émotions, je ne pus les cacher davantage. Il fallait les exprimer par des paroles.

J'étais resté exprès, le visage tourné du côté opposé à Aurore, jusqu'au moment où d'Hauteville avait disparu à mes yeux, et même plus longtemps encore. J'essayais d'étouffer les mouvements tumultueux de mon cœur, d'affecter le calme de l'indifférence. Vaine hypocrisie! Mon dépit devait avoir été évident à ses yeux, car l'instinct rapide d'une femme ne saurait la tromper en pareil cas.

Il en était ainsi. Elle avait tout compris. C'est ce qui explique l'abandon irréfléchi auquel elle se laissa aller en ce moment.

Je me retournai pour exécuter mon projet, quand je sentis la douce pression de son corps sur le mien; ses bras entouraient mon cou; elle appuyait sa tête sur mon sein en levant ses yeux, ses grands yeux brillants qui cherchaient les miens avec angoisse.

Ce regard aurait dû me convaincre. Les yeux de l'amour seuls pouvaient avoir une semblable expression.

Et cependant je n'étais pas satisfait. Je balbutiai :

« Aurore, vous ne m'aimez pas.

— Ah, monsieur ! pourquoi cette cruauté ? *Je t'aime ! mon Dieu !* je t'aime de tout mon cœur ! »

Cela ne suffit même pas pour apaiser mes soupçons. Les apparences avaient été trop fortes, la jalousie s'était enracinée trop solidement pour être détruite par de simples assurances. Une explication pouvait seule me satisfaire, une explication ou un aveu.

Ayant commencé, je continuai. Je racontai ce que j'avais vu au débarcadère, la conduite de d'Hauteville depuis ce moment, ce que j'avais remarqué la nuit précédente, ce que je venais de voir à l'instant même. Je détaillai tout. Je n'ajoutai pas de reproches. J'avais assez de temps pour les faire quand elle m'aurait répondu.

Elle le fit au milieu de ses larmes. Elle avoua qu'elle avait connu d'Hauteville précédemment. Il y avait un mystère dans les relations qui existaient entre eux. Elle me pria de ne pas lui en demander l'explication. Elle fit appel à ma patience. Ce secret ne lui appartenait pas. J'apprendrais tout bientôt. Tout me serait révélé au moment convenable.

Que mon cœur céda promptement à ces paroles délicieuses ! Je ne doutais plus ; comment aurais-je pu le faire, en voyant ces grands yeux pleins d'amour briller à travers leurs cils baignés de larmes ?

Mon cœur céda. Mes bras entourèrent encore affectueusement le corps de ma fiancée, et un baiser plein d'ardeur renouvela le vœu de nos fiançailles.

Nous serions restés encore longtemps dans cet endroit consacré par l'amour, si la prudence ne nous avait ordonné de le quitter. Le danger était proche. La haie qui séparait la propriété de Gayarre des bois n'était pas à plus de deux cents pas, et nous apercevions même la maison, qui paraissait au delà des champs. A la vérité, nous étions cachés par le fourré ; mais, si on nous poursuivait dans cette direction, ce fourré serait le premier endroit que l'on visiterait. Il fallait nécessairement nous réfugier plus avant dans les bois.

Je me souvins de la clairière fleurie où s'était passée mon aventure avec le *crotale*. Les taillis qui environnaient cette clairière étaient épais et ombreux, et il s'y trouvait des endroits où nous pourrions être à l'abri des regards les plus perçants. Je ne pensais alors qu'à ce refuge. Je n'avais pas songé qu'il y avait des moyens de nous découvrir dans les fourrés les plus inextricables et dans les labyrinthes inexplorés des roseaux. Je résolus donc de partir sur-le-champ pour la clairière.

Le taillis de papayers où nous avions passé la nuit, était situé à l'angle sud-est de la plantation de Gayarre. Pour arriver à la clairière, il était indispensable d'aller à un mille ou plus, vers le nord. En suivant une ligne diagonale dans les bois, nous avions dix chances pour une de nous perdre et peut-être de ne pas trouver un endroit pour nous cacher. Il y avait aussi la chance de ne pas découvrir de sentier au milieu des marais et des flaques d'eau qui parsemaient la forêt de tous côtés.

Je résolus donc de côtoyer la plantation, jusqu'à ce que nous fussions arrivés au sentier qui m'avait conduit à la clairière, sentier que je me rappelais alors. Il y avait quelque danger à courir jusqu'au moment où nous serions au nord de la plantation de Gayarre; mais nous pouvions nous tenir à quelque distance de la haie, et autant que possible à couvert du bois. Heureusement une ceinture de palmiers-nains, formant la limite des inondations annuelles, s'étendait au nord à travers les bois, parallèlement à la haie. Cette singulière végétation, aux larges feuilles semblables à des éventails, offrait un excellent abri, et une personne qui la suivait avec précaution ne pouvait guère être vue à une certaine distance. L'espèce de treillage formé par les feuilles était rendu plus opaque par les grandes tiges des althéas et par les autres malvacées qui se partageaient le terrain avec les palmiers-nains.

Nous avançâmes avec prudence, en suivant la lisière de cette végétation abondante, et nous nous trouvâmes promptement en face de l'endroit où nous avions franchi la haie pendant la nuit précédente. En cet endroit, les bois se rapprochaient de la maison de Gayarre. Comme je l'ai dit, nous n'en étions séparés que par un champ, mais il avait près d'un mille de longueur. Cependant, il était parfaitement plat, et ne paraissait pas être à moitié aussi grand. En nous avançant vers la clôture, nous aurions pu voir très-distinctement la maison, qui se trouvait à l'autre bout de ce champ.

Je n'avais pas l'intention de satisfaire alors ma curiosité, et je continuais à avancer, lorsqu'un son qui frappa mon oreille m'arrêta subitement : un frisson de terreur courut dans mes veines.

Ma compagne me saisit le bras, et me regarda d'un air interrogateur.

Je ne pus lui répondre qu'en lui recommandant d'observer le silence ; je m'inclinai un peu plus bas, de façon à poser l'oreille à terre, et j'écoutai.

Mon attente ne fut pas longue. J'entendis encore le même son. Ma première hypothèse était juste. C'était le hurlement d'un chien de chasse.

Il était impossible de se méprendre à cette note prolongée et sonore. J'étais un disciple trop fervent de saint Hubert, pour ne pas reconnaître la voix d'un molosse à longues oreilles. Quoique le son fût éloigné et bas, comme le murmure d'une nuée d'abeilles, je ne m'y trompai pas. Il résonna à mon oreille avec une signification terrible!

Qu'avait donc de terrible l'aboiement d'un chien, pour moi surtout dont les oreilles, accoutumées à entendre le tayaut! tayaut! regardaient ces bruits comme la plus douce des musiques? Qu'y avait-il de terrible? Ah! songez aux circonstances où je me trouvais, songez aussi aux heures que j'avais passées près du charmeur de serpents, aux récits qu'il m'avait faits dans la sombre caverne de l'arbre, aux histoires des nègres marrons, des chiens traqueurs, des chasseurs d'hommes, et des chasses de noirs, que j'avais longtemps crues pratiquées seulement dans l'île de Cuba, mais qui, je le savais maintenant, étaient aussi en usage à la Louisiane; songez-y, et vous comprendrez pourquoi je tremblais en entendant aboyer un chien dans le lointain.

Le hurlement que je venais d'entendre paraissait encore éloigné. Il venait du côté de la maison de Gayarre. Il éclatait par moments. Ce n'était pas l'aboiement d'un chien qui trouve une piste, mais celui d'animaux qui viennent de sortir du chenil, et qui expriment leur joie de partir pour la chasse.

De terribles appréhensions m'agitèrent alors. Une conjecture affreuse se fit jour dans mon cerveau. *Ils vont nous poursuivre avec des chiens!*

CHAPITRE LXX.

Des chiens sur nos traces.

O Dieu! ils nous chassent avec des chiens!

Ils nous chassent, ou ils vont nous chasser! telle fut la pensée qui s'empara de moi.

Je ne pouvais pas continuer mon chemin avant de m'assurer de la chose.

Je laissai Aurore au milieu des palmiers-nains. Je courus immédiatement vers la haie, qui était aussi à la limite du bois. En y arrivant, je saisis la branche d'un arbre, et je m'élevai assez haut pour voir au-dessus des cannes à sucre. Je pus ainsi apercevoir complètement la maison qui brillait aux rayons du soleil, alors levé, et dans tout son éclat.

Un coup d'œil m'annonça que j'avais deviné juste. Quoique la maison fût assez éloignée, je distinguais parfaitement des hommes qui se trouvaient près d'elle ; plusieurs d'entre eux étaient à cheval. Je voyais leurs têtes s'agiter au-dessus des cannes, et de temps en temps l'aboiement sonore des chiens m'apprenait qu'il y en avait plusieurs de lâchés dans l'enclos. On eût pu croire qu'une société de chasseurs se réunissait avant de partir pour lancer un daim, et si ce n'eût été l'endroit, le moment et les circonstances, qui sont déjà connues, j'aurais pu le supposer. Cependant, l'impression que cela me fit éprouver fut bien différente. Je savais trop bien ce que signifiait ce rassemblement autour de la maison de Gayarre. Je savais trop bien quel était le gibier qu'on allait poursuivre.

Je ne restai qu'un moment sur mon arbre, assez longtemps néanmoins pour m'apercevoir que les *chasseurs* étaient tous montés et prêts à partir.

Je retournai sur mes pas, le cœur très-agité, et j'eus bientôt rejoint ma compagne, qui m'attendait en tremblant de frayeur.

Je n'eus pas besoin de lui apprendre le résultat de ma reconnaissance : elle le lut dans mes yeux. Elle aussi avait entendu les chiens aboyer. Elle était du pays, elle en connaissait les coutumes ; elle savait que les chiens servaient à chasser le daim, le renard et les chats sauvages dans les bois ; mais elle savait aussi qu'il y en avait qu'on dressait dans un but bien différent, des chiens courants *dressés à chasser l'homme !*

Si elle avait eu l'intelligence bornée, j'aurais pu essayer de lui cacher ce que j'avais appris ; mais il en était tout autrement, et elle avait promptement compris ce qui se passait.

Notre première sensation fut de nous abandonner au

désespoir. Il nous semblait que nous n'avions aucune chance d'échapper. Dans quelque direction que nous allassions, des chiens dressés à suivre une piste humaine ne pouvaient manquer de nous trouver. Il était inutile de nous cacher dans les marais ou dans les broussailles. Les plus hautes herbes, les taillis les plus épais, ne pouvaient nous abriter contre des traqueurs de cette espèce.

Notre première sensation fut donc celle du désespoir, immédiatement suivie de la résolution à demi formée de ne pas aller plus loin, de rester où nous étions et de nous y laisser prendre. Nous n'avions pas à craindre la mort; mais je savais qu'une fois pris, je devais m'attendre à être traité brutalement. Je connaissais les sentiments répandus contre les abolitionnistes, sentiments qui à cette époque avaient la violence d'une fièvre. J'avais entendu parler des traitements barbares que quelques-uns de « ces fanatiques, » comme on les appelait, avaient eus à subir de la part des propriétaires d'esclaves. Je serais sans doute rangé dans la même catégorie, ou peut-être pis encore, je pouvais être accusé d'un vol de nègre. Dans les deux cas j'avais à craindre un châtiment qui ne devait pas être léger.

Mais cette crainte n'était rien, comparée à l'idée que, une fois prise, *Aurore serait obligée de retourner chez Gayarre!*

Cette pensée, plus qu'aucune autre, faisait battre mon cœur avec violence. Elle me détermina à ne pas nous rendre avant d'avoir fait tous nos efforts pour nous échapper.

Je restai quelques moments à envisager quel était le meilleur parti à prendre. Tout à coup il me vint dans l'esprit une pensée qui me sauva du désespoir. Cette pensée fut le souvenir de Gabriel le Marron.

Ne vous imaginez pas que je l'avais oublié, non plus que son repaire. Ne croyez pas que je n'avais pas pensé à lui plus tôt. Depuis que nous étions entrés dans les bois, lui et son arbre-caverne étaient souvent revenus dans ma mémoire; et je serais allé me cacher près de lui, si la distance ne m'avait retenu. Comme nous devions nous rendre à la nuit sur la route de la levée, j'avais choisi la clairière pour refuge, parce qu'elle était beaucoup plus près.

Au moment même où je m'aperçus qu'on allait lâcher des chiens après nous, j'avais encore pensé à la retraite du Bambarra; mais j'avais écarté cette idée, parce que je m'étais dit que les chiens pourraient nous suivre partout, et qu'en allant chercher un abri près du fugitif, nous ne ferions que mettre ses persécuteurs sur sa trace.

Ces réflexions avaient été si rapides et si confuses, qu'il ne m'était pas venu à l'esprit que les chiens ne *pourraient suivre notre piste sur l'eau*. Ce ne fut que lorsque je voulus imaginer un moyen de mettre les chiens en défaut, qu'en pensant au charmeur de serpents et à ses cônes de pin, je me souvins de l'eau.

Il était assez clair que cela nous laissait quelque espoir; et j'appréciai alors la sagacité remarquable dont le marron avait fait preuve en choisissant sa cachette. C'était bien l'endroit le plus sûr pour se mettre à l'abri des maudits chiens.

Dès que j'y pensai, je résolus d'y chercher un refuge.

J'étais sûr de retrouver la route; j'avais pris des précautions particulières pour me la rappeler : car le jour même de mon aventure du serpent, une pensée confuse, quelque chose qui ressemblait plus à un pressentiment qu'à un projet, s'était fait jour dans mon esprit, m'annonçant vaguement quelque événement dans le genre de celui qui m'arrivait. Des incidents plus récents, et surtout mon projet de m'enfuir à la ville, avaient chassé ces pensées de mon esprit. Néanmoins, je me rappelais encore la route par laquelle le Bambarra m'avait guidé, et je pouvais la suivre rapidement, bien qu'il n'y eût aucun chemin, mais seulement des sentiers frayés par le bétail ou par les animaux sauvages de la forêt.

Mais j'étais sûr de bien m'y reconnaître. Je me rappelais les signes et les traces de feu que mon guide m'avait fait remarquer. Je me rappelais à quel endroit le chemin traversait la grande mare sur le tronc d'un arbre tombé qui lui servait de pont. Je me rappelais que ce chemin suivait une zone marécageuse impraticable aux chevaux, à travers les roseaux et au milieu des troncs de cyprès courbés jusqu'à fleur d'eau. Et ce grand arbre, dont le tronc abattu se projetait sur le lac, et ses branches chargées de mousse, port dissimulé de la petite pirogue, je me souvenais de tout cela.

Je n'avais pas non plus oublié le signal qui devait me servir à prévenir le marron de mon retour. C'était un sifflement particulier qu'il m'avait appris à faire, en me disant aussi combien de fois il fallait le répéter.

Je ne m'arrêtai pas à faire toutes ces réflexions. La plupart d'entre elles ne surgirent que plus tard, le long du chemin. Dès que j'eus pensé au lac, je pris mon parti, et, après que j'eus adressé à ma compagne une parole d'encouragement, nous nous mîmes de nouveau en route.

CHAPITRE LXXI.

Le signal.

Notre changement de plan ne changeait rien à notre direction. Nous continuâmes à suivre la même route. Le chemin du lac passait par la clairière où nous avions eu l'intention d'aller; c'était même du milieu de cette clairière que partait le chemin le plus court pour se rendre au repaire du noir fugitif.

L'endroit où je m'étais séparé du nègre, le soir de mon aventure avec lui, n'était pas loin de l'angle nord-est de la plantation de Gayarre. C'était là que le sentier s'enfonçait dans les bois. Je me souvins d'une brûlure faite sur un arbre à gomme, qui me servit à reconnaître la direction. Je fus bien heureux de tourner à cet endroit et de quitter la partie découverte du bois; d'autant plus qu'au moment où nous tournions, la voix des chiens retentit dans l'air, forte et prolongée. D'après la direction du son, je ne doutai pas qu'ils ne fussent déjà dans le champ de cannes, sur notre piste de la nuit précédente.

Pendant quelques centaines de mètres, le bois était clair. La hache avait fait son œuvre dans cet endroit, ainsi que l'indiquaient de nombreuses souches. C'était là qu'on avait pris le bois à brûler de la plantation, et on pouvait en voir de chaque côté de notre route plusieurs cordes déjà coupées et empilées. Nous passâmes entre ces piles de bois avec une précipitation craintive. Nous avions à craindre de rencontrer quelques-uns des bûcherons, ou bien un conducteur de charrette. Une telle rencontre eût été un grand malheur : car quiconque nous eût aperçus, aurait guidé sur nos traces ceux qui nous poursuivaient.

Si j'avais raisonné de sang-froid, cela ne m'aurait causé aucune inquiétude. J'aurais pensé que, si les chiens réussissaient à nous suivre jusque-là, ils n'auraient pas besoin d'être guidés par un bûcheron ni par un charretier. Mais dans la précipitation du moment je ne réfléchissais pas à cela, et j'éprouvai quelque soulagement lorsque nous quittâmes la partie fréquentée du bois, et que nous entrâmes dans la partie plus sombre de la forêt vierge.

Ce n'était plus dès lors qu'une question de temps, savoir si nous pourrions arriver au lac, faire venir le Bambarra avec sa pirogue, et être emmenés hors de vue avant que les chiens eussent trouvé notre piste jusqu'au bord de l'eau. Si jusque-là il ne nous survenait pas de mésaventure, nous avions alors de belles chances d'échapper. Les chiens conduiraient sans doute la chasse jusqu'à l'endroit de notre embarquement, l'arbre tombé; mais là, les chiens et les hommes seraient en défaut. Les abords de ce lac sombre dans les bois, était un labyrinthe comme on en voit peu. Quoique la partie découverte de l'eau n'eût qu'une surface de peu d'étendue, on ne la voyait pas tout entière de l'endroit où l'on s'embarquait, pas plus que le petit groupe boisé, semblable à un îlot, qui se trouvait au centre; et outre le lac lui-même, l'inondation couvrait une bonne partie de la forêt. Lors même que les gens qui nous poursuivaient s'assureraient que nous nous étions enfuis par eau, ils devaient désespérer de nous trouver dans un tel dédale, où l'atmosphère avait la teinte d'un crépuscule sombre, à cause du feuillage qui était alors dans tout son développement.

Mais ils pourraient à peine croire que nous eussions eu recours à ce moyen de fuite. Il n'y avait aucune trace à l'endroit où la pirogue était amarrée, aucune marque sur l'arbre. Ils soupçonneraient à peine l'existence d'un canot dans un endroit aussi perdu, où l'eau, simple marais stagnant, n'avait de communication ni avec la rivière ni avec les mares adjacentes. Je prenais des précautions pour ne pas laisser de traces que l'on pût apercevoir dans l'obscurité de la forêt. Ceux qui nous poursuivaient pourraient croire que les chiens avaient suivi la piste d'un ours, d'un cougar ou d'un chat sauvage des marais, animaux qui tous se jettent facilement à l'eau quand ils sont poursuivis. Je ranimais ma compagne en lui parlant de ces probabilités, et nous continuions rapidement notre course.

Ma plus grande préoccupation venait du temps que

nous avions à attendre après avoir fait le signal pour appeler le marron. L'entendrait-il tout de suite? Viendrait-il avec toute la promptitude nécessaire? Arriverait-il à temps? Telles étaient les questions qui me causaient le plus d'anxiété. Le temps était la considération importante; dans le retard était le danger. Oh! si j'avais songé à cela plus tôt! Oh! si nous étions partis plus vite!

Combien ceux qui nous poursuivaient mettraient-ils de temps à nous rejoindre? J'osais à peine répondre à cette question. Montés comme ils l'étaient, ils devaient aller plus vite que nous; les chiens dirigeaient leur course!

Une seule pensée me donnait de l'espoir. Ils allaient trouver promptement l'endroit où nous nous étions reposés pendant la nuit; ils verraient la place où nous avions dormi, le lit de mousse et de feuilles de papayer. Mais nous traqueraient-ils aussi facilement à partir de là? Pendant que nous cherchions les chevaux, nous avions laissé des traces dans toutes les directions. J'étais retourné sur le chemin de traverse, que j'avais suivi jusqu'à une certaine distance. Tout cela devait certainement embarrasser les chiens pendant quelque temps, et de plus d'Hauteville, en s'éloignant, avait quitté le taillis de papayers par une route différente de celle que nous avions prise. Ils pouvaient s'attacher à ses traces. Combien je souhaitais qu'ils suivissent d'Hauteville!

Toutes ces conjectures me passaient rapidement dans l'esprit pendant que nous marchions. Je pensai même à essayer de dépister les chiens. Je songeai à la ruse employée par le Bambarra quand il s'était servi des petites branches de pins; mais je ne pus malheureusement pas voir un seul de ces arbres sur notre chemin, et je craignis de perdre du temps à en chercher. Je doutais, d'ailleurs, de l'efficacité de ce procédé, bien que le nègre me l'eût solennellement affirmé. L'oignon rouge commun, m'avait-il dit ensuite, aurait également le même résultat;

mais l'oignon rouge ne croissait pas dans les bois, et je ne pouvais trouver *le pin à l'encens*.

Cependant je n'avançais pas sans précautions. Malgré ma jeunesse, j'étais un vieux chasseur, et j'avais une certaine expérience des ruses forestières, que j'avais appris à connaître en chassant le daim et d'autres gibiers dans les montagnes de mon pays. De plus, les neuf mois que je venais de passer dans le nouveau monde ne s'étaient pas écoulés pour moi dans les murs des cités, et j'étais déjà initié aux mystères des grandes forêts d'Amérique.

Je ne m'avançais donc pas avec une hâte insouciante. Partout où il était possible de prendre des précautions, j'avais soin de les prendre.

Il y avait une langue de marais à traverser. C'était une eau stagnante où croissaient des glaïeuls et l'arbuste connu sous le nom de *bois de marais*. On y trouvait de l'eau jusqu'aux genoux, et on pouvait y passer. Je le savais, car je l'avais déjà franchie. Nous y passâmes en nous tenant par la main, et nous arrivâmes sains et saufs sur la rive opposée; mais je pris la peine de choisir l'endroit où nous quittâmes la terre sèche pour entrer dans l'eau, et, quand nous sortîmes de l'eau, je pris des précautions du même genre pour ne pas laisser de traces dans la vase.

Je ne me serais peut-être pas donné tant de peine, si j'avais su que nous étions poursuivis par des chasseurs. Je m'imaginais que la foule que j'avais vue n'était composée que de planteurs ou de gens de la ville rassemblés à la hâte par Gayarre et par ses amis. Je comptais qu'ils n'étaient pas très-habiles à suivre des traces, et que mes ruses bien simples suffiraient à les égarer.

Si j'avais su qu'il y avait à leur tête un homme dont Gabriel m'avait beaucoup parlé, un homme qui avait fait de la chasse des noirs sa profession, et qui était le traqueur le plus renommé du pays, j'aurais pu épargner le temps et la peine que je perdais. Mais je ne savais pas que ce misérable était sur nos traces avec ses chiens bien dressés, et j'agis de mon mieux pour dérouter ceux qui nous poursuivaient.

Peu de temps après avoir traversé le marais, nous passâmes la grande mare au moyen de son arbre-pont. Oh! si j'avais pu détruire ce tronc et le changer de position! Je me consolai en pensant que, quoique les chiens pussent nous suivre par ce chemin, il retarderait les chasseurs, qui étaient sans doute tous à cheval.

Nous traversâmes ensuite la clairière, mais je ne m'y arrêtai pas. Nous ne perdîmes pas de temps à regarder ses fleurs brillantes, ni à respirer le parfum qu'elles répandaient. J'avais désiré une fois jouir de cette scène charmante en compagnie d'Aurore. Nous y étions, mais dans quelles circonstances! Quelles tristes pensées agitaient mon cerveau quand nous traversâmes à la hâte ce lieu charmant éclairé par un soleil brillant, et quand nous nous enfonçâmes de nouveau dans la sombre atmosphère des bois!

Je me rappelai bien la route, et je pus la suivre sans hésitation. Je m'arrêtais seulement de temps à autre, en partie pour écouter, et en partie pour laisser reposer ma compagne, dont la poitrine haletait par suite de nos efforts accablants. Mais son regard m'assurait que son courage ne faiblissait pas, et son sourire m'encourageait à continuer.

Nous arrivâmes enfin au milieu des cyprès qui croissaient près du lac; et, en nous glissant entre leurs troncs, nous atteignîmes bientôt le bord de l'eau.

Nous nous approchâmes de l'arbre tombé ; nous montâmes dessus et nous avançâmes sur le tronc jusqu'à ses branches couvertes de mousse.

Je m'étais pourvu d'un instrument, un simple bout de roseau qui poussait en abondance aux alentours, et que j'avais taillé comme me l'avait appris le Bambarra. Avec cela je pouvais produire un son qu'on devait entendre à une grande distance, et distinctement dans la partie la plus éloignée du lac.

Je saisis les branches, je m'inclinai jusqu'à toucher presque du visage la surface de l'eau, et, après avoir placé le roseau entre mes lèvres, je fis entendre le signal.

CHAPITRE LXXII.

Les chiens courants.

Le sifflement aigu, résonnant sur l'eau, alla retentir dans les sombres profondeurs de la forêt. Il éveilla les sauvages habitants du lac, qui tressaillirent à ce bruit inaccoutumé et y répondirent par un concert de leurs différents cris.

La grue, le héron de la Louisiane, mêlèrent leurs voix à la voix plus rauque du pélican; et l'on entendit, par-dessus toutes les autres, celles de l'orfraie et de l'aigle chauve; celle-ci résonnant aux oreilles comme un bruit métallique semblable à celui que fait la lime sur une scie.

Cette commotion de l'air dura quelques instants, et il me sembla que, si je répétais le signal, il ne serait pas entendu. Quoiqu'il fût bien aigu, on l'aurait à peine distingué au milieu d'un pareil vacarme.

Nous attendîmes le résultat, accroupis entre les branches. Nous ne cherchâmes pas à entamer une conversation inutile. La position était trop périlleuse pour que nous ne fussions pas absorbés par une extrême anxiété. De temps en temps un mot d'encouragement, le murmure d'une espérance, furent nos seules communications.

Nous jetions sur l'eau des regards avides, et nous

lancions du côté de la terre des coups d'œil craintifs. D'un côté nous cherchions à saisir le bruit d'une pagaie, de l'autre nous craignions d'entendre le hurlement des chiens. Je n'oublierai jamais ces instants d'anxiété profonde. Je ne pourrai jamais les oublier avant de mourir.

Toutes les pensées qui me vinrent alors, tous les incidents, même les plus minutieux, qui se produisirent, me reviennent à l'esprit comme s'ils avaient eu lieu hier.

Je me rappelle qu'une fois ou deux nous aperçûmes au loin, sous les arbres, un léger frémissement de l'onde. Nos cœurs se remplissaient d'espoir; nous croyions que c'était la pirogue.

Ce n'était qu'une joie fugitive. L'ondulation était produite par le grand saurien, dont le corps hideux, presque aussi grand que la pirogue elle-même, passait sous nos yeux avec rapidité.

Je me rappelle avoir eu la pensée que le marron *pouvait ne pas être dans son repaire!* Il pouvait être au loin dans la forêt, à la recherche de sa nourriture, ou occupé d'une autre manière. Puis la réflexion venant à mon aide, je songeais qu'alors nous aurions trouvé la pirogue près de l'arbre. Cependant il pourrait débarquer dans d'autres endroits sur le bord du lac, peut-être de l'autre côté. Il ne m'avait pas dit si cela lui arrivait quelquefois, et c'était assez probable. Toutes ces douteuses conjectures augmentaient mon anxiété.

Puis il me venait une autre idée, encore plus terrible, parce qu'elle était plus probable.

Le noir peut être endormi!

Elle était plus probable, car la nuit était son jour, et le jour sa nuit. Pendant la nuit il était dehors, rôdant et affairé; le jour, il était chez lui et dormait.

« Oh ciel! s'il dort, et qu'il n'ait pas entendu le signal! »

Telle était l'affreuse pensée qui se fit jour dans mon cerveau.

Je me sentis tout à coup impatient de répéter le signal; mais je pensais que, si ma supposition était exacte, je ne devais pas espérer de me faire entendre. Un nègre a le sommeil torpide de l'ours. La détonation du canon ou le sifflet d'une locomotive sont seuls capables de l'éveiller. Il n'y avait pas beaucoup de chances qu'un petit sifflet comme le mien pût y réussir, d'autant que les cris des oiseaux continuaient encore.

« Lors même qu'il l'entendrait, il pourrait à peine le distinguer.... Bonté du ciel! »

Je parlais à ma compagne, quand je fus interrompu par cette exclamation. Elle était involontairement partie de mes lèvres. Elle m'avait été arrachée par un son d'une signification terrible, un son que j'avais reconnu au milieu du cri perçant des oiseaux : c'était l'aboiement sonore d'un chien courant!

Je m'inclinai pour écouter; je l'entendis de nouveau. Il était impossible de s'y méprendre. J'avais des oreilles de chasseur. Cette musique m'était familière.

Que cela me semblait peu musical alors! Ce bruit résonnait à mes oreilles comme un cri de vengeance, comme un glas funèbre!

Je ne songeai pas davantage à répéter le signal; il serait trop tard, lors même que je serais entendu. Je jetai le roseau loin de moi, comme un instrument inutile. J'attirai Aurore le long de l'arbre et la fis passer derrière moi; puis je me levai tout droit, faisant face du côté de la terre.

Le hurlement retentit de nouveau, l'écho sonore le répéta dans les bois, et si près cette fois-ci que je m'attendais à chaque instant à voir l'animal qui l'avait poussé.

Je n'attendis pas longtemps. A cent pas de moi, il y avait une touffe de roseaux. Je distinguai un mouvement de ces hautes herbes, dont le sommet s'agitait dans tous les sens; leurs tiges creuses s'entrechoquaient avec bruit quand elles étaient poussées de côté, ou foulées sur le sol. Quelque animal vivant se frayait un passage au milieu de ces roseaux.

Le mouvement gagna le bord, les dernières tiges cédèrent, et je vis alors ce que j'avais prévu, le corps tacheté d'un chien courant! L'animal s'élança d'un bond, s'arrêta un moment quand il fut sur un terrain libre, puis, lançant un hurlement prolongé, aspira l'air et bondit en avant.

Un second chien parut presque aussitôt; les roseaux agités se refermèrent derrière celui-ci, et tous deux accoururent dans la direction du tronc renversé.

Comme il n'y avait plus le moindre taillis, je voyais en plein leurs corps. Malgré l'obscurité de l'endroit, je les apercevais assez distinctement pour reconnaître leur espèce : c'étaient de grands chiens courants, de ceux qu'on emploie ordinairement pour chasser le daim ; ils étaient maigres, noirs et fauves. A la façon dont ils s'approchaient, il était évident qu'ils avaient été dressés, mais pas à chasser le daim. Un chien ordinaire n'aurait jamais suivi une piste humaine comme ceux-ci suivaient la nôtre.

Dès que je vis ces chiens, je me préparai à une lutte. Leur grande taille, leurs larges et vigoureuses mâchoires, leurs regards féroces, me montraient à quelles natures sauvages j'avais affaire, et je fus convaincu qu'ils m'attaqueraient immédiatement.

Cette conviction fit que je pris un pistolet; et, après avoir saisi une branche pour m'affermir dans ma position, j'attendis leur approche.

Je n'avais pas fait un faux calcul. En arrivant près du tronc abattu, ils firent à peine une pause, sautèrent dessus et vinrent en courant le long de l'arbre. Ils avaient cessé de flairer la piste, et s'avançaient les yeux étincelants, évidemment disposés à s'élancer sur moi.

Ma position n'aurait pu être meilleure, quand même j'aurais passé une heure à la choisir. La nature du terrain ne permettait pas à mes assaillants de biaiser à droite ni à gauche; ils étaient obligés de s'avancer en droite ligne. Je n'avais rien à faire qu'à tenir mon arme solidement et dans la direction convenable. Un novice dans l'emploi des armes à feu aurait à peine manqué son coup en pareil cas.

Mes nerfs étaient tendus par le courroux, l'indignation brûlait mon sein, et cela me rendait aussi ferme que l'acier. Je ressentais une colère froide, à la pensée qu'on m'avait chassé comme un loup!

J'attendis que la gueule de mon pistolet touchât presque le museau du premier chien, et alors je fis feu. L'animal dégringola de l'arbre.

Je vis l'autre qui accourait à quelques pas. Je visai à travers la fumée et je tirai de nouveau la gâchette.

La bonne arme ne me fit pas défaut. La détonation fut encore suivie d'un plongeon.

Les chiens n'étaient plus sur l'arbre. Ils étaient tombés à droite et à gauche dans l'eau noire qui était au-dessous!

CHAPITRE LXXIII.

Le chasseur d'hommes.

Les chiens étaient tombés dans l'eau; un était mort, l'autre grièvement blessé. Le dernier n'aurait pu s'échapper, car une de ses pattes avait été atteinte par la balle, et les efforts qu'il faisait pour nager n'étaient que les convulsions du désespoir. Il devait couler en quelques minutes; mais il n'était pas destiné à se noyer. Il était écrit que ses hurlements finiraient d'une manière bien différente.

La voix du chien est une musique pour l'alligator. Le chien est, entre tous les animaux, la proie favorite du grand saurien, qui s'empresse d'accourir dès qu'il entend l'aboiement d'un lévrier ou d'un basset, à quelque distance que ce soit.

Les naturalistes ont essayé d'expliquer ce fait d'une autre manière. Ils disent, et c'est vrai, que l'aboiement du chien ressemble au cri du jeune alligator, et que les vieux sont attirés vers l'endroit où ils l'entendent, la mère pour le protéger, et le père pour le dévorer.

C'est un point controversé en histoire naturelle; mais ce qui ne peut être douteux, c'est que l'alligator dévore avidement le chien toutes les fois qu'il en trouve l'occasion; il saisit sa victime dans ses terribles mâchoires, et l'emporte dans son repaire avec tant d'avidité, qu'on ne peut douter que le chien ne lui paraisse un morceau favori.

Je ne fus donc pas surpris de voir une demi-douzaine de ces gigantesques reptiles sortir d'entre les troncs noirs des arbres et nager à la hâte vers le chien blessé.

Les hurlements continuels de cette bête les guidaient; quelques secondes après, ils entouraient l'endroit où l'animal se débattait et ils s'élançaient sur leur victime.

Un banc de requins n'eût pas été plus expéditif. Un coup de queue de l'un des alligators fit cesser les hurlements du chien, trois ou quatre paires de mâchoires décharnées se refermèrent ensemble sur lui, un court débat s'ensuivit, puis les longues têtes osseuses se séparèrent, et les énormes reptiles s'éloignèrent en nageant et en emportant chacun un morceau dans ses dents. Quelques globules et quelques taches d'écume sanglante, éparses sur la surface noirâtre de l'eau, furent tout ce qui resta à l'endroit où le chien venait de tomber.

Une scène presque semblable se passa de l'autre côté de l'arbre : car l'eau n'était pas bien profonde, et le chien mort était visible, quoiqu'il touchât le fond. Plusieurs des reptiles arrivant de ce côté-là l'avaient aperçu ; ils se précipitèrent sur lui, et le traitèrent comme son camarade avait été traité par les autres. Une croûte de pain n'aurait pas disparu plus vite au milieu d'un banc de vérons affamés, que ne disparut cette paire de chiens entre les mâchoires de ces voraces reptiles.

Cet incident, malgré sa singularité, avait à peine attiré mon attention. J'avais bien autre chose à penser.

Je regardais avec soin entre les arbres, dans les sombres profondeurs de la forêt. Je surveillais les roseaux pour saisir le plus léger mouvement de leurs tiges. J'écoutais tous les bruits, tout en restant moi-même silencieux, après avoir recommandé le silence à ma compagne tremblante.

Je n'avais alors que peu d'espoir. Il y avait sans doute d'autres chiens, les moins agiles suivant à quelque distance, et avec ceux-ci les chasseurs à cheval. Ils ne pouvaient pas être bien loin, ils ne pouvaient manquer d'arriver promptement, d'autant plus que le bruit de mon pistolet avait dû les guider. Il serait inutile de résister à une foule d'hommes furieux. Je ne pouvais faire autrement que de me rendre.

Ma compagne me suppliait de prendre ce parti ; elle m'adjurait de ne pas me servir de mes armes, car j'avais alors mon second pistolet à la main. Mais je n'avais pas l'intention d'en faire usage si la foule arrivait ; je n'avais pris mon pistolet que pour repousser l'attaque des chiens, s'il en paraissait d'autres.

Pendant un laps de temps assez long, je n'entendis aucun bruit dans la forêt, et je ne vis aucun signe qui annonçât ceux qui nous poursuivaient. Qu'est-ce qui pouvait les retenir ? Le passage de la grande mare peut-être, ou le marécage. Je savais qu'en cet endroit les cavaliers seraient obligés d'abandonner la piste ; mais étaient-ils tous montés ?

Je commençais à espérer que Gabriel pourrait arriver à temps. S'il n'avait pas entendu le signal du sifflet, il devait avoir entendu les détonations de mon pistolet. Mais, en y pensant plus longtemps, je songeai que cela ne pouvait que le retenir. Il ne comprendrait pas ce coup de feu, et pourrait craindre de venir avec sa pirogue !

Peut-être avait-il entendu le premier signal, et était-il en route en ce moment. Il n'était pas encore trop tard pour l'espérer. Malgré tout ce qui s'était passé, il n'y avait que peu de temps que nous étions arrivés. Si Gabriel était en route, il pouvait penser que les deux coups étaient partis de mon fusil de chasse, et que je les avais tirés sur quelque gibier. Peut-être alors ne s'arrêterait-il pas. On pouvait donc encore espérer de le voir arriver à temps. Dans ce cas, nous pourrions atteindre en sûreté son arbre-caverne.

Il ne restait pas de trace des chiens, si ce n'est une ou deux taches de sang sur la rude écorce de l'arbre, et elles n'étaient pas visibles du rivage. A moins qu'il n'y eût d'autres chiens pour les guider, des hommes ne trouveraient pas facilement ces traces dans l'obscurité. Nous pouvions encore leur échapper !

Je me retournai avec un nouvel espoir du côté de l'eau, et je regardai dans la direction où je m'attendais à voir venir la pirogue. Hélas ! rien n'annonçait sa présence. Aucun bruit ne résonnait sur le lac, si ce n'est le cri sauvage des oiseaux effrayés.

Je me retournai de nouveau du côté de la terre.

Je vis les roseaux en mouvement ; les grandes tiges s'agitaient et craquaient sous le pas pesant d'un homme, qui parut un instant après sur le terrain découvert, et s'avança vers l'eau en courant !

Il était seul et à pied ; il n'avait pas de chiens avec lui, mais la longue carabine qui s'appuyait sur son épaule, et l'attirail de chasse dont il était muni, m'apprirent dès le premier coup d'œil que c'était le propriétaire des chiens courants.

Sa barbe noire et touffue, ses guêtres et sa blouse de peau de daim, sa cravate rouge et son bonnet de raccoon, mais surtout la brutale férocité peinte sur son visage, ne me laissèrent aucun doute sur sa profession. La description faite par le marron s'appliquait à lui dans tous ses détails. Ce ne pouvait être un autre que *Ruffin le chasseur d'hommes!*

CHAPITRE LXXIV.

Coup pour coup.

Oui, l'individu qui s'avançait alors était Ruffin le chasseur; les chiens que j'avais tués étaient à lui, une paire de chiens courants, bien connus dans les défrichements pour avoir été spécialement dressés à traquer les malheureux nègres que de cruels traitements poussaient à s'enfuir dans les bois.

Leur maître aussi était bien connu : c'était un drôle dissipé et brutal, moitié chasseur, moitié voleur de pourceaux, qui vivait dans les bois comme un Indien, et qui se mettait au service des planteurs, toutes les fois que ceux-ci avaient besoin de lui et de ses horribles chiens!

Comme je l'ai dit, je n'avais jamais vu cet individu, quoique j'eusse souvent entendu parler de lui, par Scipion, par le jeune Caton, et en dernier lieu, par Gabriel. Le Bambarra me l'avait décrit minutieusement, m'avait raconté des histoires atroces de la méchanceté de cet homme et de sa féroce cruauté, m'avait parlé de plusieurs nègres marrons qu'il avait tués en les poursuivant, et de plusieurs autres qu'il avait fait déchirer par ses redoutables chiens!

Cet homme était craint et détesté dans tous les quartiers nègres le long de la côte; et son nom, digne de son caractère, avait souvent servi aux négresses mères, comme celui d'un croquemitaine, pour réduire au silence les enfants criards!

Tel était Ruffin, le chasseur d'hommes, comme l'appelaient les noirs ilotes des plantations. La planche aux exécutions et la lanière de peau de vache n'étaient pas à moitié aussi terribles que cet homme. Les gens de l'espèce de Bully Bill, le commandeur au fouet, comparés avec lui, pouvaient passer pour des êtres doux et humains.

La vue de cet homme me fit perdre tout à coup l'espoir de m'échapper. Je laissai pendre mon pistolet à mon côté, et j'attendis son approche, avec l'intention de nous livrer sur-le-champ. La résistance me parut vaine, et bonne tout au plus à produire une inutile effusion de sang. Cette détermination me fit garder le silence, quand j'eus recommandé à ma compagne d'en faire autant.

Au moment où il sortait des roseaux, le chasseur ne nous avait pas vus. J'étais caché en partie par la mousse, Aurore l'était entièrement. D'ailleurs cet homme n'avait pas les yeux tournés dans notre direction, il les fixait sur le sol. Il avait sans doute entendu mes deux coups de pistolet, mais il se fiait davantage à ses instincts de traqueur; et son attitude penchée me faisait voir qu'il suivait les traces de ses chiens, qu'il imitait presque complétement!

Au moment où il allait atteindre le bord du lac, l'odeur de l'eau lui arriva, et tout à coup il s'arrêta, leva les yeux et regarda devant lui. La vue du lac parut l'embarrasser, et son étonnement se fit jour par cette exclamation rapide : « Enfer! »

L'instant d'après, ses yeux s'arrêtèrent sur le tronc abattu, le suivirent rapidement, et se fixèrent sur moi.

« Enfer et ciseaux ! s'écria-t-il, vous voilà ! Où sont mes chiens ? »

Je le regardai, mais je ne fis aucune réponse.

« Vous m'entendez, que le diable soit de vous ! Où sont mes chiens ? »

Je gardais toujours le silence.

Ses yeux se fixèrent sur le tronc d'arbre. Il vit les taches de sang sur l'écorce. Il se rappela les coups de feu.

« Enfer et damnation ! s'écria-t-il avec une horrible emphase, vous avez tué mes chiens ! »

Puis il lança une bordée de jurons et de menaces, tout en gesticulant comme s'il eût perdu subitement la tête !

Au bout d'un instant, il interrompit ces démonstrations inutiles ; il se campa alors solidement sur ses deux jambes, et dirigea vers moi le canon de sa carabine, en criant :

« Abandonnez ce tronc d'arbre, et amenez votre peau bleue avec vous ! Leste, que le diable vous enlève ! Quittez ce tronc ! si vous tardez d'une minute, je vous descends ! »

J'ai dit qu'en apercevant cet homme j'avais abandonné toute idée de résistance, et que j'avais l'intention de me rendre ; mais il y avait dans sa demande quelque chose de si arrogant, le coquin l'avait faite d'une façon si injurieuse, que l'indignation s'empara de moi, et que je résolus de me défendre.

La colère que je ressentis d'être chassé de la sorte affermit mon cœur et mon bras. La brute m'avait mis aux abois, et j'étais déterminé à essayer de la résistance.

Une autre raison avait influencé ma décision : je voyais alors qu'il était *seul*. Il avait suivi les chiens à pied, pendant que ceux qui étaient à cheval avaient été arrêtés ou retardés par les mares et les marécages ; si la foule était arrivée, j'aurais cédé bon gré mal gré ; mais le chasseur d'hommes lui-même, quelque redoutable qu'il fût, n'était qu'*un* homme, et se rendre lâchement à un seul individu, c'était plus que ne pouvait en supporter ma fierté, héritage de mes ancêtres, habitants des frontières.

J'avais dans les veines trop de sang de soldat pour me rendre en pareil cas, et je résolus, coûte que coûte, de risquer une rencontre.

Je saisis de nouveau mon pistolet avec fermeté; et, mes yeux fixés sur ceux du coquin, qui étaient injectés de sang, je lui criai en réponse :

« Tirez si vous l'osez! manquez-moi, et votre vie m'appartient! »

La vue de mon pistolet levé le fit reculer, et je ne doute pas qu'il n'eût décliné le combat, si l'occasion le lui avait permis. Il ne s'attendait pas à une pareille réception.

Mais il s'était trop avancé pour céder. Sa carabine était déjà épaulée, l'instant d'après je vis l'éclair, et j'entendis un craquement aigu. Le sifflement de la balle résonna aussi à mon oreille, au moment où elle atteignait la branche sur laquelle je m'appuyais. Quoiqu'il fût réputé bon tireur, le brillant de mon pistolet, avait fait dévier son coup, et il m'avait manqué.

Je ne le manquai pas. Il tomba en poussant un cri diabolique, et, quand la fumée commença à se dissiper, je pus le voir se tordre et se crisper dans la vase noire!

J'hésitais à lui envoyer une seconde balle, car j'étais furieux et j'en voulais à sa vie; mais en ce moment des bruits m'arrivaient par derrière. J'entendis une pagaie qui frappait l'eau, les sons d'une voix masculine; je me retournai et je vis le Bambarra.

Ce dernier avait dirigé sa pirogue au milieu des arbres jusqu'à l'endroit où nous nous tenions, et nous invitait de la voix et du geste à nous y embarquer.

« Vite, môsieu'! vite, mam'zelle Au'o'e! sautez dans la coquille! sautez! Ayez confiance au vieux Gab! Lui souteni' jeune môsieu' jusqu'à la mo't. »

Je cédai presque machinalement aux sollicitations du

fugitif, bien que je comprisse qu'il ne nous restait guère de chances de nous sauver définitivement, et, après avoir aidé Aurore à descendre dans la pirogue, je la suivis et je m'assis à côté d'elle.

Le bras vigoureux du nègre nous conduisit promptement au large, et cinq minutes après nous traversions le lac à ciel ouvert dans la direction du cyprès, qui se trouvait au milieu.

CHAPITRE LXXV.

L'amour à l'heure du danger.

Nous glissâmes sous l'ombre de l'arbre, et nous passâmes sous les parasites qui pendaient jusqu'à l'eau. La pirogue aborda le tronc. Je grimpai machinalement sur la partie en pente, j'aidai machinalement Aurore.

Nous étions dans la caverne, dans le repaire du marron, et pour le moment à l'abri des poursuites. Mais la joie n'était pas dans nos cœurs. Nous savions que ce n'était qu'un répit, et qu'il n'y avait pas d'espoir de nous échapper.

La lutte avec Ruffin avait ruiné toutes nos espérances. Que le chasseur fût mort ou vivant, sa présence dirigerait les recherches. On trouverait facilement le chemin que nous avions suivi, et notre retraite ne pouvait rester longtemps inconnue.

Ce qui s'était passé animerait probablement les gens qui nous poursuivaient, et augmenterait le désir qu'ils avaient de s'emparer de nous. Avant l'arrivée de Ruffin, il y avait encore une chance de salut. La plupart de ceux qui nous pourchassaient, ne considéraient sans doute cette expédition que comme une chasse ordinaire à la recherche d'un nègre marron, et ils s'en fatigueraient, s'ils perdaient nos traces. En songeant que cette chasse avait été entreprise pour un homme aussi impopulaire que Gayarre, je pensais que personne ne pourrait s'intéresser beaucoup au résultat, excepté lui et ses satellites infâmes. Si nous n'avions pas laissé de traces à l'endroit de notre embarquement dans la pirogue, l'obscur labyrinthe de la forêt aurait pu décourager les chasseurs; la plupart d'entre eux auraient abandonné une entreprise dont le résultat était si incertain, et chacun serait rentré chez soi. Nous aurions pu ne pas être inquiétés jusqu'à la tombée de la nuit; j'avais alors le projet de retraverser le lac, de débarquer à un autre endroit et, en me faisant guider par le Bambarra, de retourner à la route de la levée, où nous devions trouver d'Hauteville avec des chevaux. De là, suivant notre plan primitif, nous nous serions rendus à la ville.

J'avais conçu ce programme à la hâte, et, avant l'apparition de Ruffin, il offrait bien des probabilités de succès.

Je n'avais pas encore désespéré, même après avoir tué les chiens. Plusieurs autres chances de salut s'étaient offertes à mon esprit. J'avais pensé que les chasseurs, retardés par la grande mare, pouvaient avoir perdu les chiens, et qu'ils ne suivraient pas facilement leurs traces. Dans tous les cas, cela leur avait ôté beaucoup de temps. Lors même qu'ils jugeraient exactement de ce qui était arrivé aux chiens, ni piétons ni cavaliers ne pourraient parvenir à notre retraite. Il leur faudrait des canots ou des pirogues. Il faudrait encore du temps pour en amener de la rivière, et peut-être la nuit viendrait-elle avant que cela pût être accompli. La nuit et d'Hauteville m'inspiraient encore confiance.

Tout cela pouvait me sembler ainsi avant mon conflit avec le chasseur d'hommes.

Après cette affaire, les circonstances étaient changées. Mort ou vif, Ruffin dirigerait la poursuite. S'il vivait encore (et, maintenant que ma fureur était passée, j'espérais qu'il en était ainsi), il guiderait aussitôt les chasseurs sur nos pas.

Je croyais qu'il n'était pas mort, mais seulement blessé. Après avoir reçu le coup, il ne m'avait pas paru atteint mortellement. Je croyais et j'espérais qu'il vivait encore, non pas que je sentisse le moindre remords de ce qui était arrivé, mais par suite de considérations de prudence. S'il était mort, son corps serait promptement découvert près du tronc abattu, et ferait connaître l'aventure aux survenants. Nous serions pris également, et nous pouvions nous attendre aux plus terribles conséquences.

La rencontre avec ce coquin avait été tout à fait malheureuse. Elle avait changé la face des affaires. Du sang avait été répandu pour défendre une fugitive. La nouvelle s'en répandrait promptement dans la ville. Elle arriverait dans les plantations avec la rapidité de l'éclair. Toute la communauté serait debout et enflammée; le nombre de ceux qui nous poursuivaient allait être quadruplé. Je serais chassé comme un *double* proscrit, et avec l'énergie hostile de la vengeance!

Je savais tout cela, et je ne songeais plus à la probabilité de notre délivrance. Il n'y avait plus la moindre chance de fuite.

J'attirai ma fiancée près de moi. Je l'enveloppai de mes bras, je la pressai sur mon cœur. Elle m'appartenait jusqu'à la mort! Elle le jura dans ce lieu ténébreux, à cette heure terrible et sombre. Elle m'appartiendrait jusqu'à la mort!

Son amour me rendit du courage, et avec courage j'attendis le résultat.

Une autre heure se passa.

Malgré nos terribles prévisions, cette heure fut agréablement occupée. Cela est étrange à dire, mais cette heure-là est véritablement une des plus heureuses dont j'aie gardé le souvenir. C'était la première fois que je pouvais causer librement avec Aurore, depuis le jour de nos fiançailles. Nous étions seuls alors, car le fidèle noir se tenait en sentinelle près de l'amarre de la pirogue.

La réaction qui succéda à ma jalousie avait donné à mon amour un nouvel élan, une force plus active : telle est la loi de la nature. Dans l'ardeur même de mon affection, j'oubliais presque notre situation désespérée.

Nous renouvelâmes cent fois des vœux éternels, nous nous engageâmes cent fois une fidélité mutuelle, par des paroles tendres et enflammées, éloquence de la passion qui débordait de notre cœur. Oh ! ce fut une heure bien heureuse !

Hélas ! elle touchait à sa fin. Elle se termina par de pénibles regrets, mais non pas par la surprise. Je ne fus pas étonné d'entendre des cors résonner dans les bois, et des signaux se répondre dans plusieurs directions. Je ne fus pas étonné d'entendre des voix retentir sur les eaux, des blasphèmes et des cris mêlés au bruit des pagaies et des avirons ; et, quand le nègre m'annonça que plusieurs bateaux remplis d'hommes armés étaient sur le lac, et qu'ils s'approchaient de l'arbre, je ne fus pas saisi de surprise. J'avais prévu tout cela.

Je descendis au pied du cyprès, et je me penchai pour regarder en dehors sous les mousses pendantes. Je pus voir la surface des eaux ; je pus voir dans les canots et les esquifs les hommes ramer et gesticuler.

Quand ils furent à peu près au milieu de la partie du lac qui était à ciel ouvert, ils se consultèrent pendant quelques instants. Un moment après, ils se séparèrent en formant un cercle, avec l'intention d'entourer l'arbre.

Cette manœuvre fut exécutée en quelques minutes, et alors ils se rapprochèrent jusqu'à ce que les embarcations vinrent flotter entre les branches pendantes du cyprès. Un cri de triomphe annonça qu'ils avaient découvert notre retraite, et je vis alors leurs figures, pendant qu'ils cherchaient à regarder à travers le rideau de tillandsia. Ils aperçurent la pirogue, ainsi que le nègre et moi qui nous tenions sur l'avant.

« Rendez-vous! cria une voix forte, d'un ton ferme. Si vous résistez, que votre sang retombe sur vos têtes! »

Malgré ces ordres, les bateaux n'avancèrent pas davantage. On savait que j'avais des pistolets et que je m'en servais assez bien; les preuves étaient récentes. On s'approchait donc avec prudence, pensant que je pouvais encore faire usage de mes armes.

On n'avait pas besoin de toutes ces précautions. Je n'avais pas la moindre intention de lutter. Résister à vingt hommes, car ils étaient bien une vingtaine dans les embarcations, et à vingt hommes bien armés, eût été un acte de folie désespérée. Je n'avais jamais eu une telle pensée, bien que, si elle m'était venue, je crois que le Bambarra m'aurait soutenu jusqu'à la mort. Le brave garçon, animé d'un courage surnaturel par la perspective du châtiment qu'il redoutait, avait même proposé de combattre. Mais son courage était de la folie, et je le priai de ne pas résister, car on le tuerait certainement sur la place.

Je ne méditais pas de résistance, mais j'hésitai un moment à répondre.

« Nous sommes bien armés, continua celui qui avait pris la parole, et qui semblait avoir une certaine autorité sur les autres. Il est inutile que vous résistiez; vous feriez mieux de céder!

— Que le diable les enlève! s'écria une autre voix plus rude; ne perdons pas de temps en pourparlers; cette mousse brûle, j'imagine! »

Je reconnus la voix qui venait de suggérer cette idée inhumaine. C'était celle de Bully Bill.

« Je n'ai pas l'intention de résister, dis-je à celui qui avait parlé le premier. Je suis prêt à partir avec vous. Je n'ai commis aucun crime; je répondrai légalement de ce que j'ai fait. »

— Vous *nous* en répondrez, répliqua quelqu'un qui n'avait pas encore parlé; *nous* sommes la loi ici. »

Il y avait dans ces paroles une ambiguité qui ne me plut pas; mais les pourparlers n'allèrent pas plus loin. Les esquifs et les canots s'étaient soudainement groupés autour de l'arbre. Une douzaine de canons de pistolets ou de carabines étaient dirigés sur moi, et une douzaine de voix nous donnèrent l'ordre, au nègre et à moi, de monter dans l'un des bateaux.

Les regards farouches et déterminés de ces hommes grossiers me prouvaient qu'il fallait obéir ou mourir.

Je me retournai pour dire adieu à Aurore, qui s'était précipitée hors de la cavité de l'arbre, et qui pleurait près de moi.

A ce moment, plusieurs hommes sautèrent sur un des rameaux de l'arbre, me saisirent par derrière, en me maintenant par une étreinte collective, puis me replièrent les bras derrière le dos, et les attachèrent solidement avec une corde.

Je ne pus dire qu'un mot d'adieu à Aurore, qui ne pleurait plus, mais qui regardait mes agresseurs avec un air d'indignation et de mépris. Pendant qu'on me conduisait vers le bateau, sans que je fisse de résistance, elle donna cours à ses sentiments en criant d'une voix méprisante :

« Lâches! lâches! Pas un de vous n'oserait se mesurer avec lui loyalement, non, pas un de vous! »

La fierté de ma fiancée correspondait à la mienne et me prouvait son amour. J'en fus heureux, et je l'aurais témoigné par mon approbation, si mes ennemis mortifiés m'avaient laissé le temps de répondre; mais, au même instant, la pirogue dans laquelle on m'avait placé sortait d'entre les branches et faisait route à ciel ouvert sur le lac.

CHAPITRE LXXVI.

Un sort terrible.

Je ne vis plus Aurore. Le noir ne fut pas non plus embarqué avec moi. Je compris, par la conversation de ceux qui m'emmenaient, qu'ils devaient être mis à bord d'une des pirogues restées en arrière, et qu'on les débarquerait à un autre endroit que celui vers lequel nous nous dirigions. J'appris aussi que le pauvre Bambarra était condamné à un terrible châtiment, celui qu'il craignait depuis longtemps, la perte d'un bras!

Je fus affligé de ces nouvelles, mais plus encore des grossières plaisanteries que j'eus alors à entendre. Ma fiancée et moi nous étions insultés avec une grossièreté dégoûtante, dont je ne peux donner une idée.

Je n'essayai pas de nous défendre. Je ne répondis même pas. J'étais assis, les yeux tristement fixés sur l'eau, et ce fut une espèce de soulagement pour moi quand la pirogue repassa entre les troncs des cyprès, dont l'ombrage sombre cacha à peu près ma figure aux regards de mes vainqueurs. Je fus ramené au débarcadère du vieux tronc d'arbre.

En approchant, je vis une foule d'individus qui nous attendaient à terre, et je reconnus parmi eux le féroce Ruffin, qui portait en écharpe, dans un mouchoir rouge, son bras enveloppé de bandages sanglants. Il était debout avec les autres.

« Grâce au ciel, je ne l'ai pas tué! m'écriai-je intérieurement; c'est autant de moins dont j'aurai à répondre. »

Les canots et les pirogues, celle qui portait Aurore et le noir exceptée, étaient tous arrivés en cet endroit, et nous débarquions. Il y avait en tout trente ou quarante hommes et un certain nombre de jeunes garçons. La plupart étaient armés de pistolets ou de carabines. Sous la voûte sombre des arbres, ils formaient un tableau pittoresque, mais je n'étais pas alors disposé à en jouir.

Je fus débarqué au milieu de tout le monde, puis emmené à travers les bois, sous l'escorte de deux hommes armés, dont l'un se tenait devant moi, et l'autre immédiatement derrière mon dos. La foule nous accompagnait; quelques-uns marchaient en avant, d'autres derrière, et d'autres encore sur les côtés. Ces derniers étaient des enfants, ou les plus brutaux parmi les hommes, et de temps en temps ils m'insultaient par des propos grossiers.

J'aurais perdu patience, et je me serais mis en colère, si cela avait pu servir à quelque chose; mais je savais que ce serait un moyen de faire plaisir à ceux qui me tourmentaient, sans améliorer ma position. Je gardai donc le silence, et je détournai les yeux ou je les baissai vers le sol.

Nous avancions rapidement, à mesure que la foule parvenait à se frayer un chemin dans les broussailles; j'en étais heureux. Je présumais qu'on allait me conduire devant un magistrat ou un juge de paix, comme on dit dans le pays. « Bien, pensais-je. Gardé par une autorité légale, et sous la protection des officiers, je serai à l'abri des railleries et des injures que l'on me prodigue. » On continua à me tourmenter par tous les moyens possibles, mais on n'en vint pas aux violences personnelles; il y avait cependant quelques individus qui paraissaient y être suffisamment disposés.

Je vis la forêt s'ouvrir devant moi. Je supposai que nous étions allés par quelque voie plus courte aux défrichements. Ce n'était pas cela; un instant après nous entrions dans la clairière. Encore la clairière!

Là, ceux qui s'étaient emparés de moi firent une halte, et, comme nous étions alors au grand jour, j'eus la facilité de savoir qui ils étaient. Je vis d'un coup d'œil que j'étais entre les mains d'une foule implacable.

Gayarre lui-même en faisait partie, et avec lui, son commandeur, le marchand de nègres et le brutal Larkin. Il y avait en outre une demi-douzaine de créoles français, des propriétaires de la classe la plus pauvre, des tisseurs de cotonnades ou de petits planteurs. Le reste de cette populace se composait de l'écume de l'endroit, des bateliers ivrognes que j'avais l'habitude de voir cancaner devant les boutiques, et d'autres vagabonds dissipés. Il n'y avait pas un planteur respectable, pas un homme respectable!

Pourquoi se sont-ils arrêtés dans la clairière? J'étais impatient d'être conduit devant des juges, et ce retard m'échauffait.

« Pourquoi suis-je retenu ici? demandai-je avec colère.

— Oh! monsieur, répliqua quelqu'un, ne soyez pas si pressé! Vous en sortirez bien assez tôt, je pense.

— Je proteste, continuai-je. J'insiste pour être conduit devant la justice.

— Et vous irez, que le diable vous enterre! Vous n'avez pas loin à aller pour cela. *La justice est ici.*

— Qui? où? » demandai-je, dans l'idée qu'il y avait un magistrat sur les lieux. J'avais entendu parler de bûcherons qui remplissaient les fonctions de juge de paix, j'en avais même rencontré un ou deux exemples, et, parmi les grossiers personnages qui m'entouraient, il pouvait s'en trouver un. « Où est le juge? répétai-je.

— Oh! il n'est pas ici. Ne craignez rien, répliqua quelqu'un.

— Où est le juge? s'écria un autre.

— Oui, où est le juge? Où êtes-vous, juge? cria un troisième, comme s'il s'adressait à quelqu'un dans la foule. Venez ici, juge, ajouta-t-il. Venez! voici un gaillard qui désire vous voir! »

Je crus vraiment que cet homme était de bonne foi. Je pensais qu'il y avait réellement un magistrat dans cette foule. Je m'étonnai seulement d'entendre parler d'une façon aussi brusque au représentant de la loi.

Mon erreur fut de courte durée : car en ce moment Ruffin, le blessé et sanglant Ruffin, s'approcha de moi, et, après m'avoir jeté un regard farouche de ses yeux injectés de sang, se pencha jusqu'à mettre ses lèvres presque sur mon visage, puis me siffla entre ses dents :

« Peut-être, monsieur le voleur de négresses, n'avez-vous jamais entendu parler du *juge Lynch?* »

Un frisson d'horreur se répandit dans mes veines. Mon esprit fut frappé de l'horrible conviction qu'ils allaient m'appliquer la *loi Lynch*.

CHAPITRE LXXVII.

La sentence du juge Lynch.

J'avais déjà eu un vague soupçon qu'il allait se passer quelque chose de ce genre. Je me souvins de la réponse partie des embarcations : « Vous *nous* en répondrez. *Nous* sommes la loi. » J'avais entendu quelques insinuations mystérieuses pendant que nous traversions les bois; j'avais aussi remarqué, en arrivant dans la clairière, que ceux qui nous précédaient s'y étaient arrêtés, comme s'ils avaient attendu l'arrivée des autres, et je ne pouvais comprendre pourquoi nous avions interrompu notre marche.

Je vis alors que les hommes de la troupe se retiraient de côté et formaient une espèce de cercle irrégulier, avec cet air solennel qui annonce quelque chose de sérieux. Les jeunes gens seulement, et les nègres, car il y en avait aussi quelques-uns qui avaient pris part à la chasse, restèrent près de moi. Ruffin ne s'était approché que pour satisfaire ses instincts vindicatifs en me tourmentant.

Tout cet appareil avait fait naître en moi des soupçons atroces, mais qui jusqu'alors n'avaient pas pris de forme précise. J'avais même cherché à repousser une telle idée de mon esprit, parce que je craignais, en ayant l'air d'y songer, de la faire naître chez ceux qui m'entouraient.

Ce n'était plus un soupçon. C'était alors une conviction. Ils allaient m'appliquer la loi Lynch !

La question de Ruffin, rendue plus significative par le ton avec lequel elle avait été faite, fut accueillie par les éclats de rire des jeunes garçons. Ruffin continua :

« Non, je crois que vous n'avez pas entendu parler de cette justice-là, puisque vous êtes étranger à ce pays, et de plus, Anglais. Vous n'avez rien de pareil parmi vos grandes perruques, j'imagine. Il y a ici un camarade qui ne vous tiendra pas longtemps devant la chancellerie. Non, par Dieu ! il fera votre affaire promptement. Enfer et ciseaux ! Vous verrez s'il ne la fait pas. »

Pendant ce discours, le grossier personnage m'insultait du geste, aussi bien que par les paroles qui faisaient éclater de rire tout l'auditoire.

J'étais si animé, que je me serais élancé sur lui si je n'avais pas eu les bras solidement attachés ; cependant, malgré les liens qui me retenaient, et malgré le mépris que m'inspirait la brutalité vulgaire de cet antagoniste, je ne pus retenir ma langue.

« Si j'étais libre, misérable, vous n'oseriez pas me

parler ainsi. Néanmoins, vous n'avez le dessus qu'en seconde main. Je vous ai blessé pour la vie; cela importe peu cependant, puisque vous vous servez si mal de votre fusil. »

Ces paroles produisirent sur la brute un effet terrible, d'autant plus qu'alors les petits garçons se moquèrent de lui. Tous ces enfants n'étaient pas méchants. Ils étaient animés contre moi, parce que j'étais un abolitioniste, ou voleur de nègres, comme ils disaient; l'influence de leurs aînés avait provoqué leurs mauvaises passions; mais cependant tous n'étaient pas essentiellement mauvais. C'étaient de grossiers enfants des bois, et la fierté de ma réponse les enchanta. Depuis lors, ils cessèrent de se moquer de moi.

Il n'en fut pas de même de Ruffin, qui lâcha en ce moment une bordée de blasphèmes vindicatifs et de menaces, et qui parut disposé à me colleter de sa main libre. Mais en ce moment il fut rappelé par les hommes qui avaient besoin de lui; il me quitta après avoir brandi son poing près de ma figure, et proféra une imprécation en s'éloignant.

Je restai dans l'indécision pendant quelques minutes. Je ne pouvais imaginer ce que débattait cet atroce conseil, ni ce qu'on allait faire de moi; mais j'étais dès lors convaincu qu'on ne voulait pas me conduire devant un magistrat. D'après les phrases qui m'arrivaient fréquemment aux oreilles, comme « fouetter le coquin, » « goudron et plumes, » je commençai à croire qu'on me destinait quelque châtiment de ce genre. Cependant, après avoir écouté quelque temps, je m'aperçus avec surprise qu'un certain nombre de mes juges étaient opposés à cette correction qui leur paraissait trop douce! Quelques-uns déclarèrent ouvertement que *ma vie seule pouvait satisfaire les lois outragées!*

La *majorité* adoptait cet avis, et c'était pour donner plus de force à cette décision qu'on avait appelé Ruffin!

Une crainte terrible s'empara de moi, disons plutôt un sentiment d'horreur qui parvint à son comble quand l'assemblée se dispersa, que je vis deux individus s'emparer d'une corde et commencer à la passer sur une branche d'arbre à gomme qui se trouvait à la limite de la clairière.

Il y avait eu jugement et sentence. Le juge Lynch lui-même observait des formalités.

Quand la corde fut disposée, un des hommes (c'était le marchand de nègres) s'approcha de moi, et, avec une espèce de paraphrase des formules légales, résuma et prononça la sentence.

J'avais outragé les lois; j'avais commis deux crimes capitaux. J'avais volé des esclaves, et j'avais essayé de ravir l'existence à un de mes semblables. Un jury de douze hommes m'avait jugé et m'avait trouvé coupable ; il me condamnait à être pendu.

Tout cela ne se passa pas sans formes. La phraséologie habituelle fut employée. Je devais être pendu par le cou jusqu'à ce que mort s'ensuivît.

Vous trouverez cela exagéré et improbable. Vous penserez que je me moque de vous. Vous ne croirez pas qu'une telle illégalité soit possible dans un pays chrétien et civilisé. Vous vous imaginez que ces hommes se jouaient de *moi*, et qu'en fin de compte ils n'avaient pas sérieusement l'intention *de me pendre*.

Je ne puis vous empêcher de le croire; mais je déclare solennellement que tel était leur projet; je fus aussi certain qu'ils avaient l'intention de me pendre, que je suis sûr maintenant de ne pas avoir été pendu !

Que vous le croyiez ou non, rappelez-vous que je n'aurais pas été la première victime de ce genre, et cette pensée se présentait avec force à mon esprit.

De plus, je voyais la corde, je voyais l'arbre, je voyais mes juges devant moi. Leurs regards seuls auraient suffi pour me convaincre. Je n'avais pas le moindre rayon d'espoir.

Je ne savais pas, dans ce terrible moment, ce que je disais ou faisais.

Je me rappelle seulement que mes craintes étaient quelque peu modifiées par mon indignation; que je protestai, jurai, menaçai, et que mes juges impitoyables me répondirent par des railleries.

Ils se disposaient à mettre la sentence à exécution, et ils m'avaient déjà entraîné au pied de l'arbre, lorsqu'un piétinement de chevaux retentit à nos oreilles; l'instant d'après, une troupe de cavaliers arrivait au galop dans la clairière.

CHAPITRE LXXVIII.

Dans les mains du shérif.

Mon cœur bondit de joie quand j'aperçus ces cavaliers, car je vis à leur tête la figure calme et résolue d'Édouard Reigart. Derrière lui se trouvait le shérif de la paroisse, suivi d'une douzaine d'hommes, parmi lesquels je reconnus plusieurs des plus respectables planteurs du voisinage. Ils étaient tous armés d'une carabine ou de pistolets, et la manière dont ils s'avançaient prouvait qu'ils étaient venus à la hâte, et dans un but déterminé.

J'ai dit que mon cœur avait bondi de joie. Un criminel debout sur la plate-forme de l'échafaud, n'aurait pas été plus heureux à la vue du messager porteur d'un sursis ou d'un pardon. Je reconnus des amis dans les nouveaux venus; leur physionomie m'annonçait du secours. Je ne fus donc pas troublé quand le shérif, après être descendu de cheval, s'avança à côté de moi, posa sa main sur mon épaule, et déclara, au nom de la loi, que j'étais son prisonnier. Quoique cela fût fait brusquement, et en apparence avec une certaine rudesse, je ne fus fâché ni de l'acte, ni du ton. Le ton était évidemment affecté, et l'acte lui-même me sauvait la vie. Je compris que j'étais secouru.

Le procédé ne satisfit pas autant mes juges, qui exprimèrent tout haut leur mécontentement. Ils alléguèrent que j'avais déjà été jugé par un jury de *douze citoyens libres*, que j'avais été reconnu coupable de vol de nègres, que j'avais volé *deux nègres*; que j'avais résisté quand on m'avait poursuivi; que j'avais blessé un de ceux qui me poursuivaient; que tout cela ayant été clairement prouvé, ils ne pouvaient comprendre ce qui manquait pour établir ma culpabilité, et que je devais être *pendu* sur-le-champ et sans plus tarder.

Le shérif répondit qu'un tel procédé serait illégal; que la majesté des lois devait être respectée; que, si j'étais coupable du crime allégué contre moi, la loi m'infligerait certainement un châtiment complet; mais que je devais d'abord être traduit devant la justice; que l'accusation devait être légalement produite dans les formes; et qu'enfin son intention était de me conduire devant le juge Claiborne, le magistrat du district.

Une altercation violente s'éleva alors entre la populace et les partisans du shérif; altercation dans laquelle on témoigna peu d'égards pour le pouvoir, et qui me fit craindre que les coquins n'obtinssent le dessus. Mais un shérif américain possède un tout autre caractère que l'indolent personnage qui remplit ces fonctions dans un comté d'Angleterre. Le premier est, neuf fois sur dix, un homme d'un courage éprouvé et un homme d'action. Le shérif Hickman, à qui mes *quasi* juges avaient affaire, ne faisait pas exception à cette règle. De plus, ceux qui lui prêtaient main-forte, rassemblés à la hâte par mon ami Reigart, se trouvaient être pour la plupart des gens de la même trempe. Reigart lui-même, bien qu'il fût un homme paisible, était connu pour son caractère froid et décidé; le propriétaire de mon hôtel et quelques-uns des planteurs qui accompagnaient le shérif étaient des hommes sûrs, amis des lois et de la loyauté; ils étaient armés jusqu'aux dents, et disposés à risquer leur vie pour défendre le shérif et soutenir sa demande. Il est vrai qu'ils étaient en minorité; mais ils avaient la loi pour eux, et cela leur donnait des forces.

Il y avait en ma faveur une chance qui dominait les autres : mes accusateurs étaient très-impopulaires. Comme je l'ai déjà dit, Gayarre, bien qu'il professât la plus sévère moralité, n'était pas estimé des planteurs ses voisins, surtout de ceux qui étaient Américains d'origine. Ceux qui étaient le plus animés contre moi étaient connus pour suivre les instigations du légiste. Quant à Ruffin, que j'avais blessé, ceux qui se trouvaient là avaient entendu l'explosion de la carabine, et ils savaient *qu'il avait fait feu le premier*. Dans un moment plus calme, ma résistance eût paru tout à fait justifiée, pour ce qui concernait cet individu.

Si les circonstances avaient été différentes, si les deux nègres que j'avais *volés* avaient appartenu à un planteur populaire, et pas à M. Dominique Gayarre; si Ruffin eût été un citoyen respectable, au lieu d'être un débauché à moitié hors la loi comme il l'était; s'il n'y avait pas eu dans l'esprit de plusieurs des personnes présentes un soupçon qu'il ne s'agissait pas d'un cas de vol de nègres ordinaire, les choses auraient pu vraiment aller mal pour moi, malgré le shérif et ses adhérents.

Dans le cas même dont il s'agissait, une violente altercation eut lieu, des paroles retentissantes, des blasphèmes et des gestes menaçants furent échangés; carabines et pistolets furent armés avant la fin de la discussion.

Mais le brave shérif resta inébranlable; Reigart fut très-courageux; mon ci-devant hôte et plusieurs des jeunes planteurs se conduisirent parfaitement, et la loi eut le dessus.

Oui ! grâce au ciel et à une demi-douzaine de nobles cœurs, la loi eut le dessus : autrement, je ne serais pas sorti vivant de cette clairière ! Le juge Lynch dut s'incliner devant le juge Claiborne, et on accorda un sursis à la cruelle sentence du premier. Le shérif victorieux et sa troupe m'emmenèrent au milieu d'eux.

Mais, quoique mes juges féroces eussent cédé pour le moment, il n'était pas sûr qu'ils ne chercheraient pas encore à m'arracher des mains de la loi. Pour que cela n'arrivât pas, le shérif me fit monter à cheval et se plaça à mon côté, pendant qu'un de ses adhérents, d'un courage éprouvé, se plaçait de l'autre. Reigart et les planteurs se tinrent près de nous devant et derrière, pendant que la populace, partie à pied, partie à cheval, nous suivait en criant et en blasphémant. Nous traversâmes les bois de cette manière, puis les champs, en suivant la route de Bringiers, et, une fois arrivés à la ville, nous nous rendîmes à la résidence du squire Claiborne, le juge de paix du district.

Sa demeure était contiguë à une vaste salle, où le squire avait l'habitude d'administrer la justice aux habitants du pays. On entrait dans cette salle par une autre porte que celle de la maison, et aucun signe particulier n'indiquait que c'était une salle de justice, si ce n'est qu'on y trouvait un ou deux bancs qui servaient de siége, et dans un coin un petit pupitre ou tribune.

C'était à cette tribune que le squire avait l'habitude de concilier les petites disputes, rendant des sentences à un quart de dollar, et arrangeant d'autres petites affaires civiles. Mais le plus souvent ses fonctions de magistrat consistaient à condamner un noir mutin à un nombre de coups de fouet proportionné à la plainte d'un maître consciencieux : car, après tout, les pauvres esclaves jouissent de cette protection théorique.

Je fus donc conduit à la hâte dans cette salle par le shérif et ses adhérents; la foule s'y précipita ensuite, jusqu'à ce que toute l'enceinte fût occupée.

CHAPITRE LXXIX.

La crise.

Sans doute un messager nous avait précédés, car nous trouvâmes le squire Claiborne sur son siége de magistrat, prêt à entendre la cause. Dans cet homme grand, mince, aux cheveux blancs et à l'aspect digne, je reconnus un représentant convenable de la justice, un de ces vénérables magistrats qui commandent le respect non-seulement par leur âge et par leur position, mais encore par la dignité de leur caractère personnel. En dépit de la canaille tumultueuse qui m'entourait, je lus dans le regard serein et ferme du magistrat la détermination d'agir loyalement.

Je n'avais plus de craintes. Reigart m'avait dit en route de prendre courage. Il m'avait chuchoté quelque chose sur des révélations étranges qui devaient être produites; mais je ne l'avais pas complétement entendu, et je ne pouvais m'expliquer ce qu'il avait voulu dire. Je n'avais pu trouver l'occasion de lui demander une explication, à cause de la précipitation de notre voyage et de la foule qui nous entourait.

« Prenez courage! m'avait-il dit en poussant son cheval près de moi. N'ayez pas peur du résultat. C'est une assez drôle d'affaire, qui finira d'une façon bizarre et assez inattendue pour quelqu'un, j'ose dire.... ah! ah! ah! »

Reigart se mit à rire tout haut et parut être très-joyeux! Qu'est-ce que cela pouvait signifier?

Il ne me fut pas permis de le savoir : car en ce moment le shérif commanda, d'un ton d'autorité, que personne n'eût de communication avec le prisonnier; mon ami et moi nous fûmes aussitôt séparés. Ce qui est étrange, c'est que je n'en voulus pas au shérif pour cela! J'eus la conviction secrète que ses manières, hostiles en apparence, étaient affectées dans un certain but. Il fallait se concilier la populace, et toute cette brusquerie n'était qu'un petit trait de politique de la part du shérif Hickman.

Une fois devant le juge Claiborne, il fallut toute son autorité jointe à celle du shérif pour obtenir le silence. Cependant un calme partiel permit au premier d'entamer la cause.

« Maintenant, messieurs, dit-il d'un ton ferme et magistral, je suis prêt à entendre l'accusation portée contre ce jeune homme. De quoi est-il accusé, colonel Hickman? demanda le juge en s'adressant au shérif.

— De vol de nègres, je crois, répliqua celui-ci.

— Qui soutient l'accusation?

— Dominique Gayarre, répondit dans la foule une voix ferme que je reconnus pour celle de Gayarre lui-même.

— Monsieur Gayarre est-il présent? » demanda le juge.

La même voix répondit affirmativement, et la figure de renard de l'avocat se montra alors devant la tribune.

« Monsieur Dominique Gayarre, dit le magistrat qui le reconnut, quelle est l'accusation que vous portez contre le prisonnier? Établissez-la complétement et sous serment. »

Gayarre, après avoir prononcé la formule du serment, procéda à sa plainte en vrai style de légiste.

Je n'ai pas besoin de suivre les circonlocutions de la

phraséologie légale. Il suffit de dire qu'il y avait plusieurs fables dans l'accusation.

J'étais d'abord accusé d'avoir cherché à pousser à la mutinerie et à la révolte les esclaves de la plantation Besançon, en intervenant pour empêcher l'un d'eux de recevoir un juste châtiment. En second lieu, j'avais fait frapper le commandeur par un de ses esclaves; j'avais ensuite décidé celui-ci à s'enfuir dans les bois, et je l'avais aidé dans sa fuite. C'était l'esclave Gabriel, qu'on venait de prendre le jour même avec moi. Troisièmement, et Gayarre arrivait alors au point essentiel de son accusation....

« Troisièmement, continua-t-il, j'accuse cet homme d'être entré chez moi dans la nuit du 18, et d'y avoir volé l'esclave femelle Aurore Besançon.

— C'est faux! s'écria une voix en l'interrompant. C'est faux! *Aurore Besançon n'est pas une esclave!* »

Gayarre tressaillit, comme si on l'eût touché avec la pointe d'un couteau.

« Qui dit cela? demanda-t-il d'une voix qui commençait évidemment à trembler.

— Moi! » répliqua la voix; et au même instant un jeune homme monta sur un banc et se tint là, dominant la foule de toute sa tête.

C'était d'Hauteville!

« Je le dis! répéta-t-il encore avec la même fermeté. *Aurore Besançon n'est pas une esclave, mais une quarteronne libre!* Tenez, juge Claiborne, continua d'Hauteville, veuillez lire ce document! »

En même temps l'orateur fit passer dans la salle un parchemin plié. Le shérif le remit au magistrat, qui l'ouvrit et lut à voix haute.

C'étaient les actes libérant Aurore la quarteronne; le certificat de sa manumission, régulièrement signé et attesté par son maître, Auguste Besançon, et laissé par lui avec son testament.

L'étonnement fut extrême, à tel point que la foule sembla pétrifiée et garda le silence. Les sentiments commençaient à changer,

L'effet produit sur Gayarre était visible pour tous. Il semblait couvert de confusion. Dans son embarras il balbutia :

« Je proteste ; ce papier m'a été volé dans mon bureau et....

— Encore mieux, monsieur Gayarre! dit d'Hauteville en l'interrompant de nouveau ; encore mieux ! Vous avouez qu'il a été volé, et, par conséquent, vous convenez qu'il est authentique. Maintenant, monsieur, puisque vous aviez ce document en votre possession, et que vous en connaissiez le contenu, comment pouvez-vous réclamer Aurore Besançon comme votre esclave ? »

Gayarre était confondu. Sa face cadavéreuse se couvrit d'une teinte pâle et maladive, et à son coup d'œil habituellement malicieux succéda un regard terrifié. Il parut vouloir s'en aller, et déjà il se glissait derrière les hommes plus grands qui l'entouraient.

« Arrêtez, monsieur Gayarre! continua l'inexorable d'Hauteville ; je n'ai pas encore fini avec vous. Tenez, juge Claiborne! j'ai un autre document qui peut vous intéresser ; voulez-vous avoir la bonté de lui accorder votre attention? »

En parlant ainsi, l'orateur tendit un second parchemin plié qui fut remis dans les mains du magistrat; celui-ci, comme il avait déjà fait, ouvrit le document et le lut à voix haute.

C'était un codicille au testament d'Auguste Besançon, par lequel il léguait à sa fille Eugénie Besançon une somme de cinquante mille dollars placée sur une banque, et qui devait lui être payée, le jour où elle atteindrait sa majorité, par les exécuteurs conjoints : MM. Dominique Gayarre et Antoine Lereux; et ces exécuteurs avaient l'ordre de ne pas faire connaître à la légataire l'existence d'une pareille somme placée à son bénéfice, jusqu'au jour même où elle devrait lui être remise.

« Maintenant, monsieur Dominique Gayarre! reprit d'Hauteville, dès que la lecture fut finie, je vous accuse d'avoir détourné ces cinquante mille dollars, et diverses autres sommes dont il sera question plus tard. Je vous accuse d'avoir dissimulé l'existence de cet argent, de l'avoir retranché de l'inventaire de la propriété Besançon, de l'avoir approprié à votre usage!

— Ceci est une accusation sérieuse, dit le juge Claiborne, évidemment impressionné par la vérité, et préparé à la soutenir. Votre nom, monsieur, s'il vous plaît? » continua-t-il en interrogeant d'Hauteville d'un ton doux.

C'était la première fois que je voyais d'Hauteville en plein jour. Tout ce qui s'était passé entre nous avait eu lieu, soit dans l'obscurité de la nuit, soit à la lumière des lampes. Le matin seulement nous nous étions trouvés ensemble pendant quelques minutes à la clarté du jour; mais alors même nous étions sous l'ombre épaisse de la forêt, et je n'avais pu voir qu'imparfaitement ses traits.

Maintenant qu'il se tenait dans le jour qui venait d'une fenêtre ouverte, je pouvais apercevoir complétement et distinctement sa figure. Sa ressemblance avec quelqu'un que j'avais déjà vu me frappa de nouveau. Elle me parut plus grande à mesure que je le regardais; et, avant que la question du magistrat eût obtenu une réponse, mon étonnement avait cessé.

« Votre nom, monsieur, s'il vous plaît? répéta le juge.

— Eugénie Besançon! »

Au même instant, le chapeau fut retiré, les boucles noires disparurent, et les blondes tresses dorées de la belle créole apparurent à tous les regards.

Un hourra sonore retentit; tous y prirent part, excepté Gayarre et ses deux ou trois misérables acolytes. Je compris que j'étais libre.

Les rôles avaient changé tout à coup ; le plaignant avait pris la place de l'accusé. Avant même que l'animation fût apaisée, je vis le shérif, poussé par Reigart et par d'autres, s'avancer près de Gayarre, lui mettre la main sur l'épaule, et l'arrêter comme son prisonnier.

« C'est faux ! cria Gayarre ; c'est un complot, un complot maudit ! Ces documents sont forgés ! Les signatures sont fausses..... fausses !

— Non pas, monsieur Gayarre, dit le juge en l'interrompant. Ces documents ne sont pas forgés. Ceci est l'écriture d'Auguste Besançon ; je la connaissais bien. Ceci est sa signature ; j'en jurerais moi-même !

— Et moi aussi ! » s'écria une voix solennelle qui attira l'attention de tout le monde.

La transformation d'Eugène d'Hauteville, devenu Eugénie Besançon, avait étonné la foule ; mais une plus grande surprise lui était réservée par la résurrection de *l'intendant Antoine !*

Lecteur ! mon histoire est finie. Le rideau doit tomber ici sur ce petit drame. Je pourrais vous offrir d'autres tableaux pour illustrer l'histoire ultérieure de mes différents personnages, mais un abrégé rapide suffira. Votre imagination suppléera aux détails.

Vous serez heureux d'apprendre qu'Eugénie Besançon recouvra tous ses biens, qui furent ramenés à leur condition prospère sous la fidèle direction d'Antoine.

Hélas ! il y eut quelque chose qui ne put jamais être rendu à son état primitif..... le jeune cœur joyeux, l'esprit léger, l'amour virginal !

Mais ne vous imaginez pas qu'Eugénie Besançon céda au désespoir, qu'elle fut plus tard la victime de sa malheureuse passion. Non ; sa volonté était vigoureuse, et elle employa toute son énergie à arracher de son cœur le trait fatal.

Le temps et une vie vertueuse ont une grande puissance; mais ce qui fut encore plus efficace fut cette sympathie de l'objet aimé, cette pitié *pour l'amour*, qui lui fut largement accordée.

L'espoir de son jeune cœur était brisé; sa gaieté avait disparu : mais la vie a d'autres joies que celles qui résultent de la satisfaction des passions; et peut-être les sentiers de l'amour ne conduisent-ils pas au bonheur. Oh! que ne puis-je le croire! Oh! que ne puis-je me persuader par le raisonnement que cette calme et tranquille physionomie, que ce tendre et doux sourire, sont les indices d'un cœur en repos! Hélas! je ne le peux pas. Le sort veut avoir ses victimes. Pauvre Eugénie! Que Dieu te soit miséricordieux! Que ne puis-je plonger ton cœur dans les eaux du Léthé!

Et Reigart? Lecteur, vous serez heureux de savoir que le bon docteur prospéra, qu'il prospéra jusqu'au moment où, pouvant déposer sa lancette, il devint un riche planteur, et, qui plus est, un législateur distingué, un de ceux à qui revient l'honneur d'avoir tracé le système actuel des lois de la Louisiane, le code le plus parfait qui existe dans le monde civilisé.

Vous serez heureux d'apprendre que Scipion, sa Chloé et sa petite Chloé, furent ramenés à leur ancienne et désormais heureuse demeure; que le charmeur de serpents conserve encore ses bras musculeux, et qu'il n'a plus eu de motif d'aller chercher un refuge dans sa caverne de l'arbre.

Vous ne serez pas fâché d'apprendre que Gayarre passa plusieurs années de sa vie dans la prison de Bâton-Rouge, et qu'il disparut ensuite. On dit qu'il regagna la France, son pays natal, après avoir changé de nom. Il avait été facile de le convaincre. Antoine l'avait longtemps soupçonné de piller leur commune pupille, et il avait résolu d'en acquérir la preuve. Le radeau de chaises avait flotté malgré tout, et grâce à lui le fidèle intendant avait atteint le rivage, bien loin dans le bas du fleuve. Personne ne savait qu'il s'était sauvé, et ce bizarre vieillard avait eu l'idée de laisser croire, pendant quelque temps, qu'il était perdu, et d'être spectateur silencieux de la conduite de M. Dominique. Gayarre ne l'avait pas plus tôt cru mort, qu'il s'était mis à poursuivre ses projets, et qu'il avait précipité les événements vers le dénoûment que j'ai raconté. C'était ce qu'Antoine avait prévu; et, quand il prit le rôle d'accusateur, la condamnation de l'avocat fut facile et certaine. Une sentence qui le condamna à passer cinq ans dans le pénitencier de l'État termina le rôle de Gayarre, pour ce qui a rapport à cette histoire.

Vous vous affligerez peu de savoir que Bully Bill eut un sort à peu près pareil; que Ruffin, le chasseur d'hommes, se noya à l'époque d'une crue subite des eaux du marais, et que le marchand de nègres devint par la suite un voleur de nègres, qu'il fut condamné pour ce crime devant la cour du juge Lynch à la peine du goudron et des plumes.

Je ne revis jamais les sportsmen Chorley et Hatcher, mais leur sort ne m'est pas resté inconnu. Chorley, le brave accompli, mais misérable Chorley, fut tué en duel par un créole de la Nouvelle-Orléans, avec qui il s'était querellé au jeu.

La banque de Hatcher sauta peu de temps après, et une série de mauvaises veines le réduisit enfin à la condition de maître d'un jeu de bagues avec des chevaux de bois; ce ne fut plus qu'un chétif industriel.

Je rencontrai, plusieurs années après, le marchand de porcs; il était devenu un heureux banquier dans les salons des Montezumas. Il y était allé à la suite de l'armée américaine, et avait amassé une fortune énorme en tenant une maison de jeu pour les officiers. Il ne vécut pas assez longtemps pour jouir de ses gains mal acquis. Le *vomito pueto* le saisit à la Véra-Cruz, et sa poussière est actuellement confondue avec les sables de cette côte désolée.

Ainsi donc, lecteur, j'ai eu le bonheur de savoir qu'une

justice poétique avait atteint les différents personnages qui ont figuré dans les pages de cette histoire.

Je vous entends vous écrier que j'en ai oublié deux : le héros et l'héroïne.

Oh! non, je ne les ai pas oubliés. Mais me demanderez-vous de décrire la cérémonie, la pompe et la splendeur, les rubans et les rosettes, et de vous présenter le tableau d'un bonheur parfait?

L'hymen s'y oppose! Tout cela est abandonné à votre fantaisie, si votre fantaisie daigne agir. Mais l'intérêt des aventures d'un amant finit d'ordinaire quand ses espérances sont satisfaites, et ne subsiste pas toujours jusqu'à l'autel. Quant à vous, lecteur, vous ne seriez sans doute pas curieux de lever le rideau qui voile la vie tranquille que je partageai ensuite avec ma belle Quarteronne.

FIN.

TABLE DES CHAPITRES.

FIN DE LA TABLE.

TYPOGRAPHIE DE CH. LAHURE ET Cie
Imprimeurs du Sénat et de la Cour de Cassation
rue de Vaugirard, 9

LA SEMAINE DES ENFANTS

MAGASIN D'IMAGES ET DE LECTURES AMUSANTES ET INSTRUCTIVES

PARAISSANT TOUS LES SAMEDIS

Prix du numéro : 10 centimes.

L'abonnement d'un an : pour Paris, 6 fr.; pour les départements, 8 fr.

Depuis le moment où les enfants des deux sexes commencent à savoir lire, jusqu'à celui où ils peuvent entreprendre des études sérieuses, s'écoule un intervalle presque toujours perdu pour leur instruction et entièrement occupé par des amusements frivoles.

Il est à désirer que cet intervalle soit en partie plus utilement rempli.

Si cet âge est trop léger pour être susceptible d'une application soutenue, il peut être aisément captivé par la représentation des objets au moyen de la gravure et par des lectures courtes et agréables, qui aident au développement de l'intelligence, en même temps qu'elles déposent dans la mémoire, comme préparation aux études prochaines, un trésor de faits et d'idées.

La *Semaine des Enfants*, destinée à amuser ses jeunes lecteurs en les instruisant, excite vivement leur curiosité par des récits amusants et par de belles gravures, et fait ainsi tourner leur ardeur pour le plaisir au profit d'un enseignement, très-élémentaire sans doute, mais utile pour le présent et fécond pour l'avenir.

Telle est la pensée qui nous guide dans la composition de la *Semaine des Enfants*. Ce que la nature, tant animée qu'inanimée, a de plus merveilleux; ce que les arts ont de plus curieux, ce que les scènes de la vie humaine, reproduites par l'histoire et par le conte ont de plus propre à intéresser le jeune âge, est représenté par de charmantes images de manière à frapper vivement l'attention, et à laisser dans le souvenir une empreinte durable.

Voici le programme des matières qui entrent dans la rédaction de la *Semaine des Enfants :*

Récits historiques.

Contes, Historiettes, Drames.

Variétés. Merveilles de la création et curiosités de l'industrie; petite chronique, etc.

La première année (1857) forme un beau volume grand in-8, avec titre, table et couverture. Prix, broché, 5 fr. 50 c. — La reliure en percaline gaufrée se paye en sus, avec tranches jaspées, 1 fr 50 c., avec tranches dorées, 2 fr. — La reliure en percaline mosaïque, avec tranches dorées, 2 fr. 50 c., en percaline rouge, plats en or, tranches dorées, 3 fr.

LE MONITEUR DES COMICES

ET DES CULTIVATEURS

JOURNAL HEBDOMADAIRE DES ASSOCIATIONS, DES ÉTABLISSEMENTS ET DES INTÉRÊTS AGRICOLES.

Contenant 32 pages grand in-8 à deux colonnes, publié le samedi de chaque semaine, avec le concours des Présidents ou Secrétaires d'un grand nombre de Comices ou de Sociétés d'agriculture.

PRIX DE L'ABONNEMENT D'UN AN :

Pour la France : 12 fr. — Pour l'étranger : le port en sus.

Les abonnements doivent partir du 1er novembre.

Les deux premières années formant chacune 1 fort volume grand in-8.
Prix du volume broché : **6** francs.

Depuis le 1er avril, le *Moniteur des Comices et des Cultivateurs* paraît chaque semaine, le samedi, par cahiers de 32 pages, grand in-8. Ces cahiers formeront, chaque année, deux volumes.

Les adhésions et les collaborations qui ont le plus d'autorité dans la science et dans la pratique agricoles nous sont assurées pour chaque partie de la rédaction.

Convaincus que les travaux des Comices et des Sociétés agricoles sont la plus riche source d'applications et de remarques relatives à l'agriculture, nous analyserons ces travaux avec le plus grand soin, et nous les porterons régulièrement à la connaissance de nos lecteurs. Nous prions donc MM. les présidents et secrétaires de vouloir bien nous transmettre soit manuscrits, soit imprimés, les documents qui leur paraîtront dignes de publicité. Il serait utile que les imprimés nous fussent envoyés en double exemplaire.

Les questions les plus intéressantes de la science agricole seront traitées dans des articles de fonds rédigés par des hommes spéciaux.

Une *Chronique agricole française* ou *étrangère* tiendra nos lecteurs au courant de tous les faits relatifs à l'agriculture.

Chaque numéro contiendra les *mercuriales des produits agricoles* sur les marchés les plus importants

Sous le titre de *Correspondance* nous répondrons à toutes les questions d'intérêt général qui pourront nous être adressées par nos abonnés.

BULLETIN INTERNATIONAL

DU LIBRAIRE ET DE L'AMATEUR DE LIVRES

PARAISSANT LES 1er ET 15 DE CHAQUE MOIS.

Recueil fondé par M. Robert LIPPERT et continué par M. Charles LAHURE.

Prix de l'abonnement d'un an : 6 francs.

L'idée propre du *Bulletin international du libraire et de l'amateur de livres* est de grouper, d'après le sujet dont elles traitent, toutes les publications nouvelles dignes d'être mentionnées, en catégories assez nombreuses et assez distinctes pour que chaque lecteur aille chercher tout de suite à sa place le livre qui doit l'intéresser. Nous nous sommes efforcés par une distribution générale nouvelle, et par quelques améliorations de détail, de tirer de cette idée féconde une application plus facile et plus sûre.

A cette énumération ordonnée des publications de chaque quinzaine, qui demeure la partie principale et comme le fond de ce journal, s'adjoindront toutes les parties accessoires qui peuvent ajouter à l'utilité ou à l'intérêt d'un recueil de ce genre.

Chaque numéro contiendra généralement les matières suivantes :

I. *Revue bibliographique*, destinée à faire connaître d'une manière spéciale et par voie d'analyse les ouvrages principaux.

II. *Publications nouvelles et réimpressions en France*, distribuées par ordre de matières.

III. *Principales publications nouvelles et réimpressions à l'étranger*, classées par pays.

IV. *Renseignements divers :* État des ventes de livres en France et à l'étranger ; prix de vente des livres rares ; livres mis au rabais ; faits bibliographiques, etc.

V. *Annonces de librairie*, soumises à un système uniforme d'impression et formant, pour les lecteurs, le complément naturel de ce recueil.

Des *tables annuelles*, dont l'usage sera facilité par les numéros d'ordre de toutes nos indications bibliographiques, donneront à ce simple journal l'utilité et la valeur d'une collection.

ÉDITIONS FORMAT IN-18 JÉSUS.

ŒUVRES COMPLÈTES
DES PRINCIPAUX ÉCRIVAINS FRANÇAIS.

VOLUMES FORMAT IN-18 JÉSUS.

Pour la France, 2 fr. le vol. — Pour l'étranger, 2 fr. 50 c.

On peut se procurer chaque volume de cette série, relié en percaline gaufrée, sans être rogné, moyennant 50 cent. en sus des prix ci-dessus marqués.

Tous les ouvrages de cette collection, dont le texte est d'une correction typographique irréprochable, ont été revus avec le plus grand soin sur les meilleures éditions anciennes et modernes, et augmentés de morceaux inédits.

Boileau. *Œuvres complètes.* 1 vol.

Notice sur Boileau, — Satires, — Épîtres, — Art poétique, — Le Lutrin, — Poésies diverses, — OEuvres diverses en prose, — Réflexions sur Longin, — Traité du sublime, — Lettres.

Corneille. *Œuvres complètes.* 5 vol.

TOME I : Notice sur P. Corneille, — Mélite, — Clitandre, — la Veuve, — les Galeries du palais, — la Suivante, — la Place royale, — Médée, — l'Illusion, — le Cid.

TOME II : Horace, — Cinna, — Polyeucte, — Pompée, — le Menteur, — la Suite du Menteur, — Théodore, — Rodogune, — Héraclius, — Andromède.

TOME III : Don Sanche d'Aragon, — Nicomède, — Pertharite, — OEdipe, — la Conquête de la Toison d'or, — Sertorius, — Sophonisbe, — Othon, — Agésilas, — Attila, — Tite et Bérénice.

TOME IV : Psyché, — Pulchérie, — Suréna, — l'Imitation de Jésus-Christ, — l'Office de la sainte Vierge.

TOME V : Psaumes, — Hymnes, — Prières, — Poésies diverses, — Poëmes sur les victoires du roi, — Poésies latines, — Discours, Lettres, — OEuvres choisies de Thomas Corneille.

La Fontaine. *Œuvres complètes.* 2 vol.

TOME I : Notice sur La Fontaine, — Fables, — Contes et nouvelles.

TOME II : Théâtre, — Poésies diverses, — Opuscules en prose, — Lettres.

Molière. *Œuvres complètes,* 2 vol.

TOME I : Notice sur Molière, — la Jalousie de Barbouillé, — le Médecin volant, — l'Étourdi, — le Dépit amoureux, — les Précieuses ridicules, — Sganarelle, — Don Garcie de Navarre, — l'École des maris, — les Fâcheux, — l'École des femmes, — la Critique de l'École des femmes, — l'Impromptu de Versailles, — le Mariage forcé, — la Princesse d'Élide, — les Plaisirs de l'île enchantée, — Don Juan, — l'Amour médecin, — le Misanthrope.

TOME II : Le Médecin malgré lui, — Mélicerte, — le Sicilien, — le Tartuffe, — Amphitryon, — l'Avare, — Georges Dandin, — Relations de la fête de Versailles, — M. de Pourceaugnac, — les Amants magnifiques, le Bourgeois gentilhomme, — Psyché, — les Fourberies de Scapin, — la Comtesse d'Escarbagnas, — les Femmes savantes, — le Malade imaginaire, — Poésies diverses.

Montaigne (M.). *Essais*, précédés d'une lettre à M. Villemain sur l'éloge de Montaigne, par P. Christian. 1 vol.

Montesquieu. *OEuvres complètes.* 2 vol.

TOME I : Notice sur Montesquieu, — Esprit des lois.

TOME II : Grandeur et décadence des Romains, — Lettres persanes, — le Temple de Gnide, — Dialogue de Sylla et d'Eucrate, — Essai sur le goût, — OEuvres diverses, — Lettres, — Table analytique.

Pascal (B.). *OEuvres complètes.* 2 vol.

TOME I : Notice sur Pascal, — Vie de Pascal par Mme Périer, — — Lettres à un Provincial, — Pensées, — Opuscules.

TOME II : Factums contre les jésuites, — Traités divers de physique et de mathématiques, — Table analytique.

Racine. *OEuvres complètes.* 2 vol.

TOME I : Notice sur Racine, — Théâtre.

TOME II : Histoire de Port-Royal, — Fragments historiques, — OEuvres diverses, — Remarques sur l'Odyssée et sur Pindare, — Lettres.

Rousseau (J. J.). *OEuvres complètes.* 8 vol.

En vente :

TOME I : Notice sur J. J. Rousseau, — les quatre premiers livres d'Émile.

TOME II : Fin d'Émile, — Économie domestique, — Contrat social.

TOME III : Considérations sur le gouvernement de Pologne, — Lettres à Butta-Foco, — Projet de paix perpétuelle, — Polysynodie, — Julie ou la Nouvelle Héloïse.

TOME IV : Mélanges, — Théâtre, — Poésies, — Botanique, — Musique.

TOME V : Dictionnaire de musique, — Les Confessions.

TOME VI : Confessions (fin), — Rousseau juge de Jean-Jacques, — Rêveries du promeneur solitaire, Écrits en forme de circulaires, — Correspondance.

TOME VII : Correspondance.

TOME VIII : Correspondance, — Table analytique.

Saint-Simon (le duc de). *Mémoires complets et authentiques* sur le siècle de Louis XIV et la Régence, collationnés sur le manuscrit original, par M. Chéruel, et précédés d'une notice par M. Sainte-Beuve de l'Académie française. 13 vol.

Voltaire. *OEuvres complètes.* 25 vol. (sous presse).

CHEFS-D'ŒUVRE DES LITTÉRATURES MODERNES ÉTRANGÈRES.

Volumes à 3 fr. 50 c.

Byron (lord). *OEuvres complètes*, traduites de l'anglais par Benjamin Laroche, quatre séries :

1re série : Childe-Harold. 1 vol.
2e série : Poëmes. 1 vol.
3e série : Drames. 1 vol.
4e série : Don Juan. 1 vol.

Dante. *La divine Comédie*, traduite de l'italien par P. A. Fiorentino. 1 vol.

Ossian. Poëmes gaëliques recueillis par Mac-Pherson, traduits de l'anglais par P. Christian et précédés de recherches sur Ossian et les Calédoniens. 1 vol.

Des traductions de Shakspeare, de Gœthe et de Schiller sont en préparation.

BIBLIOTHÈQUE DES MEILLEURS ROMANS ÉTRANGERS.

Pour la France, 2 fr. le vol.; — pour l'étranger, 2 fr. 50 c.

Ainsworth (W. Harrison). *Abigaïl*, ou la cour de la reine Anne, roman historique traduit de l'anglais par M. Révoil. 1 vol.

— *La Tour de Londres*, traduit de l'anglais par M. Ed. Scheffter. 1 vol.

— *Crichton*, traduit de l'anglais, par M. Ch. Romey. 1 vol.

Anonymes. *Whitehall*, traduit de l'anglais par M. Ed. Scheffter. 1 vol.

— *Whittefriars*, traduit de l'anglais par M. Édouard Scheffter. 1 vol.

— *Paul Ferroll*, traduit de l'anglais avec autorisation, par Mme Loreau. 1 vol.

— *Violette*; — *Éléanor Raymond*. Imité de l'anglais par Old-Nick. 1 vol.

— *Les Pilleurs d'épaves*. Traduit de l'anglais par Louis Sténio. 1 vol.

Bulwer (sir Lytton). *Œuvres*, traduites de l'anglais avec l'autorisation de l'auteur, sous la direction de P. Lorain.

En vente :

— *Mémoires de Pisistrate Caxton*. 1 vol.

— *Paul Clifford*. 2 vol.

— *Zanoni*. 1 vol.

— *Le Désavoué*, 1 vol.

— *Les derniers jours de Pompéi*. 1 vol.

Beecher-Stowe (Mrs). *La Case de l'oncle Tom*, traduite de l'anglais par M. Louis Énault. 1 vol.

Cervantès. *Don Quichotte*, traduit de l'espagnol par M. L. Viardot. 2 vol.

— *Nouvelles*, traduites par le même. 1 vol.

Cummins (miss). *L'Allumeur de réverbères*, traduit de l'anglais par MM. Belin de Launay et Ed. Scheffter 1 vol.

— *Mabel Vaughan*, traduit de l'anglais, avec l'autorisation de l'auteur, par Mme Henriette Loreau. 1 vol.

Currer-Bell (Miss Brontë). *Jane Eyre*, ou les Mémoires d'une institutrice, roman traduit de l'anglais, avec l'autorisation de l'auteur, par Mme Lesbazeilles-Souvestre. 1 vol.

— *Le Professeur*, traduit de l'anglais avec l'autorisation de l'éditeur, par Mme Henriette Loreau. 1 vol.

— *Shirley*, traduit de l'anglais par M. Charles Romey. 2 vol.

Dickens (Charles). *Œuvres*, traduites de l'anglais, avec l'autorisation de l'auteur; sous la direction de P. Lorain.

En vente :

— *Bleak-House*. 2 vol.

— *Contes de Noël*. 1 vol.

— *David Copperfield*. 2 vol.

— *Dombey et fils*. 2 vol.

— *La petite Dorrit*. 3 vol.

— *Le Magasin d'antiquités*. 2 vol.

— *Les Temps difficiles*. 1 vol.

— *Nicolas Nickleby*. 2 vol.

— *Olivier Twist*. 1 vol.

— *Vie et aventures de Martin Chuzzlewit*. 2 vol.

— *Barnabé Rudge*. 2 vol.

Disraeli. *Sybil*, traduit de l'anglais, par Mlle Gréard. 1 vol.

Freytag (G.). *Doit et Avoir*, traduit de l'allemand, avec l'autorisation de l'auteur, par M. W. de Suckau. 2 vol.

Fullerton (lady). *L'Oiseau du bon Dieu*, traduit de l'anglais par Mlle de Saint-Romain, et publié avec l'autorisation de l'auteur. 1 vol.

Gaskell (Mrs). *Œuvres*, traduites de l'anglais avec l'autorisation de l'auteur.

En vente :

— *Marie Barton*, traduit par Mlle Morel. 1 vol.

— *Ruth*, traduit par M**. 1 vol.

— *Nord et Sud*, traduit par Mme Henriette Loreau. 1 vol.

Gerstäcker. *Les Pirates du Mississipi*. Traduit de l'allemand par M. Révoil. 1 vol.

— *Les deux Convicts*, traduits par M. Révoil. 1 vol.

Hacklander (F.). *Boutique et Comptoir*, traduit de l'allemand, par M, Materne. 1 vol.

Hauff (Wilhem). *Nouvelles*, traduites de l'allemand par M. A. Materne. 1 vol.

— *Lichtenstein*, traduit par M. de Suckau. 1 vol.

Hildreth. *L'Esclave blanc*, nouvelle peinture de l'esclavage en Amérique, trad. de l'anglais par M. Mornand. 1 vol.

James. *Léonora d'Orco*, traduite de l'anglais, avec l'autorisation de l'auteur, par Mme de Morvan. 1 vol.

Lennep (J. Van). *Les Aventures de Ferdinand Huyck*, traduites du hollandais, avec l'autorisation de l'auteur, par MM. Wocquier et D. Van Lennep. 1 vol.

Lever (Ch). *Harry Lorrequer*, traduit de l'anglais par M. Baudéan. 2 vol.

Ludwig (Otto). *Entre ciel et terre.* Traduit de l'allemand, avec l'autorisation de l'auteur, par M. A. Materne. 1 v.

Marvel (Isaac). *Le Rêve de la vie*, fable des saisons, traduit de l'anglais, par Mme A. Mezzara. 1 vol.

Mayne-Reid. *La Quarteronne*, traduit de l'anglais, par M. Louis Stenio. 1 vol.

Mugge (Th.). *Afraja*, traduit de l'allemand avec l'autorisation de l'auteur, par MM. W. et E. de Suckau. 1 vol.

Smith (J. F.). *Dick Tarleton*, traduit de l'anglais, avec l'autorisation de l'auteur, par M. Éd. Scheffter. 2 vol.

— *La Femme et son maître*, traduit de l'anglais par Mlle Gréard. 3 vol.

Stephens (miss A. S.). *Opulence et misère*, traduit de l'anglais par Mme Loreau. 1 vol.

Thackeray. *Œuvres*, traduites de l'anglais, avec l'autorisation de l'auteur.

En vente :

— *Henry Esmond*, traduit par M. Léon de Wailly. 1 vol.

— *La Foire aux vanités*, traduite par Guiffrey. 1 vol.

— *Histoire de Pendennis*, traduite par M. Éd. Scheffter. 3 vol.

— *Le livre des Snobs*, traduit par M. G. Guiffrey. 1 vol.

— *Mémoires de Barry Lyndon*, traduits par M. Léon de Wailly.

Tourguéneff (J.). *Scènes de la vie russe*, traduites du russe avec l'autorisation de l'auteur.

1re série, traduite par M. X. Marmier. 1 vol.

2e série, trad. par M. L. Viardot. 1 vol.

Chaque série se vend séparément.

— *Mémoires d'un seigneur russe*, traduits du russe, par M. E. Charrière. 2e édition. 1 vol.

Trollope (Mrs). *La Pupille*, traduit de l'anglais par Mme Sara de La Fizelière. 1 vol.

Zschokke. *Le Château d'Aarau*, traduit de l'allemand par M. de Suckau. 1 vol.

CHEFS-D'ŒUVRE DES LITTÉRATURES ANCIENNES.

Volumes à 3 fr. 50 c.

Homère. *Œuvres complètes*, traduction nouvelle, suivie d'un Essai d'encyclopédie homérique, par M. P. Giguet. 4e édition. 1 vol.

Lucien. *Œuvres complètes*, traduction nouvelle, suivie d'une table analytique, par M Talbot. 2 vol.

Tacite. *Œuvres complètes*, traduites en français par J. L. Burnouf, avec une introduction et des notes. 1 vol.

Xénophon. *Œuvres complètes*, traduction nouvelle, par M. Talbot. 2 vol. (Sous presse.)

Des traductions d'Hérodote, d'Eschyle, de Sophocle, d'Euripide et de Strabon sont en préparation.

Adresser les demandes à MM. L. Hachette et Cie, *rue Pierre-Sarrazin, n° 14, à Paris, et aux principaux libraires de la France et de l'étranger.*

Paris. — Typographie de Ch. Lahure et Cie, rue de Vaugirard, 9.

AUTRES PUBLICATIONS DE CH. LAHURE ET Cie.

ÉDITIONS FORMAT IN-18 JÉSUS.

I. ŒUVRES COMPLÈTES DES PRINCIPAUX ÉCRIVAINS FRANÇAIS.

POUR LA FRANCE, 2 FR. LE VOL.; POUR L'ÉTRANGER, 2 FR. 50 C.

Tous les ouvrages de cette collection, dont le texte est d'une correction typographique irréprochable, ont été revus avec le plus grand soin sur les meilleures éditions anciennes et modernes, et augmentés de morceaux inédits.

Boileau. 1 volume.
Corneille. 5 volumes.
La Fontaine. 2 volumes.
Molière. 2 volumes.
Montesquieu. 2 volumes.
Pascal. 2 volumes.
Racine. 2 volumes.
Rousseau (J. J.). 8 volumes.
Saint-Simon (duc de) : Mémoires. 13 vol.
Voltaire. 25 vol. (Sous presse.)

II. BIBLIOTHÈQUE DES MEILLEURS ROMANS ÉTRANGERS.

POUR LA FRANCE, 2 FR. LE VOLUME; POUR L'ÉTRANGER, 2 FR. 50 C.

Ainsworth : Abigaïl. 1 vol.
— La Tour de Londres. 1 vol.
— Crichton. 1 vol.
Anonymes : Whitehall. 1 vol.
— Whitefriars. 1 vol.
— Les Pilleurs d'épaves. 1 vol.
— Paul Ferroll. 1 vol.
— Violette. — Eleanor Raymond. 1 vol.
Beecher-Stowe (Mrs) : La Case de l'oncle Tom. 1 vol.
Bulwer : Mémoires de Pisistrate Caxton. 1 vol.
— Paul Clifford. 2 vol.
— Zanoni. 1 vol.
— Les derniers jours de Pompéi. 1 vol.
— Le Désavoué. 1 vol.
Cervantès : Don Quichotte. 2 vol.
— Nouvelles. 1 vol.
Collins (W.) : Le Secret. 1 vol.
Cummins (miss) : L'Allumeur de réverbères. 1 vol.
— Mabel Vaughan. 1 vol.
Currer Bell (miss Brontë) : Jane Eyre. 1 vol.
— Le Professeur. 1 vol.
— Shirley. 1 vol.
Dickens (Ch.) : Bleak-House. 2 vol.
— Contes de Noël. 1 vol.
— Dombey et fils. 2 vol.
— Le Magasin d'antiquités. 2 vol.
— Les Temps difficiles. 1 vol.
— Nicolas Nickleby. 2 vol.
— David Copperfield. 2 vol.
— Olivier Twist. 1 vol.
— Vie et aventures de Martin Chuzzlewit. 2 vol.
— La petite Dorrit. 3 vol.
Dickens (Ch.) : Barnabé Rudge. 1 vol.
Disraeli : Sybil. 1 vol.
Freytag (G.) : Doit et avoir. 2 vol.
Fullerton (lady) : L'Oiseau du Bon Dieu. 1 v.
Gaskell (Mrs) : Marie Barton. 1 vol.
— Ruth. 1 vol.
— Nord et sud. 1 vol.
Gerstäcker (Frédéric) : Les Pirates du Mississipi. 1 vol.
— Les deux Convicts. 1 vol.
Hacklander (F.) : Boutique et comptoir. 1 vol.
Hauff (Wilhelm) : Nouvelles. 1 vol.
— Lichtenstein. 1 vol.
Hildreth : L'Esclave blanc. 1 vol.
James : Leonora d'Orco. 1 vol.
Lennep (J. Van) : Les Aventures de Ferdinand Huyck. 1 vol.
Lever (Ch.) : Harry Lorrequer. 2 vol.
Ludwig (Otto) : Entre ciel et terre. 1 vol.
Marvel : Le Rêve de la vie. 1 vol.
Mayne-Reid : La Quarteronne. 1 vol.
Mügge : Afraja. 1 vol.
Smith (J. F.) : Dick Tarleton. 2 vol.
— La femme et son maître. 3 vol.
Stephens (Mrs) : Opulence et misère. 1 vol.
Thackeray (W. M.) : Henry Esmond. 1 vol.
— La Foire aux vanités. 1 vol.
— Histoire de Pendennis. 3 vol.
— Le livre des Snobs. 1 vol.
— Mémoires de Barry Lyndon. 1 vol.
Tourguéneff (M. J.) : Scènes de la vie russe. 2 vol.
— Mémoires d'un seigneur russe. 1 vol.
Trollope (Mrs) : La Pupille. 1 vol.
Zschokke : Le Château d'Aarau. 1 vol.

III. CHEFS-D'ŒUVRE DES LITTÉRATURES MODERNES ÉTRANGÈRES.

A 3 FR. 50 C. LE VOLUME.

Ossian : Poëmes gaéliques recueillis par Mac-Pherson, précédés de recherches sur Ossian et les Calédoniens. 1 vol.

Dante : La divine Comédie. 1 vol.

Des traductions de Schiller, de Gœthe et de Shakspeare sont en préparation.

ADRESSER LES DEMANDES : **à MM. L. HACHETTE et Cie, rue Pierre-Sarrazin, 14;** ET AUX PRINCIPAUX LIBRAIRES DE LA FRANCE ET DE L'ÉTRANGER.

Typographie de Ch. Lahure et Cie, rue de Vaugirard, 9.

www.ingramcontent.com/pod-product-compliance
Lightning Source LLC
Chambersburg PA
CBHW070548030726
47505CB00001B/202